KB206668

희망장 希望莊

옮긴이 **김소연**

경북 안동에서 태어났다. 한국외국어대학에서 프랑스어를 전공하고, 현재 출판 기획자 겸 번역자로 활동하고 있다. 옮긴 책으로는 『우부메의 여름』, 『망량의 상자』, 『웃는 이에몬』, 『엿보는 고헤이지』 등의 교고쿠 나쓰히코 작품들과 『음양사』, 『샤바케』, 미야베 미유키의 『마술은 속삭인다』, 『외딴집』, 『혼조 후카가와의 기이한 이야기』, 『괴이』, 『흔들리는 바위』, 『흑백』, 『안주』, 『그림자밟기』, 『미야베 미유키 에도 산책』, 『맏물이야기』, 『십자가와 반지의 초상』, 『사라진 왕국의 성』, 덴도 아라타의 『영원의 아이』, 마쓰모토 세이초의 『짐승의 길』, 『구형의 황야』, 하타케나카 메구미의 『뇌물은 과자로 주세요』 등이 있으며 독특한 색깔의 일본 문학을 꾸준히 소개, 번역할 계획이다.

이 도서의 국립중앙도서관 출판예정도서목록(CIP)은 서지정보유통지원시스템 홈페이지(http://seoji.nl.go.kr)와 국가자료공동목록시스템(http://www.nl.go.kr/kolisnet)에서 이용하실 수 있습니다. (CIP제어번호 : CIP2017011136)

희망장 希望荘

미야베 미유키

김소연 옮김

북스피어

* 일러두기 : 본문의 모든 주는 옮긴이 주입니다.

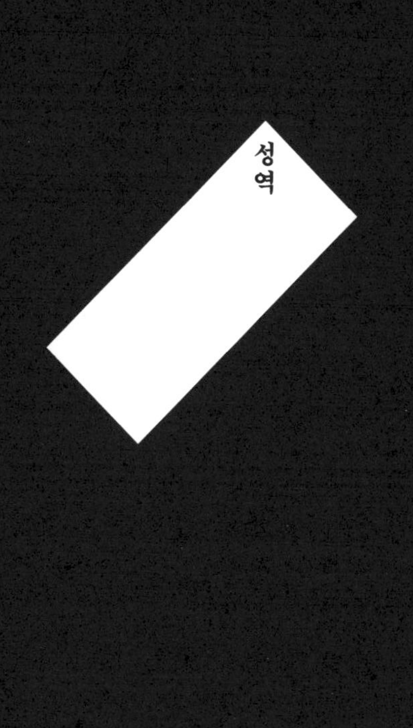
성역

1

근처의 지정 쓰레기장을 청소하고 돌아와 보니 사무소 겸 자택으로 빌린 고가古家 앞에 여자 두 명이 서서 이야기를 하고 있었다. 한 사람은 대각선 맞은편에 있는 '야나기 약국'의 사모님, 또 한 사람은 가끔 여기에서 볼 수 있는 동년배 부인이다.

"안녕하세요, 스기무라 씨."

"청소 당번이시구나. 수고 많으세요."

38살인 나도 어엿한 '아저씨'지만, 그런 내가 봐도 '아줌마'인 두 사람이 활기찬 목소리로 인사를 던져 온다.

"안녕하세요."

"이쪽은 모리타 씨." 야나기 부인이 같이 있던 사람을 소개해 준다. "스기무라 씨랑 마찬가지로 다케나카 씨네 세입자예요."

"'파스텔 다케나카'에 살고 있답니다."

야나기 부인은 앞치마 차림, 모리타 씨는 지금부터 출근하는지 얇은 코트와 통이 좁은 바지 차림이다. 어깨에 가방을 멨다. '파스텔 다케나카'는 부동산이 내게 제일 처음 추천한 독신자용 아파트이니 모리타 씨는 혼자 사는 사람일 것이다.

"아침 일찍부터 죄송해요."

11월 16일 화요일, 오전 6시 반이 지난 시각이다.

"하지만 점심때는 일에 방해가 될 테니까. 지금 잠깐 시간 괜찮아요?"

"네, 말씀하세요."

"실은 부탁하고 싶은 게 있어서."

나는 이 셋집의 (집주인의 관대한 허락을 받아) 일층을 사무소로 개장했다. 신발을 신고 들어가도 되지만, 지은 지 사십 년 된 이 층짜리 목조건물이라 외관은 완전히 일반 가정집이다. 모리타 씨는 현관 미닫이문을 통해 안을 들여다보고 어? 라고 하는 듯한 얼굴을 했다.

한편 야나기 부인은 내부 사정을 잘 아는 기색이다. 개장을 마치고 이사도 끝났을 때 이 셋집 이층의 다다미방에 진드기가 들끓는 재난이 일어나 야나기 약국에도 부인에게도 실컷 신세를 졌기 때문이다.

야나기 부인은 재빨리 사무소의 응접 공간으로 들어가서 벽 쪽에 설치된 작은 가스 팬히터를 켜고 말했다.

"스기무라 씨는 무신경하니까요. '와비스케'에 커피랑 아침 식사를 주문하고 왔어요."

만사에 손이 빠르다. 덕분에 나는 아침 식사 비용을 한 번 절약할 수 있을 것 같지만, 과연 무슨 부탁을 하려는 것일까.

도쿄 도 기타 구의 북동부, 스미다가와 강 상류의 흐름을 가까이에서 조망할 수 있는 오가미초. 이곳에 자리를 잡고 지금의 일을 시작한 뒤 두 종류의 명함을 갖게 되었다.

하나에는 '조사원 · 스기무라 사부로', 다른 하나에는 '스기무라 탐정 사무소 · 스기무라 사부로'라고 인쇄되어 있다. 휴대전화 번호와 메일 주소는 양쪽 다 동일하지만, 후자에는 이 사무소의 주소와 전화번호도 덧붙어 있기 때문에 사무소 명함이라고 부른다.

'조사원' 명함은 독립 개업하는 계기를 만들어 준 조사회사 '오피스 가키가라'에서 하청 업무를 받을 때 쓰는 것이다. '사무소' 명함은 내가 직접 맡은 일을 할 때 쓴다. 올해 1월 15일에 개업했으니 어찌어찌 열 달이 지났다. 지금까지는 조사원 명함 쪽이 단연 매상이 좋다. '오피스 가키가라'라는 생명줄이 없었다면 고가의 집세조차 계속 낼 수 없었을 것이다.

나는 야마나시 현의 산골에 있는 작은 마을에서 태어나 자란 뒤 대학생 때부터 도쿄에서 살았다. 졸업 후에는 아동서 출판사에 취직했고, 편집자로 일했을 때 만난 여성과 결혼하는 동시에 그녀의 아버지가 이끄는 '이마다 콘체른'이라는 거대 그룹 기업의 사원으로 전직했다. 아내와의 사이에 딸이 하나 있지만, 결혼 십일 년 만에 이혼해 이혼 경력을 가진 독신자로 돌아왔고 '이마다 콘체른'도 그만두었다.

어릴 때 내가 어떤 미래를 꿈꾸었는지 잘 기억나지 않지만, 결혼 · 이혼은 어떨지 몰라도 38살 때 사립탐정이 되는 사태는 상상의 영역을 벗어나고 또 벗어나 있었으리라. 산골 과수원에서 자란 아이에게 사립탐정이란 우주비행사와 비슷할 정도로 비현실적인 존재였다.

앞으로 얼마나 사립탐정 일을 계속해 나갈 수 있을지, 그것도 전혀 알 수 없다. 우선 지금 딱 한 가지 확실한 것은 진드기를 퇴치해 준 큰 은인인 야나기 부인이 스기무라 탐정 사무소의 의뢰인 1호가 되어 주실 것 같다는 점—불우함을 한탄해 온 나의 사무소 명함에도 드디어 나설 차례가 돌아온 것 같다는 점이다.

"유령, 이라고요?"

"그래요."

그 비슷한 종류죠, 하며 야나기 부인은 모리타 씨에게 고개를 끄덕인다.

"네. 하지만 이른 아침부터 이상한 얘기를 해서 죄송해요."

"이상하다 해도, 달리 생각할 수 없으니 어쩔 수 없잖아요."

그렇죠, 스기무라 씨, 라고 하며 야나기 부인은 나를 돌아본다.

"죽은 사람이 살아 있고 근처를 어슬렁거린다면 유령이죠?"

"글쎄, 어떨까요."

죽은 (줄 알았던) 사람이 (실은) 살아 있었다면 유령이 아니다. 죽은 사람이 되살아났다면 이는 비과학적인 현상이거나, 아니면 허풍이다.

"저도 한 번 봤을 뿐이니까요."

모리타 씨는 머뭇거리기 시작했다.

"그러니까 근처를 어슬렁거렸다고 할 만한 건 아니고요."

"하지만 얼굴은 똑똑히 본 거죠?"

"그렇긴 한데요……."

그때 커피와 아침 식사가 도착했다.

"안녕하세요. 오래 기다렸죠."

"마스터, 늦었어요."

"미안해요. 아르바이트하는 애가 갑자기 쉬겠다고 전화하는 바람에 정신이 없어서."

'와비스케'도 이 오가미초에 있다. 신축 맨션 일층에 자리한 빨간 차양이 눈에 띄는 찻집이다. 마스터 미즈타 다이조 씨는 내가 '이마다 콘체른'에서 근무했을 때 같은 빌딩 안에서 '스이렌'이라는 가게를 경영했다. 나는 단골손님 중 한 명이었다.

회사를 그만두게 되었을 때 마스터에게 인사를 했더니 마침 '스이렌'의 점포 임대 계약을 갱신할 때가 다가왔다고 했다.

—계속 여기에 있는 것도 질렸고 어딘가 다른 곳으로 옮길까. 스기무라 씨네 근처로 가 줄까요? 내 핫샌드위치, 먹고 싶죠?

반 이상은 농담일 거라고 생각했는데 내가 이곳에 자리를 잡고 사무소를 열었다고 알리자 정말로 근처에 가게를 내겠다고 하더니 물건을 찾아 계약하고 인테리어를 하고 5월 초에는 '와비스케'를 개점했다.

마스터가 끓이는 커피와 홍차는 향이 좋고 간식도 맛있는데다 그중에서도 핫샌드위치는 일품이지만, 회사원 대상의 런치 메뉴로 충분히 가게가 돌아가던 '스이렌' 때와는 달리 이 근처는 주택가다. 가장 가까운 역에서도, 간선도로 순환 7호선에서도 제법 거리가 있다. 과연 장사가 될지 (스스로의 상황은 제쳐 놓고) 걱정하는 나를 아랑곳하지 않고 마스터는 착착 단골손님을 만들더니 '스이렌' 시절에는 없었던 아르바이트 점원도 고용했다.

"어머나, 세상에, 모닝 세트 두 개예요?"

"아니었나요?"

"세 개 시켰잖아요. 마스터, 오늘 아침에는 그렇게 정신이 없었어요?"

"어쨌든 갑자기 쉰다고 하니까요, 아르바이트생이."

단골손님이 된 야나기 부인과의 대화에는 벌써 관록마저 감돈다.

"어쩔 수 없네요. 그럼 내가 도우러 가 줄게요."

"야나기 씨, 가게는 괜찮겠어요?"

"우리는 9시부터인걸요."

얼른 이야기를 정리하고 야나기 부인은 마스터를 재촉해 사무소를 나간다.

"스기무라 씨, 자세한 얘기는 모리타 씨한테서 들으세요. 나도 다시 돌아올 테니까요. 잘 부탁해요."

마스터는 힐끗 나를 보며 눈짓을 했다. '스이렌' 시절부터 좋은 뜻으로도 나쁜 뜻으로도 귀가 밝고 정보통이고 호기심 많은 구석도 있었던 사람이니 어떤 이야기인지 흥미를 느끼는 것이리라.

현관의 미닫이문이 가볍게 닫혔고 나는 모리타 씨에게 말했다.

"아침 드실까요?"

오늘 아침은 치즈 토스트와 감자 샐러드였다.

"고맙습니다."

모리타 씨는 목을 움츠리며 보온병의 커피를 따라 주었다.

"제 이야기라고 해 봐야 자세히고 뭐고, 정말 아까 말한 게 다예요."

'파스텔 다케나카'는 깔끔한 이 층짜리 아파트로, 위층과 아래층에 방이 세 개씩 있다. 모리타 씨는 이층 202호실. 그녀의 바로 아래인 102호실에는,

"미쿠모 가쓰에라는 할머니가 살고 계셨는데 올봄 3월 중순이었나, 돌아가셨어요."

102호실은 일단 비었다가 지금은 다른 입소자가 살고 있다. 그러나 바로 지난주 목요일, 모리타 씨는 외출했다가 미쿠모 가쓰에 씨를 꼭 닮은 여성을 발견했다. 당사자는 휠체어를 탔고, 밀고 있는 젊은 여성과 즐거운 듯이 이야기를 나눴다고 한다.

"가까이 다가가서 바로 말을 걸어 보았으면 좋았겠지만요."

겁을 먹고 말았다고 한다.

"굉장히 많이 닮았지만 사람을 잘못 본 게 분명해요. 이미 돌아가신 분이니까요."

그러나 잊어버릴 수도 없었다. 미쿠모 가쓰에 씨를 꼭 닮은 여

성의 웃는 얼굴이 마음에 걸렸다.

"그래서 어제 퇴근길에 야나기 약국에 들렀을 때 부인한테 슬쩍 얘기했어요. 그랬더니 그거 이상하다고, 스기무라 씨한테 상의해 보자고 해서요."

—그 사람, 사립탐정이니까.

나는 이 동네의 신참이다. 오가미초는 넓은 동네이고 인구 밀도도 높고, 아직 아는 사이가 아닌 주민이 더 많다. 집 바깥에는 평범하게 '스기무라'라는 문패를 걸기만 했을 뿐, '스기무라 탐정 사무소'라는 간판을 내걸지도 않았다.

"사립탐정을 대뜸 믿으실 수 있었습니까?"

모리타 씨는 작게 웃었다.

"야나기 씨한테서 스기무라 씨는 성실한 사람이고 전에는 대기업에서 근무했다고 들었고……. 게다가 스기무라 씨, 주민 자치회의 방범 담당 임원이잖아요. 알림장에서 봤어요."

그쪽이 더 신용을 준 걸까.

"집주인이 데려다줘서 주민 자치회 회장님한테 인사하러 갔을 때 우연히 맡았을 뿐이지만요."

오가미초의 주민 자치회 회장은 은퇴한 교직원으로, 지금은 자택에서 학원을 열고 있다. 풍채 좋은 신사인데,

—당신 나잇대 사람은 좀처럼 임원이 되어 주지 않거든요. 독신이고 자영업자라면 시간에 융통성이 있겠지요.

라며 제꺽 결정해 버렸다.

"하지만 역시 이 정도 일로는 탐정님이 나서지 않으려나요?"

"그렇지 않습니다."

나는 아침 식사 그릇을 정리하고 종이와 볼펜을 꺼냈다.

"메모를 좀 하겠습니다. 죄송하지만 모리타 씨의 성함은요?"

"아아, 모리타 요리코라고 해요."

"실례지만 연세는요? 아니, 이 일의 기점起點은 현재로서는 모리타 씨의 감각이거든요. 다시 말해서 그—."

"저는 쇼와 28년 5월생이에요."

1953년생. 2010년 11월 현재, 57세다.

"그럼 미쿠모 가쓰에라는 여성분은 모리타 씨가 보기에 '할머니'였다는 거로군요."

모리타 씨의 눈이 밝아졌다. "제 감각이 기점이라는 건 그런 뜻이군요."

"네."

"그렇죠, 사람의 겉보기 나이란 그런 거니까요. 으음"이라고 하면서 생각한다. "미쿠모 씨한테 나이를 물어본 적이 없지만 제가 보기에는 딱 어머니 정도였어요. 우리 어머니는 쇼와 5년생이니까, 살아 계신다면 지금쯤 80세죠. 그 정도 느낌."

정말로 고령자, 할머니다.

"그래도 야위었지만 소위 비칠비칠한 할머니는 아니셨어요. 지팡이 없이 걸어 다니셨고요. 아아, 그러니까 그렇기도 해서 다른 사람인데 그냥 닮았나 보다 했죠."

"지난주 목요일에 보신 분은 휠체어를 탔기 때문이군요."

"네, 네……. 하지만…… 잘 모르겠어요, 그 정도 나이가 되면 별거 아닌 일에 뼈가 부러지기도 하니까요."

모리타 씨는, 여기에서 이야기하면서도 아직 망설이고 있다.

"알겠습니다. 그럼 우선 탁 까놓고 생각해 봅시다. 올해 3월에 미쿠모 가쓰에 씨가 돌아가셨다는 사실이 모리타 씨의 착각일 가능성은 없나요?"

"없어요" 하고 모리타 씨는 즉시 대답했다. "돌아가셨다고, 관리인이 분명히 말했으니까요. 그리고 뭔가 미쿠모 씨한테 빌려준 게 없느냐고 물었어요. 집주인이 짐을 처분할 거라면서요."

실제로 그 후 며칠 만에 102호실은 빈집이 되었다고 한다.

"'파스텔 다케나카'는 '순회 관리'가 담당하지요."

"맞아요, 아시나요?"

"이 집을 빌리기 전에 그곳을 소개받았거든요."

"어머나. 그럼 관리인한테 물어보세요. 사정을 알 거예요."

나는 메모를 했다.

"모리타 씨는 미쿠모 씨와 친하셨습니까?"

"친하다, 라."

모리타 씨는 고개를 갸웃거린다.

"으~음, 친했다고 해야 할까요. '파스텔'에는 혼자 사는 사람밖에 없어서 이웃 간의 교류가 전혀 없거든요. 그중에서는 뭐, 친했으려나요."

아파트 앞이나 슈퍼에서 만나면 서서 이야기를 나눈다. 가끔 모리타 씨는 출근하다가,

"치과에 간다고 하셨나, 미쿠모 씨의 외출 타이밍과 맞아서 역까지 같이 간 적도 있었어요."

집에 들어가 본 적은 없고 모리타 씨가 초대한 적도 없단다.

"아시게 된 계기는요?"

"처음 이사를 왔을 때 미쿠모 씨가 인사하러 와 주셨어요."

—아랫집에 산답니다. 노인이니 시끄럽게 굴어서 폐를 끼칠 걱정은 없을 것 같지만 잘 부탁해요.

"정중하시네요."

"네, 정말 느낌이 좋은 분이었어요."

모리타 씨는 미소를 지었다. "저한테는 부모님이 안 계시고, 저희 집 바로 아래층에 그런 연약해 보이는 할머니가 혼자 사신다고 생각하면 왠지 짠해서요. 쓸데없는 참견이지만, 뭔가 별일이 없는지 신경 써 드리자는 정도의 마음은 있었어요."

"모리타 씨, 직업은 어떻게 되십니까?"

"인쇄회사에서 일해요. 사무실에 사람이 적어서 잔업이 많죠."

"힘드시겠군요."

"실업하는 것보다는 나아요."

이 대목에서만 갑자기 말투가 심각해졌다.

"이제 정년까지 얼마 안 남았으니까요. 그 후의 일은, 생각하면 눈앞이 캄캄해지니까 생각하지 않으려 해요."

내가 잠자코 있자,

“미안해요. 제 상황은 상관없지요”라고 하며 부끄러운 듯이 웃었다.

“방금 연약한 할머니였다고 말했지만 특별히 심각한 지병이 있는 것 같지는 않았어요. 그래서 그때도 관리인한테 건강해 보이셨는데 왜 돌아가셨냐고 물었더니 자기도 사정은 잘 모른다고 하더라고요.”

이렇게 되고 보니 조금 마음에 걸린다.

“제가 자세히 물어보겠습니다. 미쿠모 씨한테 가족이 있는 것 같던가요?”

“제가 아는 한에서는 가족 얘기를 꺼내신 적이 없고 그 비슷한 사람이 찾아온 적도 없어요.”

“모리타 씨는 ‘파스텔’에 오래 사셨나요?”

“십일 년 동안이에요. 달리 갈 곳이 없어서.”

모리타 씨는 가볍게 웃었다.

“미쿠모 씨는 더 짧은 기간 사셨어요. 일 년 반 정도인가. 여기라면 오래 사셨을 텐데. 우리 집주인은, 연금을 받아 생활하는 노인 세입자한테선 복비도 갱신료도 받지 않는 모양이거든요.”

그런 이야기는 나도 처음 듣지만 ‘파스텔’과 이 낡은 집의 소유자인 다케나카 가는 대지주로, 오가미초의 4할이 그 집 땅이라고 한다. 그렇게 관대해도 타격이 전혀 없는 것이리라.

“미쿠모 씨는 고마운 일이라고, 진심으로 말하시곤 했어요.”

모리타 씨는 얼굴 앞에서 손을 모으는 동작을 했다. 실제로 당시의 미쿠모 가쓰에 씨가 그렇게 했을지도 모른다.

"저도 혼자 사는 여자고, 부모님이 돌아가시고 나서 본가를 팔아 버린 후에 막상 임대 물건을 찾으려고 했더니 힘들었거든요. 다케나카 씨가 좋은 집주인이라서 다행이었어요."

"본가는 어디신데요?"

"아카바네 시내 쪽에 있어요. 아버지는 제가 40살 때, 어머니는 45살 때 돌아가셨죠. 저는 계속 본가에서 살고 싶었지만…… 동생 부부가 좋아하지 않아서요."

유산 분배 문제 때문일 것이다.

"유감스러운 일이지만 그런 케이스는 드물지 않지요."

"그렇죠" 하고 모리타 씨는 말했다. "남은 돈을 공평하게 나눠 주었으니 제 동생은 그나마 착한 편이에요. 올케는 장남이 유산을 더 많이 받아야 한다고 꽤나 투덜거렸지만요."

처음으로 그녀의 말투에 가시가 섞였다.

"그럼 지난주 목요일 얘기로 돌아가 보죠. 미쿠모 가쓰에 씨를 꼭 닮은 부인을 보신 곳은 어디입니까?"

모리타 씨는 눈을 깜박였다. "그렇죠, 그게 중요하겠네요."

우에노 역이라고 한다.

"공원 입구라고 할까요. 동물원과 미술관이랑 가까운 쪽."

"네, 압니다."

"그 개찰구 밖. 그러니까 길가예요. 저는 그 근처에 볼일이 있어서 역을 향해 걷고 있었어요. 그런데 바로 앞 교차로에서 휠체어를 탄 그분이 신호를 기다리고 계시더라고요. 신호가 바뀌니까 맞은편으로 건너가셨어요."

날씨 좋은 오후 3시쯤의 일이라 얼굴이 똑똑히 보였다.

"그 사람의 복장이 기억나십니까?"

"글쎄요……."

몇 번인가 눈을 깜박였다.

"아, 무릎담요를 덮고 계셨어요. 그리고 화장을 하셨고요."

그래서 깜짝 놀라며 자세히 관찰했다고 한다.

"미쿠모 씨가 '파스텔'에 계실 때 화장하신 모습을 본 적 없거든요. 하지만 그날은 적어도 눈썹을 그렸고 립스틱도 바르셨어요."

"머리는? 달라지지 않았던가요?"

모리타 씨는 나를 뚫어져라 바라보았다. "염색을 하셨더군요. '파스텔'에 있던 미쿠모 씨의 머리는 절반쯤 하얬어요. 하지만 휠체어를 탄 분은 염색을 하셨더라고요. 새까맣지는 않지만 회색 느낌으로."

"그렇군요."

"깜짝 놀랐어요. 이렇게 물어보시니까 생각나네요."

정말로 떠올리는 경우도 있고, 기억을 만들어 버리는 경우도 있고, 다른 기억과 혼동할 때도 있다.

"그래서 제가 아는 미쿠모 씨보다 전체적으로 세련된 느낌이었어요. 돈도 들이고 시간도 들인 것 같은."

"네, 무슨 말씀인지 알겠습니다."

이 사무소에 온 후 처음으로 모리타 씨는 자신 없는 듯한 눈빛을 띠었다.

"—역시 사람을 잘못 본 걸까요."

"아직 알 수 없지요. 같이 있던 여성의 인상은 어땠나요?"

"어떤 인상이라니, 요즘 아가씨 같았죠."

"이십대? 삼십대?"

"서른이 넘어 보이지는 않았어요. 밝은 갈색 머리에, 이렇게, 부풀린 세미롱."

"패션은요?"

모리타 씨는 자신의 앞쪽 공간을 뚫어져라 바라보다시피 했다.

"청바지와 점퍼, 가 아니라, 그 왜 뭐라고 하죠? 보통은 여자가 입는 옷이 아니었어요. 뭐라고 부를 텐데. 점퍼긴 한데 싸구려 같지는 않았어요. TV에서 배우가 입은 걸 본 적이 있어요. 화려한 와펜 같은 것도 붙어 있고."

"스타디움 점퍼."

"그게 아니라 다른 이름이 있는데."

"보머 재킷. 플라이트 재킷."

"아, 그거예요! 플라이트 재킷."

나는 고개를 끄덕이고 메모했다. 그렇다면 요양 시설의 직원일 가능성은 낮다. 그런 입장의 간병인이라면, 외출하는 피간병인을 따라 나설 때는 간병인임을 금방 알아볼 수 있는 유니폼을 입을 것이다.

"플라이트 재킷은 가격이 꽤 나가죠. 중고도 비싸고."

"빈티지일 경우에는 그렇지요."

"그러니까 그 아가씨도 역시, 음, 그렇지."

모리타 씨가 납득이 가는 표현을 찾는 동안 나는 펜을 멈추고 기다렸다.

"유복하다, 고 하면 될까요."

요란하지는 않지만 부자.

"하지만 휠체어를 타신 할머니는 분명히 미쿠모 씨로 보였어요."

스스로에게 들려주듯이 그렇게 말했다.

"그 젊은 아가씨와 이야기하실 때의 느낌도 말이죠, 대화의 내용까지는 알아들을 수 없었지만 말할 때의 표정이나 몸짓, 그런 게 미쿠모 씨였어요."

그냥 얼굴이 닮았다는 점 이상으로 중요한 요소다.

"대충 무슨 이야기인지는 알겠습니다. 우선 제가 관리인을 만나 보지요."

"죄송해요. 잘 생각해 보니까 제가 물어보면 될 일이었는지도 모르는데."

"어머나, 프로한테 맡기는 편이 좋아요."

나는 깜짝 놀랐다. 야나기 부인이 돌아와 있다.

"언제 돌아오셨습니까?"

"유산 분배 얘기쯤부터."

인테리어를 할 때 현관의 미닫이문은 틀부터 시작해 전부 바꿨다. 덕분에 소리도 없이 매끄럽게 여닫힌다. 조심하는 게 좋을 것 같다.

" '와비스케'는 일단락되었나요?"

"아직 붐벼서 우리 조카를 불러다 도와주라고 했어요. 요즘 무슨 잡지에 실렸대요. 마스터도 참, 그런 건 빨리 말해 주지 않으면 곤란한데 말이에요."

야나기 부인은 보온병을 집어 들었다.

"비었네. 그런데 스기무라 씨, 당신 장사할 생각이 없나 봐요. 수수료 얘기를 안 했어요."

지금부터 하려던 참인데.

"지금으로서는 돈을 받을 정도의 일은 아닌 것 같습니다."

"그런 소리 하고 있다간 눈 깜짝할 사이에 망해요. 우선, 뭐더라, 계약금이 아니라, 착수금?"

야나기 부인은 앞치마 주머니에서 지갑을 꺼내더니 5천 엔짜리 지폐를 빼내 테이블 위에 놓았다.

"딱 떨어지니까 이거 한 장. 그리고 보수는—."

"아, 그건 조만간 다시."

"일 년 어때요?"

"네?"

모리타 씨가 몸을 움츠리며 또 "죄송해요"라고 말한다.

야나기 부인은 밀어붙여 온다. "쓰레기장 청소 당번을 일 년 동안 대신해 줄게요. 어때요?"

"어떠냐니요—."

"성가신 조사라면 이 년으로 연장해 줄게요. 엄청 귀찮으면 삼 년. 괜찮죠? 좋아요, 결정."

내 고향에서도 그렇지만, 동네 아주머니는 무적이다.

"이 아침 식사는 내가 사는 거예요."

"안 돼요, 안 돼요. 이건 제가 낼게요."

"그러지 말아요. 말을 꺼낸 건 나니까."

"하지만 그러면 죄송하잖아요."

"그보다 모리타 씨, 슬슬 회사 가야죠."

둘의 대화를 들으면서 나는 착수금 5천 엔의 영수증을 썼다.

2

지주 다케나카 가는 기타 구에만 아파트를 다섯 채, 임대주택을 두 채 갖고 있다. 그 관리를 모두 맡은 사람이 다노우에 신사쿠라는 인물이다. 우리의 순회 관리인이다.

아파트는 정기적으로 바깥이 청소되고 쓰레기가 반출되어야 하지만 주택에서는 그런 일들이 세입자의 책임이기 때문에 내가 관리인의 얼굴을 자주 볼 일은 없다. 다만 연락용으로 휴대전화 번호는 받아 두었다.

전화를 걸자 곧 본인이 받았다. 그러더니 갑자기 이렇게 말했다. "오, 역시 못쓰게 되었나요?"

"뭐가요?"

"급탕기."

내가 빌린 낡은 집의 집중 급탕기는 수명이 다 되어 가는 모양이다.

"아뇨, 다행히 그쪽은 무사합니다. 실은 일 때문에."

"일? 스기무라 씨의?"

그거 잘됐군요, 하며 기뻐해 주었다.

"그럼 제가 찾아뵙겠습니다. 그 김에 배수구 상태도 보고 싶으니까요."

아파트나 주택의 관리인이라고 하면 어느 모로 보나 아저씨다운 아저씨의 풍모를 떠올리겠지만, 우리의 순회 관리인은 다르다. 나보다 젊은 31세. 체지방률이 (추정) 한 자릿수인, 탄탄하게 단련된 날씬한 체형의 스포츠맨으로, 근무중에는 스킨헤드에 머리띠를 두르고 가슴에 '관리인'이란 자수가 들어간 작업복을 입는다.

다노우에 군은 업무용 차—뒤쪽에 도구 상자가 달린 5단 변속기어 자전거를 타고 찾아왔다.

"안녕하세요. 우선 배수구 좀 보겠습니다."

조사에 착수할 때 보통은 의뢰인이 누구인지에 관한 정보를 숨겨야 한다. 하지만 이번엔 당사자 모리타 씨가 '직접 물어보면 될 일이었는지도'라고 발언하기도 해서 솔직하게 설명하기로 했다.

그러자 다노우에 군은 눈을 휘둥그렇게 떴다. "와아, 미쿠모 씨는 살아 계셨나요?"

"그게 무슨?"

"그때, 102호실을 비운 단계에서는 정말로 돌아가셨는지 어떤지 실은 확실하지 않았거든요. 잠깐만요. 날짜를 좀 확인할게요."

벨트 파우치에서 스마트폰을 꺼내더니 조작하기 시작한다.

"이걸로 업무일지를 쓰고 있답니다."

"성실하네요."

"이래저래 편리해서요."

그는 여기 있다, 하면서 손가락을 멈추었다.

"미쿠모 씨네 짐을 정리한 날은 3월 20일이에요. 그전에 다른 세입자에게 알렸으니까, 모리타 씨의 기억은 틀림없습니다."

—뭔가 미쿠모 씨에게 빌려준 건 없습니까?

"어떤 사정이 있었던 건가요?"

다노우에 군은 스마트폰의 화면을 스크롤해 다시 날짜를 확인하더니 얼굴을 들었다. "그 전달, 2월 4일에 미쿠모 씨가 제 번호로 전화를 거셨어요."

—죄송해요, 집세를 낼 수 없게 되었어요.

"그래서…… 이제 살아가기 힘들어서 죽으려고요, 하시더라고요. 약한 목소리였어요."

놀란 다노우에 군은,

"그런 말씀 하시면 안 돼요, 지금 어디세요, 아파트에 계세요, 하고 물었지만 죄송하다고 사과만 하실 뿐이었어요."

—짐은 전부 버려 주세요. 집주인도 관리인분도 친절하게 대해 주셨는데, 정말 죄송해요.

"그 전화, 번호가 표시되었나요?"

"공중전화였어요."

다노우에 군은 '파스텔 다케나카'로 달려갔다.

"자전거를 미친 듯이 밟아서 달려갔는데 문이 열려 있었어요. 제 수고를 덜어 주려고 그러신 거겠죠. 안은 깨끗하게 정리되었고 미쿠모 씨는 안 계셨습니다."

원래 가재도구가 적은 집이었다.

"정리할 때도 깜짝 놀랐지만 가구라곤 없었고 TV도 없었어요. 이불도 매트리스도 없었고요. 전화도 설치하시지 않았더라고요."

"휴대전화는?"

"없어요, 없어요. 음, 미쿠모 씨가 입주하신 날은,"

또 스마트폰으로 일지를 확인했다.

"재작년, 2008년 12월 4일인데 그때 집주인한테 부탁을 받았어요. 전화가 없는 노인이니까 가끔 잘 지내시는지 좀 봐 달라고."

우리 집주인한테는 그런 면이 있는 것이다.

"그래서 저도 신경 쓰고 있었어요. 뭐, 너무 귀찮게 굴면 미안하니까 청소하는 김에 들여다본다거나. 여름에는, 오늘은 더운데 에어컨을 쓰고 계십니까, 라든가."

"에어컨을 쓰셨나요?"

다노우에 군은 고개를 저었다. "노인은 그렇게 더위를 느끼지 않는대요. 그래도 더울 때는 슈퍼로 피서를 가신다고. 부엌에 컵라면만 산더미같이 쌓여 있었어요. 다른 식재료는 눈에 띄지 않았죠. 일 년 내내 그랬어요."

한 개에 98엔짜리 말이에요, 라고 말한다.

"생활은 소박했어요. 아슬아슬하게 한계까지 검소한 느낌이었죠."

"가족이 있었을까요?"

"저는 들은 적 없는데요. 자세한 건 집주인이 더 잘 알 거예요. 그리고 집을 비울 때 이건 그냥 버리기 미안하다 싶었던 건 지금도 집주인이 보관하고 있을 겁니다."

"그거 고마운 일이군요."

"미쿠모 씨가 살아 계시다면 돌려 드릴 수 있겠네요."

다노우에 군은 조심스럽게나마, 처음으로 기쁜 듯이 웃었다.

"다행이네요. 그때 죽지 않고 생각을 바꿔 주셨나 봐요."

"아직 그렇다고 확실하게 밝혀진 건 아니지만요."

"집을 정리할 때 다른 세입자들한테는 미주알고주알 사정을 털어놓을 수가 없었죠. 좋은 얘기도 아니니까요. 다케나카 부인은 그냥 돌아가셨다고 하라고 말씀하시더라고요. 근데 전 그게 좀 꺼림칙했어요."

그 마음은 나도 짐작이 간다.

“다노우에 군은 미쿠모 씨가 화장한 모습을 본 적이 있나요?”

그는 깜짝 놀랐다. “화장?”

“립스틱이라든가.”

“아니, 없어요. 배관 청소를 할 때 찾아가 보면 세면실에는 치약이나, 그 외에는 비누 접시밖에 없었을 정도고.”

‘파스텔 다케나카’에서는 컵라면만 먹었고, 샴푸 같은 것도 사지 않을 정도로 생활이 곤궁했다. 또는 절약하고 있었다. 그런 노파가 2월에 생활고를 호소하며 ‘죽겠다’고 모습을 감추었고 11월에는 유복하고 행복해 보였다.

정말로 동일인물일까. 그냥 꼭 닮은 타인이 아닐까.

“스기무라 씨.”

메모에서 눈을 들었는데 다노우에 군이 안절부절못하고 있었다.

“저 같은 사람이 쓸데없는 말을 하면 안 될 것 같지만…….”

“여기에서는 말해도 괜찮아요.”

“미쿠모 씨는, 도망치신 게 아닐까 하는 느낌이 들었어요.”

도망쳤다.

“누군가에게 쫓기고 있었다거나?”

“그냥 짐작이지만 저 같은 사람한테 딱 생각나는 건, 역시 빚쟁이예요. 그러니까 그, 다시 말해서 어디에선가 야반도주한 다음 ‘파스텔’에 사셨던 게 아닐까 싶거든요. 그래서 그렇게 짐도 없고요. 그냥 없는 대로 사셨던 거죠.”

“경우에 따라서는 다시 금방 도망쳐야 하니까?”

다노우에 군은 고개를 끄덕였다. “저도 그런 경우를 몇 가지 알아서요.”

“알겠어요. 고마워요. 그것도 집주인한테 물어볼게요.”

“아파트 얘기를 하려면 아야코 씨한테 하셔야 할 거예요.”

다케나카 가는 옆 동네에 있고, 한 집에 3세대가 함께 살고 있다. 가장인 다케나카 부부와 장녀 부부 일가, 장남 부부 일가, 차남 부부 일가, 아직 독신인 삼남과 차녀.

그쪽에서 내게 흥미를 가졌는지 임대 계약을 할 때 전원을 만났지만, 일가의 얼굴과 이름과 서열을 전부 외울 수가 없었다. 부동산 업자나 다노우에 군 같은 외부 관계자도 혼란을 피하기 위해 은밀한 암호로 부르고 있다.

“아야코 씨는 어느 쪽 분이셨죠?”

“며느리 2호예요.”

차남의 부인이라는 뜻이다. 실례이기는 하지만 확실히 편리한 호칭이었다. 말이 난 김에 말하자면 고안자는 야나기 부인이다. 부인의 경우는 다 외우지 못하는 것이 아니라 재미로 그렇게 부르고 있을 뿐이지만.

다케나카 아야코(며느리 2호) 씨는 날씬한 미인이다. 처음 마주했을 때,

—사립탐정이라니, 매튜 스커더 같네요.

라며 흥미진진하다는 얼굴을 했다.

—난 미스터리 소설을 정말 좋아해요.

나는 "죄송합니다, 스커더가 누구죠?"라고 물었다. 그녀는 웃으며 문고본을 몇 권 빌려주었다. 미국 사립탐정 소설이었다.

그 후로 다케나카 며느리 2호는 나를 (어디까지나 집주인의 며느리와 세입자의 거리감으로) 친근하게 대해 준다. 지금도 사정을 듣더니 곧 작은 종이상자를 가져왔다.

"부동산 계약에 대해서는 모로이 씨한테 다 맡기고 있지만—."

내게도 중개해 준 부동산 사장 모로이 가즈오 씨. 회사 이름은, 장난 같지만 '모로모로 홈'이다.

"세입자가 남기고 간 것까지 다 맡아 달라고 하기도 미안하잖아요. 그래서 우리가 보관했어요."

미쿠모 씨 살아 계셨군요, 하고 중얼거린다.

"아직 알 수 없습니다. 이거, 열어 봐도 될까요?"

"그러세요."

다케나카 가의 집은 크지만 저택이 아니다. 원래 대지가 넓었고, 한쪽에 자리한 이층집을 아이들의 성장에 맞춰 증축해 나갔다고 하는데 참으로 독특한, 기워 붙인 듯한 집이 되었다. 나같이 귀빈이 아닌 손님은 그 기워 붙인 집의 한쪽에 있는 방으로 안내된다. 간소한 응접세트와 캐비닛이 있고 벽에 신기한 추상화를 장식해 놓았는데 가끔 다른 그림으로 바꾸어 걸린다. 미대에 다니는 이 집 삼남의 작품이라고 한다.

"옷은 없었어요. 미쿠모 씨가 갖고 나갔거나 다른 사람한테 보여 주기 싫어서 먼저 버리셨겠죠. 그러니까 그 안에 들어 있는 건, 이렇게 말하기는 미안하지만 잡동사니예요."

분명히 그렇다. 쓰다 만 편지지 세트. 잉크가 다 떨어진 낡은 만년필. 텅 빈 저금통. 교통 안전 부적. 휴대용 재봉 세트. 종이 달린 네쓰케쌈지나 주머니 따위의 끈에 다는 조그만 세공품. 다리가 휜 돋보기안경. 단행본 사이즈의 천 북커버. 새것인지 얇은 비닐봉지에 들어 있다.

"세제나 빗이나 빨래집게 같은 건 버렸어요."

샌들이나 신발도 몇 켤레 있었지만 역시 쓰레기장행. 의외로 처분하기 곤란했던 것은 이불 한 장과 모포와 방석 두 장이었다.

"아직 깨끗하길래 햇볕에 말려서 커버를 바꿔 씌운 뒤 집회소에 기부했어요."

"미쿠모 씨가 어떤 분이었는지 기억나십니까?"

"네. 임대 계약 때 어머님이랑 제가 있었으니까요."

조그마한 할머니였어요.

"살아 계신 거라면 다행인데."

그렇게 말하고 다케나카 며느리 2호는 조금 떫은 얼굴을 했다.

"건강하시다면 우리 집에 인사하러 와도 벌 받으실 일은 없을 텐데."

"특별히 봐주신 세입자로군요."

다케나카 며느리 2호는 고개를 끄덕였다. "보증금 없음, 복비 없음, 보증인 없음. 첫 방세는 연금이 들어온 후에 후불로 내도 됨. 게다가 어머님은 당장의 생활비로 쓰시라면서 2만 엔을 빌려 주셨어요."

미쿠모 씨, 노숙자가 되기 직전이었거든요—하며 목소리를 낮추었다.

"'모로모로 홈'에 오셨을 때는 정말 달랑 가방 하나만 들고 계셨어요."

분명히 경제적으로 곤란에 처했고 사정이 있어 보이는 미쿠모 가쓰에 씨를 '모로모로 홈'은 문전박대하지 않았다.

—친절한 집주인이 있어요.

이렇게 말한 뒤 다케나카 가에 이야기해 주었다. 그래서 부인과 며느리 2호가 '모로모로 홈'으로 찾아간 것이다.

"미쿠모 씨의 모습을 보자마자 어머님은 거절하지 않으시겠다고 생각했어요. 실제로 그러셨고요."

그 대신 다케나카 부인은 꽤 자세한 사정까지 캐물었다.

"그 할머니의 얼굴을 기억하느냐고 물으신다면, 자신 없어요. 하지만 그분의 신상 이야기라면 기억해요. 세상에, 어머니에게 이렇게 심한 짓을 하는 딸이 다 있나, 하고 깜짝 놀랐으니까요."

다케나카 며느리 2호의 표정이 험악해졌다.

"미쿠모 씨는 남편을 일찍 여의고 따님이랑 둘이서 사셨대요. 여자 혼자 힘으로 따님을 고등학교 졸업 때까지 키우셨는데요."

그 딸은 학교를 나와 취직하고 결혼했지만 마흔 가까이 되었을 때 이혼하고 말았다.

"아이는 없어서 혼자 미쿠모 씨의 집으로 돌아왔는데 그 후 재혼하지도 않았대요."

—외로웠던 건지도 모르죠.

미쿠모 가쓰에 씨는 이렇게 말했다고 한다.

"이상한 것에 물들어서, 점점 빠져들어 갔대요."

"이상한 것?"

다케나카 며느리 2호는 얼굴을 찌푸린다. "이야기를 들었을 때도 잘 알 수 없었지만, 지금도 뭐라고 말해야 할지 모르겠어요. 점인가?"

어쨌든 '말씀'인지 뭔지를 내려 주시는 '선생'에게 감화되어 금품을 바치게 되었다.

"아하. 드문 이야기는 아니네요."

오늘 두 번째로 반복된 감상이다.

"어머님은 '분명 사교 집단이야'라고 하셨어요."

딸은 자신의 벌이를 갖다 바치고 어머니한테도 '선생'에게 기부하라고 집요하게 요구하다가 싫어하는 미쿠모 가쓰에 씨와 싸우게 되었다.

"그 '선생'인지 뭔지의 집으로 들어가 버렸다네요. 애인인지 제자인지 알 수 없는 느낌으로."

2008년 12월의 시점으로부터 일 년쯤 전의 일이라고 한다.

"그걸로 끝나지 않았던 거로군요."

"맞아요."

'선생'에게 전 재산을 털어 바친 딸은 어머니를 찾아와 돈을 갈취해 갔다. 미쿠모 가쓰에 씨가 돈을 내주지 않으면 지갑이나 서랍에서 현금을 빼 가고, 돈이 될 만한 것을 가지고 나가 멋대로 팔아 치웠다.

"또 그 딸이 말이죠—."

'님' 자를 빼 버린 다케나카 며느리 2호는 떨떠름한 얼굴을 했다.

"말을 참 잘했대요. 미쿠모 씨의 연금이 들어오는 날을 기다렸다가 돈을 뜯어내러 오는 거예요. 울고 빌고 매달리기도 하고, '선생'에게 기부금을 바치는 것은 어머니를 위한 일이기도 하다나요. 미쿠모 씨는 우리 앞에서 눈물을 글썽거리셨어요."

—바보 같은 부모지만, 딸이 이렇다 저렇다 하면서 설득하면 단호하게 거절할 수가 없어서요.

"어머니가 돈을 빌려주지 않으면 소비자금융에서 돈을 빌리겠다고 하고."

—그건 엄청나게 심각한 일이라고, 이미 머릿속이 새하얘져서.

"비장의 정기예금 3백만 엔까지 찾자, 전부 다 딸이 가져가 버렸대요."

아무리 그래도 너무 바보 같다고, 다케나카 며느리 2호는 자기 일처럼 한탄했다.

"요즘은 소비자금융도 그렇게 무섭지 않은데 뭐 어떻다고. 딸이 빌리겠다면 자기 재량으로 빌리게 내버려두면 되잖아요."

나는 달랬다. "어르신이니 소비자금융의 이미지만으로도 무서우셨겠지요."

그래도 그런 식으로 저축을 빼앗기고 연금을 계속 갈취당하면 생활이 곤란해지는 것은 시간문제다. 딸에게 약한 미쿠모 가쓰에 씨도 역시 견딜 수가 없어서 '모녀 간의 인연을 끊겠다'고 화를 내며 크게 싸웠지만.

—10월 초쯤이었을까요.

"그랬더니 따님은, 그럼 유산을 미리 받겠다면서 연금 수급 계좌의 현금카드를 가져가 버렸대요."

허둥지둥 수취 계좌를 변경했지만 이미 전 계좌는 텅 비었다. 수도광열비도 체납되어 있었고 꽤 전부터 집세 지불이 자꾸 늦어져서 관리 회사에서 따끔한 말을 들었기 때문에,

—쫓겨나는 건 죽는 것보다 부끄러워서요.

미쿠모 가쓰에 씨는 살던 아파트에서 도망치고 말았다. 한동안은 지인에게 의지했지만 더부살이 생활이 오래갈 리가 없었다.

—한 평 반짜리라도 좋으니까 방을 빌릴 수 없을까 싶었어요.

'모로모로 홈'에 우연히 발을 들인 날은 음력 섣달 4일이었다.

"신혼 때 남편 회사의 사택이 이쪽에 있어서 조금 친숙한 동네였다고 했어요."

—옛날이 그리워서요.

이 동네로 흘러들어 왔다는 것일까.

야반도주라는 다노우에 군의 감은 맞았다. 다만 이 경우, 돈을

뜯으러 오는 사람이 채권자나 대금업자가 아니라 딸이라서 오히려 더 나쁘다.

"다케나카 씨, 미쿠모 씨의 딸 이름을 기억하십니까?"

다케나카 며느리 2호는 갸름한 눈을 두세 번 깜박였다. "—아뇨. 그러고 보니 들은 적이 없어요."

깜박하고 있었네요, 하며 분하게 여긴다.

"의외로 그런 법입니다. '딸이', '따님이'로 끝나 버리니까요."

"단서가 되었을 텐데, 미안해요."

"신경 쓰지 마십시오. 미쿠모 씨의 딸이 지금 본명을 쓰고 있을 거라는 보장도 없고요."

다케나카 며느리 2호는 "엑" 하는 목소리를 냈다.

"지금 처음으로 스기무라 씨가 진짜 탐정처럼 보였어요."

"이 상자, 제가 가져가도 될까요?"

"그러세요. 아버님이랑 어머님께 얘기해 둘게요."

다케나카 부부는 해외여행중이라고 한다.

"세느 강 고성으로 팔 일짜리 투어."

"고성 투어라면 루아르 강이겠지요."

"그런가요?"

"또 한 가지, 미쿠모 가쓰에 씨가 '파스텔'에 입주했을 때 이전 주소를 알 수 있을 만한 걸 제출하시지 않았습니까?"

"입주 신청서를 쓰셨어요. 아직 모로이 씨한테 있을 거예요."

나는 종이상자를 안고 다케나카 가에서 물러났다.

루아르 강 고성 투어. 언젠가 가고 싶다고, 헤어진 아내와 얘기한 적이 있다.

—나이를 먹으면 가요. 둘 다 백발이 되고 나서.

쓸데없는 것을 떠올리고 말았다.

3

주식회사 모로모로 홈은 게이힌 도호쿠 선 오지 역 앞에 있다. 커다란 빌딩의 일층이다. 찾아가니 다행히 모로이 사장은 사무실에 있었고 이야기를 나눌 수 있었다.

미쿠모 가쓰에 씨가 '파스텔 다케나카' 입주 신청서에 기입한 전 주소는, 에토 구 모리시타초의 '엔젤 모리시타' 203호였다. 모리시타초는 스미다가와 강 하류 가까이에 있는 다운타운이다.

"당시, 이쪽에 연락하신 적이 있습니까?"

"없어요, 없어요, 노터치. 우리 쪽에서 뭔가 했다가 미쿠모 씨가 딸한테 발견되면 곤란하다고 생각했거든요."

모로이 가즈오 사장은 일본의 올바른 중년 샐러리맨의 표본 같은 풍모의 소유자지만 선글라스를 쓰는 순간 '그쪽' 사람으로 보인다. 부동산 업자에게는 그게 편리한 경우도 있다고 한다.

"스기무라 씨, 여기에 갈 거면 먼저 점심을 먹읍시다."

둘이서 가까운 카레 가게에 갔다.

"미쿠모 씨는 살아 계셨군요."

"아니, 아직 알 수 없습니다."

이 일에 관련된 사람들은 꼭 닮은 다른 사람일 가능성을 생각하지 않는다. 좋은 사람들이라고 생각하고 있는데, 사장이 "나는 그렇게 마음씨가 좋지 못해요"라며 웃었다. "당시부터 수상하게 생각했지요. 나도 미쿠모 씨한테서 전화를 받았으니까."

다노우에 군만이 아니었던 것이다.

"이제 돈이 없어서 집세를 낼 수 없고 살아 있어도 별 수 없으니 죽겠다는 말을, 모기 울음소리 같은 목소리로 얘기하시더군요. 그러더니 금방 끊어 버리셨어요."

그 전화는 점포 대표 번호로 걸려 왔고 표시된 번호는 역시 공중전화 번호였다고 한다.

"왜 수상하다고 생각하셨습니까?"

모로이 사장은 곧 대답했다. "체납이 없었거든요."

미쿠모 가쓰에 씨는 '파스텔'의 집세를 체납하지 않았다.

"집세를 못 내서 도망치겠다고 하는 사람은 그전부터 체납하는 법이죠. 하지만 그분은 매달 제대로 집세를 내셨어요. 아야코 씨도 그렇게 말하시지 않던가요?"

세입자가 집세를 체납하면 곧장 다케나카 가의 아파트 담당자인 아야코 씨에게 보고하도록 되어 있다고 한다.

"다케나카 가의 장남의 부인."

"아야코 씨는 차남의 부인입니다."

"어라, 그랬던가요. 며느리 1호는 아사미 씨인가요."

이런 식으로 우리는 쉽게 혼란에 빠진다.

"그러니까 전화가 온 후 한 달 이상 기다렸다가 102호실을 비운 건, 계약서에 명기된 대로 행한 공정한 수속이었습니다."

다음 달 집세가 들어오지 않자 임대 계약을 해지하고 남아 있는 물건들을 처분한 것이다.

"미쿠모 씨의 수색원을 내는 건 검토하셨습니까?"

모로이 사장은 단호하게 대답했다. "그렇게 하는 게 좋겠느냐고 며느리 2호가 물으셨지만, 하지 말라고 말렸지요."

"그럼—이전 주소라면, 에토 구청인가. 그쪽에 조회해서 혹시 미쿠모 가쓰에 씨의 사망 신고가 들어왔는지 확인은,"

"안 했습니다, 그런 쓸데없는 짓은."

"사장님은 미쿠모 가쓰에 씨의 딸 이름을 기억하십니까?"

사장은 카레 스푼을 손에 들고 삼 초 동안 생각했다. "아마 사나에 씨. 이를 조早에 벼 묘苗 자를 쓰는 사나에早苗 아닐까요."

"미쿠모 사나에인가요?"

"그렇지 않을까요? 이혼해서 어머니와 살았으니까. 아아, 하지만 미혼이었을 때의 성으로 돌아오지 않았을 수도 있으려나요."

그 부분은 이혼 사정에 따라서 다를 것이다.

"스기무라 씨, 신청서의 첨부 서류를 보세요. 미쿠모 씨의 건강보험증 복사본이 있죠."

받은 파일을 넘겨 보니 분명히 그랬다.

"쇼와 15년 5월생—."

"맞아요. 1940년생이니까 '파스텔'에 입주한 시점에 68세. 지금 살아 계신다면 70살이 되셨을 거라 계산되지요."

모로이 사장은 쓴웃음을 지었다. "모리타 씨의 감각이 어긋난 건 아니에요. 나도 처음 사무실에서 만났을 때는 여든 가까이 된 할머니라고 생각했으니까. 그분은 늙어 보였어요. 그만큼 힘든 인생이었나 보다고 생각했지요."

다케나카 며느리 2호가 미쿠모 가쓰에 씨의 모습을 보고,

—어머님은 거절하지 않으시겠다고 생각했어요.

라고 말했던 의미가 실감 났다.

"그 시대에 남편을 먼저 떠나보낸 뒤 혼자 일해서 자식을 고등학교까지 보낸 건 대단한 일이었겠죠. 지금처럼 복지가 잘되어 있지 않은 시대니까."

"미쿠모 씨는 무슨 일을 하셨죠?"

"봉제회사에서 일하셨대요. 결혼하면서 그만뒀다가 남편이 죽자 다시 재취직해서 거기에서 일하셨지요."

점점 생각이 난다면서 사장은 음음, 하며 고개를 끄덕이고 나를 보았다.

"다케나카 가가 그런 사람에게 상냥한 건 대단한 일이에요. 하지만 우리한테는 장사니까요. 연금도, 그분이 얼마나 받을 수 있는지 확실하게 파악해 두지 않으면 곤란했거든요."

"물론 이해합니다."

"재취직하고 나서 파트타임으로 일했다고 하셨어요. 후생연금을 최대치로 받지 못하셨고, 국민연금 기간이 더 길어서 액수는 얼마 안 되었어요."

하지만, 하고 고개를 갸웃거린다.

"아무리 연금 액수가 적어도 두 달에 한 번 반드시 지급되니까요. '파스텔'에 정착한 뒤로는 딸에게 돈 뜯길 일도 없어졌고, 돈 문제만으로 갑자기 죽고 싶어질 만큼 궁지에 몰릴 리가 없어요."

카레 향기 속에서 나는 고개를 끄덕였다.

"그래서 이리저리 추측하고 있었지요. 혹시 어려운 병이 발견된 게 아닐까, 라든가."

암이나 심장병 같은 거 말이에요.

"겉으로만 봐서는 알 수 없는 큰 병."

"치료에 비싼 의료비가 드는."

"힘든 투병이 될 테니까 앞날이 불안할 테고요. 그래서 차라리 빨리 죽어 버릴까 하는 생각이 드셨을 수도 있잖아요."

궁지에 몰려서 사장과 다노우에 군에게 전화를 걸고 '파스텔'에서 사라졌다. 그 후에 정말로 죽었는지 아닌지는 알 수 없지만.

"있을 수 있는 일이군요."

"그리고 또 하나는—."

이때 사장은 아픈 듯이 얼굴을 일그러뜨렸다.

"따님한테 들키셨다거나 미쿠모 씨가 딸에게 연락해서 다시 합치기로 하셨다거나. 부부가 아니니까 이상한 표현이지만요."

하고 싶은 말이 뭔지는 알겠다.

“하지만 미쿠모 씨가 따님에게 돌아가다니, 그럴 수 있을까요.”

“부모 자식 간이니까요. 달리 의지할 수 있는 가족이 없었던 것 같고, 어머니와 딸뿐이니까.”

‘파스텔’에서 생활이 안정되자 미쿠모 가쓰에 씨는 외로워졌을지도 모른다. 딸이 걱정되기 시작했을지도 모른다.

“나는 그럴 가능성이 제일 높다고 생각했어요. 그리고 그렇게 된 거라면 솔직하게 말하기 어렵잖아요. 나는 그렇다 치더라도, 다케나카 부인한테는 말할 수가 없지요.”

그렇게 돌봐 주었는데.

“그렇다고 말없이 사라졌다가 우리가 찾아다니기라도 하면 그 또한 곤란하겠지요. 그래서 죽겠다고 얼버무리고 도망쳐 버리신 게 아닐까 했죠.”

내 상상이지만요, 하며 웃는다.

“후자의 경우라면 미쿠모 씨가 살아 계셔도 이상하지 않아요. 이전보다 세련되고 유복해 보이셨다는 건 이해가 안 되지만.”

그렇다. 그 점이 꽤 어려운 문제다. 같이 있던 젊은 여성의 문제도 있다.

“사나에라는 따님이 감화를 받은 ‘선생’에 대해 들으신 적이 있습니까?”

모로이 사장은 고개를 저었다. “어차피 사이비 종교나 사교 집단이겠죠.”

다케나카 부인의 견해와 같다.

나는 카레 가게 앞에서 사장과 헤어져 에토 구의 모리시타초로 향했다. 처음 가 보는 지역이었지만 정연하게 바둑판처럼 구획이 나뉜 동네여서 '주거표시'를 더듬어 가기만 해도 '엔젤 모리시타'를 금방 찾을 수 있었다.

이 층짜리 건물, 모르타르 외벽 위의 평지붕, 바깥 통로와 바깥 계단. 세탁기도 바깥에 놓여 있고, 위아래로 다섯 집씩 있다. '파스텔 다케나카'를 이십 년쯤 낡게 만들고 방 수를 늘린 것 같은 건물이다.

바깥 계단 앞쪽에 금속제 우편함이 위아래 다섯 개씩 설치되어 있다. 역시 여기저기 녹슨 오래된 물건이다. 납작하게 찌그러진 우편함도 있다.

203호실 우편함의 플레이트에는 이렇게 표기되어 있었다.

'미쿠모.'

나는 잠시 그 자리에서 생각했다. 그 후 바깥 계단을 올라가 203호실의 초인종을 눌렀다.

한 번, 두 번, 세 번. 세 번째 초인종 뒤에 철컥 하는 소리가 나고 체인을 건 문이 10센티 정도 열렸다.

"실례합니다."

문틈으로 내다본 사람은 긴 갈색 머리의 젊은 여성이다. 구깃구깃한 트레이닝복 상하의. 자다 일어나 눈부신 것처럼 눈을 가늘게 뜬다.

"갑자기 찾아와서 죄송합니다. 미쿠모 씨 계십니까?"

갈색 머리 여성은 눈을 가늘게 뜬 채 잠시 눈을 깜박였다. "—미쿠모 씨?"

허스키한 목소리다. 나는 네, 하고 대답했다.

"누구세요?"

"스기무라라고 합니다. 미쿠모 가쓰에 씨를 찾아왔는데요."

갈색 머리 여성은 수상하다는 듯이 나를 본다.

"가쓰에 씨, 라고요?"

"네."

"사나에 씨가 아니라?"

나는 표정을 바꾸지 않으려고 애썼다.

"사나에 씨는 가쓰에 씨의 따님이지요. 여기 사십니까?"

갑자기 문이 닫혔다. 나는 그 자리에서 기다렸다.

잠시 후, 다시 문이 열렸다. 이번에는 체인도 풀려 있고, 나타난 사람은 아까 그 갈색 머리 여성보다는 잠이 깬 여성이었다. 긴소매 셔츠와 청바지를 입었다. 역시 긴 갈색 머리를, 목 뒤에서 하나로 묶었다. 나이는 삼십대 초반일 것이다.

"실례지만 누구시죠?"

말투도 시원시원하다. 보니 그녀 뒤에서 아까 그 갈색 머리 여성과, 반바지를 입은 검은 커트 머리의 젊은 여성(이 사람은 십대일지도 모른다)이 서로 몸을 기대다시피 하며 이쪽을 살폈다.

셋 다 불안해 보였다.

"저는 스기무라라고 합니다. 탐정 사무소 사람입니다."

나는 사무소 명함을 내밀었다.

"미쿠모 가쓰에 씨와 연락을 취하고 싶어서 찾고 있습니다. 2008년 10월까지는 이곳에 사셨다고 알고 있는데요."

긴소매 셔츠의 여성은 이마로 흘러내린 한 줄기 머리카락을 쓸어 올리고는 내 명함과 내 얼굴을 번갈아 바라보았다.

"탐정 사무소?"

"네."

"관리 회사 사람이 아니고요?"

"네, 아닌데요."

그리고 지금 단계에서는 내가 예상하지 않은 말을 했다.

"경찰도 아니죠?"

나는 적당히 놀란 얼굴을 했다. "경찰이 개입할 만한 무슨 일이 있어서 곤란하신 건가요?"

적당히 친근한 태도도 취했다. 그 태도가 적절했는지, 긴소매 셔츠의 여성이 등 뒤에 있는 둘에게 힐끗 시선을 던지고 나서 이렇게 말했다.

"우리는 가쓰에 씨라는 분에 대해 몰라요. 사나에 씨의 어머니는 만난 적이 없으니까."

"그랬군요. 여러분은 사나에 씨의 룸메이트인가요?"

"네, 맞아요."

그러자 뒤의 짧은 커트 머리 여자가 말했다. "우리는 스타메이트예요."

긴소매 셔츠의 여성이 쓸데없는 말 하지 말라는 듯이 재빨리 그녀를 돌아보았고, 곧 다시 나를 보며 얼버무리려는 듯한 얼굴을 했다.

"룸메이트예요. 사나에 씨도 여기 살고 있는데—."

망설이듯이 시선을 피하며 말을 흐린다. 나는 가능한 한 친근한 표정을 띤 채 기다렸다.

보람이 있었다. 그녀는 말했다. "지금은 없어요."

"외출하셨나요?"

"그게—잘 모르겠어요."

이 자리에 있는 세 사람 중 언니격인 듯한 그녀는, 그렇기 때문에 가장 불안해 보였다. 그 불안이 나 같은 제삼자의 물음에 넘쳐나 버릴 정도로, 컵 가장자리까지 고여 있다는 점도 알 수 있었다.

"세 달쯤 전부터 이곳에 돌아오지 않았어요. '생추어리'에도 전혀 오지 않고, 휴대전화도 연결이 안 되고. 사나에 씨가 어디에 있는지 모르겠어요."

이들의 이야기를 들은 후, 긴소매 셔츠의 여성이 방을 뒤져서 찾아내 준 '엔젤 모리시타'의 관리 회사 담당자의 명함을 가지고 그 회사를 찾아갔다. 지하철을 타니 바로 다음 역의 앞에 있었다.

나타난 담당자는 젊은 멋쟁이로, 몸에 맞는 정장을 입었고 머리 모양도 단정했다. 내가 미쿠모 가쓰에 씨와도, 딸인 사나에 씨와도 연락이 되지 않아서 찾고 있다—고 말을 꺼내자 처음에는 요령

부득이었고, 사정을 들으면서 수상하다는 얼굴을 하더니 당황하기 시작했다.

"집세는 어떻게 되는 걸까요? 계좌는 제대로 남아 있나?"

놀랍게도 그는 미쿠모 사나에 씨뿐만 아니라 가쓰에 씨도 '엔젤 모리시타' 203호실에서 지내는 줄로 알고 있었다. 거기에는 나름의 경위가 있다.

미쿠모 모녀는 그가 입사하기 전부터 '엔젤 모리시타'에 살았다. 좋은 세입자였다고 한다. 하지만 2008년 봄 즈음부터 계좌 이체되는 집세가 입금되지 않는 일이 반복되었다. 전화를 하면 미쿠모 가쓰에 씨가 허둥지둥 집세를 내러 왔다는데, 9월 말에는 드디어,

—조금만 기다려 주시면 안 될까요.

"사극에 나오는 공동주택도 아니니 그럴 수가 없지요. 이대로 가다간 한 달 후에는 퇴거하셔야 한다고 했더니, 그때는 어떻게든 돈을 마련했는지 집세를 내 주셨어요."

하지만 다음 달 10월에 또 이체가 되지 않았고 전화도 연결되지 않았다. 담당자가 찾아가 보니 203호실은 응답하지 않았고, 가스는 잠겼고 전기 미터는 멈추어 있었다. 요금 체납 때문이다. 이 부분은 아까 다케나카 며느리 2호에게서 들은 이야기와 부합했다.

그때가 되어서야 비로소 이 담당자는 계약 당사자인 미쿠모 가쓰에 씨가 아니라 동거인인 딸 사나에 씨에게 연락을 취하기로 했다. 긴급 연락처에 그녀의 휴대전화 번호가 등록되어 있었기 때문에 걸어 보니 몹시 놀란 듯이 달려왔다고 한다.

—죄송해요. 어머니랑 싸워서 한동안 집을 나와 있었거든요. 어머니 혼자서는 돈을 마련할 수 없었을 거예요.

실제로 이 무렵 당사자인 미쿠모 가쓰에 씨는 지인의 집을 전전하다가 노숙자 직전의 신세가 되었고, 12월 초에 간신히 '파스텔 다케나카'에 입주할 수 있었다.

미쿠모 사나에 씨는 곧 체납분의 집세를 지불했다.

—앞으로는 제 계좌에서 집세가 이체될 수 있게 수속하고 싶은데요.

그때는 그걸로 수습이 되었다. 그리고 이듬해 2009년 3월은 203호실 계약을 갱신하는 달이었다.

—어머니는 이제 나이가 많으시니까 제가 계약해도 될까요? 신규 계약으로 바뀌어도 상관없으니까요.

집주인의 허락을 받았기 (신규 계약으로 또 보증금이 들어오니까 불평하지 않았을 것이다) 때문에 그렇게 하기로 했다. 그리고 현재에 이른다.

어머니에게서 비장의 예금까지 빼앗았으면서 (오히려 그렇기 때문일까) 미쿠모 사나에 씨는 묘하게 돈 씀씀이가 좋았다는 사실은 제쳐 두고.

나는 다케나카 부인만큼 속 깊은 인간이 아니다. 하지만 현재, 사나에 씨가 집주인의 허가 없이 룸메이트를 세 명이나 끌어들여 살고 있다는 것을 (임대 계약 조항을 위반했을 가능성이 있다) 이르지 않았다. 이 멋쟁이 젊은 담당자에게 화가 났기 때문이다.

"그쪽은 미쿠모 사나에 씨의 근무처를 아십니까?"

"그런 개인정보를 알려 드릴 수는 없지요."

딱히 이런 대화가 있었기 때문은 아니다.

그의 말대로 현대의 부동산 관리 회사는 먼 옛날의 공동주택 관리인과는 다르다. 만사에 계약이 우선이고, 위반하면 아웃당하는 것도 어쩔 수 없다.

하지만 그가 입사하기 전부터 살았고 과거에 큰 문제를 일으킨 적이 없으며, 게다가 고령의 입주자인 미쿠모 가쓰에 씨가 언제부턴가 갑자기 집세를 체납했는데도,

—무슨 일 있나요?

라는 말 한마디조차 건네지 않은 것 같다. 상대가 연금 생활자임을 알고 있으면서도, 집세가 늦으면 그저 엄격하게 독촉할 뿐 결코 사정을 물으려 하지 않았다. 게다가 사나에 씨와 이야기가 되고 나서는 미쿠모 가쓰에 씨와 연락이 되지 않고 얼굴조차 보지 못했는데도,

—어머님은 같이 사시지요? 잘 지내십니까?

라고 확인하지도 않았다. 이는 업무 운운할 문제가 아니라 사람으로서의 배려 문제다.

요즘 젊은이들이란. 내가 이런 말을 하면 틀림없이 폭소할 듯한 얼굴을 몇 개쯤 떠올리면서 '엔젤 모리시타'로 되돌아갔다. 그들은 이번에는 집으로 들여보내 주었고 부엌 의자에 앉으라고 권하기도 했다.

실내는 어지럽혀져 있고, 간소한 옷과 화려한 옷을 뒤섞어 여기저기에 쌓아 두었거나 걸쳐 놓았거나 옷걸이에 걸어 놓았다. 그중에서 플라이트 재킷은 눈에 띄지 않았다.

내가 집 계약에 대해서 가르쳐 주자 세 여성은 일제히 안심한 모양이었다.

"우리, 당장 쫓겨나는 건 아니겠죠?"

나는 고개를 갸웃거려 보였다. "당신들은 어느 정도의 집세를 부담하고 있나요?"

긴소매 셔츠의 여성이 대답했다. "네. 여기는 한 달에 5만5천 엔이고, 수도광열비까지 계산해서 이 둘이 만 엔씩, 저는 2만 엔을 내고 있어요."

15평 정도의 방 두 개짜리 집이다. 여성들끼리라도 네 명이 살기에는 좁을 것이다.

"임대인의 허가 없이 이런 짓을 하는 건 계약 위반이에요."

"—그건 아는데요."

"언제부터 동거했나요?"

"작년 4월이에요. 마침 이곳 계약을 갱신한 참이라고, 사나에 씨가 말했어요."

관리 회사 담당자의 이야기와 일치한다. 미쿠모 사나에 씨는 계약 당초부터 동거인을 들여서 집세를 분담하려고 생각했는지도 모른다.

"현재 집세와 다른 경비는 어떻게 지불되고 있죠?"

셋은 서로의 얼굴을 본다. 다시 긴소매 셔츠의 여성이 대답했다. “전부 사나에 씨한테 맡겨 계좌 이체로 빠져나가고 있으니까, 어떻게 되고 있는지는…….”

그녀가 처음에 나와 대화했을 때 “관리 회사 사람이냐”고 물은 것도 무리가 아니다.

“그럼 그 계좌의 돈이 다 떨어지면 당신들은 어떻게 할 생각이었나요?”

젊은 둘은 고개를 떨어뜨렸고 언니격인 긴소매 셔츠의 여성은, “그때는 그때대로 어떻게든 하면 되니까요” 하고 무뚝뚝하게 내뱉었다.

“사나에 씨는 올해 들어서 외박을 하고 집에 들어오지 않은 적도 많았어요. 여행을 간다면서 일주일이나 집에 없을 때도 있었고요. 이번에도—.”

이러다 돌아올 거라고 생각했는데 어영부영 세 달이나 지나 버렸다는 것 같다.

“당신들은 사나에 씨와 저기에서,”

나는 거실 뒤쪽 벽에 붙어 있는 포스터를 가리켰다.

“만났나요?”

다다미 한 장 정도 크기의 포스터다. 영화에 나오는 마법사 같은 옷차림을 한 여성이 은 지팡이를 쥐고, 한 손을 선서하듯이 들고 서 있다. 그 머리 위에서는 합성한 은하가 반짝였고 발치에는 꽃이 흐드러지게 피었다.

'당신을 이끄는 은하의 정령.'

'아틀란티스의 성녀 에이라의 말씀에 귀를 기울이자.'

단체의 명칭은 '스타차일드'인 것 같고 중앙의 마법사 같은 사람이 대표자랄까 교주랄까, 중심인물인 모양이다. 코스튬플레이 같은 분장과 화장 때문에 나이가 짐작되지 않는다. 40세 이상 60세 이하.

"맞아요. 우리는 모두 멤버예요."

긴소매 셔츠의 여성은 엷은 웃음을 지었다.

"지금 바보 같다고 생각했죠?"

이 말에 허를 찔렸다.

"괜찮아요. 우리는 바보 취급당하는 데 익숙하니까. 하지만 그런 사람들은 우리의 마음을 모르고, 도와주는 것도 아니에요."

뒤에 있는 둘도 고개를 끄덕이고 있다.

"이곳의 멤버가 '스타메이트'군요?"

"네. 채널링을 할 때 공명해서 힘을 증폭시킬 수 있을 만큼 궁합이 좋은 상대는 '시스터'라고 부르지만요. 사나에 씨랑 저는 시스터였어요."

"회원 중에는 여성이 많나요?"

"전원 여성이에요."

"이 포스터에 있는 사람이—."

"리더예요. 우리는 '선생님'이라 불러요."

미쿠모 사나에 씨가 돈을 털어 바친 사람은 남자 교주가 아니었던 것이다.

내 놀람을, 긴소매 셔츠의 여성은 다른 방향으로 해석한 모양이다. 엷은 웃음이 더욱 커졌다.

"'스타차일드'는 종교 단체가 아니에요. 교의 같은 건 없어요. 더욱 고차원의 채널링을 하기 위해서 몸을 깨끗이 하고요, 바깥 사회에서 힘든 일을 겪고 있는 사람들의 모임이라 여기 멤버들처럼 집을 나와 공동생활을 하는 사람이 많지만, 모두 제대로 일을 하고 있고 아이가 있는 사람은 아이도 키우고 있어요."

고개를 들어 포스터를 찬찬히 살핀 뒤 나를 향한 세 사람의 진지한 눈빛을 새삼 마주했다.

"여러분의 이름을 가르쳐 주시겠습니까?"

내내 입을 다물고 있던 가장 연하의 여자가 도전하는 듯한 강한 목소리로 대답했다. "스타메이트로서의 이름이라면."

"네, 그거면 돼요."

긴소매 셔츠의 여성이 자포자기한 듯이 한숨을 쉬며 그녀보다 먼저 "제가 벨"이라고 대답했다. "이 애는 북, 이 애는 링."

그러고 나서 링에게 "바깥 세계의 사람에게는 의미가 없는 이름이야" 하고 말했다.

"아니, 지금은 그거면 됩니다. 미쿠모 사나에 씨의 스타메이트로서의 이름은?"

"캔들이었어요."

나는 메모를 꺼냈다. "적어도 될까요?"

"그러세요."

"아까 당신—벨 씨가 '생추어리'라고 하셨지요?"

"'스타차일드'의 본부예요."

일반적인 의미는 '성역', 교회를 말하는 것이리라. 미쿠모 사나에 씨는 그곳에도 얼굴을 보이지 않은 지 세 달쯤 된 것이다.

"선생님의 자택이에요. 주소도 전화번호도 메일도, 전부 저기에 나와 있어요."

포스터 아래쪽에 인쇄되어 있다.

"생추어리에 살고 있는 멤버는 없나요?"

"달리 갈 곳이 없는 사람은 생추어리에서 보호해 줘요. 특히 아기나 어린아이를 데리고 있는 사람은 우선적으로."

미쿠모 가쓰에 씨가 말한 신상 이야기에는 오해가 꽤 섞여 있었던 모양이다. 딸인 사나에는 이상한 것에 감화되어 교주의 애인이 된 것이 아니라 이 단체에 들어가 다른 멤버와 공동생활을 시작했을 뿐인지도 모른다. 돈을 뜯기는 어머니의 입장에서 보자면 어느 쪽이든 큰 차이가 없고, 자세하게 물어볼 만한 마음의 여유도 없었기에 딸이 이렇게 된 까닭은 남자에게 속고 있기 때문이라고 믿어 버린 것일까.

"생추어리를 운영해 나가려면 돈이 들어요. 돈은 많으면 많을수록 도움이 되죠."

벨 씨의 말투는 필요 이상으로 사무적이었다.

"그래서 멤버들은 일을 해서 기부를 해요. 그건 멤버 전원을 위해서고, 선생님한테 바치는 게 아니에요."

내가 고개를 끄덕이자 벨 씨는 탐색하는 듯한 눈으로 바라보았다. "정말 믿는 건가요?"

"계속해 보시죠."

또 자포자기한 듯한 한숨.

"저는 생추어리가 없었다면 살아갈 수 없었을 테고, 이 둘도 비슷한 처지예요."

"난 새아버지한테서 도망쳐 왔어요."

아직 잠에서 덜 깨 눈부신 듯이 눈을 가늘게 뜨고, 북이 말했다. "원래는 집에서 생추어리에 다녔지만, 못 다니게 할 것 같아서 가출했어요."

"……그래요."

"링은 학교에서 괴롭힘을 당해서."

"그만해. 멋대로 얘기하지 마."

당사자인 링이 날카로운 목소리로 말했다. 그러고는 내게 분노 어린 시선을 향했다. "돌아가 줘요. 캔들은 여기 없으니까 이제 볼 일 없잖아요. 남의 일을 캐고 다니다니 역겹다고 생각하지 않—."

"너희." 벨 씨가 가로막았다. "장 좀 보고 와."

"싫어."

"링, 나한테 그런 태도를 취하는 건 잘못이라고 생각지 않니?"

놀랍게도 북은 뚱했고 링은 화난 얼굴을 했으나 의자에서 일어섰다. 그대로 현관으로 나갔다.

"당신이 지도하는 입장이로군요."

벨 씨는 고개를 끄덕였다. "저 애들보다 조금 더 오래되었을 뿐이에요. 여기서는 캔들이 제일 선배였어요."

하기야 생추어리 자체가 발족한 지 아직 육 년밖에 안 되었다고 한다.

"발족이라고 할 정도로 대단한 모임이 아니라고, 몇 번이나 말씀드리지만요."

"네, 알겠습니다. 여러분은 선생님을 마음의 지주로 삼아 모인 여성들의 그룹이고, 사교 집단 같은 게 아니에요. 그렇죠?"

벨 씨는 고개를 끄덕였다. "모두 선생님을 좋아하고 존경해요."

"하지만 아십니까? 캔들은 기부를 하기 위해 어머니에게서 저금과 연금을 빼앗았어요."

벨 씨의 표정이 일그러졌다. 이마에 흘러내리는 머리카락을 성가신 듯이 쓸어 올린다.

"캔들이 기부를 위해서 상당히 무리를 하고 있는 건 알았어요. 그것 때문에 몇 번이나 선생님한테 야단을 맞았으니까요."

이 사실 또한 지금까지의 정보에서 생겨난 인상과는 달랐다.

"캔들은 기부를 많이 하면 빨리 윗 스테이지로 올라가 생추어리 안에서 높은 사람이 될 수 있다고 믿었어요. 그런 건 잘못되었을 뿐만 아니라 선생님에 대한 모독인데."

그 말투의 절실함과 진지함, 억제되었지만 강한 분노에 나는 뭐라고 끼어들 수가 없었다.

"그 사람은—물론 상처를 입었지만, 정말로 달리 도망칠 곳이 없어서 생추어리에 온 게 아니라서 우리하고는 달랐어요."

벨 씨는 단숨에 말하고 나서 엄하게 덧붙였다. "세속적이었죠. 현세에서 호강하는 데 집착했어요."

"캔들은 이혼 경험이 있습니다. 그건 알고 계셨나요?"

"네. 몇 번이나 들었으니까요."

벨의 표정은 여전히 화를 띠고 있다.

"우리는 다 함께 선생님을 둘러싸고 고해를 해요. 각자 자신의 과거를 자신의 말로 이야기하죠. 처음에는 감정적이 되지만, 되풀이하다 보면 점점 차분해져요. 고해는 바로 그걸 위해서 있는 거예요. 하지만 캔들은 이혼 얘기를 하면 늘 피해 의식을 드러내면서 난리를 치곤 했어요."

—나는 버림받았어.

"자기가 직장 동료와 바람을 피웠다가 남편한테 들켜서 이혼하게 된 거예요. 말하자면 자업자득인데도, 그 사람은 그걸 인정하지를 못해요."

—어쩌다 마가 끼었을 뿐인데.

"남편은 금방 재혼했고 아이가 태어났대요. 그 점도 발을 동동 구르면서 분하게 여겼어요."

해가 지고, 어느새 실내는 어둑어둑했다. 벨 씨가 일어서서 머리 위의 조명을 켰다.

"사나에 씨의 직장이 어딘지는 아십니까?"

방이 밝아지자 트레이닝복이나 티셔츠 사이에 섞여 걸려 있는 화려한 옷의 색깔이 똑똑히 눈에 띈다. 무심코 거기에 시선을 빼앗긴 나를, 벨 씨는 똑똑히 보고 있었다.

"저랑 북은 물장사를 하고, 링도 조만간 그렇게 될 것 같지만, 캔들은 아니에요. 밤일을 하면 제대로 된 인간이 될 수 없다고 말하곤 했으니까."

근무지는 몰라요, 라고 말했다. "우리는 물어본 적이 없고 캔들도 말하지 않았어요."

애초에 '생추어리'에서는 멤버의 사회적 속성에 집착하지 않는다고 한다.

"그런 건 그 사람의 본질과는 상관없으니까요. 캔들은 정장을 입고 출근했으니까, 평범한 회사원 아닐까요?"

그 멋쟁이 관리 담당자에게 매달릴 수밖에 없나.

"여기에 그녀의 사진이 있습니까?"

벨 씨는 사진뿐만 아니라 노트북으로 동영상도 보여 주었다. '생추어리'에서 열린 정례 친목회나, 크리스마스 모임의 모습을 찍은 것이다.

"이 사람이에요."

얼핏 보면 중년인, 그런 것치고는 젊어 보이는 복장의 이목구비가 뚜렷한 여성이었다. 머리카락 길이는 어깨에 닿을 정도였지만 사진이나 동영상에 따라 머리 모양이 자주 바뀌었다. 뒤로 모아 틀어 올렸다가, 땋아 내렸다가, 보브 컷을 했다가, 파마를 했다가.

마도사풍의 복장을 한 사진도 있었다.

“이건 채널링할 때의 사진이에요. 너무 자주 사진을 찍으면 안 되지만.”

딱 한 장, 단순한 정장 차림으로 거의 전신이 찍혀 있는 사진을 빌려 가기로 했다.

벨 씨는 컴퓨터를 끄고 말했다. “저는 캔들이 ‘스타차일드’에서 빠질 뿐이라면, 이상하다고 생각하지 않아요.”

작년 가을쯤부터 왠지 모르게 그런 분위기가 있었다고 한다.

“선생님한테 말대꾸를 하거나 채널링중에 멋대로 집중을 끊어 버리기도 하고…….”

“여러분 사이에서 그런 행위는 터부지요?”

벨 씨는 그 물음에는 대답하지 않고,

“아무리 중요한 진실을 이야기해 주는 말씀이어도, 듣는 사람이 진심으로 믿지 않으면 열이 식을 수 있으니까요” 하고 말했다.

“캔들이 열심히 기부를 해도 좋은 일이 전혀 없다, 좋은 만남도 없다고 투덜거려서 저는 조심성이 없다고 화낸 적이 있어요.”

좋은 만남이라니—하고, 더럽다는 듯이 말한다.

“하지만 이곳에서 사라지는 건 이해할 수가 없어요. 여기는 그 사람 집이니까.”

벨 씨의 얼굴에서 분노가 썰물처럼 사라져 가고, 젖어서 싸늘해진 모래땅이 얼굴을 내밀듯이 차가운 불안이 돌아왔다.

“캔들의 어머니에 대해서는, 우리는 정말로 아무것도 몰라요.”

그녀가 거짓말을 하고 있거나 뭔가를 숨기고 있다고는 생각되지 않았다.

"휴대전화가 연결되지 않는 건 어찌된 일일까요?"

"전원이 꺼져 있는 듯해요."

메일을 보내도 전혀 답장이 없다고 한다.

"일단 번호를 가르쳐 주십시오. 그리고 마지막으로 사나에 씨를 만나신 건 언제입니까? 가능한 한 정확하게 알고 싶은데요."

마침 그때 북과 링이 슈퍼 봉지를 들고 돌아왔기 때문에 셋이서 이야기를 나누게 해 보았는데,

"8월 7일인가 8일인가, 그쯤"이라고 한다.

벨 씨가 말한 대로 그들도 미쿠모 사나에 씨의 근무지를 몰랐다. 다만 사나에 씨가 물장사를 싫어한 이유에 대해서는, 북이 재미있는 정보를 주었다.

"캔들은 좋은 재혼 상대를 찾았을 때 물장사 같은 걸 하고 있으면 불리하니까, 라고 했어요."

이는 상대방의 신분이나 어떻게 만났느냐에 따라 다르겠지만, 하나의 견해이기는 하다.

"갑자기 찾아왔는데도 불구하고 여러 가지로 고맙습니다. 혹시 뭔가 생각나신 게 있거나, 사나에 씨와 연락될 경우 알려 주시면 감사하겠습니다."

자리에서 일어서다가 문득 생각나서 쓸데없는 말을 덧붙였다.

"지금 사나에 씨한테 무슨 일이 일어났는지 알 수 없어요. 여기

는 여성 세 분밖에 없으니까 조심하십시오."

북과 링은 내 생각보다 겁을 먹고 말았다. 그러자 벨 씨가 재빨리, 그 자포자기한 듯한 말투로 얘기했다.

"괜찮아. 내가 있으니까."

내가 그 의미를 되물을 시간도 주지 않았다.

"저는 살인자예요. 그러니까 아무것도 무섭지 않아요. 괜찮아요."

도전적인 말투에 자리가 얼어붙었다. 벨 씨는 내게서 얼굴을 돌리고 부엌에 들어가더니 북과 링이 사 온 것을 부스럭거리며 정리하기 시작했다.

나는 현관에서 구두를 신고 바깥 복도를 걸어갔다. 큰길로 나갔을 때 뒤에서 북과 링이 좇아왔다.

"저기, 잠깐만요."

바깥은 이미 밤이다. 바깥 공기는 맑고 차가웠다.

"벨이 한 말, 사실이 아니에요."

살인자예요. 그것은 그녀의 '생추어리가 없었다면 살아갈 수 없었다'는 발언과도 관련이 있을 듯했다.

"벨은 나쁜 사람이 아니에요."

"네, 저도 그렇게 느꼈어요."

"살인 같은 건—."

북의 가느다란 눈이 더욱 가늘어진다.

"차로 사람을 치고 말았어요. 사고였어요. 일부러 그런 게 아니에요.”

“벌써 아주 옛날 일인 것 같은데, 하지만 벨은 고해할 때마다 울어요. 계속 괴로워하는 것 같아요.”

나는 말없이 그들에게 고개를 끄덕였다.

“이거, 괜찮으시면.”

둘은 카드 두 장을 내밀었다. 한 장은 카바레 클럽 아가씨의 명함, 한 장은 카페의 카드다.

“우리가 아르바이트하는 곳이에요.”

“그래요. 받아 두겠습니다.”

“아까는 죄송했어요.”

링이 말했다. 동그란 눈동자가 흑수정 같다. 이런 동네 뒷길에서 남몰래 빛나고 있다.

“다른 사람을 헐뜯어선 안 된다고 늘 선생님이 가르쳐 주시는데, 나는 아직 형편없어요.”

“아뇨, 저야말로 실례했습니다.”

스타메이트들은 집으로 돌아갔다. 처음 와 본 동네의 처음 받는 가로등 불빛 아래에서 혼자가 된 나는 갑자기 지쳤고 추위를 느꼈다.

4

미쿠모 사나에 씨의 휴대전화는 연결되지 않았다.

'지금 거신 전화는 전원이 꺼져 있거나 전파가 닿지 않는 곳에 있습니다.'

익숙한 메시지가 들려온다. 해약하지는 않은 것이다.

"헤에~, 채널링이라는 건 영혼과 교신하는 거구나. 채널러는 영매고."

하룻밤 지난 후 '와비스케'의 마스터가 또 아침 식사를 배달하러 와 주었다. 나는 주문하지 않았다. 마스터가 이야기를 듣고 싶어서 온 것이다. 하지만 이 사람은 정보통인 데다 입이 무겁다. 이야기하다 보면 내 머리가 정리되는 효용도 있다.

나는 아침을 먹고, 마스터는 지금 내 노트북으로 '스타차일드'의 사이트를 보며 혼잣말인지 질문인지 알 수 없는 말을 중얼중얼 중얼거리고 있다.

"스기무라 씨, 여기 적혀 있는 용어를 전부 알겠어요?"

"전부 이해하지 못해도 저한테는 충분해요."

"고차원의 우주 정령과 교신하면 자신에게 주어진 현세에서의 사명을 가르쳐 준대요."

굉장하네, 하며 감탄한다.

"하지만 정령과 영혼은 같은 걸까? 영혼이라는 건 귀신이잖아. 두둥~ 하면서 나타나는."

"마스터, 가게를 비워도 괜찮아요?"

"아르바이트생이랑, 야나기 씨 조카도 있으니까요. 헤에~."

마스터는 요란하게 마우스를 움직였다.

"'생추어리'란 성역이라는 뜻이로군. 무일푼에 몸뚱어리 하나뿐이어도, 죄인이라도, 그곳으로 뛰어든 사람을 구해 준다는데."

"구체적으로는 기독교 교회를 말하는 거예요."

"그래요? 오, 이거 귀여운데."

모니터에는 정령으로 분장한 어린아이들이 비치고 있다.

"이곳 아이들은 부활제에 이 옷차림으로 달걀 찾기를 한대요."

"저도 어젯밤에 봤어요."

"하지만 기독교풍 언어를 구사하고 행사 따위도 그러하지만, 여기는 종교 단체가 아니라는군요. 왜냐하면 신자를 모으려고 하지 않으니까."

확실히 '스타차일드'는 채널링으로 우주의 성스러운 정령과 대화하고 모든 여성이 정령의 무녀가 됨으로써 '대우주의 변경邊境·태양계의 제3행성에 놓여 있는 별의 아이들로서의 최대 행복'을 실현할 수 있다 운운하지만, 그것은 교의가 아니다. 그리고 무녀로서 각성하기를 (자신의 지도령을 발견하기를) 원하는 여성이라면 언제나 누구라도 환영한다고 말하고 있다. 덧붙이자면 포스터에 있던 아틀란티스의 성녀 에이라는 이곳의 '선생', 리더의 지도령이라고 한다.

마스터는 의자를 돌려 이쪽을 향했다.

"이런 곳에 끌리는 사람은 역시 현실 생활 속에서 뭔가 문제를 껴안고 있는 거 아닌가?"

"그럴지도 모르죠."

"그리고 '무녀'니까, 자연스럽게 약한 입장의 여성들이 모여드는 거지."

말하자면 일종의 셸터다.

"하지만 이런 선의의 상부상조 방식만으로 괜찮으려나?"

마스터는 걱정스러운 얼굴을 했다.

"이렇게 사람과 돈이 모이면 나쁜 인간이 눈독을 들일지도 모르니까."

"처음부터 나쁜 인간이 운영하는 경우도 있을 거예요."

"여기는 달라요."

"저는 그렇게 단언할 수 없는데요."

"스기무라 씨는 비관론자로군. 뭐, 당신의 인생을 생각하면 무리도 아니지만."

꼭 한마디가 많다.

"오늘 아침의 모닝 세트는 외상으로 달아 둘게요."

마스터는 영차 하며 일어나다가 문득 생각난 듯이 말했다. "어제 당신이 들은 스타메이트 여성들의 이름 말이죠."

벨, 북, 링과 캔들.

"벨은 종, 북은 그냥 책이 아니라 '더 북', 즉 성서를 말하는 거고, 캔들은 양초. 이 셋은 마녀를 상징하는 아이템일 거예요."

나는 놀랐다. "잘 아시네요."

"책에서 읽었어요. 옛날에 교황이 죄인을 파문할 때 종을 울리고, 불을 켠 양초를 하나하나 끄면서 선고했다는군."

거기에서 유래하여 이 세 단어의 조합이 마녀를 의미하게 되었다고 한다.

"그럼 링은요?"

"교황의 권위를 나타내는 반지일까?"

"흥미로운 잡학 지식이긴 한데, 그게 지금 뭔가 도움이 될 거라고 생각하세요?"

"아니. 그럼 이만."

그러고 나서 곧 나도 외출했다. '엔젤 모리시타'의 다른 입주자나 인근 주민들의 이야기를 듣기 위해서. 미쿠모 모녀는 관리 회사의 그 젊은 담당자가 입사하기 전부터 그곳에서 살았다고 하니, 이웃과 교류가 있었을지도 모른다.

하지만 다리가 뻣뻣해지도록 하루 종일 돌아다녀도 큰 수확은 없었다.

물론 다른 입주자나 이웃 사람들이 모녀를 전혀 기억하지 못했던 것은 아니다. 옆집 202호의 노부부는 한때 203호실의 가스나 전기가 끊겼던 사실을 알고 있었다. 그렇다고 뭔가 한 것은 아니지만, 알고는 있었다.

전체적으로 그런 식이었다. 알고는 있다. 하지만 관계가 없었다. 교류도 없다. 그래서 모두 가쓰에 씨가 없어진 사실도 눈치채지 못하고 있었다.

주위 사람들의 기억을 듣고 모아 나가다 보니 미쿠모 모녀가 '엔젤 모리시타'에 십 년, 십오 년이나 산 것 같지는 않다는 점도 알 수 있었다. 고작해야 사오 년. 어쩌면 사나에 씨가 이혼하고 어머니에게 돌아왔을 때 둘이서 이사 왔는지도 모른다.

딱 한 사람, 근처 세탁소의 점주가 사나에 씨를 기억했다. 자주 세탁물을 맡기러 왔다고 한다.

"그러고 보니 요즘 못 봤네요."

딱 한 번, 요를 통째로 빨아 달라고 해서 가지러 간 뒤 다시 갖다준 적이 있다. 벌써 삼 년쯤 전의 일. 그때 가쓰에 씨도 만났다.

—우리 집 식구는 어머니랑 저 둘뿐이에요.

미쿠모 사나에 씨는 이렇게 말했다고 한다.

"그 후 미쿠모 사나에 씨한테서 어머님의 이야기를 들으신 적이 있습니까?"

"아니, 없는데요."

이 부근 사람들이 특별히 차가운 것이 아니다. 숨막히는 지연地緣의 속박을 싫어하는 우리나 그 윗세대가 적극적으로 원해서 만들어 온, 현대 일본의 평범한 지역 사회의 모습이다. 대도시에서는 그러한 모습이 거의 완성되어 있을 뿐이다.

저녁에 오늘은 이만 돌아가려고 도영都營 신주쿠 선의 모리시타 역을 향해 걷고 있을 때 관리 회사의 냉혹한, 이 표현이 지나치다면, 배려 없는 젊은 담당자에게서 전화가 왔다.

"낮에 '엔젤 모리시타'에 가 봤는데 미쿠모 씨 집에 사람이 있던데요."

나와는 길이 어긋난 모양이다.

"누군가를 만났습니까?"

"아뇨. 하지만 우편함에 이름이 붙어 있고 신문이 쌓여 있지도 않았고 전기 미터도 작동하고 있었어요."

그러면 된다는 거냐.

"그리고 미쿠모 사나에 씨의 근무처 말인데요."

개인 정보를 내놓을 마음이 든 것일까.

"계약했을 때의 서류를 봤더니—."

그도 불안해져서 확인했을 것이다.

"파견 사원이었어요, 파견. 그러니까 한 직장에 계속 다니고 있는지 알 수 없죠."

"그래요? 고맙습니다."

"집세는 잘 들어오고 있고, 별로 문제는 없겠죠?"

네 상사한테 물어라.

"한동안 상태를 좀 보면 어때요?"

그는 안심한 듯이 말했다. "그러겠습니다."

나는 지하철 안에서 흔들리면서 생각했다.

미쿠모 사나에 씨는 재작년 11월에 관리 회사에서 연락을 받고 달려왔다고 한다. 놀랐을 것이다. 조금 지나쳤다고 생각했을지도 모른다. 어머니가 어디에서 어떻게 지내고 있는지, 걱정했을—적어도 불안했을 것이다. 하지만 현실적으로 찾을 방법이 있었을까. 미쿠모 가쓰에 씨의 신상 이야기에 따르면 모녀에게는 서로 외에 의지할 친척이 없었다.

사나에 씨가 체납 집세를 치르고 게다가 계약을 갱신해 그 집에 머문 까닭은 (빈틈없이 룸메이트를 끌어들이기는 했지만) 그녀 나름대로,

—어머니에게 미안한 짓을 했다.

라는 마음을 품었고, 어쨌든 여기에 있으면 언젠가는 어머니가 돌아올지도 모른다는 바람이 있었기 때문이 아닐까.

한편 미쿠모 가쓰에 씨는 어떨까. 올해 2월 4일에 모로이 사장과 다노우에 군에게 "이제 죽겠어요"라는 전화를 했다. 그때 딸 사나에 씨에게도 연락하지 않았을까. 가쓰에 씨는 휴대전화를 갖고 있지 않았지만 사나에 씨는 갖고 있었다. 그 번호로 걸 수 있었을 것이다.

—모기 울음소리 같은 목소리로 얘기하시더군요.

어머니의 '죽겠다'는 말을 들었다면 사나에 씨는 어떻게 했을까.

끊임없이 생각하면서 JR선으로 갈아타고 오지 역에서 내렸다. 섣달이 가까운 역 앞의 소란스러운 길을 지나다가 어떤 것이 눈에 들어와 흠칫 놀랐다.

연금 생활을 하는 검소한 노인이 갑자기 유복해지는 일이 있을까.

있다. 큰 행운을 만나면, 있다.

나는 역 앞의 복권방에서 펄럭이는 깃발을 올려다보고 있었다.

연말 점보 복권.

타이밍상으로는 작년 연말 점보 복권이다. 1등 상금은 2억 엔. '1등의 앞뒤 번호 상'의 상금을 합하면 3억 엔일본인들은 점보 복권 구입시 보통 연속번호로 5장~10장을 한꺼번에 구입한다.

가능성이라면 있다.

귀가한 뒤 다케나카 며느리 2호에게서 받은 종이상자의 내용물을 다시 한 번 살펴보았다. 당첨된 복권이었다면 여기에 있을 리가 없지만, 떨어진 복권이 보관되어 있지도 않았다.

미쿠모 가쓰에 씨는 복권을 사곤 했을까? 주위 사람들은 이 질문에 대답할 수 없을 것이다. 발상은 좋았지만 확인할 길이 없다.

상자의 내용물 중 하나, 단행본 사이즈의 북커버는 미개봉 상태였다. 비닐봉투의 입구를 막은 작은 금색 실seal을 벗기고 내용물을 꺼내 보았다.

만져 보니 싸구려가 아님을 알 수 있었다. 묵직하다.

천연 식물염료로 염색한 수수한 색이다. 펼쳐 보니 안쪽 면에 우아하고 아름다운 싸리꽃 그림이 있었다. 하오리일본 전통 복식에서 기모노 위에 걸쳐 입는 짧은 겉옷의 겉면을 무지無地로 만들고 안쪽 면에는 그림 무늬를 넣는 방식의 취향이다. 이건 인쇄된 그림이겠지만 정교하다. 서점에서 서비스로 주는 물건이 아니다.

책 표지를 끼워 넣는 주머니 끄트머리에 작은 태그가 바느질되어 있었다.

'제작 크래프트 요시모토.'

곧 검색해 보았다. 가마쿠라 시내에 있는, 염색한 물품과 방직물, 천으로 만든 소품을 파는 전문 업자였다. 훌륭한 사이트를 갖고 있다. 다만 거기에 올라온 물건 중에는, 안쪽을 신경 써서 만든 북커버는 포함되어 있지 않았다.

사흘째 오후 9시. 크래프트 요시모토에 전화해 보니 매혹적인 저음의 목소리를 가진 여성이 받았다.

나는 신바시에 있는 찻집 '스이렌'의 직원이라고 소개했다. 바로 어제, 우리 가게에 손님이 북커버를 깜박 잊고 두고 가셔서요. 만져 보니 싸구려는 아닌 것 같고, 돌려 드릴 수 있으면 돌려 드리고 싶습니다. 자세히 보니 댁의 태그가 붙어 있더군요. 혹시 손님의 단서를 알 수 있지 않을까 싶어서 연락드려 봤습니다—.

매혹적인 저음의 소유자는 말투도 정중했다. 네, 안쪽에 일본화가 들어간 천연 식물염료 염색의 북커버는 저희 회사의 오리지널 제품입니다. 인쇄가 아니에요. 하나씩 손으로 그린 거지요.

"그쪽에서 판매하시는 건가요? 아니면 특별 주문품입니까?"

"저희 매장에서도 판매하고 있지만, 그 외에도 몇 군데 가게에 납품하고 있어요."

"죄송하지만 어느 가게인지 가르쳐 주실 수 있을까요?"

"분실물이라면 그 손님이 '스이렌'에 다시 오시기를 기다려 보시면 어떨까요?"

"처음 오신 분이었고, 여행 가방을 들고 계셨으니까 기다려도 오실지 어떨지—."

매혹적인 목소리는 "친절하시네요"라고 말한 뒤 세 점포의 이름과 장소를 가르쳐 주었다. 나는 고맙다는 인사를 하고 전화를 끊었다.

세 점포 모두 도쿄 도내에 있었다. 순서대로 찾아가 보는 것은 어렵지 않다. 하지만 제일 먼저 '가노쿠라 풍아당'이라는 가게에 가 보기로 했다.

소재지가 우에노 히로코지였기 때문이다.

꽤 역사가 있어 보이는 가게였다.

오래되었거나 낡았다는 뜻은 아니다. 아담하고 품위 있는 가게다. 출입구의 자동문 위에 걸려 있는 것은 평범한 간판이 아니라 편액이었다.

오전 10시가 지난 시각. 개점한 지 얼마 안 되었을 것이다. 육십 대의, 체크무늬 조끼를 세련되게 차려입은 남성이 매끈매끈한 나무 카운터를 하얀 천으로 조심스럽게 닦고 있었다.

"안녕하십니까. 어서 오십시오."

나는 남성의 인사에 목례를 되돌린 뒤 노트북을 넣은 비즈니스 가방을 들고 천천히 가게 안을 둘러보며 걸어 다녔다.

이 가게도 사이트를 갖고 있었기 때문에 사전에 체크하고 왔다. 작은 가구나 도자기, 일본풍 잡화를 파는 가게인데, 전체적으로 고급스럽다. 가게 안에서도 재확인할 수 있었다. 진열 선반에 오도카니 놓여 있는 부부 찻잔은 23만 엔. 그 옆의 쟁반은 150만 엔. 둘 다 이마리야키아리타 지방의 도자기의 통칭다.

천연 식물염료로 염색한 북커버는 티슈 케이스나 수건과 함께 천 제품의 진열 선반에 놓여 있었다. 한 장에 2천5백 엔. 북커버치고는 고급품이지만, 이 가게에서는 싼 아이템일 것이다.

카운터 안에서는 그 나이 많은 남성이 가느다란 은테 안경을 쓰고 컴퓨터를 들여다보고 있다. 클래식 음악이 작게 흐른다. 가마쿠라보리목재에 얕은 돋을새김 무늬를 넣고 옻을 칠한 칠기로 테두리를 두른 길쭉한 거울과 작은 경대가 전시된 한쪽에, '이 매장은 실내 장식 상담을 받고 있습니다'라는 표시가 있었다.

출입구의 자동문이 열리고 달콤한 목소리가 들렸다.

"안녕하세요~."

실례가 안 될 정도로 천천히 그쪽을 돌아본 나는 살짝 숨을 멈추었다.

이십대 중반, 사랑스러운 얼굴, 부풀린 갈색 머리카락. 그리고 영어 로고와 와펜을 조합해 넣은, 묵직해 보이는 플라이트 재킷.

그녀는 나를 알아차리고 "어서 오세요" 하며 머리를 숙였다. 카운터로 걸어간다.

카운터의 남성이 "안녕" 하고 대답한다.

"늦어서 죄송해요."

"오늘은 모토하시 씨네서 그 쪽매붙임 세공이 올 거야. 사에키 씨의 계단장롱은 어떻게 됐니?"

"괜찮아요. 기베 공방에서 수리해 준대요. 전에도 아버지한테 부탁받은 적이 있다고 했어요."

"그래?"

플라이트 재킷을 입은 여성은 "잊어버리셨구나" 하며 웃는다.

"일주일 정도면 견적을 주신대요."

"그럼 미안하지만 도모코, 부탁한다."

"네."

가족끼리 경영하는 가게일 것이다. 흐뭇한 광경이다. 나는 천천히 진열 선반을 돌아 카운터로 다가갔다. 도모코라는 여성은 플라이트 재킷을 벗어 가까운 의자 등받이에 걸고 체크무늬 조끼를 입었다. 이 가게의 제복인 것이다.

"안녕하세요."

나는 둘에게 웃음을 지으면서 카운터에 한 손을 올려놓았다.

"멋진 물건들뿐이네요."

가노쿠라 부녀도 웃음을 띠며 나란히 정중하게 머리를 숙인다.

도모코 양이 말했다. "고맙습니다. 뭐 찾으시는 게 있나요?"

"네. 저는 신바시에서 찻집을 하고 있는데요—아, 정말로 아주 아주 작은 가게지요."

아버지는 컴퓨터 작업으로 돌아갔고 도모코 양이 카운터를 사이에 두고 내 맞은편으로 왔다.

"곧 개장改裝을 할 예정이랍니다."

"축하드려요."

"기왕 하는 거니까 이참에 도기도 좀 바꿀까 싶어서요. 그랬더니 단골손님이 일본 도기라면 우에노 히로코지에 있는 가노쿠라 씨네가 좋다고 추천해 주셨어요. 인테리어 상담도 해 주신다고."

"그래요? 감사하네요."

나는 다노우에 군은 아니지만 일 때문에 이렇게 세 치 혀로 이야기를 지어내는 것이 아직 조금 꺼림칙하다.

"그 단골손님, 미쿠모 씨라는 분인데요—."

도모코 양의 눈이 동그래지고 웃는 얼굴이 한층 더 화려해졌다.

"세상에, 미쿠모 씨요? 네, 저희 가게의 단골이기도 하세요."

당첨이었다.

"미쿠모 씨 이름이 사나에였나? 어머니와 함께 자주 와 주셔서요."

"저도, 어머님도 알고 있어요."

꺼림칙하지만 양심의 가책은 없다. 나는 거짓말을 계속했다.

"저는 스기무라라고 합니다. 이 가게를 추천해 주셨을 때 8월쯤이었는데, 좀처럼 올 수가 없어서요. 미쿠모 씨한테 저희 가게에 대해 뭔가 들으셨나요?"

도모코 양은 미안한 듯한 얼굴을 했다. "아뇨, 특별히 듣지 못했어요. 하지만 새 집 인테리어 때문에 미쿠모 씨와는 자주 만나요."

새 집의 인테리어.

"맞다, 미쿠모 씨, 그래서 바쁘시다고 요즘 저희 가게에 잘 안 오시더라고요. 이쪽에는 자주 오시는군요. 스기무라가 안부 여쭙더라고 전해 주십시오. '스이렌'의 핫샌드위치도 가끔은 떠올려 달라고요."

"네, 전할게요."

이쯤에서 일단락을 짓지 않으면 부자연스럽겠지—라고 생각하고 있는데, 가노쿠라 아버지가 은테 안경을 코끝까지 내리고 내게 얼굴을 향했다.

"미쿠모 씨는 지금 이케노하타의 '호텔 이즈미'에 묵고 계시니까, 당신이 그 핫샌드위치를 선물로 들고 인사하러 가면 되지 않을까요. 호텔 밥에는 질렸을 테니까 분명 좋아하실 겁니다."

이 품위 있는 아버지의 털털한 성격을, 나는 신께 감사했다.

"그런가요, 그렇군요. 계속 단골손님이셨으니까요."

"그런 단골손님 덕분에 젊은데도 가게를 개장할 만큼 훌륭하게 꾸려 나가고 있는 거지요."

"네. 손님이 계시는 덕분입니다."

아버지도 참—하며 도모코 양이 쓴웃음을 지었다. "이분은 우리 손님인데, 실례잖아요."

나는 머리를 긁적였다. "아뇨, 아뇨, 당치도 않아요. 가게 안을 보고 나니까 식은땀이 나네요. 우리 예산으로는 손을 댈 수가 없겠어요."

가노쿠라 아버지는 싱글벙글 웃었다. "그렇게 쉽게 포기하지 마세요. 상담해 드리겠습니다."

이 말에 도모코 양이 "네"라고 대답하며 내게 명함을 주었다.

"인테리어 디자이너는 저희 어머니인데, 저도 도와 드릴 수 있을 거예요."

명함에 '인테리어 코디네이터 · 가노쿠라 도모코'라고 적혀 있다.

"그래요, 정말 고맙습니다."

마음속으로는 사과했다.

"그런데 아까 입으셨던 재킷, 멋지더군요."

가노쿠라 도모코 양은 의자 등받이에 걸어 놓은 플라이트 재킷을 힐끗 돌아보았고, 가노쿠라 아버지가 웃으며 말했다. "남자친구의 취향에 맞춘 거랍니다."

"아버지도 참."

나는 가노쿠라 풍아당을 뒤로 했다.

이케노하타의 '호텔 이즈미'라면 조사할 것까지도 없이 알고 있었다. 2차 대전 전부터 있었던 서양식 저택풍의 오래된 호텔이다. 전쟁이 끝난 후 미국 점령 하에서는 진주군에게 접수되어 장관용 클럽으로 이용됐을 만큼 분위기가 있고 입지도 좋다.

봄, 우에노 숲의 벚나무가 만개할 무렵에 삼층의 티룸에서 바라보는 전경은 일품이다. 나도 헤어진 아내와 몇 번 온 적이 있다. 지금 미쿠모 모녀는 그런 은둔처 같은 고급 호텔에 머물고 있는 것일까.

일방통행 길을 사이에 둔 맞은편에 내가 아내와 왔을 때는 없었던 카페 체인점이 생겼다. 나는 그곳에서 잠복하기로 했다. 호텔 출입구는 두 군데지만 휠체어용 경사로가 있는 곳은 이쪽의 정면 현관뿐이다. 거기에 걸어 보기로 했다. 오늘 허탕을 치면 내일도, 모레도 다시 찾아오면 된다.

창가 자리를 차지하고 노트북을 펼치고 일을 했다. 척이 아니다. 지금까지의 경위를 보고서로 정리했다.

거기에서 점심을 먹고, 일단 밖으로 나가 가게 앞을 돌아다닌 후 다시 돌아왔다. 오후 2시가 지났을 때 과자와 커피를 사서 창가의 다른 자리로 옮겼다.

우선 할 일이 없어지자 새삼 가노쿠라 풍아당의 사이좋은 부녀의 훈훈한 모습이 떠올랐다. 가게 사이트를 다시 찬찬히 살펴보았다. 그 가게도 오래된 가게일 것이다. 다케나카 가와 마찬가지로, 지역 자산가일 가능성도 있다.

가노쿠라라는 성은 드물다. 그것이 좋은 점인지 나쁜 점인지 모르겠지만, 내키는 대로 해 본 검색에 어떤 신문기사가 걸렸다.

나는 모니터를 응시하며 굳어 버렸다.

그래도 탐정답게 주의력의 몇 할쯤은 호텔 이즈미의 정면 현관에 할애하고 있었으리라. 도어맨이 문을 열자 휠체어를 미는 여성이 나왔음을 알아차렸다.

나는 노트북을 덮어 가방에 던져 넣고 카페를 나왔다.

휠체어를 미는 여성은 진홍색 코트를 입었다. 가죽 부츠의 힐이

또각또각 소리를 낸다. 휠체어에 앉은 노부인은 가슴 언저리까지 고블랭직織 무릎담요를 끌어올리고 있었다. 어두운 회색으로 염색한 머리를 짧게 자른 노부인이다.

진홍색 코트를 입은 여성은 내가 온 길을 따라 우에노 히로코지 쪽으로 향하고 있었다. 어쩌면 가노쿠라 풍아당에 갈 생각인지도 모른다.

나는 스쳐 지나가는 통행인이 끊긴 타이밍을 노려 말을 걸었다.

"미쿠모 씨."

진홍색 코트를 입은 여성이 돌아보았다. 벨이 보여 준 사진과 동영상 속에 있던 여성이다.

"미쿠모 사나에 씨, 그리고 어머님인 가쓰에 씨 맞으시죠."

나는 노타이지만 양복과 코트 차림이었고, 비즈니스 가방을 들고 있다. 대답은 돌아오지 않았고 둘 다 조금 놀란 것 같았지만 경계하는 기색은 없었다.

"왜 그러시죠?" 하고 미쿠모 사나에 씨가 되물었다. 의외로 새된 목소리였다.

나는 말했다. "가쓰에 씨, '파스텔 다케나카' 분들이 걱정하고 계십니다."

그때 처음으로 모녀의 얼굴에 경악이 떠올랐다.

미쿠모 사나에 씨와 나는 결국 그 맞은편 카페로 돌아왔다.

어머니 가쓰에 씨는 호텔 이즈미의 로비에 있다. 내가 사정을 조금 설명했을 뿐인데 안색이 한천처럼 변해 잔뜩 겁을 먹고 말았다. 그래서 휠체어를 미는 사나에 씨와 함께 로비로 돌아가 그곳에 두고 온 것이다.

"신문이라도 읽고 있어요. 금방 끝날 거니까."

어머니에게 그렇게 말한 사나에 씨의 말투는 시원시원했지만 난폭하지는 않았다.

"엄마는 아무것도 걱정하지 않아도 돼요"라고도 말했다.

그녀는 공격이 최대의 방어라는 듯이 내게는 공격적이고 위압적이었다. 내가 무슨 나쁜 짓을 했나요, 라고 몇 번이나 말했다. 나도 몇 번이나 말했다. "당신과 어머니 주위 사람들에게 조금 폐를 끼치고, 걱정을 끼쳤지요."

처음에는 둘이서 길을 왔다 갔다 했다. 내 이야기가 벨과 북과 링에 관한 대목으로 접어들었을 때쯤 사나에 씨는 연달아 재채기를 했다. 그 후 카페에 자리를 잡고 앉은 것이다.

"내가 엔젤 모리시타를 나온 지 세 달이나 지났군요. 기껏해야 두 달인 줄 알았어요."

"세 달 이상입니다."

여러 가지로 바빠서—라고, 미쿠모 사나에 씨는 처음으로 조금 변명조로 말했다.

"새로운 생활이 자리를 잡으면 그쪽 상황도 보러 갈 생각이었어요."

그 이전에 계좌의 돈이 다 떨어지면 그녀의 '스타메이트'들이 곤란해질 거라는 생각까지는 하지 않은 듯했다.

"인연을 끊고 싶었어요."

차라리 시원시원하기까지 한 말투로 말한다.

"정말 그냥 그것뿐이었어요. 그래서 엄마한테도, 아무에게도 말하지 말고 나오라고 했어요."

오늘 다섯 잔째의 블렌드 커피 컵을 향해, 나는 목소리를 낮추어 말했다. "지금은 당신도 가쓰에 씨도 사치스럽게 살고 계시는 것 같군요."

사나에 씨는 고급스러운 옷을 입었다. 결혼했을 때의 생활 덕분에 나도 여성 복식품의 브랜드를 알아볼 수 있게 되었다.

"어떤 좋은 일이 있었습니까?"

사나에 씨는 잠자코 커피를 휘젓고 있다.

"이야기해 주시지 않으면 더 조사하겠습니다."

사나에는 불쾌한 듯이 콧김을 내뿜었다.

"복권. 작년 연말 점보."

역시 그랬다.

"어머니가 당첨됐어요. 연속번호로 다섯 장을 샀는데 1등이랑 '1등의 앞뒤 번호 상'에 당첨된 거죠."

미쿠모 가쓰에 씨는 새해 첫날의 신문으로 그 사실을 알고 깜짝 놀라 그녀에게 전화를 했다고 한다.

그런 경위가 있었는데도, 이 돈 또한 빼앗길지도 모르는데, 노모는 역시 딸에게 의지한 것이다.

"나는 곧 엄마를 만났어요."

—엄마, 절대 누구한테도 말하면 안 돼요!

"이걸로 인생이 바뀔 테니까. 지금까지 질질 끌어 온 건 전부 끊어 내고 둘이서 새로운 생활을 시작하자고 말했어요."

그래서 '파스텔 다케나카'에는 가까이 가지 않았다고 한다.

"엄마는 여러모로 신세를 졌다면서 고마워했지만, 그쪽 또한 신경 쓰고 있으면 끊어 낼 수 없으니까요."

"어머님은 납득하셨나요?"

"했어요!"

사나에 씨는 날카롭게 대답하고 불쾌하다는 듯 입을 다물었다. 그러고는 커피 스푼을 컵에 꽂고 얼굴을 번쩍 들더니 나를 노려보았다.

"3억 엔에 당첨된 게 들키면 누가 달라붙을지 알 수 없어요."

나도 결혼에 의해 인생의 한때에 태어나고 자란 환경과 동떨어진 유복한 생활을 한 적이 있다. 그래서 '부富'의 힘이 어떤지는 안다. 돈은 사람을 풍요롭게 만든다. 하지만 큰돈은 사람을 의심 많게 만든다.

"아무것도 신경 쓸 필요 없으니까 몸만 갖고 아파트를 나오라고 했더니 엄마는 확실히 그렇게 했어요."

"하지만 가쓰에 씨는 부동산과 관리인에게 전화를 걸었습니다."

사나에 씨는 눈을 휘둥그렇게 뜨더니 재미있다는 듯이 코웃음을 쳤다. "어머나, 그 전화는 내가 한 거예요."

그녀가 어머니 흉내를 낸 것일까.

"그렇게 말해 두면 행방을 찾지 않을 것 같아서. 하지만 엄마는 하기 어려운 일이니까요."

그래서 '모기 울음소리 같은' 목소리로 낮게 이야기했던 걸까.

생각해 보면 그때까지 아무도 미쿠모 가쓰에 씨의 전화 목소리를 들은 적이 없다. 어려운 연극이 아니었을 것이다.

"전화 날짜는 2월 4일이었습니다. 그럼 가쓰에 씨는 그보다 훨씬 전에 '파스텔 다케나카'를 나가신 거로군요."

"꼼꼼하시네요."

사나에 씨는 불쾌하다는 얼굴을 했다. "1월 말에 엄마는 나랑 호텔에서 살기 시작했어요."

"계속 호텔 이즈미에 계셨습니까?"

"그런 건 상관없잖아요."

"복권은 당신이 돈으로 바꿨군요."

"돈은 내가 관리하고 있어요."

일단 부자연스럽게 내게서 몸을 떼었다가 다시 몸을 가까이 하며 소곤소곤 말했다. "이대로 입을 다물어 준다면 입막음비를 지불할게요. 얼마나 원해요?"

"저한테요? 잘못 생각하셨네요."

"하지만—."

"회사는 그만두셨습니까?"

"당연하죠."

"당신과 어머님이 큰 부자가 된 걸 숨겨 두더라도, 당신의 스타메이트들에게는 제대로 인사하고 모리시타초의 아파트를 빼도 되지 않았습니까?"

새도를 칠하고 아이라인을 짙게 그린 사나에 씨의 눈가가 일그러졌다. "스타메이트 말이죠."

그딴 거, 하고 내뱉었다.

벨은 작년 가을쯤부터 그녀의 열이 식었다고 이야기했다.

"'스타차일드'는 당신이 기대한 대로의 그룹이 아니었던 겁니까?"

"그래요. 좀 더 현실적이고 건설적인 단체라고 생각했어요."

거기에서 출세하면 미쿠모 사나에의 인생이 필 것 같은. 또는 좋은 만남을 가져다줄 것 같은. 하지만 그녀의 착각이었다. 그래서 큰 부자가 되고 나니 더 이상 미련이 없었다. 그런 곳과는 냉큼 헤어지고 싶었다.

"한때는 큰돈을 갖다 바쳤을 텐데요."

"조금은 기대하고 있었으니까요."

"유감스럽게 되었군요." 나는 한껏 비아냥거리며 말했다. "하지만 그렇다면 당신도 가쓰에 씨와 마찬가지로, 1월에 '엔젤 모리시타'를 나와 행방을 감춰 버려도 되었을 텐데요."

실제로 그때부터 호텔 생활을 시작했다.

"왜 8월 초까지 일단은 203호실에 사는 것처럼 꾸몄습니까?"

미쿠모 사나에 씨는 내 지성을 의심하는 듯한 눈빛을 띠었다.

"몰래 가지고 나오고 싶은 것도 있었어요. 앨범이라든가 기념품이라든가, 아버지의 유품이라든가."

돈으로 살 수 없는 것들이다.

"그 애들한테 이상하게 여겨지지 않도록, 조금씩. 그래서 품이 들었죠."

"당신이 실은 억만장자가 된 걸 들켜도 안 되었고 말이죠."

여성은 민감하니까 옷차림이나 소지품에 주의하지 않으면.

"휴대전화를 그대로 둔 건요?"

"새로 개통했으니까요."

"옛날 휴대전화는 해약하면 될 텐데요."

"바빴어요!"

돈이라면 있다. 그 정도는 아깝다고도 생각하지 않는다.

"저기, 그런 것보다,"

사나에 씨는 초조한 듯이 날카로운 목소리로 말했다. "이 일, 얼마나 주면 입 다물어 줄 거예요?"

"걱정 마십시오."

나는 커피 컵 두 개를 올려놓은 트레이에 손을 댔다.

"당신들을 더 이상 쫓지 않을 테니까요. 저나 저를 고용한 사람들이 성가시다면 머무시는 호텔을 바꾸시면 됩니다."

미쿠모 사나에 씨는 다시 나를 노려본다.

나는 물었다. "집을 짓고 계십니까?"

"글쎄요."

"당신과 가쓰에 씨의 새 집이겠죠. 좋은 집이 되기를 바라겠습니다."

사나에 씨는 "헤에" 하고 말했다. "그거면 되겠어요?"

"당신들의 인생이에요. 그런데 지난주 목요일, 우에노 역 앞에서 '가노쿠라 풍아당'의 도모코 씨가 가쓰에 씨의 휠체어를 밀고 있었죠? 그건 어떻게 된 일입니까?"

사나에 씨가 시선을 피했다. "어떻게 그런 것까지 아는 거죠?"

나는 잠자코 있었다. 사나에 씨는 다시 나를 뚫어져라 살피며 한숨을 쉬었다.

"산책도 할 겸 엄마를 데리고 풍아당에 상담하러 갔는데, 엄마가 지겨워해서요. 그랬더니 도모코 씨가 마침 외출하는 길이라면서 엄마를 호텔까지 데려다준 거예요."

이 또한 그냥 그뿐인 일이었던 것이다.

"오늘은 어디에 가실 생각이었습니까?"

"가까운 한의원에요. 엄마가 허리 아프대서."

"그래요? 몸조리 잘하십시오."

나는 트레이를 손에 들고 일어섰다.

"저기, 정말 이제 됐나요?"

미쿠모 사나에 씨의 부름에는 의심과 안도가 뒤섞여 있었다. 한순간, 그것이 내 안의 무언가에 탁 닿았다.

"당신은 벨 씨와 뜻이 잘 안 맞게 된 것 같더군요."

그녀는 눈을 깜박였다. "네?"

“꽤 전부터 그녀와는 잘 맞지 않았죠?”
“아아, 벨 말이군요. 네.”
그녀의 눈가에 험악한 주름이 생겼다.
“그 애는 일일이 잔소리가 많아서요. 남에게 설교할 수 있을 만한 신분도 아닌 주제에, 건방지게.”
“그래서 가노쿠라 풍아당의 단골손님이 된 건가요? 그녀에 대한 화풀이로.”
마치 내게 얻어맞은 것처럼 미쿠모 사나에 씨는 굳어졌다. 하지만 한순간의 일이었다. 곧 태연하게 내뱉었다.
“멋진 물건이 많이 있는 가게라서 자주 갔을 뿐이에요.”
“확실히 당신이 어머님께 드린 북커버도 멋진 물건이었습니다.”
미쿠모 사나에 씨는 깜짝 놀라워했다.
“기억 안 나십니까? 타이밍으로 보자면 연초에 복권 때문에 만났을 때 드렸을 듯싶은데요.”
“아아, 그거요?”
그제야 생각난 모양이다.
“그 무렵부터 가노쿠라 풍아당에서 물건을 조금씩 샀으니까요. 정말 멋진 가게고, 가노쿠라 씨네도 멋진 가족이에요.”
그 말투에 담긴 악의는, 눈앞에 있는 내가 아니라 벨을 향한 것이었다.
“이제 된 거죠? 엄마를 하염없이 혼자 내버려둘 순 없어요.”
미쿠모 사나에 씨는 당당하게 떠났다.

나는 카페를 나왔다. 당분간 커피 향기를 맡기도 싫다.

다음 날 아침, 야나기 부인과 모리타 씨에게 사무소로 와 달라고 한 뒤 조사 내용을 설명했다. 야나기 부인은 복권 당첨에 놀라고, 모리타 씨는 지난주 목요일에 자신이 잘못 본 것이 아니었다는 사실에 기뻐했다.

"미쿠모 씨가 잘 지내고 계셔서 다행이에요."

"보고서를 제출하겠습니다."

둘 다 그런 딱딱한 것은 필요 없다고 말했다.

"스기무라 씨, 일처리가 빠르네요."

과연 프로라며, 야나기 부인이 칭찬해 주었다.

"운이 좋았습니다."

"매끄럽게 잘됐으니까 쓰레기장 청소를 대신해 주는 기간은 반년으로 하면 되겠네."

내가 약간 망연자실하자,

"그 후의 반년 동안은 제가 대신 해 줄게요" 하며 모리타 씨가 웃었다.

"스기무라 씨, 저는요."

남의 일 같지 않았어요, 하고 말한다.

"미쿠모 씨 말이에요. 저도 언젠가는 저런 외톨이 할머니가 되겠지, 싶어서."

그래서 왠지 기뻐요.

"저한테도 앞으로 복권 당첨처럼 좋은 일이 있을지도 모르잖아요?"

맞아요, 하고 내가 말하자 야나기 부인이 끼어들었다.

"그보다 당신, 결혼을 해요. 지금부터라도 늦지 않았어요."

"싫어요, 싫어요, 저는 이미 늦었어요. 그런 얘기라면 스기무라 씨한테 하세요."

"아, 휴대전화가 울리고 있는 것 같아요"라며 나는 그 자리에서 도망쳤다.

다시 한 번 가정을 갖는다. 기다려 주는 사람이 있는 집을. 앞으로 내게 그런 기회가 있을지 없을지 모르겠지만, 지금은 아직, 언젠가 내가 그런 것을 바라게 될 거라는 생각이 들지 않는다. 내 집은 이 사무소다. 이곳이 내가 몸을 기댈 곳, 나의 성역이다.

아줌마들로 시끌벅적하고, 그것도 좋다.

벨 씨와 북은 밤에 일하기 때문에 늦게 일어나는 것이리라. 오후 1시 넘어서 초인종을 누르자 벨 씨가 문을 열었다. 링은 일하러 갔고, 북은 미용실에 갔다고 한다.

"저도 생추어리에 가려던 참이에요."

과연 그녀는 외출 준비를 하고 있었다.

"그럼 여기 서서 얘기해도 괜찮습니다."

나는 문을 꼭 닫았다.

벨 씨에게 미쿠모 사나에 씨는 어머니와 함께 살고 있다고만 전했다.

"이곳에 돌아오는 일은 없을 거예요. 조만간 사나에 씨한테서 연락이 올지도 모르고, 안 올지도 모르겠군요. 어쨌든 당신들은 빨리 다른 집을 찾는 게 좋을 거예요."

그렇게 할게요, 하고 벨 씨는 순순히 대답했다.

"벨 씨."

나는 새삼 그녀를 불렀다.

"당신은 지금도—가령 춘분이나 추분이나 기일에 가노쿠라 씨를 찾아갈 때가 있나요?"

벨 씨는 그 물음만으로 내가 무엇을 알아냈는지 눈치챈 것 같았다. 표정이 사라졌다. 어깨가 축 늘어졌다.

나도 그녀의 얼굴을 직시할 수가 없다.

"이런 말을 하는 까닭은, 미쿠모 사나에 씨가 가노쿠라 풍아당의 단골손님이 되었기 때문입니다. 도모코 씨라는, 그 집 딸과도 친하게 지내는 것 같아요."

벨 씨는 아무 말도 나오지 않는지 그 자리에 우두커니 서 있다. 표정뿐만 아니라 안색도 사라졌다.

"당신에게 여러 가지로 엄한 말을 들어서 미쿠모 씨는 부아가 치민 모양이에요. 그러니까 이것도 당신에 대한 심술이겠죠. 고해를 통해 당신의 과거를 들어 알고 있었으니까."

분명히 그렇겠죠—하고 벨 씨가 중얼거렸다. 가느다란, 떨리는 듯한 목소리였다.

"만에 하나 당신이 지금의 미쿠모 씨와 바깥 세계의 입장에서 얼굴을 마주하면 안 될 것 같아서, 쓸데없는 말씀을 드렸습니다. 죄송합니다."

벨 씨는 고개를 저었다. "전 가게로 찾아간 적은 없어요. 가노쿠라 씨 댁은 혼고에 있어요."

"그래요?"

내가 '가노쿠라'로 검색해서 찾아낸 신문기사에도 사고가 발생한 곳은 혼고 2초메의 노상이라고 적혀 있었다.

"교통 형무소를 나온 후에 한 번 사죄를 드리러 찾아갔지만 두 번 다시 오지 말라면서 쫓아내셨어요. 무덤이 있는 곳도 가르쳐 주시지 않았고요."

나는 "그래요?" 하고 되풀이했다.

2000년 4월 10일 오후 9시경, 가노쿠라 요시유키 · 유코라는 젊은 부부가 횡단보도에서 빨간 신호를 무시하고 돌진해 온 승용차에 치이는 사고가 일어났다. 기사에 운전자의 이름은 없었고 19살 된 회사원 여성이라고 나왔다.

이 사고로 가노쿠라 요시유키는 거의 즉사, 유코는 심폐 정지 상태로 구급병원에 실려 갔지만 곧 사망했다고 한다.

가노쿠라 유코는 당시 임신 오 개월째였다.

"저는 면허를 딴 지 얼마 안 되었어요."

여전히 목소리가 떨렸지만 벨 씨는 말을 이었다. "우리 개가—나이 많은 개였는데, 모두 귀여워했지만 저를 제일 잘 따랐어요."

그날 밤, 갑자기 상태가 나빠졌어요.

"그래서 단골 동물 병원으로 데려가던 참이었어요. 저는 당황한 상태여서,"

애견으로 머리가 꽉 차서.

"앞을 잘 보지 않았어요."

눈을 감고 몸을 굳힌다.

벨 씨—하고 나는 다시 한 번 불렀다.

"잊으라고는 하지 않을게요. 잊어도 되는 일이 아니니까요. 하지만 당신은 죗값을 치렀어요. 마음을 정리해도 돼요."

그녀는 대답하지 않았다. 굳게 감은 눈꺼풀 끝으로 눈물이 배어 나왔다.

"당신이 '스타차일드' 덕분에 구원받고, 생추어리만이 자신이 있을 곳이라고 생각하는 건 무리도 아닙니다. 하지만 계속 이 상태로 있는 게, 정말로 당신에게 좋은 일일까요."

벨 씨는 눈을 뜨고 이마에 흘러내린 머리카락을 쓸어 올렸다. 눈물이 넘쳐 뺨을 타고 흘렀다.

"게다가 사람이 모여서 만든 조직은 아무래도 변화하는 법입니다."

마스터의 말이 옳다.

"스타차일드도 생추어리도, 변해 갈지도 몰라요."

벨 씨는 눈물을 흘리면서 현관 옆의 벽을 응시하고 있다.

"다른 삶도 모색해 보면 어떨까요. 우선 가족 분들께 연락해 본다거나."

벨 씨는 억양 없는 말투로 말했다. "제 실형이 결정되자 엄마는 목을 매서 죽었어요."

그녀는 그제야 겨우 손을 들고 눈물을 닦았다.

"아버지도 언니도, 용서해 주지 않을 거예요."

둑이 무너졌는지, 짧게 외치듯이 통곡하고 곧 그것을 삼켰다.

나는 달리 어떻게 하지 못하고 한동안 그녀와 마주 보았다.

"'선생님'을 존경하는 마음으로, 당신 자신도 소중히 해 주세요."

나는 겨우 그렇게 말했다.

"북과 링에게 당신은 언니 같은 존재예요. 저는 채널링의 궁합에 대해 모르지만, 미쿠모 씨보다는 그들이 당신의 시스터겠죠. 둘은 당신을 좋아하고, 당신을 걱정하고 있습니다."

벨 씨는 코를 훌쩍이며 팔로 몸을 지키듯이 껴안았다.

"뭔가 곤란한 일이 있으면 연락해 주세요. 힘이 되어 드리겠습니다."

새빨갛게 충혈된 눈으로, 벨 씨는 나를 보았다.

"고마워요."

나는 밖으로 나갔다. 203호실의 문이 닫혔다. 뭔가 좀 더 할 수 있는 말이 있었을 것이다. 하지만 생각나지 않았다. 탐정은 어차피 그 정도의 존재에 불과했다.

희망장

1

신호를 기다리는 사이에 내리던 비가 굵은 눈으로 바뀌었다.

파란 신호에 횡단보도를 건너 정면에 자리한 빌딩 '지정 요양보험 특정시설 · 하나카 양로원' 입구의 자동문을 지나자, 현관 로비의 커다란 창에 붙어서 바깥을 보고 있던 중년 남성이 이쪽을 돌아본 뒤 걸어왔다.

"스기무라 씨 되십니까?"

와이셔츠와 넥타이, 파란 점퍼 가슴에는 얼굴 사진이 붙은 ID.

우리는 재빨리 명함을 교환했다. 남자의 명함은 컬러풀하게 인쇄되었고, ID 사진과 똑같은 둥근 얼굴의 사진이 붙어 있다. '사회복지사/하나카 양로원 주사主事 · 가키누마 요시노리.'

"여기는 금방 찾으셨나요?"

"네. 제 사무소도 이 근처에 있어서요."

"그래요? 그런데 하필 날씨가 이러네요."

비는 아침부터 내렸지만 지금 창밖에서는 함박눈이 쏟아져 마치 설국 같은 풍경이다. 여기가 사이타마 시 남부의 번화가라는 사실을 잊게 될 것만 같다.

"코트랑 우산을 맡아 드리죠. 이쪽으로 오십시오."

로비에 접수대가 있지만 지금은 아무도 없다. 방문자용인 듯한 몇몇 응접세트에도 아무도 앉아 있지 않다. BGM도 없어서 조용했다.

"아침 식사 후의 쉬는 시간입니다" 하고 가키누마 주사는 말했다. "오후에는 시끌벅적해지지요. 외래 환자도 오시고요."

"그래요? 근무 시간도 아닌데 죄송합니다."

"아이자와 씨는 이미 와 계십니다. 방은 이층에 있는데, 계단으로 가셔도 될까요?"

"물론입니다."

활짝 열린 방화문 앞에 있는 계단통은 어둑어둑하고 싸늘했다. 도장塗裝된 벽에는 비가 샌 흔적이 있고, 계단의 미끄럼 방지 패드는 여기저기 벗겨지거나 없어져 있다. 난색 계열의 내부 설비와 인테리어로 통일된 편안해 보이는 로비와는 엄청나게 다르다. 무대 뒤를 보는 것 같은 기분이 들었다.

바깥 무대인 이층 플로어로 올라가자 모스그린색 벽지와 크림색 리놀륨 복도가 나타났고 이를 따라 나뭇결무늬 미닫이문이 줄줄이 늘어서 있다. 청결하고 밝고 따뜻한 느낌이었다.

"이 층의 방은 전부 일인실입니다. 무토 간지 씨의 방은 203호실이었지요."

그가 가리킨 일인실의 미닫이문이 열려 있고 안에서 덩치 큰 남자가 움직이고 있었다. 캐주얼한 스웨터와 청바지 차림이다.

"아이자와 씨, 오셨습니다."

가키누마 주사가 말을 걸자 남자는 얼른 돌아보았다.

"처음 뵙겠습니다. 스기무라 탐정 사무소의 스기무라 사부로입니다."

나는 일인실 입구에서 가볍게 머리를 숙였다.

"으음, 아아."

남자는 애매한 목소리로 말했다.

"안녕하세요. 제가 아이자와 고지입니다."

부산스럽게 청바지 주머니를 뒤지며 실내를 향해 턱짓을 한다.

"어질러져 있어서 죄송합니다. 어라? 나 명함집을 두고 왔나?"

그다지 딱딱한 데가 없는 인품인 것 같다.

"아이자와 씨의 신원은 제가 보증합니다."

가키누마 주사의 태도도 친근했다.

"그럼 무슨 일 있으면 불러 주세요."

가키누마 주사는 일인실의 미닫이문을 닫고 나갔다.

세 평 정도 넓이의 원룸이다. 버튼 하나로 조작할 수 있는 환자용 침대와 요소마다 설치된 손잡이가 이곳이 양로원의 일인실임을 나타내고 있다. 하지만 그 밖에는 시티 호텔과 큰 차이가 없다.

과연 어질러져 있다. 외문 벽장도, 침대 옆 서랍장도 열려 있고 내용물이 침대 위에 쌓여 있다. 대부분이 의류지만, 잡지나 책도 있다. 그중에서 노인용 종이기저귀 팩이 눈에 띄었다.

아이자와 씨는 옆에 있는, 천을 댄 스툴 위에서 커다란 보스턴백을 치웠다.

"여기 앉으시죠."

그러더니 싱글거리던 표정을 지우고 내 얼굴을 정면에서 보았다.

"진지하게 조사하려면 아버지의 소지품도 탐정님께 보여 드리는 게 좋을 것 같아서 여기로 와 주시길 부탁드렸습니다. 일부러 오시게 해서 죄송합니다."

그의 아버지 무토 간지 씨는 지지난주 월요일, 2011년 1월 3일 오전 5시 32분, 심근경색으로 사망했다. 향년 78세. 죽기 두 달쯤 전부터 여러 번에 걸쳐 홈의 스태프나 가키누마 주사, 그리고 한 번은 아들 아이자와 씨를 상대로, 단편적이긴 하지만 구체적인 사실을 섞어 가며 어떤 고백을 했다.

옛날에 사람을 죽인 적이 있노라고.

그 고백의 진위를 조사하기 위해, 나는 불려온 것이다.

"아버지가 이 양로원에 들어오신 건 작년 3월의 일인데요."

아이자와 씨는 침대에 걸터앉아 등을 약간 웅크리고 말했다.

"그전부터 단기 숙박 서비스를 이용했고, 여기라면 안심이라면서 당신도 마음에 들어 하셨어요. 그런 판단을 스스로 하실 수 있는 상태였습니다."

커다란 손의 굵은 손가락을 꼼지락거린다.

"그래서 집에서 모시고 싶었는데 말이지요, 안타깝게도 다리가 약해져서 걸으실 수가 없었거든요. 넘어지셔서 골절된 적도 있어서, 그럼 휠체어를 타면 안심이 될까 했더니 그것도 혼자서는 타고 내리시기가 힘들어서요."

화장실도 큰일이고—하며 목소리가 작아진다.

"저도 아내도 직장이 있다 보니 더 이상 감당할 수가 없게 되었어요."

나이가 많아지고 일상생활 속에서 많은 보살핌이 필요해진 부모를 양로원에 맡긴다. 전혀 부끄러운 일이 아니고 누구한테 책망을 들을 이유도 없을 텐데, 자식은 꺼림칙하게 느끼고 변명 같은 말을 하지 않을 수 없다. 우리 아버지는 병으로 돌아가셨고 어머니는 건강하시지만 그 심정을 상상할 수가 있었다.

"이해합니다" 하고 말했다. "여기는 좋은 방이네요."

"뭐, 그, 적어도 일인실로 모셔 드리고 싶었어요."

"아버님은 장기를 좋아하셨습니까?"

남은 잡지는, 자세히 보니 장기 잡지뿐이었다. 책도 기사棋士의 평전이나 장기 전문서다.

아이자와 씨에게 웃는 얼굴이 돌아왔다. "아주 좋아하셨지요. 유일한 취미였습니다."

"잘 두셨나요?"

"저는 전혀 못 두니까 모르겠지만 상급자용 컴퓨터 프로그램으로 노시곤 했던 것 같습니다."

"그럼 실력이 상당하셨겠군요."

“‘외통 장기’장기 규칙을 바탕으로 만드는 퍼즐도 자주 만드셨어요. 아버지는 이건 퍼즐의 일종이니까 다른 거라고 말하곤 하셨지만요.”

그리운 듯이 눈을 가늘게 뜬다.

“하지만 역시, 처음으로 넘어져서 허리뼈가 부러지는 바람에 입원하신 게 삼 년 전 일이었나, 그때쯤부터 그것도 점점 하기 어려워하셨습니다. 체력이 떨어지면 집중력도 없어지나 봐요. TV로 대국을 보거나 잡지를 읽으시는 정도가 되고 말았어요.”

양로원에 입원하기 위해 짐을 꾸릴 때 아이자와 씨는 아버지가 자택에서 애용하던 장기판과 말을 짐 속에 넣으려고 했더니,

—그건 두고 갈란다. 갖고 싶어 하는 사람이 있으면 주렴.

이라고 말했다고 한다.

“하지만 치매는 아니었습니다. 그러니까.”

도중에 입을 다물어도 무슨 말을 하려는지 알 수 있었다. 본론을 꺼낼 타이밍이다.

“먼저 여쭙겠는데, 이 조사에 대해서 아이자와 씨의 가족은 알고 계시나요?”

아이자와 씨는 덩치가 클 뿐만 아니라 얼굴의 이목구비도 크다. 그 눈이 때굴때굴 굴렀다.

“아뇨, 아내와 아들들은 아무것도 모릅니다. 아버지의 그런 말을 들은 건, 우리 집에서는 저뿐이에요.”

“아드님이 계시는군요.”

“네, 둘 있습니다. 우리 집은 다섯 식구고, 아버지는 독신이었어

요. 아니, 이렇게 말하면 이상한가. 어머니와 젊을 때 헤어졌고 그 후로 혼자 사셨습니다."

"그렇군요. 아이자와 씨도 가족분들께 얘기하시지 않았군요."

"좀처럼 말할 수 없는 일이니까요."

그 표정은 그냥 진지하기만 한 것이 아니라 희미한 두려움을 머금고 있었다.

"가키누마 씨나 이곳 스태프를 통해서 가족분들께 이야기가 전해졌을 가능성은요?"

"없습니다. 제가 입막음을 부탁했거든요."

불쾌한 얘기니까요—하며 목소리를 낮추었다.

"이게, 가령 아버지가 옛날에 뺑소니를 한 적이 있다거나, 술에 취해서 싸우다가 누군가를 때렸는데 상대가 죽어 버렸다거나, 그런 거라면 그나마 괜찮습니다. 괜찮다는 말에도 어폐가 있지만."

말투가 빨라지고 얼굴이 일그러진다.

"하지만 이건—사실대로 말하자면 아버지가, 그—벼, 변태 같은 짓을 했다는 얘기니까—."

나는 온화하게 가로막았다. "아직 사실인지 아닌지 알 수 없어요."

"네? 아아, 네."

"그럼 저도 연락이나 보고는 반드시 아이자와 씨한테만 하겠습니다."

부탁드립니다, 하고 말한 아이자와 씨는 커다란 몸을 꺾으며 머리를 숙였다.

"사무적인 걸 먼저 말씀드리겠는데, 이런 조사의 경우 착수금을 5천 엔 받습니다. 일주일 후 초기 조사 보고를 한 뒤 조사를 계속할지 어떨지, 그 경우 비용이 어느 정도 될 것 같은지 상의를—."

아이자와 씨가 입을 실로 '쩍' 벌렸기 때문에 나는 말을 끊었다.

"5천 엔?" 하고 그는 말했다. "겨우 5천 엔이면 됩니까?"

"처음 일주일 동안 드는 건 거의 교통비니까요. 어지간히 멀리 가지 않는 한 5천 엔이면 될 것 같습니다."

실은 작년 11월에 스기무라 탐정 사무소가 처음으로 받은 일의 착수금이 5천 엔이었고 잘 풀렸기 때문에 왠지 징조가 좋아 보여서요, 라는 말은 하지 않기로 했다.

아이자와 씨는 또 "하아" 하고 맥빠진 듯한 목소리를 낸 뒤, 웃었다.

"아니, 다케나카 부인이 스기무라 씨는 성실하고 정직한 사람이라고 하시던데, 정말로 그렇군요. 오히려 바보같이 정직하달까—아, 저기, 바보라는 말은 실례죠."

"아뇨, 아뇨."

다케나카 부인이란, 내가 사무소 겸 자택으로 빌려 쓰는 고가의 주인인 자산가의 부인이다. 아이자와 부부는 이케부쿠로에서 이탈리안 레스토랑을 경영하고 있었고 다케나카 가 사람들은 그곳 단골이라고 하는데, 그 인연으로 이 의뢰가 내게 돌아온 것이다.

"그럼 실례지만 지금부터 메모를 좀 하겠습니다."

내가 옅은 노란색 종이와 볼펜을 꺼내자 아이자와 씨는 침대 위에서 앉은 자세를 고쳤다.

"편의상 무토 간지 씨가 말씀하신 것을 '고백'이라고 부를 텐데요, 우선 이 고백을 들은 사람은 누구입니까?"

"저랑 가키누마 씨랑, 아버지의 담당 요양사입니다. 미야마 씨. 그리고 한 명 더 있는데, 이 사람은 아버지한테서 직접 들은 건 아니고 제가 아버지와 이야기할 때 우연히 옆에 있었어요."

이곳 청소 스태프 중 한 명으로, 하자키 신타로라는 청년이라고 한다.

"아버지가 그런 말을 꺼내셨을 때 그 사람이 청소하러 와 있었거든요. 그래서 들어 버렸지요."

아이자와 씨는 상의 주머니에서 스마트폰을 꺼낸다.

"우리 가게는 목요일이랑 일요일이 정기 휴일이라서 저는 목요일 오후에 아버지를 만나러 오는 습관이 있었습니다. 으음, 달력이—."

스마트폰을 조작한다.

"그렇지, 그러니까 지난달 16일이었나. 주방 대청소가 있어서 그걸 돕다 보니 늦었다면서, 하자키 군이 허둥지둥 와서 사과했지요. 이곳은 면회 시간이 오후부터라서 보통 청소나 빨랫감 정리 같은 건 오전중에 끝나야 하거든요."

하자키 청년이 작업하는 동안 아이자와 씨는 방구석에 앉아 있었다.

"아버지는 침대에서 상반신을 일으켜 앉은 채 TV를 보고 계셨어요. 이곳에서는 대개 그렇게 시간을 보내셨습니다."

TV에서는 오후 와이드 프로그램이 나왔다.

"그러다가 중얼중얼 이야기를 하기 시작하셨어요."

—이런 건 귀신 들린 거나 마찬가지야. 어떻게 할 수도 없는 거지.

"무슨 얘기냐고 물었더니 TV를 가리키시는 겁니다. 마침 젊은 여자가 살해된 사건을 보도하는 중이었습니다. 자세한 건 잘 기억나지 않지만……."

조사해 보면 금방 알 수 있을 것이다.

"아버님은 그 사건을 두고 '귀신 들린 거나 마찬가지야'라고 말씀하셨던 거군요."

"네. 그래서, 그런가요, 묻지 마 살인에 당한 건가 보네, 불쌍하네요, 라고 대답했더니, 살해당한 쪽뿐만 아니라 범인도 마찬가지라는 겁니다."

—이런 짓을 저지를 때는 귀신에 씌어 있는 거야. 본인도 어떻게 할 수 없는 거라고.

아이자와 씨는 스마트폰을 집어넣고 커다란 손을 이마에 댔다.

"잠깐만요. 정확하게 어떤 대화였는지 말씀드리겠습니다."

—그건 참신한 견해 같네요.

—그래? 하지만 스스로도 어떻게 할 수 없는 일이 있잖니.

—음, 남자친구랑 헤어지려고 했는데 좋게 못 끝났다거나, 그런

사정이 있는지도 모르죠.

—그게 아니야. 이 아가씨는 습격을 당한 거잖니. 나쁜 것에 씐 남자가 저지른 거야. 그런 일은 있는 거란다. 나는 잘 알아.

—이상한 말을 하시네요. 꼭 경험이 있으신 것 같잖아요.

—그럴 생각은 없었는데 그만 머리에 피가 올라서 손을 대고 말았지.

나는 볼펜의 움직임을 멈추었다. "머리에 피가 올라서 손을 대고 말았다."

"네."

"분명히 그렇게 표현하셨나요?" 아이자와 씨는 고개를 끄덕였다. "그래서 저도 맞장구를 칠 수가 없었어요. 흐음, 하면서 어떻게든 웃음으로 얼버무리고, 그걸로 얘기는 끝났습니다."

"아버님도 그 얘기를 계속하려고 하시지 않았군요."

"네. 다만 엄청나게 무서운 얼굴로 TV를 노려보셨어요. 저도 말없이 같이 봤는데, 그러다가 하자키 군이 청소는 끝났으니 이만 가 보겠습니다, 하면서 나가려고 했기 때문에 저도 그 사람이랑 같이 복도로 나갔지요."

—아까 아버지가 이상한 말을 하셨는데 신경 쓰지 마세요.

"하자키 씨는 뭐라던가요?"

"무슨 말씀이신지, 라는 얼굴을 했지만 젊은 사람이니까요. 솔직한 청년이라 조금 당황한 것 같았습니다."

저도 거북했고요, 하며 머리를 긁적인다.

"그 후 한 시간 정도 아버지의 상태를 보면서 머물렀지만 특별히 이상한 점은 없었고 다시 이상한 말을 꺼내시지도 않더라고요. 뉴스 프로그램이 끝나자 서스펜스 드라마가 재방송되었는데요."

—아버지, 이런 드라마 자주 보세요?

—재미없어서 안 본다. 너무 조용하면 잠이나 자니까 틀어놓을 뿐이야.

"저는 아버지가 서스펜스 드라마를 너무 많이 보셔서 현실과 드라마의 줄거리를 혼동하신 게 아닐까 싶었거든요. 떠보려고 했는데 그런 반응을 보이시진 않았습니다."

아이자와 씨가 돌아갈 때 아버지는 TV를 켜 놓은 채 장기 잡지를 읽고 계셨다고 한다.

"그날은 그대로 돌아갔지만 역시 신경이 쓰여서요, 일요일에 가키누마 씨에게 상의해 보자 싶어서 왔지요."

가키누마 주사는 이 홈의 요양·생활 담당 관리 책임자이면서 입소자 가족의 소통 창구 역할을 맡고 있기도 하단다.

"저도 가키누마 씨한테는 얼마간 편하게 얘기할 수 있어서요. 그래서 실은 목요일에 이런 일이 있었다고 얘기를 꺼냈더니,"

—간지 씨가 고지 씨한테도 그런 말씀을 하셨어요?

"가키누마 씨도, 요양사 미야마 씨도, 아버지가 비슷한 말을 하시는 걸 들었다는 겁니다. 그 지난달, 그러니까 11월 초부터 몇 번인가. 저한테 보고해야 할지 망설이고 있었다는 거예요."

곧 미야마 요양사를 불러서 사정을 설명하자 그녀 또한 얼굴에 당혹을 띠었다고 한다.

"노인은 갑자기 엉뚱한 말을 꺼내서 주위를 놀라게 할 때가 종종 있다면서 위로해 주시기는 했지만."

그러나 그녀에게서, 간지 씨가 '손을 대고 말았다'고 표현한 사건이 '쇼와 50년 8월의 일이고', '젊은 여성이 습격을 받아서 살해되었는데 당시 범인이 잡히지 않았다', '내가 도쿄 조토 구에서 살았을 때다'라는, 구체적인 요소 세 가지를 들을 수 있었다.

"저로서는 더욱더 마음이 편치 않아져서요."

"그 후 아버님께서 또 그 이야기를 꺼내신 적은 없습니까?"

"아니, 저한테는 그게 마지막입니다."

"아이자와 씨가 물어보신 적은요?"

"그렇게 해 봐야 했겠지만 물을 수가 없었어요. 가키누마 씨랑 미야마 씨랑 이야기했을 뿐입니다."

물어볼 수가 없어서, 라고 한다.

"그 외에 아버님의 상태에 이상한 점은 없었습니까?"

"특별히 느끼지 못했는데요."

그는 입가를 오므리며 그렇게 말했다.

"제가 둔했을 뿐인지도 모르겠지만요. 아버지의 죽음의 징후도 몰랐을 정도니까."

간지 씨는 1월 2일 저녁에 이곳 식당에서 심장 발작을 일으켰고 긴급 수송된 병원에서 이튿날 새벽에 사망했다.

"동맥경화가 진행되어서 온몸의 혈관이 이미 유리관처럼 약해지셨대요. 혈액 순환이 잘 안 돼서 늘 손발이 차가우셨죠."

아이자와 씨는 생각난 듯이 자신의 손을 마주 문질렀다.

"혈전이 뇌 쪽에 쌓이면 뇌경색이 되고, 심장 동맥에 쌓이면 심근경색이 되지요. 주치의 선생님이 언제 무슨 일이 있어도 이상하지 않은 상태라고 해서 저도 각오는 하고 있었습니다. 하지만 그렇게 싱겁게 가실 줄은."

나는 오랫동안 고통받지 않으셔서 다행이라거나, 이런 경우에 누구나 생각해 낼 만한 위로의 말은 하지 않고 잠자코 있었다.

"하지만 지금 생각하면 말이지요."

아련한 눈빛을 띠며 아이자와 씨는 말을 이었다.

"아버지는 섣달 그믐날에 집으로 돌아와서 설날 밤까지 이틀 밤을 주무시고, 2일 오전중에 이곳으로 되돌아오셨습니다. 장사 때문에 새해 손님이 오고, 저와 아내도 새해 인사를 하러 갈 곳이 있다 보니 바빠서요, 아버지도 이해해 주셨지요. 그래서 제가 모셔다 드렸는데, 아버지는 여기에 앉아서—."

아이자와 씨는 침대 위를 가볍게 두드렸다.

"기분 좋은 얼굴로 싱글벙글 웃고 계셨어요. 노부에 씨—아, 제 아내인데요, 노부에 씨의 떡국은 맛있더라, 하면서. 아버지 목에 걸리지 않도록 떡을 작게 잘라서 끓였기 때문에 녹진하게 녹았거든요. 떡국이라기보다 닭고기랑 순무랑 어묵이 들어 있는 소 같았는데, 맛있었다고요."

—고맙구나.

"차분하게 말씀하셨지요. 당신은 어렴풋이 죽음을 예감하셨던 건지도 몰라요."

나는 그에게 미소를 지었다. "만일 그게 아버님의 인사 말씀이었다면, 부럽군요."

"그런 걸까요?"

"네."

"그럼 아버지의 짐을 보시겠습니까?"

그도 앉아서 이야기만 하기 힘들어졌을 것이다.

옷이나 잡화, 소모품 중에 이렇다 할 것은 없었다. 잡지와 책에도 메모가 없고, 뭔가가 페이지 사이에 끼어 있지도, 페이지가 접혀 있지도 않았다.

"아버지의 오래된 사진이나 연하장은, 양이 별로 많지는 않지만 집에 있습니다. 필요하실까요?"

"빌려주시면 대단히 고맙겠습니다. 아버님의 친구나 지인분들은 장례식에 오셨나요?"

"가족장이라서 친척들한테만 알렸어요. 하지만 아버지가 사용하시던 작은 주소록이 있을 테니까—."

실내를 둘러보고 쓴웃음을 짓는다.

"여기에 있을지도 모르지만, 찾아보겠습니다."

"부탁드립니다. 옛날 일을 더듬어 가는 거니까 주위분들의 기억이 중요하거든요."

그러자 아이자와 씨는 조금 곤란하다는 듯한 얼굴을 했다.

"그렇군요……. 하지만 스기무라 씨, 자백하자면 저는 아버지에 대해서 잘 모릅니다."

무슨 뜻일까.

"아니, 아버지와 재회한 지 십 년, 해가 바뀌었으니까 십일 년째가 되나? 그동안의 일은 압니다. 하지만 그전에는 말이죠, 저는 아버지와 초등학생 때 헤어져서 삼십 년 동안이나 만나지 못했거든요."

2

탐정에게 조사를 의뢰한다는 것은 세상 대부분의 사람들에게는 이례적인, 일생에 한 번 할까 말까 한 경험이다. 모두 익숙하지 않다. 따라서 이런 일은 자주 있다. 중요한 이야기가 나중에 나오는 것이다.

"제 부모님은 1970년에 이혼했고 저는 아홉 살이었습니다. 아버지는 데릴사위였기 때문에 그때 집을 나가셨어요. 확실하게 말하면 쫓겨나신 거지요."

역시 1월, 이맘때의 일이었다고 한다.

"정월에 친척들이 모였어요. 아버지랑 어머니의 이혼과, 아버지랑 아이자와 가의 절연이 결정되었고, 그러고 나서 일주일 정도 후에 아버지는 집을 나가셨습니다. 그 후 2000년 초봄에 제 가게에 와 주셔서 재회할 때까지는 소식을 알 수가 없었어요. 솔직히 살아 계시는지 아닌지도 확실하지 않았고요."

나는 천천히 고개를 끄덕였다. "아이자와 씨 아버님의 성이 왜 무토인지 어느 타이밍에 여쭤야 할까 고민했는데 그런 사정이 있었나요."

만 삼십 년, 이 부자 사이에는 공백이 있었다. 사건이 일어났다는 쇼와 50년은 서력으로 1975년. 만일 간지 씨의 고백이 사실이라면 바로 그 공백의 시기에 있었던 일이 된다. 이혼과 절연으로부터 오 년 후, 그가 42살 때다.

아이자와 씨는 말했다. "그러니까 제가 모르는 아버지 인생 속의 사건이, 이제 와서 아버지의 입에서 불쑥 새어 나온 건지도 모른다는 생각이 들어서 견딜 수가 없습니다."

나도 자식이 부모의 입에서 나온 이런 수상한 이야기에 대해, 게다가 당사자인 아버지는 돌아가셨는데 일부러 조사하려는 것이 조금 이상해서 마음에 걸리던 중이었다. 이런 배경이 있다면 그 이상함은 많이 옅어진다.

"외람된 질문이지만 부모님의 이혼 원인은 무엇이었나요?"

아이자와 씨는 뭔가 생리적으로 싫은 것이라도 본 듯한 얼굴을 하며 말했다.

"어머니의 외도입니다."

나는 들고 있던 메모에 '어머니의 남성 관계'라고 적었다.

"아이자와 가는 저희 할아버지 대부터 지바에서 유한회사 아이자와라는 기계 부품 공장을 경영했습니다. 창업은 쇼와 24년. 처음에는 작은 공장이었는데 이듬해 일어난 한국 전쟁 때문에 단숨에 커졌다더군요."

소위 말하는 한국 특수였다.

"제가 기억하는 점만으로 미루어 보아도 꽤 기세가 좋았어요. 전성기에는 직원을 스무 명 이상 고용했으니까요."

무토 간지는 그 공장의 직원 중 한 명이었다.

"외동딸이었던 우리 어머니가 아버지를 보고 첫눈에 반해서요. 꼭 무토 씨랑 결혼하고 싶다고. 어머니는 19살이었고 할아버지도 할머니도 엄청나게 반대했다지만 어머니는 허락해 주지 않으면 가출해 버리겠다고 난리를 쳤대요. 그래서 어쩔 수 없이 부모님도 뜻을 굽혔고 아버지는 사위로 아이자와 가에 들어온 겁니다."

둘의 결혼과 간지의 양자 입적 시기는 쇼와 34년 봄. 이듬해 1960년 5월에는 장남 고지가 태어났다. (유)아이자와의 경영도 순조롭게 상승 곡선을 그렸다.

"그래서 제가 어렸을 때는 평온함 그 자체였습니다. 그런데 갑자기 그렇게 됐으니 인생은 알 수 없는 거라고, 9살 때 깨달았지요."

아이자와 씨의 어머니가 바람을 피운 상대는 (유)아이자와에 드나들던 지방 은행의 외무 사원이었다고 한다.

"그게 고용 직원 출신인 아버지를 제일 불리하게 만든 점이었지요. 할아버지는 은행과 사이가 나빠지고 싶지 않았거든요. 어머니도 자기는 너무 일찍 결혼했다, 다시 시작하고 싶다고 우겼고요. 그것도 그럴 거예요. 벌써 이랬으니까요."

아이자와 씨는 임신을 나타내는 몸짓을 했다.

"그 시점에서는 아직 간지 씨의 아이일 가능성도 있었겠군요."

"그건 어머니가 절대로 아니라고 단언했어요. 아버지도 한 번도 반박하지 않았으니까, 그랬겠지요."

아이자와 씨는 난방이 된 실내에서 추운 듯이 몸을 부르르 떨었다.

"남자한테는 악몽이지요. 하지만 꽤 전부터 부부라는 건 이름뿐이었고 아버지는 어머니에게 그냥 공장 직원에 불과하지 않았을까요. 저도 어른이 되고 결혼해서 아이를 갖고 나니 점점 그렇게 생각하게 되었습니다."

사랑은 식는 거니까요, 라고 한다.

"식어도 같이 살아갈 수 있을 정도로 어머니는 아버지를 좋아하지 않았어요. 좋아하지 않는 남자랑 결혼한 상태라는 걸 참을 수 없었죠. 도무지 참는다는 것과는 인연이 없는 아가씨였으니까요."

무토 성으로 돌아간 간지 씨가 달랑 맨몸으로 아이자와 가를 나왔을 때는 1970년 1월. 거의 교대하듯이 어머니의 외도 상대가 은행을 그만두고 (유)아이자와의 부사장이 되었고 7월에 정식으로 입적. 가을에는, 아이자와 고지 씨의 배다른 동생이 태어났다.

"어머니는 아버지와 헤어질 때 후계자니까 저를 소중히 키우겠다고 했어요. 하지만 그런 약속은 동생이 태어나자 벌써—,"

덩치 큰 아이자와 씨는 커다란 얼굴 앞에서 커다랗고 두툼한 손바닥을 팔랑팔랑 흔들었다.

“까맣게 잊어버렸지요. 할아버지 할머니도, 어머니도, 동생만 예뻐하고 저는 완전히 더부살이로 취급했습니다.”

새아버지인 부사장에게 경영의 재능이 있어서 (유)아이자와가 더욱 사업을 확대해 나간 것도, 아이자와 씨에게는 다행스러운 일이 아니었다.

“새아버지는 제게 차가운 사람이었습니다. 저는 그 사람의 웃는 얼굴을 본 적이 없어요. 어머니도 그 사람의 기분을 맞추느라 정신이 없었고요. 사이에 끼어들어서 중재해 주기는커녕,”

한 번, 이런 말을 들었다고 한다.

—네가 친아버지를 닮은 게 잘못이야.

아이자와 씨는 네모난 턱을 가볍게 문지르고 웃으며 말했다.

“제 얼굴은 분명히 아버지를 많이 닮았어요. 덩치가 큰 것도 똑같고. 성장하면 할수록 닮아 갔을 테니 당연히 어머니와 그 사람은 불쾌했겠지요.”

아버지에 대해서 이야기할 때는 애정이 느껴지지만, 어머니에 대해서 이야기할 때는 그렇지 않다.

“그런 집이었기 때문에 저는 고등학생 때 기숙사제 학교를 골랐고, 졸업하고 나서는 도쿄의 조리사 학교로 진학했어요. 학비만은 할아버지가 내 주셨지만 생활비는 아르바이트를 해서 벌었지요.”

“젊었을 때부터 요리사가 되는 것을 목표로 하셨습니까?”

"어쨌든 혼자서 살아갈 수 있도록 기술을 익히고 싶었어요. 그리고 가업과 전혀 상관없는 일을 하고 싶었고요."

그 마음은 알 것 같은 기분이 든다.

"성인이 되고 나서는 그 집에 딱 한 번밖에 돌아가지 않았습니다. 할아버지의 장례식 때였죠. 그때 할아버지가 내 주셨던 조리사 학교 학비를 정확하게 돌려 드렸습니다. 이게 제 부조라고요. 동생 밑으로 여동생도 셋 있는데 막내 여동생은 그때까지 태어난 줄도 몰랐습니다."

그 후로 내내 단절 상태라고 한다.

"어른이 된 뒤 아버님을 찾아볼 생각을 하신 적은 없습니까?"

지금까지는 내 물음에 서슴없이 대답해 주던 아이자와 씨가 처음으로 약간 망설였다.

"—전혀 생각하지 않은 건 아닙니다. 하지만 이제 와서 찾으면 아버지한테도 폐가 되지 않을까 싶었어요."

아버지도 새 가정을 이루었을지 모른다.

"어릴 때 저는 제 나름대로 아버지한테도 원망이랄까—아니, 원망은 아니로군요. 실망했다고 할까요."

아버지는 나를 데리러 와 주지 않는다. 아버지도, 내가 필요 없는 거다.

"집에서 거추장스러운 사람 취급을 받을 때 자주 생각했거든요. 아버지가 데리러 와 줬으면 좋겠다고. 새해 첫 참배 때, 올해야말로 아버지가 데리러 오게 해 달라고 빌기도 하고. 귀엽지요?"

"네. 슬프지만 흐뭇하네요."

아이자와 씨는 부끄러운 듯이 웃었다. "게다가 현실적인 문제로, 제게는 아버지를 찾을 단서가 아무것도 없었어요. 본가가 어디에 있는지도 몰랐고, 친척과의 교류도 없었지요."

재회하고 나서 겨우 고향과 가족에 대해 물어보았다.

"본가는 도치기의 농가인데 꽤 가난했대요. 아버지는 삼남 이녀 중 차남으로, 초등학교를 나오자마자 일하러 나가셨어요. 아버지가 보내 주는 돈에 본가가 의지할 때는 있어도 아버지가 본가에 기대는 건 불가능했고, 아이자와 가에 사위로 들어가고 나서는 그야말로 몸이 가루가 되도록 일하셨죠. 아버지는 자기 부모님의 장례식에도 못 가셨어요."

아이자와 가에서 절연당하고 무토 간지로 돌아간 후에는,

"어쨌든 한번 본가에 돌아가 보셨는데 뿔뿔이 흩어진 후였대요. 밭은 다른 사람의 것이 되었고 누구의 소식도 알 수 없었다고요."

아버지는 저보다 더 외톨이였어요—.

"하지만 삼십 년이 걸리긴 했어도 아이자와 씨하고 재회하셨네요" 하고 나는 말했다.

"네. TV 덕분이죠."

2000년 2월에, 그 무렵 아이자와 씨가 부인과 함께 경영하던 작은 가게가 TV 버라이어티 방송에 나왔다고 한다.

"지금 가게는 이케부쿠로 서구에 있지만 당시의 가게는 동구의 빌딩 안쪽에 있었어요. 딱 두 평 정도밖에 안 되는 좁은 레스토랑

이었습니다. 지금 생각하면 저는 시대를 앞질러 가고 있었네요."

서서 먹는, 제대로 된 이탈리아 음식을 제공하는 가게였다.

"그 점이 재미있다면서 리포터인 탤런트가 왔죠. 방송은 고작해야 삼 분 정도였지만 아버지가 그걸 보고 찾아와 주셨어요."

—아이자와 씨, 빌딩 입구 쪽에 웬 할아버지가 눈이 새빨개진 채 우두커니 서 있는데 왠지 아이자와 씨랑 많이 닮았던데요.

"옆 가게 사람이 가르쳐 주었지요. 설마 하면서 달려가 보니 아버지였습니다. 아니, 많이 닮은 부자라 다행이었어요. 삼십 년 만이라도 금방 알아봤으니까요. 거울 속의 나를 늙게 만들면 이렇게 되겠지 싶은 얼굴이었어요."

아버지 무토 간지는 67세, 아들 아이자와 고지는 40세가 되려는 때였다.

"당장 노부에한테도 소개하고 왕래하게 되었습니다. 그 무렵 아버지는 오모리의 아파트에서 살았는데 근처 슈퍼마켓에서 주차장 관리인으로 일하셨어요."

—이렇게 가까운 곳에 있었구나.

"아버지는 처음에는 조심스러워했습니다. 물론 노부에에게도, 저에게도. 하지만 저는 가능한 한 빨리 아버지와 함께 살고 싶었고 노부에도 제 마음을 이해해 주었어요."

간지 씨는 이혼 후 도쿄로 올라와 (유)아이자와와 비슷한 기계 부품 관련 회사나 공작소를 전전하면서 60세가 될 때까지 일했다. 재혼은 하지 않았다. 정년 후에는 시급 아르바이트를 했다.

"연금도 받을 수 있으니 할아버지 혼자 살기에는 충분하다면서요."

아이자와 씨가 현재의 가게를 장만한 때는 2003년, 사이타마 현 와코 시에 자택을 지은 때는 2005년. 그때 간지 씨를 설득해서 함께 살기 시작했다.

"아버지는 얌전한 사람이었지만 그래도 아내는 신경을 써야 하니 귀찮은 일도 있었을 겁니다. 아내는 잘해 주었어요. 정말로 감사하고 있습니다."

비로소 아이자와 씨의 표정이 진심으로 밝아지고 부드러워졌다.

"가정환경이 좋지 않아서 범죄로 내달리는 젊은이들이 늘어나고 있지요. 저한테는 남 일이 아니었어요. 저 역시 언제 비뚤어져도 이상하지 않았으니까요."

노부에가 저를 구해 주었지요, 라고 말했다.

"아내는 제 고등학교 친구의 여동생입니다. 16살 때 처음 만났고, 그 후로 쭉 함께 해 왔습니다."

노부에 부인의 집은 식구들끼리 사이가 좋았고 아이자와 씨는 그녀를 통해 처음으로 가족의 온기를 알았다고 한다.

"아내 덕분에 저도 가정을 가질 수 있었어요. 가족이 있으면 즐겁다는 걸 배울 수 있었습니다. 그래서 아버지도, 아주 조금이라도 좋으니까 그 행복을 맛보실 수 있었으면 했지요."

이 내용은 메모할 필요가 없어서 나는 말없이 그의 얼굴을 보고 있었다.

"하지만 저는요, 스기무라 씨. 아직도 어머니가 한 짓은 용서할 수 없습니다."

아이자와 씨의 말투가 엄격해졌다.

"아버지한테도 분명히 그렇게 말씀드린 적이 있습니다. 그랬더니 우시더라고요."

—전부 내가 잘못한 거야. 네가 외로웠던 것도, 안 해도 되는 고생을 한 것도, 전부 내 탓이다.

"애초에 결혼한 게 잘못이었다고요. 그 무렵 네 어머니는 아직 어린애 같은 사람이었고 가정을 갖고 가업을 잇는다는 게 어떤 건지 몰랐다면서요."

—내가 결혼 얘기를 거절하고 도망쳐 버렸으면 되었을 텐데. 하지만 내게도 아가씨와 결혼하면 장래에 이 공장의 사장이 될 수 있겠지, 하는 욕심이 있었어.

"아직도 어머니를 감싸시는 거예요. 사람이 좋은 데에도 정도가 있지."

아이자와 씨는 쓴 것을 씹듯이 말했다.

"하지만 그렇게 말하면서 우시니까, 저도 왠지 맥이 빠져 버려서요."

어깨를 으쓱하며 또 쓴웃음을 지었다.

"저랑 아버지 사이에서의 옛날이야기는 그걸로 끝났습니다. 하지만 어머니는 용서할 수 없어요."

완전히 지울 수 없는 분노가 그의 눈에 그늘을 드리웠다.

"아들인 저도 그런데, 배신당한 남편이자 쫓겨난 사위인 아버지는 그 무렵 얼마나 분하셨을까요. 하지만 그걸 억누르고, 참고 또 참으면서 살아오신 거예요."

그 인내가, 어느 날 문득 마가 낀 것처럼 끊어져 버렸다면?

"저는 아버지를 의심하지 않습니다. 다만 아버지가 고백하듯이 얘기한 일을 정말로 저지르셨어도 무리가 아니다, 라는 마음 또한 있어요."

그렇기 때문에 더 무섭다고 한다.

"쇼와 50년은 벌써 삼십오 년 전 해이지만, 당시의 아버지에게는 아이자와 가에서 쫓겨난 지 겨우 오 년 된 때였습니다."

인생의 격변으로부터 오 년밖에 지나지 않았다. 겨우 오 년이다. 시들어서 온화한 노인이 되기 훨씬 전, 42살 먹은 한창 일할 때의 남자였을 무렵이다.

"망상일지도 모르지만 아버지가 발끈해서 해치고 말았다는 여성은 어쩌면 어머니를 닮지 않았을까 생각하면요, 아버지의 속마음이 짐작이 가는 만큼 슬프고 불쌍하고, 무섭습니다."

나는 잠시 사이를 둔 뒤 달칵 소리를 내며 볼펜 끝을 집어넣고 말했다.

"알겠습니다."

아이자와 씨가 움찔하며 나를 보았다.

"조사를 맡겠습니다. 그렇다는 건 지금 이 순간부터 아이자와 씨의 걱정을 제가 대신 맡아 드리겠다는 뜻입니다."

아이자와 씨는 잠시 내 얼굴을 보다가 이윽고 어깨를 툭 떨어뜨렸다. "네, 맡기겠습니다."

"재회하기 이전의 아버님의 주소는, 주민등록 등본이나 호적등본, 이미 돌아가셨으니까 이젠 제적등본일 텐데, 그런 게 있으면 빠르고 확실하게 파악할 수 있거든요. 그 서류 취득을 아이자와 씨한테 부탁드리고 싶은데요."

"알겠습니다. 당장 준비하지요."

나는 실내를 둘러보았다. "정리는 혼자서 하실 건가요?"

"네? 아아, 아내는 가게도 있고 해서요."

그는 손목시계를 보더니 약간 당황했다.

"아내는 도와주겠다고 했지만 울지도 모르니까 혼자 있게 해 달라고 하고 나왔지요."

그 또한 흐뭇한 대화였을 것이다.

아이자와 씨를 203호실에 남겨두고 계단을 내려오다가 층계참에 서서 한 번 심호흡했다.

나 자신의 과거에도 '배신당한 남편'이자 '쫓겨난 사위'인 부분이 있다. 전체가 아니라 어디까지나 **부분**이다. 그래서 깊이 호흡을 하면 동요를 가라앉힐 수 있다.

가키누마 주사는 일층 사무실 안쪽에 자리한 집무실에 있었다. 컴퓨터를 올려놓은 사무용 책상 앞에 간소한 응접세트가 갖추어져 있다.

“어떻게 할까요, 미야마 씨도 부를까요? 따로따로 얘기하지 않으면 증언이 뒤섞여 버리려나요?”

“그렇게 엄밀하게 하지 않아도 괜찮으니까 함께 계셔 주세요. 청소 스태프 하자키 신타로 씨는―.”

“그 사람은 오늘 비번인데요.”

가키누마 주사가 내선전화로 부르자 오 분쯤 후에 미야마 요양사가 집무실로 들어왔다. 고맙게도 커피 잔이 놓인 쟁반을 들고 있었다.

“쉬는 시간이라서 마침 다행이에요.”

미야마 요양사는 삼십대 중반일 것이다. 활발해 보이는 커트 머리 여성이었다.

“저도 요양 스태프도 일지를 내기 때문에 언제 어떤 일이 있었는지 여기서 확인할 수 있어요.”

가키누마 주사는 책상 위의 컴퓨터를 켰다.

“일지도 컴퓨터로 기록하는군요.”

미야마 요양사의 일지에 따르면, 무토 간지 씨가 처음으로 ‘고백’을 입에 올린 때는 작년 11월 9일 화요일 점심식사 후였다.

“이날 무토 씨는 식당이 아니라 자기 방에서 식사를 하셨어요. 아침에 체온을 쟀을 때 미열이 있었거든요. 그래서 제가 식사 시중을 들고 식후의 차를 드실 때까지 같이 있었죠.”

역시 TV가 켜져 있었고 간지 씨는 점심의 와이드쇼를 보고 있었다.

"방송에서 도쿄 어디에선가 젊은 아가씨가 살해당했다는 사건을 다루었는데요."

—무섭네요. 미야마 씨는 여자니까 이런 사건이 생기면 나보다 훨씬 더 무섭겠지요. 세상에는 나쁜 남자가 많으니까.

—그러게요. 조심해야겠어요.

—아무리 조심해도 상대가 사람 같지 않은 사람이면 어쩔 수 없지요.

—어머나, 무서운 말씀 하지 마세요.

—하지만 사람 같지 않은 사람도 원래부터 그런 건 아니에요. 이런 짓을 저지르는 놈은 발끈해서, 그때는 다른 사람이 돼 버리거든. 나는 잘 알아요.

—아신다고요?

—응, 경험이 있거든. 이런 말을 하면 미야마 씨는 나를 싫어하겠지만, 난 꽤나 사람 같지 않은 놈이었다오.

기억을 더듬어 이야기해 주면서 미야마 요양사는 곤란하다는 듯이 쓴웃음을 짓는다.

"어머나, 오늘은 정말 무서운 말씀을 하시네요, 간 씨, 하고 저도 웃으면서 얼버무렸어요.

"간 씨?"

"네, 요양 스태프들은 그렇게 불렀어요. 무토 씨가 젊었을 때부터 쭉 그렇게 불렸다고 하시고, 그렇게 부르면 좋아해 주셔서요."

"저도 간지 씨라고, 이름으로 불렀습니다" 하고 가키누마 주사도 말한다.

"그렇군요. 그 대화를 일지에 어떻게 적으셨습니까?"

가키누마 주사가 컴퓨터 화면을 보면서 소리 내어 읽어 주었다.

"'점심 식사 때 자신은 사람 같지 않은 놈이라고 말하는 등 약간 기분이 가라앉아 있음. 오후 3시에 체온을 쟀을 때 평열로 돌아옴'이라고 되어 있네요."

그도 미야마 요양사도, 이 시점에서는 간지 씨의 발언을 그리 깊이 마음에 두지 않았다.

"고령자한테는 가끔 일어나는 일이에요. 옛날 일을 떠올리고 갑자기 화를 내거나, 자신의 인생은 실패했다고 우울해하거나."

"그건 분명히 본인의 체험인가요?"

주사와 요양사는 힐끔 얼굴을 마주 보았다.

"대부분의 경우 그래요" 하고 미야마 요양사가 대답했다. "자신의 체험이 아닌 일을 자기 일로 생각해 버리는 경우도 있지만요."

가키누마 주사도 고개를 끄덕인다. "가령 본인의 어머니가 고생을 많이 한 사람이었다면 아아, 어머니는 힘든 인생을 보내셨지, 하고 생각하다가 자기 일처럼 가슴이 답답해져서 그걸 늘어놓기도 하죠. 그러니까 거짓말은 아닙니다. 지어 낸 얘기가 아니에요."

"그건 어떻게 확인하죠?"

"일일이 조사하진 않아요. 하지만 대개의 경우 자연스럽게 알게 되죠."

그다음으로, 이번에는 가키누마 주사가 간지 씨에게서 이야기를 들은 날은 11월 18일이었다.

"간지 씨가 삼층 재활실에서 다리에 온열 요법을 받고 계실 때 제가 순찰을 돌다가 지나쳤지요."

다리 온열 요법이란 족욕과 똑같은 효과를 주는 기기를 사용해 두 다리를 따뜻하게 하는 것이다. "이십 분 정도 걸리거든요. 그래서 저도 옆에 앉아서 잡담을 했는데—."

요즘 밤에 잘 못 잔다고, 간지 씨가 말을 꺼냈다.

"옛날 꿈을 꾸신다는 거예요. 어떤 꿈이냐고 물었더니."

—나에겐 터무니없는 일을 저지른 과거가 있어요. 그래서 죽은 사람이 머리맡에 서 있어요.

"아주 진지한 얼굴로요. 하지만 말투는 담담했고, 차분하셨어요."

—그거 무섭겠네요.

—내가 잘못했으니까 어쩔 수 없지요.

—어떤 잘못인데요?

—이것만은 가키누마 씨한테도 말할 수 없어요. 그만큼 나쁜 짓이에요.

이때도 "나는 사람 같지도 않은 놈이다"라고 말했다고 한다.

"일지에도 썼지만 이때는 간지 씨의 주치의에게 상담했습니다."

간지 씨는 이곳 제휴 병원의 혈액내과에 다녔다.

"수면 유도제가 필요하실지도 모르니까요."

"혈압도 좀 높아졌어요" 하고 미야마 요양사가 끼어들었다. "강압제를 드셔도 잘 내려가지 않았고요."

"맞아요. 약을 바꾸는 게 좋지 않을까 하고 걱정했지요."

간지 씨는 주치의의 진찰을 받았다.

"본인은 특별히 상태가 나쁘지 않다고 하고, 선생님도 몸의 이상보다 오히려 마음의 문제인데, 뭔가 무토 씨가 긴장할 만한 일이 있어서 혈압에 영향이 나타난 게 아니냐고 하셨어요."

"긴장할 만한 일, 이라고요?"

"네. 입소자 중 누군가와, 혹은 스태프와 싸웠다거나. 말하자면 감정적인 문제지요."

"짐작 가는 일은요?"

"저희는 없었어요. 그래서."

역시 '고백' 때문은 아닐까 하는 개운치 못한 생각이 사라지지 않았다.

미야마 요양사도 고개를 끄덕인다. "그 후에는, 12월에 들어서네요. 제가 일지에 쓴 날은—."

"2일이랑 8일이에요." 가키누마 주사가 컴퓨터 화면을 스크롤하며 대답한다. "2일에 이야기했을 때, 쇼와 50년 8월의 일이라고, 처음으로 구체적인 사실이 나왔네요."

"아, 맞아요, 처음에는 쇼와 50년이면 몇 년 전이냐고 물으시더라고요."

아침 식사 시중을 들고 있을 때였다고 한다.

"저도 바로는 모르겠어서 종이에 써서 계산해 보고 삼십오 년 전이네요, 하고 말했어요."

—그렇게 옛날인가.

"찬찬히 곱씹듯이 말씀하셨어요."

—그런데 미야마 씨, 살인 사건은 시효가 없어졌지요?

"저는 그런 건 잘 몰라서, 어머나 그래요? 라고 대답했더니."

—시효가 없어졌어요. 그러니까 살인자는 평생 계속 도망쳐야 하지.

"진짜 그렇습니까?" 하고 가키누마 주사가 내게 물었다.

나는 고개를 끄덕였다. "네. 작년 4월에 개정 형사소송법이 시행되면서 살인 같은 흉악 사건의 공소 시효가 폐지되었지요."

"하지만 그건 이제부터 일어나는 사건의 경우잖아요?"

"구체적으로는 아직 시효가 끝나지 않은 옛날 사건에도 새로운 법률이 적용됩니다."

주사도 요양사도, 새삼 놀란 것 같았다.

"간 씨는 그걸 똑똑히 알고 계셨던 거군요."

"우리보다 뉴스를 더 많이 보셨으니까요."

그리고 간지 씨는 이렇게 말했다고 한다.

—쇼와 50년 8월의, 엄청나게 무더운 날이었지. 가만히 있기만 해도 머리가 멍해지는 것 같았어요. 그래서 뭔가 이상한 것에 씌어 버린 거지.

"이야기가 구체적으로 변했기 때문에 저도 좀 오싹해졌어요. 간 씨, 그건 어떤 사건이었냐고, 처음으로 물어봤지요."

—어떤 거고 뭐고 없어요. 젊은 아가씨를 죽이고 말았지. 잔인한 사건이에요. 사람 같지도 않은 놈이 저지른 일이지.

—범인은 잡혔나요?

—안 잡혔어요. 사람 같지도 않은 놈은 붙잡히지 않았어요.

—무섭네요. 어디에서 일어난 사건일까요.

—나는 그 무렵, 도쿄 조토 구에서 살았지요. 동네에서 그런 사건을 일으켜서 정말 미안했어요.

그리고 다시, 이 범인은 잡히지 않았다고 되풀이하고, 사람 같지 않은 놈은 평생 계속 도망쳐야 한다고 말했다.

그 '사람 같지 않은 놈'은 자신이고, 자신이 범인이라고 분명하게 말하지 않았다. 하지만 그런 냄새를 풍기기는 했다.

"저도 그냥 기억 장해 따위가 아닌 것 같다는 기분이 들기 시작했어요."

미야마 요양사는 손으로 입가를 눌렀다.

"가족분들—아이자와 씨한테 말씀드리는 게 좋지 않을까 주사님하고도 상의했고요. 그랬는데, 그다음은 8일이죠?"

가키누마 주사가 일지를 본다. "맞아요. 이날 미야마 씨는 간지 씨의 입욕을 도와 드렸지요."

"목욕이 끝나서 옷을 갈아입은 뒤, 제가 휠체어를 밀고 함께 이곳으로 돌아왔을 때 말씀하셨어요."

—요즘 미야마 씨가 무서워할 소리를 해서 미안해요. 하지만 나

도 상대를 보면서 얘기하고 있으니까 걱정하지 말아요.

나는 그 발언을 그대로 메모에 적었다. 상대를 보면서 얘기하고 있다, 라.

"간 씨는 굉장히 미안해하시는 것 같았어요. 미안해요, 미안해요, 하고 두 번이나 말씀하시더라고요."

"그래서 좀 더 상태를 두고 봐야 하나 하고 꾸물거리던 사이에 아이자와 씨가 이야기하셔서."

그때 들은 이야기가 12월 16일의 대화였던 것이다.

"두 분과 아이자와 씨 외에 이 이야기를 아는 스태프는 없습니까?"

"없어요" 하고 가키누마 주사는 즉시 대답했다. "아, 아이자와 씨에게서 상담을 받은 후 하자키와 한 번 얘기를 나눴지만 다른 스태프들은 아무것도 모릅니다. 뭔가 있었다면 보고가 올라왔을 테니까 확실해요."

긁어 부스럼이 될 수 있기 때문에 가키누마 주사는 물어보지도 않았다고 한다.

"저도 마찬가지예요" 하고 미야마 요양사도 말한다.

"간지 씨의 간호는 미야마 씨 혼자서 담당하신 건 아니죠?"

"물론이에요. 교대로 근무하고 최소 요양사 셋이 번갈아 간호를 맡고 있지요. 하지만 제가 간 씨랑 제일 사이가 좋았다고 할까요."

"친하셨군요."

"간 씨는 좋은 분이었으니까요."

활기 그 자체인 미야마 요양사의 둥근 얼굴에 그림자가 드리웠다. "그렇게 갑자기 돌아가시다니 쓸쓸하네요."

그러게요—하고 가키누마 주사도 중얼거렸다.

"청소 스태프인 하자키 씨랑은 내일 만나 볼 수 있을까요?"

"네, 아침 당번이니까 7시에 출근할 겁니다."

"얘기는 금방 끝낼 테니 양해해 주십시오."

"제가 또 입회할게요." 가키누마 주사가 대답한다.

"잘 부탁드립니다. 그건 그렇고 이렇게 이야기를 들어 보니 무토 간지 씨는 명석한 분이었나 보군요."

"그야 뭐, 네, 똑똑한 분이었어요." 미야마 요양사가 힘 있게 말했다. "약해지셨던 건 몸뿐이었지요. 머리는 맑았고 분명 장기도 마음만 먹으면 여전히 잘 두셨을 거예요."

간 씨와 사이가 좋았다는 것은 사실이리라. 말투에 마음이 담겨 있었다.

"그렇다면 이 '고백'에도 분명히 조리가 맞는 이유랄까, 뒷받침이 있을 것 같네요."

기억이 혼탁해졌거나, 현실과 지어 낸 이야기를 혼동한 것은 아닐 듯싶다. 이 둘도 그렇게 생각하기에 당혹스러워하는 것이다.

"그건…… 글쎄요."

미야마 요양사는 풀이 죽고 말았다.

"뭐, 그, 기억이라는 건 마음의 문제잖아요? 본인만이 알 수 있는 거니까 그렇게 진지하게 고민하지 말아요."

그녀를 위로하듯이 가키누마 주사는 밝은 목소리로 말했다.

"이 조사라는 것도 아이자와 씨의 기분이 후련해지기만 하면 되는 거니까요. 그렇죠, 스기무라 씨."

그렇죠, 하고 나는 흘려 넘겼다.

"아까 위층에서 간지 씨의 옛날이야기를 들었는데 젊은 시절에 이혼하시고 아들과도 헤어져 산 세월이 길었고, 고생이 많으셨던 모양이더군요."

"데릴사위였대요. 우리도 그 이야기는 간지 씨가 돌아가신 후에 아이자와 씨한테서 들었어요. 깜짝 놀랐지요."

"간지 씨 스스로 아이자와 가의 이야기를 하거나 원망하는 말을 늘어놓으신 적은 없나요?"

없었다고, 둘은 저마다 말했다.

"원망하는 말도 불평도, 그런 부정적인 말은 하시지 않는 분이었어요."

"저도 TV 프로그램 덕분에 고지 씨를 만날 수 있었다는 얘기는 들었지만……."

"평소에 간지 씨는 어떤 이야기를 하셨나요?"

가키누마 주사는 약간 고개를 갸웃거리며 미야마 요양사의 얼굴을 들여다본다.

"어떤 이야기라니……, 글쎄요. 그렇게 수다스러운 분이 아니어서."

미야마 요양사도 고개를 끄덕인다.

"우리 요양원의 어르신 중에는 대화에 굶주려서 이야기를 시작하면 멈추지 않는 분들도 계시지만요. 간 씨는 그런 타입이 아니셨어요."

"과묵하셨나요?"

"그냥 보통이라는 뜻이에요. 이야기를 나누면 즐거웠지만요."

"장기 얘기는 알아듣지 못했지만 사사키라는 남자 요양사와는 이야기를 주고받으셨던 것 같아요."

갑자기 생각난 듯이 "고등학교 야구를 좋아하셨어요" 하고 미야마 요양사가 말했다.

"스모도 TV로 자주 보시곤 했죠."

"일 얘기는 하시던가요?"

가키누마 주사가 팔짱을 낀다. "간지 씨는 엔지니어였지요."

미야마 요양사는 웃음을 터뜨렸다. "가키누마 씨, 그렇게 말했다가 간 씨를 웃긴 적이 있죠."

"그랬나?"

"옛날에 간 씨는 착실한 직공이셨어요. 자기가 현역일 때는 좋은 시절이었다, 아직 우리나라의 제조업이 활기에 넘쳐서 할 일이 많았다고 하셨어요."

"기계 부품 관련이죠?"

"그럴 거예요. 정년퇴직하시고 나서도 한동안은 손톱이 새까매진 채 깨끗해지지 않았대요. 기계기름이 배어서."

"닛산에 계셨죠?"

"그건 삼층에 계신 고야마 씨고요. 제가 간 씨한테서 들은 건, 꽤 오랫동안 조선회사 일을 하셨다는 얘기예요. 그 왜, 지금은 IHI라고 하나?"

이시카와지마 하리마 중공업주식회사 IHI(IHI Corporation). 도쿄 에토 구 도요스에 본사를 둔 중공업 제조회사일 것이다.

"하지만 간 씨가 계셨던 곳은 하청 영세 공장이었고 큰 기업의 사원은 아니셨어요."

"당신은 기억력이 좋군요."

가키누마 주사는 콧등을 긁적이고 있다.

"나는 기억이 안 나요. 여러 사람들의 이야기가 뒤섞여서."

둘 다 온화하게 웃는다.

"그렇군요. 시간을 내 주셔서 고맙습니다. 마지막으로 한 가지 더."

모처럼의 분위기를 망치는 것 같지만 묻지 않을 수 없다.

"만약을 위해 여쭙겠는데 기분 나쁘게 생각하지 말아 주세요. 무토 간지 씨의 죽음에 수상한 점은 없었나요?"

가키누마 주사는 순수하게 놀란 것 같지만 미야마 요양사는 질문의 뜻을 알 수 없었던 모양이다.

"수상?" 하고 되물었다.

"전혀 없습니다" 하고 가키누마 주사는 대답했다. "식당에서 저녁이 나오기를 기다리며 테이블 앞에 앉아 계실 때 발작이 일어났지요. 저도 그 자리에 있었습니다. 곧 응급처치를 하고 구급차를 불렀지만, 이미 늦었어요."

병사입니다, 하고 말했다. "어떤 수상한 점도 없었어요."

가키누마 주사의 말투에서 부드러움이 사라졌다.

"수상하다는 건 그런 뜻인가요?"

드디어 이해가 갔는지 미야마 요양사의 눈빛이 날카로워졌다.

"이곳의 누군가가 간 씨를 해친 게 아닌지 의심하시는 거예요?"

"뭐, 스기무라 씨도 만약을 위해서라고 했잖아요."

중재를 해 준 가키누마 주사에게는 미안하지만 나는 계속 말을 이었다. "자살일 가능성은 없나요? 그런 '고백'을 하신 후니까요."

—난 꽤나 사람 같지 않은 놈이었다오.

"자살이라니, 설마."

미야마 요양사는 안색을 바꾸며 목소리를 높였다.

"다른 사람도 아니고 간 씨가, 그럴 리 없어요."

미야마 씨, 미야마 씨, 하고 가키누마 주사가 달랬다.

하지만 그녀는 격앙했다.

"우리 입소자분이 자살이라니, 그렇게 두지 않아요. 그럴 수 없어요. 그걸 위해서 우리가 붙어 있는 거예요."

그런가요—하고 흘려 넘기고 이야기를 일단락 지었다. 인사를 하고 방을 나갈 때도 미야마 요양사는 화를 내고 있었다.

입구 로비의 커다란 창밖에서는 함박눈이 다시 비로 돌아와 있었다. 마음씨 착한 사람들에게 차가운 질문을 던지는 탐정한테는 어울리는 얼음장 같은 빗속에서, 나는 우산을 폈다.

3

확인해야 할 사건이 둘 있다. 하나는 물론 쇼와 50년 8월에 일어난 여성 살해 사건이고, 또 하나는 간지 씨의 '고백'의 계기가 된 듯한, 작년 11월에 젊은 여성이 살해된 사건이다.

이럴 때 옛날 탐정은 우선 도서관으로 발길을 옮겨 신문철을 펼쳤을 것이다. 지금은 컴퓨터 앞에 앉아 뉴스 사이트를 몇 개 검색한다.

작년 11월의 사건은 금방 찾을 수 있었다. 9일 화요일 오전 6시경, 도쿄 이타바시 구에 있는 운동공원에서 조깅복을 입은 여성의 교살 시체가 발견된 것이다. 발견자는 새벽에 조깅을 하러 온 인근의 부부로, 시체는 공원 내의 마라톤 코스 옆 수풀 속에서 위를 향한 채 쓰러져 있었다.

신원은 곧 판명되었다. 피해자 역시 조깅 애호가로, 발견자 부부와 안면이 있는 사이였던 것이다. 현장 근처의 원룸 맨션에 사는, 어패럴 회사에서 근무하는 다카무로 시게미, 23세. 혼자 살았는데, 전날 밤 10시 반쯤 친구와 메일을 주고받으면서 '좀 뛰고 올게'라고 말했다. 그 후 맨션을 나가 운동공원으로 갔고 마라톤 코스를 달리다가 누군가의 습격을 받았을 것으로 추측된다. 현장에는 싸운 흔적이 또렷하게 남아 있었다. 피해자는 범인과 몸싸움을 벌이다가 코피를 흘렸고, 수풀의 관목 잎에서 혈흔이 몇 개나 검출되어 그녀의 혈액으로 판명 났다고 하니 습격과 살해 장소가 이곳인 것은 우선 분명했다.

성적 폭행을 당하지는 않았지만 옷이 흐트러져 있었다. 조깅복의 상의와 짧은 반바지가 벗겨졌고 그 속에 입은 타이즈도 무릎까지 끌어내려져 있었다. 양말과 조깅 슈즈는 신었고, 장갑과 고글과 모자는 수풀 속에 흩어져 있으며 스포츠 타월 한 장이, 이것만은 왠지 단정하게 세 번 접힌 채 시체 옆 땅바닥에 놓여 있었다.

흉기는 그녀가 소지한 아이팟의 이어폰 줄. 목에 삼중으로 둘둘 감겼고 깊이 파고들어 있었다.

다카무로 씨는 일주일에 두세 번, 회사를 퇴근한 후 밤에 이곳에서 조깅을 하는 습관이 있었다고 한다. 친구들은 어두운 공원을 여자 혼자 달리면 위험하다고 몇 번인가 타일렀다지만 그녀는,

—밤에 뛰면 푹 잘 수 있거든.

충분히 조심하고 있으니까 괜찮다고 말했다고 한다. 실제로 아이팟 외에 방범 부저를 갖고 있었지만 유감스럽게도 제 구실을 못한 셈이다.

11월 9일 점심때, 간지 씨가 미야마 요양사의 시중을 받아 점심을 먹으면서 TV로 본 것은 이 사건의 보도 방송이리라. 젊은 여성이 참살된 참혹한 사건이고, 소위 따끈따끈한 시체가 발견되었으니 점심 와이드쇼에서는 신문으로 따지자면 1면 정보로 취급하지 않았을까.

그리고 간지 씨는 미야마 요양사에게 말했다—세상에는 나쁜 남자가 많다고.

이 운동공원 사건은 노골적으로 성적인 범죄다. 이때는 아직 자세한 내용이 판명되지 않았지만 범인을 남성으로 생각했어도 부자연스럽지 않다. 간지 씨가, 여성인 미야마 씨는 무섭겠다고 말한 것도 지극히 평범한 반응일 것이다. 그리고 이 경우 평범의 의미는 크다. 간지 씨는 기억이 혼탁하지도 않았다. 친한 요양사를 배려할 만큼 감정적으로도 안정되어 있었다.

사건 보도는 며칠 동안 계속되었다가 일단 진정되었지만 11월 15일에 어느 방범 카메라의 영상이 발견되면서 다시 화제에 올랐다. 현장 부근에는 주택뿐이고 편의점 같은 것도 없었다. 그 영상도 개인 주택의 현관 앞에 설치된 방범 카메라의 영상이었다. 이 집은 피해자의 맨션에서 운동공원으로 향하는 루트의 중간쯤에 있다고 한다.

사건 당일 밤 오후 10시 42분, 피해자가 조깅복을 입고 모자를 쓴 채, 양손을 흔들거나 고개를 돌리거나 하면서 이 카메라의 시야 속을 느긋하게 걸어 지나간다. 녹화 상태는 나쁘지 않지만 카메라의 각도 때문에 그녀의 얼굴은 잘 보이지 않는다.

그로부터 약 이십 초 후, 똑같이 화면 오른쪽에서 왼쪽으로 검은 니트 모자를 쓰고 검은 점퍼를 입은 남성이 자전거를 타고 통과한다. 이 남성도 얼굴을 거의 알아볼 수 없지만 특별히 서두르는 기색이 없고 수상한 데도 없다.

하지만 사십 분쯤 후의 영상에서는 똑같은 검은 니트 모자와 검은 점퍼 차림의 남성이, 이번에는 매우 서둘러 자전거를 밟으며 왼쪽에서 오른쪽으로 통과한다.

오른쪽에서 왼쪽은 운동공원으로 '가는' 길이다. 그 반대는 '오는' 길이다.

당연하게도 검은 니트 모자의 자전거남은 매우 의심스럽고, 보도에서도 크게 다루어져 정보를 제보받았다. 영상 속에는 가드레일 등의 비교 대상물이 없었지만 같은 카메라에 찍힌 피해자의 키가 162센티이니 이를 바탕으로 계산해 보면 이 남성의 신장은 170센티 전후이고 나이는 이십대에서 삼십대. 자전거는 흔한 타입이었지만 영상을 자세히 해석해 보니 앞바퀴의 타이어가 하얗게 더러워져 있었다고 한다.

속보는 여기서 끊긴다. 그럼 12월 16일에 간지 씨가 아들 아이자와 씨에게 '고백'했을 때 '무서운 얼굴로 노려보던' TV에는 무엇이 나오고 있었을까.

이 수수께끼도 풀기 어렵지 않았다. 이날, 다카무로 씨의 부모가 사건 정보 제공자에게 백만 엔의 사례금을 지불하겠다는 기자회견을 연 것이다. 오후의 와이드쇼 두 개에서 그 모습을 다루었고, 현장인 운동공원의 중계방송도 내보내며 사건을 다시 보도했다. 간지 씨는 이 방송을 보고 "이런 짓을 저지를 때는—"이라는 말을 꺼냈을 것이다.

그 후로 수사에 진전이 있었던 것 같지는 않다. 방범 카메라의 자전거남도 그냥 의심스러운 존재로 남은 채, 인물을 특정하지는 못했다. 그 영상만이 단서이니 어쩔 수 없었을 것이다. 비슷한 복장을 하면 나도 여기에 들어맞을 것 같다.

범인은 처음부터 다카무로 시게미 씨를 노렸든, 우연히 밤길에서 발견하고 눈독을 들였든, 현장 부근을 잘 아는 인물일 것이다. 수상한 차량에 대한 정보는 나오지 않았으니 걷거나 자전거를 타고 현장에 왔다. 그 점에서도 자전거남은 첫 번째 용의자가 될 자격이 있다.

피해자는 범인에게 얻어맞고 코피를 흘린 모양이다. 오른쪽 눈 주위에 멍이 있고, 콧대 오른쪽과 오른쪽 눈 밑의 튀어나온 광대뼈 부분에 금세 알아볼 수 있는 찰과상이 있었다고 한다. 범행을 저질렀을 때 범인은 올이 굵은 섬유로 만들어진 장갑을 끼었을 것이다. 그것이 찰과상을 남겼다. 그리고 얼굴 오른쪽을 때린 것으로 보아 왼손잡이일 가능성이 높다. 이 점은 보도에서도 여러 번 지적되었다.

검은 니트 모자를 쓴 자전거남은 방범 카메라의 영상 속에서는 장갑을 끼고 있지 않았다. 11월 9일이면, 밤일지라도 벌써 방한용 장갑을 끼는 건 부자연스럽다. 만약 작업용 장갑을 낀다면 장갑에 어울리는 복장을 하지 않는 한 역시 부자연스럽고 눈에 띈다. 범인이 자전거남이든 다른 누군가이든 어떤 장갑을 지참하고 있었다가 그것을 범행 직전에 낀 것이리라.

그 부분은 계획적으로 보인다. 하지만 살인 흉기는 피해자가 지닌 이어폰 줄이다. 그 자리에 있던 것을 우연히 사용한 듯한 인상을 풍긴다. 여성을 덮칠 꿍꿍이를 갖고 있기는 했지만 죽일 생각은 없었다. 그래서 여자가 저항하자 당황해서 제압하려다가 살해해 버렸고, 옷은 벗겼지만 겁이 나서 당초의 목적을 이루지 못하고 현장에서 도주했다—일까.

그러나 스포츠 타월을 세 번 접어 피해자의 몸 옆에 둔 이유는 무엇일까.

컴퓨터 앞에서 팔꿈치를 기대고 있자니 옆의 스마트폰이 울렸다. '와비스케'의 마스터였다.

"여보세요, 스기무라 씨?"

메일에 답장이 없어서 걸었다고 한다.

"오늘 밤 정식 메뉴는 비프 스트로가노프인데 어떡할 거예요?"

"먹을게요."

사프란 라이스도 나온다고, 마스터는 말했다.

"마스터, 스포츠 타월을 접어서 바닥이나 땅에 놓을 때는 어떤 때일까요?"

마스터는 잠시 침묵했다.

"타월은 바닥에도 땅에도 놓는 게 아니잖아요. 까는 거지."

깔거나 펼쳐 놓는 거라고 한다.

"펼치지 않고 세 번 접는 경우에는요?"

"마찬가지예요. 접어서 깔고 그 위에 앉는다. 나라면 그렇게 할걸."

전화는 끊어졌다. 그 위에 앉는다라. 이 사건의 현장 상황에는 어울리지 않는 듯한 기분이 든다.

신경 쓰이지만 여기에만 집중할 수도 없다. 내게는 오히려 또 다른 사건이 본론이다.

쇼와 시대 사건, 특히 전쟁 후 사건은 기록이나 기사가 풍부하고 대부분 데이터화되어 인터넷에 올라와 있기 때문에 작년 11월의 사건과 마찬가지로 우선 검색을 해서 실마리를 찾으면 된다. 하지만 나는 일단 자리에서 일어나 물을 끓여 인스턴트커피를 만들었다. 그러고 나서 머그컵을 들고 '오피스 가키가라'의 어떤 인물에게 직통 전화를 걸었다. 신호음이 세 번 울리고 나서 상대가 받았다.

"—자고 있었는데."

"그거 미안하군요. 기다짱, 스기무라입니다."

기다 미쓰히코, 26세. '오피스 가키가라'의 비상근 직원인데 왠지 언제 전화해도 사무실에 있다. 거의 사무실에서 산다. 그의 일은 리서치로, 주된 싸움터는 인터넷의 대해원大海原이다. 자기 책상 위에 쌓여 있는 서류를 치우려고만 해도 허리를 삐끗할 정도로 운동 부족이지만, 인터넷의 바다에서는 용사다. 본인의 말로는 '무적의 해적왕의 부하로, 세 번째 대장 정도.'

"서른여덟 시간 만의 수면이었다고요오."

기다짱이 한탄한다.

"스기무라 씨, 나랑 궁합이 안 좋네. 항상 자고 있을 때 깨우시더라."

"미안해요. 리서치를 부탁하고 싶어서."

"스기무라 씨가 직접 하면 사흘이 걸리지만 나라면 삼십 분이면 되는 일이죠? 그럼 3만 엔만 받을게요."

나는 (처음 만났을 때 본인이 그렇게 부르라고 요구했기 때문에) 기다짱이라고 부르지만 그를 아는 사람 대부분은 키 도령이라고 부른다. 키보드의 키를 의미하기도 하고 그의 목소리가 새된 소리이기 때문이기도 하다.

나는 재빨리 부탁할 일을 설명했다.

"쇼와 50년 8월에 일어났고 미궁에 빠진 살인사건이라고요?"

기다짱은 키—키— 하고 소리를 지른다.

"맞아요. 피해자는 젊은 여성. '젊다'의 연령폭은 좀 넓게 잡아도 될 것 같은데."

"장소는 어딘데요."

"자신이 그 사건의 관계자라는 사람은,"

'범인'이라는 말은 피했다.

"그 당시 도쿄 조토 구에서 살았어요. 그리고 '근처에서 일어난' 사건이라고 얘기했대요."

"그렇다면 스기무라 씨, 조사하지 않아도 알죠. 조토 구는 물론이고 도쿄 내 전역에서도, 쇼와 50년 여름에 그런 미해결 사건은 없었어요."

"기다짱, 외우고 있는 거예요?"

"그때 난 아직 태어나지도 않았어요. 외우고 있는 게 아니라 알고 있는 거죠."

나는 미해결 사건에는 예민하거든, 하고 말한다.

"알았어요. 하지만 일단 대충 리서치를 부탁합니다."

"나는 대충 리서치하지 않아요. 꼼꼼하고 자세하고 끈질긴 리서치를 하지."

기다짱은 믿음직스럽지만 시끄럽다.

'와비스케'에서 저녁을 먹고 돌아와 보니 벌써 리서치 보고가 와 있었다. 시끄럽지만 믿음직스러운 기다짱이다.

커다란 파일이 두 개. 신문과 주간지의 기사와 '사건사事件史'적으로 정리된 자료에서 발췌한 정보들이 섞여 있다. 사진도 있었다.

'두 건 찾았지만 양쪽 다 범인이 잡혔어요.'

하나는 쇼와 50년 8월 3일, 도쿄 나카노 구의 주택에서 48세 주부 미타 에이코가 칼에 찔려 죽은 사건이다. 일주일 후에 그녀의 시동생이 체포되었다. 가족 간의 금전 트러블이 심해진 끝에 일어난 살인이었던 모양이다.

또 하나는 8월 16일, 조토 구 미스미초에 있는 운송회사의 창고에서 이 회사의 사무원 여성의 시체가 발견된 사건이다. 피해자는 다나카 유미코, 23세. 성폭행을 당했고 교살되었다.

이 사건도 빨리 해결되었다. 이틀 후인 18일에 같은 운송회사의 20세 사원 가야노 지로가 지인과 함께 조토 경찰서의 특별수사본부에 출두해 범행을 자백하고 체포된 것이다. 가야노는 여름휴무 중이던 회사 사무소에서 피해자를 만나 범행에 이르렀다고 한다.

신문의 사회면 기사는 간략했지만 기다짱이 찾아내 준 주간지의 기사는 좀 더 자세했다. 그에 따르면 다나카 씨는 자택이 회사와 가까워서, 사무소에서 키우던 금붕어에게 먹이를 주기 위해 쉬는 날에도 회사에 갈 때가 있었다. 이날도 가족에게 '잠깐 사무소에 다녀오겠다'고 한 뒤 집을 나갔다. 시체가 발견된 곳은 창고지만 범행 현장은 사무소 안, 게다가 금품을 물색한 흔적이 남았기 때문에 당초엔 다나카 씨가 사무소를 노린 도둑과 마주치는 바람에 화를 당한 것이 아닌가 관측되기도 했지만 실제로는 동료의 범행이었던 것이다.

다나카 씨는 요시나가 운송의 간판 아가씨로, 인기도 많았다고 한다. 가야노도 이전부터 다나카 씨에게 호의를 품었고 사건이 있기 보름쯤 전에 교제를 신청했다가 거절당했지만 포기할 수가 없었다. 범행이 일어난 16일에도,

"다시 한 번 얘기하고 싶어서" 그녀가 금붕어에게 먹이를 주러 오기를 기다렸는데, "집요하다", "기분 나쁘다"는 힐난을 듣고 "그만 머리에 피가 올라 버려서 손을 댔다"고 진술했다고 한다.

컴퓨터 앞에서 나는 오싹해져서 떨었다. 쇼와 50년 8월의 사건. 젊은 여성이 피해자. 범인은 남자고 '그만 머리에 피가 올라 버려서 손을 댔다.'

사건의 큰 줄기도, 이 표현도 간지 씨의 '고백'과 맞는다.

가야노 지로의 얼굴 사진은, 신문에 실린 쪽은 입자가 거칠어서 생김새가 확실하게 보이지 않는다. 주간지의 컬러 사진에는 송검될 때의 모습인지, 경찰 차량 뒷좌석에서 형사 두 명 사이에 끼어

얼굴을 숙이고 등을 웅크린 모습이 나타나 있다. 이 사진으로도 머리를 박박 밀었다는 점밖에 알아볼 수가 없었다.

다음 파일에는 기다짱의 이런 코멘트가 붙어 있었다.

'법정에서 범인이 내가 하지 않았다, 억울하다고 말해서 실랑이가 벌어졌기에 미해결 사건이라는 해석이 있을지도 몰라서 덧붙임.'

두 사건의 공판에 대한 정보였다. 나카노 구 쪽은 대충 읽고 치웠다. 신경 쓰이는 것은 조토 구 미스미초의 사건이다.

체포되고 나서 거의 반년 후에 열린 공판에서 가야노 지로는 강간 살인으로 기소되었다. 구형은 징역 십오 년. 변호인은 피고에게 살의가 없었다고 주장하고, 직접 출두한 까닭은 범행을 깊이 후회했기 때문이며 또한 범행 삼 주 전에 생일을 맞아 이제 갓 스무 살이 되었기에 소년법 규정 원용도 필요하다는 변론을 펼쳤다.

과연 기다짱답게 이 공판에 대한 기사는 《판례 연구》라는 법률 잡지의 기사였다. 쇼와 53년 6월에 발행된 통권 125호. 참고로 이 잡지가 '운송회사 사무원 살인사건'을 다룬 까닭은 125호가 이 '소년법 원용'의 시비에 대한 특집호였기 때문이다.

변호인의 변론에 설득력이 있었는지 판결은 강간치사죄, 징역 십 년. 가야노 지로는 항소하지 않고 복역했다.

이 사건은 사법상의 처리가 전부 종료되었다.

기다짱의 기억력(플러스 끈적끈적한 집착)을 믿는다면, 간지 씨가 '고백'한 사건은 '요시나가 운송 사건' 외에는 있을 수 없다. 하지만 가장 중요한 범인 체포 · 사건 해결 부분이 '고백'의 내용과는 어긋난다.

나는 다시 컴퓨터 앞에서 팔꿈치를 대고 "묘하네" 하고 혼잣말을 했다.

—무엇이?

라고 되물어 주는 사람은 없다.

이혼하고 나서 만 이 년, 나는 이제 익숙해졌다. 무토 간지 씨는 몇 년 만에 익숙해졌을까. 정말로 혼자서 중얼거리는 혼잣말의 쓸쓸함에.

4

'하나카 양로원'의 청소 스태프는 오전중에 특히 바쁘다. 가키누마 주사에게 연락해서 9시에 만나기로 약속했지만 10시 넘어서까지 기다려야 했다. 입회하겠다고 했던 가키누마 주사는 급한 볼일이 생겼다며 금방 자리를 떴고 나는 그의 집무실에서 하자키 청년과 단둘이 마주하게 되었다.

옅은 파란색 작업복 상하의. 밑창이 고무로 된 슬립온. 머리카락은 짧게 잘랐고 수염도 깨끗하게 밀었다. 피어스 구멍도 없다. 키는 약 170센티이고 약간 말랐다. 스무 살 정도일 것이다.

"일하시는데 죄송합니다. 앉으세요."

하자키 청년은 어색하게 움직여 소파 끝에 엉덩이를 깔고 앉았다.

나는 그에게 웃음을 지었다. "마음 편하게 가지세요. 잠깐 이야기만 들으려는 거니까요."

청년은 손으로 코 밑을 문지르고 작은 목소리로 말했다. "이 방에는 잘 안 들어와서요."

"이곳 청소 담당은 아니시군요."

청년은 목을 움츠리다시피 하며 고개를 끄덕였고 버릇인지 또 코 밑을 문지른다. 손톱은 짧고 단정하게 깎여 있었다.

"저 같은 게 이곳에 불려올 때는 가키누마 씨한테 혼날 때뿐이에요."

"흐음……. 가키누마 씨는 엄한가요?"

"손님한테서 불평이 들어오면 우리를 혼낼 수밖에 없으니까요."

"청소는 구석구석 되어 있는데요. 불평을 하는 사람이 있나요?"

"뭐, 여러 사람들이 있으니까요."

무뚝뚝하다기보다 내성적인 것이리라. 다른 사람과 이야기하는 데 익숙하지 않은 느낌도 든다.

"그나저나 203호실에 입소해 계시던 무토 간지 씨 일로—."

이야기를 꺼내자 하자키 청년은 자꾸 고개를 숙이며 목소리가 작아지긴 했지만 제대로 대답해 주었다.

작년 12월 16일의 일을 그도 기억한다고 한다. 다만 청소를 마치고 203호실을 나가려고 했을 때 아이자와 씨에게 입막음을 당한 일 위주의 기억이었다.

“신경 쓰지 말아 달라니, 무슨 뜻인지 잘 알 수가 없었어요.”

“청소하다가 아이자와 씨와 무토 간지 씨의 이야기를 듣지 못하셨나요?”

“우리는 그런 걸 듣지 말라고 교육을 받고 있어요.”

“가키누마 주사님한테?”

“주임님한테요. 청소 스태프인.”

“입소자와 면회자의 대화 내용은 프라이버시이기 때문이군요?”

그는 머리를 가볍게 숙이듯이 고개를 끄덕인다.

“훔쳐 듣는다고 화를 내는 사람도 있으니까요.”

“아아, 그렇군요……. 힘드시겠어요.”

그는 잠자코 있었다.

“무토 간지 씨는 어떤 분이었나요?”

“그 사람은—.” 하자키 청년은 코를 훌쩍였다. “까다로운 분은 아니었어요.”

“뭔가 이야기를 나누신 적은 없나요?”

“청소 작업중에는 말을 하지 않아요.”

“그럼 무토 씨하고만이 아니라, 청소 스태프들이 입소자나 면회자 중 누군가와 친해지는 일은요?”

나를 가로막듯이 그는 대답했다.

“없습니다.”

그 눈이 처음으로 나를 정면에서 마주 보았다. 그런데도 어디를 보는지 알 수 없는 기분이 드는 이유는 그에게 차분함이 없기 때문일지도 모른다. 슬립온을 신은 발끝이 내내 차분하지 못하게 움직였다.

"알겠습니다. 이제 됐어요. 고맙습니다."

하자키 청년은 곧 일어서 문을 향했지만 잠시 망설이더니 내 얼굴을 들여다보듯이 바라보았다.

"탐정님—이라고 하셨죠."

"네."

"뭘 조사하시는 거죠? 무토 씨가 뭔가 저지르고 있었나요?"

나는 웃음을 지어 보였다. "그거야말로 신경 쓰지 마세요. 시간을 빼앗아서 죄송했습니다."

집무실의 문을 열고 그를 전송했다. 하자키 청년은 복도 끝에 세워 둔 청소용구 왜건을 밀고 로비로 나갔다. 오늘도 북풍이 차갑지만 하늘은 그때와 달리 맑게 개었다. 로비에는 직원들도 있다. 그 옆을, 그는 몸을 작게 움츠리고 빠른 걸음으로 지나친다.

나는 문득 어제 이층으로 올라가기 위해 지났던 추운 계단통을 떠올렸다. 이 양로원의 무대 뒤쪽. 하자키 청년의 입장도 마찬가지다. 겉으로 나서지 않는다. 양로원 안을 청결하고 기분 좋게 유지하기 위해 일하지만 그 자리에는 없는 존재다.

사무소로 돌아와서 우선 정리해 두어야 할 잡무를 처리하는데 오후 1시가 지났을 때 현관 인터폰이 울렸다. 문 앞에 청바지와 빨간 다운재킷을 입고 오른손에 종이봉투를 든 소년이 서 있었다.

"스기무라 씨세요?"

몸집이 자그맣고, 얼굴 생김새도 인형처럼 단정하다.

"네. 실례지만 누구신지?"

"아이자와입니다" 하고 소년은 말했다. "아빠 심부름으로 왔어요."

가족에게 조사 건을 숨기고 있는 것이 아니었나.

소년은 종이봉투를 들어올렸다.

"할아버지의 서류예요. 아빠 편지도 들어 있어요."

"그래? 고맙다."

나는 종이봉투를 받아들었다.

소년은 말했다. "들어가도 될까요?"

한기 때문에 콧등이 빨갛다.

"아, 들어오렴."

나는 그를 맞아들이고 종이봉투를 열었다. 아이자와 씨의 편지는 달랑 한 장, 커다란 글씨로 휘갈겨 쓴 것이었다.

'둘째한테 들켰습니다. 미키오라고 합니다. 고등학교 1학년입니다. 스기무라 씨를 만나고 싶다고 해서 심부름을 보냅니다. 볼일이 끝나면 당장 쫓아내 주세요. 잘 부탁드립니다.'

얼굴을 들자 아이자와 미키오와 눈이 마주쳤다.

"우리 집은 아빠도 엄마도 엄청 바쁘셔서요."

"가게가 잘되니까 그렇지."

소년은 고개를 갸웃거렸다. "우리 가게에 오신 적 있어요?"

"없지만, 단골손님한테 들었어. 맛집 잡지에 실린 소개 기사도 봤고."

"그래요?"

미키오는 다운재킷을 벗었다. 긴소매 티셔츠 한 장 차림이다. 가냘픈 몸집이다. 얼굴 생김새도 체격도 어머니를 닮았을 것이다.

그는 사무소의 손님용 소파에 걸터앉아 실내를 관찰하기 시작했다.

"저기—오늘 학교는?"

"쉬는 날이에요."

내가 대꾸하지 않자 그는 두리번거리던 것을 멈추고 이쪽을 보았다.

"개교기념일이거든요."

아버지가 그를 보냈으니 거짓말은 아닐 것이다.

"그거, 안을 보세요."

"어? 아아, 그래."

종이봉투 안에는 얇은 앨범 한 권이 들어 있었다. 클리어파일에 들어 있는 것은 호적등본과 주민등록 등본, 운전면허증과 건강보험증. 연금수첩의 성명과 기초연금번호가 적힌 페이지. 전부 복사본이다.

"이거, 옛날 거구나."

무토 간지 씨가 살아 있을 때의 복사본이다. 등본 같은 것은 발급 날짜를 보니 재작년 2월이나 3월로 나와 있다.

"할아버지가 그 양로원에 들어갈 때 수속에 필요해서 여러 가지 서류를 준비했어요."

"왜 복사를 해 둔 거지?"

"어떤 서류를 냈는지 나중에 분명히 알 수 있게요."

꼼꼼한 방식이다. 아이자와 씨는 이 복사본으로도 충분히 도움이 될 테고 관청에 가는 시간도 절약할 수 있으리라 생각했을 것이다. 실제로 그런지 나는 곧 확인하기 시작했다.

무토 간지 씨는 2005년에 사이타마 현 와코 시에 있는 아이자와 씨 집에 살면서 그곳으로 주민등록을 했다. 이전에는 오타 구 오모리에 있는 아파트에서 살았다고 한다. 주민등록도 그렇게 되어 있다. 전입 전의 주소는 오모리 4초메 2-5-105.

이제 이십 년 전으로 거슬러 올라가려면 더 이전의 주민등록 서류를 취득해야 하지만, 호적등본 복사본을 보니 이것으로 충분하다는 점을 알 수 있었다.

간지 씨는 1970년(쇼와 45년) 1월에 이혼 · 절연으로 아이자와 가의 호적에서 빠진 후, 일단 도치기의 본가로 호적을 옮겼다가 이듬해 4월에 거기에서 호적을 분리하고 이사했다. 본적을 임의로 본인이 원하는 곳에 둘 수 있는데, 보통은 태어난 곳이나 자신이 살고 있는 곳으로 한다. 간지 씨도 본가의 가족들이 뿔뿔이 흩어진 사실을 안 뒤 도쿄로 올라가 직장과 집을 확보해 자리를 잡았기 때문에 본적을 옮겼을 거라 생각해도 되리라.

도쿄 도 조토 구 하루카와초 2번가 3호. 지도를 끄집어내서 살펴보니 하루카와초는 사무원 살인사건이 일어난 미스미초의 옆 동네다.

“사립탐정이라면 면허는 필요 없나요?”

미키오는 실내 검사를 마치고 나를 검사하기 시작하려는 모양이다.

“국가시험은 없지.”

“면허증이나 자격증명서가 장식되어 있지 않아서요. 저도, 사립탐정입니다, 라고 자칭하면 되는 거예요?”

“미성년이면 안 돼.”

“학교 내 탐정이라면요?”

“학생회장이랑 마찬가지로, 입후보해서 선거로 뽑히지 않으면 무리 아닐까?”

미키오는 “흥” 하고 코웃음을 쳤다. 학생회장을 바보 취급하는 건지, 선거를 바보 취급하는 건지, 내 대답을 바보 취급하는 건지 판별하기 어려운 웃음이었다.

나는 말했다. “고맙다. 심부름하느라 수고 많았어.”

그는 여전히 앉아 있다.

“모처럼 개교기념일이니까 어디 놀러라도 가지 그러니?”

“할아버지에 대해서, 뭘 조사하는 거예요?”

“넌 어떻게 아버지가 조사를 부탁하신 걸 아는 거니?”

“아빠는 스마트폰으로 얘기할 때 쓸데없이 목소리가 크니까요.”

나는 웃었다. “그래? 하지만 ‘할아버지에 대한 일’이라는 것 외에는 자세한 사항을 모르겠지."

"저 목이 마른데요."

"커피 줄까, 녹차 줄까?"

아이자와 미키오는 심술궂게 입을 한쪽만 끌어올리며 말했다. "코코아가 좋겠어요."

기적 같지만 사 둔 코코아가 있었다. 지난 주말, 헤어진 아내가 딸을 데리고 들렀기 때문에 서둘러 사러 갔던 것이다.

오 분 후 내가 (정중하게) 손님용 컵에 내놓은 코코아를 마시며 미키오는 맛없다는 듯이 혀를 내밀었다. "가루맛 나요."

"우유가 없어서."

나는 간지 씨가 남긴 앨범을 펼쳤다. 첫 페이지에 아이자와 씨의 메모가 끼어 있다.

'이분이 아버지입니다. 정월에 집에 오셨을 때 찍었어요. 영정 사진으로 사용했던 사진입니다.'

아이자와 가의 거실일까. 정월답게 소나무와 죽절초와 꽃양배추를 꽂은 커다란 화병 앞에 간지 씨와 아이자와 씨가 나란히 앉아 있다. 정말 닮은 부자다. 간지 씨는 눈가를 살짝 붉히고 온화한 웃음을 띠고 있다.

미키오가 말했다. "제가 조사를 도와 드릴게요."

나는 꽤 놀랐지만 얼굴에 드러내지 않았다.

"할아버지에 대해서 조사하는 거라면 가족이 돕는 게 빠르지 않겠어요?"

나는 대답을 하지 않고 앨범을 넘겼다. 대부분이 아들 가족과 동거하기 시작하고 나서 찍은 사진으로, 앞쪽의 일부만이 그 이전의 사진이다. 혼자 사는 남자가 사진의 피사체가 될 기회는 적다.

사십대의 간지 씨, 오십대의 간지 씨, 육십대의 간지 씨. 무슨 연회 자리, 어딘가의 여행지, 어딘가의 작업장, 어딘가의 공장의 닫힌 셔터 앞. 약간 신기한 것은 작은 신사의 입구를 등지고 있는 간지 씨 사진으로, 지금의 아이자와 씨보다 나이가 많다. 딱 한 장, 샛노랗게 변색된 흑백사진이 있었다. 앞치마를 두른 여성의 팔에 안겨 있는 배내옷 차림의 아기. 이 아기도 간지 씨일 것이다. 뿔뿔이 흩어져 버린 본가에서 그의 손으로 건너가, 여기까지 남겨진 단 한 장뿐인 과거다.

장소를 특정할 수 있을 만한 요소가 찍힌 사진은 없었다. 조토구 하루카와초와 미스미초를 조사하는 편이 빠를 것이다.

미키오가 초조한 듯이 목소리를 높였다. "안 들리세요? 제가 조사를 돕고 싶다고요."

나는 얼굴을 들고 말했다. "우리는 보다시피 영세 사무소라서 조수를 고용할 여유가 없어."

"자원봉사라도 좋아요."

"초보자는 사절이야."

"자기도 자격이 없으면서."

이 소년은 얄미운 말을 참 잘한다.

"널 여기 보내다니, 네 아버지는 내 생각만큼 이 일을 중대하게 받아들이시지 않는 모양이다."

"중대하게 받아들이세요."

남의 말도 참 잘 흉내 낸다.

"제가 엄마한테 이르겠다고 해서 아빠는 어쩔 수 없이 꺾인 거예요."

"넌 그렇게 자주 부모를 협박하니?"

"그렇게 하지 않으면 말을 들어주지 않을 때는요."

나는 앨범을 덮고 미키오를 돌아보았다. 그는 솔직하게 쫄더니 살짝 턱을 당겼다.

"꽤나 걱정하고 있는 게로구나."

소년은 순순히 당황하더니 그것을 얼버무리려고 쓸데없는 노력을 했다.

"하지만 지금은 조사 결과가 나올 때까지 참아 달라고 할 수밖에 없어. 내 의뢰인은 네 아버지이고, 나는 네 아버지와의 비밀을 지킬 의무를 지고 있거든. 이번 경우, 그건 네 할아버지의 명예를 지키기 위해서이기도 해."

내가 입을 다물고 미키오도 입을 다물고 있자 어디에선가 시계 바늘이 움직이는 소리가 똑똑히 들려왔다. 사무소 개업 기념으로 시계를 여러 개 받아서 전부 어딘가에 두거나 걸어 버렸기 때문에 이 소리의 발신원이 어느 시계인지 알 수 없다.

미키오가 작은 목소리로 말했다.

"할아버지가 뭔가 저질렀나요?"

"그 질문에는 대답할 수 없어."

"나쁜 짓을 했어요?"

집에 가서 아버지한테 여쭤 보렴—이라고 대답하기 전에 문득 번뜩인 생각이 있어서 물었다.

"뭔가 짐작 가는 것이 있니?"

미키오는 아까보다 더 당황했다.

"있나 보구나."

그는 나를 노려보더니 다운재킷을 움켜쥐고 일어섰다.

"기분 나빠."

그 말이 욕임을 내가 완전히 이해하기도 전에 미키오는 사무소를 나가 버렸다. 나는 그를 쫓아가 문 앞에 섰다.

이른 봄의 햇볕 아래, 조잡하지만 살기 좋은 마을 안에서, 아이자와 미키오는 군데군데 찌그러진 가드레일을 따라 잔걸음으로 멀어져 간다.

나는 기시감을 느꼈다. 몇 시간 전에 이 뒷모습과 매우 비슷한 것을 보았기 때문이다. '하나카 양로원'의 하자키 청년. 한 사람은 주위 사람들로부터 숨으려고 하고, 또 한 사람은 주위 사람들을 무시하려고 하지만, 쓸쓸해 보이는 등은 똑같았다.

지력地歷을 조사하려면 지자체의 관청 담당과(대개는 주택과나 주택정비과다)나, 지역 도서관에서 주거 지도들을 거슬러 올라가 살펴보는 편이 빠르다.

사전에 도서관 장서 정보를 체크해 보니 다행히 조토 구에서 가장 규모가 큰 구민 중앙도서관이 오래된 주거 지도를 갖추고 있다고 한다. 찾아가 보니 그런 자료가 보관된 훌륭한 열람실이 있었고 입구에서 기장만 하면 열람이 가능했다.

쇼와 50년의 주거 지도를 찾고 나면 이제 필요한 것은 사용하기 편한 확대경뿐이다. 그것도 갖고 있었다. 역시 옛날 직장 상사가 사무소 개업을 축하한다며 선물해 준 것이다.

—탐정의 필수품이잖아?

그 확대경을 통해 쇼와 50년의 조토 구 미스미초에서 (유)요시나가 운송을 발견했다. 옛날 주거 지도는 기재記載가 꼭 완벽하지 않고 빠진 부분도 있지만, 기재된 바로는 미스미초의 운송회사는 이 하나뿐이다.

한편 하루카와초 2초메 3호에는 건물이 존재함을 나타내는 네모난 테두리만 있을 뿐, 명칭은 알 수 없다. 주위와 비교해서 특별히 사이즈가 큰 테두리는 아니니 아마 주택일 것이다. 삼십오 년 전, 당시 42세였던 무토 간지가 이곳에 살았다면 여기는 아파트였을까. 단독주택이었다면 누군가 동거인이 있었을까.

간지 씨는 재혼하지 않았다. 호적을 보면 그 점은 분명하지만, 호적에 넣지 않았을 뿐이고 인생의 어떤 시기에 여성과 함께 살았어도 이상하지 않다. 오히려 37세 때 이혼남으로 돌아와 그 후 여성과 전혀 인연이 없는 편이 가능성으로 보자면 낮을 것이다.

도서관을 나올 때쯤에는 이미 해가 지고 있었다. 탐문은 내일하더라도 미스미초와 하루카와초를 돌아다녀 볼까 생각하고 있었는데 스마트폰에 착신이 들어왔다. 가키누마 주사였다.

"스기무라 씨? 아아, 오늘은 입회 못 해서 죄송합니다. 하자키하고는 얘기하셨어요?"

"네. 금방 끝났습니다."

"그래요……."

"무슨 일 있었나요?"

"아니, 무슨 일이라고 할 정도는 아닌데요."

주위는 소란스럽고 전화로는 답답하다. 나는 곧 말했다.

"그럼 지금 찾아뵐까요? 지금 도쿄에 있으니까 한 시간 정도 걸리겠지만요."

"그러신가요! 기다리겠습니다."

'하나카 양로원'에 도착하니 가키누마 주사는 접수대 부근에서 스태프와 대화하는 중이었지만 곧 코트를 들고 왔다.

"저는 이제 끝입니다. 저녁 드실래요? 근처에 좋은 가게가 있답니다."

만난 지 얼마 되지도 않은, 의뢰자가 아닌 그냥 관계자가 이렇게 친근하게 행동하는 데에는 뭔가 이유가 있다.

술집도 식당도 아닌 일품요릿집이었다. 단골손님인지 가키누마 주사가 주방장과 안주인에게 가볍게 인사했고 곧 안쪽으로 안내받았다. 세 명이 앉으면 비좁을 만한 작은 방이다.

맥주와 기본 안주가 재빨리 상에 놓였고, 자리를 잡고 앉자 가키누마 주사는 가볍게 잔을 들었다.

"수고 많으셨습니다."

나는 맥주에 입을 대는 시늉만 했다.

"아니, 죄송합니다, 여기까지 오시게 해서."

아니나 다를까, 가키누마 주사는 말을 꺼내기 어렵다는 듯한 얼굴을 하고 있다.

"그으……, 조사는 좀 어떻습니까?"

나는 미소를 지었다. "어제부터 시작했는걸요."

"그렇지요. 그렇겠지요."

그는 잔 속 맥주를 다 비우고 직접 더 따르더니 내 얼굴을 보았다. "이번 일에 제삼자인 제가 이러쿵저러쿵할 권리는 없지만, 이 조사 어떻게 좀 안 될까요?"

"어떻게라니요?"

"아니, 그러니까—원만하게."

내가 물끄러미 바라보자 그는 말을 바꾸었다.

"그렇달까, 두루뭉술하게."

이것이 그의 이유였다.

안주인이 요리를 날라 왔다. 가키누마 주사는 붙임성 있게 "잠깐 일 얘기를 하는 중이라서 끝나면 부를게요"라고 말했다.

나는 얘기했다. "무토 간지 씨의 과거를 찾다가 정말로 뭔가 나오면 '하나카 양로원' 또한 곤란한 사태를 맞이할지 모른다. 그걸 걱정하시는 겁니까?"

가키누마 주사는 알기 쉽게 허둥거렸다. "아뇨, 그렇게까지는. 왜냐면 우리 잘못은 아니니까요."

"저도 그렇게 생각합니다."

"하지만…… 그래도요."

이렇게 관찰해 보니 그의 붙임성 좋은 태도는 표정과 몸짓에서 생겨나는 것으로, 눈매는 오히려 험악한 편이다. 하드한 직업이구나, 하고 생각했다.

"간지 씨는 저한테 '나쁜 일이다'라고 하셨을 뿐이지만, 아이자와 씨한테서 들은 바로는 살인사건인 것 같더군요."

"그런 것 같은데요."

"그리고 시효라는 건 이제 없으니까 옛날 사건도 거슬러 올라가서 조사할 수 있는 거지요?"

그 점이 어지간히 쇼크였던 모양이다.

"그렇긴 하지만 이 경우에는, 만일 간지 씨가 정말로 어떤 범죄를 저질렀다고 해도 본인은 돌아가셨으니까요."

가키누마 주사는 얼굴을 찌푸렸다. "제가 걱정하는 건 간지 씨가 아닙니다. 아이자와 씨예요."

얼마쯤 초조해하는 듯한 말투였다.

"아이자와 씨, 본인은 전혀 자각 못 하지만 제가 보기에 그 사람은 꽤 유명인이에요. 여러 잡지에서 다루었고, 이번에 또 TV에 출연해 달라는 얘기도 있는 모양이고."

아이자와 고지는 인기 레스토랑의 오너 셰프다.

"그런 사람의 아버지가 옛날에 사람을 죽였다는 것이 알려지면 말이지요. 우선 매스컴이 난리를 칠 게 뻔합니다. 그런 일에는, 세상 사람들은 매의 눈으로 바라보니까요."

"아이자와 씨한테서 이 일로 상담을 받았을 때 그렇게 말해 보셨나요?"

"사립탐정을 고용할 거라는 얘기를 들었다면 틀림없이 그 자리에서 말렸을 겁니다. 하지만 모르는 사이에 일이 이렇게 돼 버려서."

바로 그 '이렇게'인 나는 잠자코 있었다. 어제 가키누마 주사가 묘하게 밝은 목소리로 "이 조사는 아이자와 씨의 마음이 후련해지기만 하면 되는 거예요"라고 한 말이 얼핏 머리를 스쳤다.

"간지 씨는 좋은 분이었어요."

가키누마 주사는 곱씹듯이 말했다.

"고생 많은 인생이었던 것 같은데 고생 때문에 비뚤어진 데가 전혀 없으셨죠. 저는 여러 어르신들을 보았지만, 분명히 말해서 그런 분은 드물어요. 떼도 쓰지 않고 항상 온화하셨고요. 요양사는 물론이고 청소 스태프한테도 고생 많다, 고맙다고 자주 말해 주셨어요."

영정 사진으로 사용된 사진의 온화한 웃는 얼굴. 그것이 고인의 맨얼굴일까.

"고지와 며느리 덕분에 자기는 정말 행복하다고 말하셨어요. 나는 형편없는 부모였는데 아들은 훌륭하게 커 주었다고요. 그렇게 좋은 아버지를, 게다가 돌아가신 후에, 의미가 있는지 없는지도 알 수 없는 대화를 그렇게 요란하게 받아들여서, 탐색하고 다니다니, 아이자와 씨도 좀 이상해—."

내 시선을 느꼈는지 가키누마 주사는 거북한 듯이 입을 다물었다.

"가키누마 씨 마음도 이해합니다" 하고 나는 말했다. "제가 드릴 수 있는 말은, 어떤 조사든 그 결과는 의뢰인에게만 알리겠다는 겁니다."

가키누마 주사는 의심스러운 듯이 눈을 깜박거린다.

"살인사건일지라도 스기무라 씨는 경찰에 신고하시지 않을 거라는 뜻입니까?"

"그럴 필요가 있다고 생각되면 아이자와 씨와 이야기를 나눌지도 모르겠습니다. 하지만 조사 후 어떻게 할지 결정하는 사람은 아이자와 씨입니다."

가키누마 주사는 잠시 침묵하고 나서 고개를 한 번 끄덕이고 말했다. "알겠습니다. 자, 드시죠."

모처럼 나온 음식이 식어 버릴 테니 나는 젓가락을 들었다.

"저도 좀 더 묻고 싶은 점이 있는데요."

간지 씨는 1월 3일에 사망했는데 '하나카 양로원'의 그의 일인실은 어제, 17일까지 그대로 남아 있었다. 민간이 경영하는 양로원이니 계약을 해제하기 전까지 나름대로 요금이 들 것이다. 퇴실이 늦은 것은 아닌가?

이를 묻자 가키누마 주사는 부지런히 맥주를 더 따라 주며 말했다. "그 말씀이 맞습니다. 우리 관리비나 양호 서비스 비용은 월마다 선불로 받으니까 한 달 동안은 상관없지만, 퇴실이 빠르면 날짜별로 금액을 돌려드릴 수 있거든요. 하지만 아이자와 씨는 아무래도 바빠서 당장은 힘들다고 하시더라고요."

가키누마 주사도 신경을 써서, 양로원 쪽에서 유품 정리 업자를 소개해 줄 수 있다고 말해 보았지만.

"아버지의 방은 아이자와 씨 손으로 정리하시고 싶다고요. 그래서 그대로 놔둔 겁니다."

"그렇군요. 그 사이에 누군가 203호실에 오지는 않았습니까?"

가키누마 주사는 회를 집으며 한순간 눈을 깜박였다.

"그러고 보니 왔어요."

손자분이, 하고 말한다.

"스기무라 씨, 어떻게 그런 걸 아셨습니까?"

그냥 찍은 거다.

"아이자와 씨의 아드님. 그 애는, 둘째 아드님인가?"

"그럼 미키오 군이군요."

"전 이름까지는 잘. 간지 씨가 살아 계셨을 때 손자분들이 부모님과 함께 올 때는 있어도 혼자 오는 일은 없었으니까요."

"그때는 미키오 군 혼자 왔던가요?"

"네. 7일이었나 8일이었나. 장례식은 5일이었으니까, 어쨌든 그 후입니다."

"무슨 일로 왔다고 하던가요?"

"어머니의 부탁을 받고 뭘 가지러 왔다고요. 접수대에서 제가 방까지 안내했습니다."

돌아가는 모습은 보지 못했고, 방에 얼마나 있었는지, 무엇을 가져갔는지도 모른다고 한다.

"그때 한 번뿐인가요?"

"네, 그렇습니다."

미키오 군은 아버지나 어머니의 심부름을 자주 한다. 하지만 착한 애인지 나쁜 애인지는 모르겠다. 아버지를 협박하기도 했고, 어머니에게 부탁받았다는 말은 아마 거짓말이겠지.

"그리고 또 한 가지. 간지 씨 말인데요. 일인실에 계셔도 양로원의 다른 입소자분들과 다소 교류하셨지요?"

"식당이나 오락실에서 함께 계셨지요. 우리는 입소자의 프라이버시를 존중하지만 고립은 좋지 않으니까 배려하고 있어요."

"특별히 사이가 좋았던 분은 없습니까?"

가키누마 주사는 으~음 하고 신음했다. "글쎄요오. 간지 씨는 혼자서 느긋하게 시간을 보내시고 싶어 하는 타입이었고……."

"짚이는 분께 좀 물어봐 주시겠습니까?"

"네에. 하지만 너무 기대하지 마세요. 간지 씨는 우리 같은 양로원에 계시는 어르신 중에서는 특히 멀쩡한 분이셨어요. 다른 분들은 귀가 어둡다거나, 그야말로 알츠하이머에 걸리셨다든가, 다양한 분들이 계시거든요."

"알겠습니다. 미야마 씨는 밝고 야무진 분이더군요."

"우리 양로원에서 삼 년, 이전에는 특별 양로원에서 오 년 일한 경험이 있습니다. 우리 요양사들의 관리자이지요."

"요양사분들 중에는 여성이 많나요?"

"우리 양로원에서는 70퍼센트가 여성입니다."

그렇게 말하고 가키누마 주사는 오랜만에 싱글벙글 웃는 얼굴을 했다.

"우리 여성분들은 간지 씨한테 별명을 붙여 불렀어요."

2F의 미스터 젠틀맨.

"흐음. 좋은 이야기를 들었습니다."

"옛날에는 높은 자리에 있던 사람도 소위 '폭주노인'이 되는 경우가 있는데, 간 씨는 신사였으니까요. 딱 맞는 별명이었어요."

가키누마 주사는 자기 일처럼 자랑스러운 듯이 말하다가 갑자기 표정을 흐렸다.

"그런 사람이었으니까요……. 젊었을 때 사모님한테 배신당했다고 여자가 미워서…… 그런 심한 짓을 저지르셨을까요."

아이자와 씨 생각이 지나친 거예요. 약간 비난하듯이 중얼거렸다.

"옛날 일이니까요" 하고 나는 말했다.

병맥주를 두 개 비우고 이곳의 대표 요리라는 도미 차즈케밥 위에 도미 회를 얹고 거기에 찻물을 부어 먹는 음식로 마무리를 한 뒤 (내키지 않아 하는 가키누마 주사를 설득해서) 더치페이로 계산했다. 나는 귀가했다.

오늘의 조사 메모를 정리하고 있을 때 문득 깨달았다.

—할아버지가 뭔가 저질렀나요?

—그런 심한 짓을 저지르셨을까요.

아이자와 미키오도 가키누마 주사도 '저질렀다'라는 말을 썼다.

하지만 하자키 청년은 달랐다.

—무토 씨, 뭔가 저지르고 있었나요?

역시 그의 귀에는 간지 · 고지 부자의 대화가 들린 것이다. 이 '저지르고 있었다'는 '그때 이야기한 짓을 저지르고 있었다'가 축약된 것이 아닐까.

5

간지 씨가 본적을 두었던 하루카와초의 해당 장소에는 삼 층 목조주택 세 동이 처마를 바싹 붙이고 나란히 서 있었다. 외관은 세 동 모두 똑같고 삼각지붕의 색깔이 다를 뿐. 문방구에서 파는 포스트잇 같다. 건매주택일 것이다.

옆의 이발소는 "세일즈? 손님이 있어서 안 돼요"라며 문전박대. 맞은편 편의점에서는 젊은 점장도 점원도 "글쎄요, 이웃에 대해서는 잘 모릅니다"라고 말해 또 NG.

그 두 건물 너머에, 회칠을 한 보수공사 흔적이 눈에 띄는 기와지붕의 술가게가 있었다. 내가 빌려 사는 고가와 우열을 가릴 수 없을 만큼 오래된 건물인데, 가게 바깥에서는 갈색 머리 여자애가 청소하고 있다.

실례합니다, 하고 나는 말을 걸었다.

"말씀 좀 여쭤도 될까요. 옛날에 이 부근에서 살았던 사람을 찾고 있는데요."

나는 외모나 분위기가 지극히 안전해 보이는지 우선 남의 경계를 사지 않는다. 이럴 때는 이득이다. 아버지와 싸우고 소식이 끊긴 작은아버지를 찾고 있는데 이제 와서 아버지가 마음 약해져 보고 싶어 하시는 바람에요, 라고 운운하는 거짓말에 귀를 기울여 준다.

빗자루를 손에 든 갈색 머리 여자애는,

"할머니, 할머니."

하고 부르면서 안으로 들어갔다. 곧 니트 무릎담요를 굽은 허리에 두른 노인과 함께 가게 앞으로 나왔다.

나는 둘을 상대로 연극을 계속했다.

"글쎄요" 하면서 노인은 생각에 잠긴다.

"쇼와 50년이라면……, 내가 시집을 온 해가 33년인데."

"쭉 여기서 사셨나요?"

"네, 보다시피 오래된 가게니까요. 찾아온 건 저기지요?"

노인은 포스트잇을 붙인 듯이 나란히 늘어선 목조주택 세 동을 가리켰다.

"네."

노인은 생각에 잠긴다. 그러고는 말했다.

"아이고……, 기억이 안 나네."

"지금 저 삼각지붕이 지어지기 전에는 맨션 갤러리가 있었잖아요?"

노인의 손녀인 듯한 여자애가 말한다. 맨션 갤러리란 즉 모델하우스인데, 요즘은 일부러 건축중인 물건과는 다른 곳에 지어서 그렇게 부를 때가 많다.

"이 근처에 새 맨션을 많이 지어서요. 그래서 저기 있던 맨션 갤러리도 세 번쯤 바뀌었어요."

"그보다 좀 더 예전이에요. 작은아버지는 아파트에 사셨던 것 같은데—."

노인은 나를 올려다보았다. "꽤 소원한 친척이네요."

"예에, 부끄러울 따름입니다."

"저기, 공터 아니었나?" 손녀가 말한다. "꽤 넓었어요. 저는 유치원생 때 저기에서 눈사람을 만든 기억이 있는데."

"너는 헤이세이1989년부터 현재까지 사용되고 있는 일본의 연호 때 태어났잖니. 이 분이 말하는 건 훨씬 더 옛날 일이야. 좀 조용히 해 보렴."

노인은 손녀딸의 입을 다물게 한 뒤 다시 미간을 찌푸리며 숙고했다. 마음씨 착한 손녀가 나보다 더 마른침을 삼키고 있다.

이윽고 노인은 콧김을 뿜으며 내뱉었다.

"—역시 생각이 안 나요."

"아이 참, 할머니도."

손녀딸은 빗자루를 바닥에 대며 탕 소리를 냈다.

"할아버지한테 물어봐 줘요."

"저기 서 있던 아파트의 이름을 알면 되는 건가요?"

"네. 어쩌면 단독주택이었을지도 모르겠지만요."

"뭐, 어느 쪽이든 됐어요. 댁은 다시 올 수 있나요?"

"네. 스기무라라고 합니다. 으음." 안주머니를 뒤지는 척했다. "명함이 다 떨어졌네요. 죄송합니다."

"그런 건 됐어요."

내가 떠난 후 이런 연극에 어떤 평가가 내려졌을지 알 길이 없다. 솔직히 알고 싶지도 않다. 다만 솔직한 노부인과 손녀에게 "좀 수상한 사람이네", "신종 사기 아니야?"라는 말을 들어도 어쩔 수 없지만, 그렇게 말하면서도 무서워하지 않고 유쾌하게 웃어 주었으면 좋겠다고 생각했다.

곧바로 술가게 부근을 어슬렁거리기도 거북해서 미스미초로 발길을 향했다.

쇼와 50년에 (유)요시나가 운송이 있었던 곳에 현재는 맨션이 서 있었다. 정면 현관 옆의 초석을 보니 '헤이세이 16년 준공.' 그렇다면 그때까지 요시나가 운송이 남아 있었을지도 모른다.

하지만 골목길 건너편에 있는 깔끔한 빵집에 물어보자 옅은 기대는 곧 깨졌다. 맨션이 지어지기 전에는 코인 주차장이 있었고, 그 이전의 일은 모른다고 한다.

"한참 전부터 코인 주차장이었던 것 같은데요."

"옛날 지도에 따르면 운송회사가 있었는데요."

"글쎄요……."

이렇게 되면 이제는 다리와 끈기로 해낼 일이다. 겹치거나 빠뜨리지 않도록 지도를 체크하면서 정보를 얻을 수 있을 듯한 곳을 찾아가 물어볼 수밖에 없다. 대상은 우선 음식점, 이발소와 미용실, 세탁소나 술가게 등의 배달도 하는 업종의 가게. 오랫동안 이 동네에 자리 잡고 살았을 것 같은 예스러운 집의 주민, 반상회나 주민 자치회나 소방단의 초소(요즘은 점점 줄어들고 있다), 주유소와 등유 가게. 오락과 관계된 곳 중 바나 스낵에는 기대지 않는다. 성가시고, 술집에서 들을 수 있는 이야기 중에는 위험한 것이 많기 때문이다. 바둑 모임이나 장기 살롱은 이 대상 범위 내에 존재할 확률이 낮지만, 있을 경우 높은 확률로 좋은 정보원이 된다. 마작이나 파친코는 그 반대(아직 경험치가 적은 내게는 왜 그런지 수수께끼다). 편의점도 별로 도움이 안 되지만, 의외로 도움이 되는 곳이 학원이다. 아이들이 다니는 곳이기 때문에 경영자나 강사가 인근에 주의를 기울이는 경우가 많다. 다만 이번 같은 옛날 일을 파내는 경우에는 기대할 수 없다.

철칙이 하나. 파출소에는 들르지 말 것.

쓸데없는 말썽의 원인이 될 뿐이다.

미스미초에서는 평범하게 요시나가 운송을 찾아 다녔는데 "알고 있다"거나 "나는 모르지만 아는 사람한테 물어봐 주겠다"고 하는 사람을 좀처럼 만날 수가 없었다.

점심을 먹고 나서 미스미초의 옆 동네(하루카와초 쪽의 반대편)도 절반 정도 답파했지만 수확 없이 사람이 없는 버스 정류장 벤치에서 잠시 쉬었다. 쇼와 50년은 멀다. 무슨 일이 있었던 해인지 스마트폰으로 검색해 보니 '경제기획청이 일본 경제가 전년, 전쟁 이후 첫 마이너스 성장을 기록했다고 발표', '스필버그 감독의 〈조스〉가 대히트' 등이 나왔다.

그때 아이자와 씨에게서 전화가 걸려 왔다.

"이거 스기무라 씨, 죄송합니다, 죄송합니다."

확실히 목소리가 크다.

"어제 전화 드리려고 했는데, 그만 정신이 없어서—."

"바쁘신 건 알고 있으니까 신경 쓰지 마십시오."

"미키오 녀석, 실례되는 짓은 안 하던가요?"

"아뇨, 아뇨. 하지만 미키오 군은 어째서 조사에 대해서 알고 있는 건가요?"

"그 녀석, '할아버지, 뭔가 숨긴 거야?'라고 갑자기 묻더라고요. 모르겠네요, 어쩌다 들킨 거지."

그냥 아버지의 전화 목소리를 들어서 안 게 아니라 그 이전부터 뭔가 안 듯한 구석이 있다. 게다가 아버지에게 들키지 않은 채.

"쓸데없는 걱정 말라고 말해 뒀으니까 이제 괜찮을 겁니다."

나는 그렇게 생각하지 않는다.

"그런데 아버님의 주소록은 있던가요?"

"있었습니다! 새 거랑 옛날 거랑 두 권이 있는데 선을 그어서 지운 이름이 많아서 도움이 되려는지."

"연하장은요?"

"그건 다섯 장밖에 없더군요. 찡했습니다. 아버지가 우리랑 같이 산 후로 사귀게 된 사람들뿐이더라고요. 아내의 친척이나, 근처 동네 의사 선생님이나."

저도 아는 사람들입니다, 라고 한다.

"아버지는 우리랑 같이 살 때, 옛 지인과는 관계가 끊어졌거나 아니면 자발적으로 끊어 버리신 걸까요?"

물기 어린 말투가 되었다.

"어쨌든 주소록은 제가 보내 드리겠습니다."

나는 "근처까지 가지러 갈게요"라고 말하려다가 생각을 바꾸었다. "번거로우시겠지만 부탁드립니다. 제가 없을 때는 우편함에 넣어 주시면 돼요. 단단히 잠긴 우편함이니까 안심하시고요."

"알겠습니다."

그러고 나서 다시 동네를 돌아다니다가 결국은 빈손으로 귀가했다. 이튿날에도 전날 끝낸 지점에서부터 시작했다. 하루카와초의 술가게로 돌아가기에는 아직 이르다.

오후에 미스미초에서 두 지하철 역 떨어진 곳에 있는 자동차 수리공장에서 작은 단서를 얻었다.

"맞아, 맞아, 미스미초에 있었어요, 운송회사. 4톤 트럭이 줄줄이 늘어서 있었으니까 그럭저럭 잘되고 있었던 거 아닐까요."

살짝 기른 콧수염마저 희끗희끗하게 센 사장이 그리운 듯이 그렇게 말한 것이다.

"처음 일을 시작했을 때 아버지가 영업을 다녀오라고 엉덩이를 두들겨서요. 뭘 해야 할지 알 수 없어서 근처 택시 회사나 운송회사, 경트럭이 세워진 공장 같은 데 닥치는 대로 뛰어들어 갔지요."

하지만 사장의 기억으로는 '요시나가 운송'이 아니었다고 한다.

"요시나가라면 요시나가 사유리일본의 여배우이자 가수. 1960년대를 대표하는 인기 여배우로, 그의 팬을 사유리스트라고 부른다 할 때 그 요시나가죠? 그렇다면 내가 보고 잊어버렸을 리가 없지. 그게 아니라 뭔가, 어디에나 있는 흔한 이름이었어요."

사장은 사유리스트인 모양이다.

"이 근처는 서민 동네지요. 쇼와 50년 정도의 일이라면 기억하는 사람이 있을 것 같은데, 의외로 찾을 수가 없어서요."

"버블을 경계로 완전히 바뀌어 버렸으니까요. 옛날에는 미스미초 부근에도 창고나 공장이 많았지만 지금은 맨션밖에 없어요."

그렇다면 주거 지도에는 기재되어 있지 않지만 그 외에도 운송회사가 있었을지도 모른다.

"그 운송회사에서 사건이 일어났는데요."

"어떤 사건?"

기억에 남아 있지 않다면 당시에도 몰랐거나 관련이 별로 없어서 인상에 남지 않았던 것이리라.

"별일은 아닙니다. 고맙습니다."

나는 또 걸었다. 미스미초를 향해 되돌아가면서 이번에는 여기로 올 때와는 반대로 반원을 그리듯이 나아가며 탐문을 했다.

길쭉한 사 층짜리 건물의 일층에 모자가게가 있었는데, 위층은 주거공간인 모양이었고 구조로 보아 맨션은 아닌 것 같았다. 세입자가 아니라 빌딩 소유주. 그렇게 생각하고 들러 보니, 이번에는 딱 들어맞았다.

"기억하죠, 요시나가 운송."

머리카락을 밝은 밤색으로 물들였고 여러 색깔을 섞어 짠 세련된 스웨터를 입은 여성. 목소리가 허스키하다. 오십대 후반일까.

"이제 와서 우리 가게에 무슨 볼일이에요?"

나는 무슨 뜻인지 알 수가 없어서 공손한 태도를 취하면서도 직설적으로 되물었다. "여기는 요시나가 운송과 인연이 있습니까?"

"모르고 오신 거예요?"

"무슨 말씀이신지—."

그녀는 얼마나 기분 나빠해도 좋을지 재듯이 눈을 가늘게 떴다.

싸늘한, 비웃는 듯한 목소리다.

"쇼와 50년 8월의 사건인가요?"

"아시네요."

그녀는 퉁명스럽게 말했다.

"그때 살해된 사람이 우리 가족이에요."

나는 멀거니 서 있었다. 피해자인 다나카 유미코는, 자택이 요시나가 운송과 가까웠다. 그리고 이 가게의 이름, 간판은—.

"우리 가게는 다나카 모자점이에요. 살해된 다나카 유미코는 제

언니고요.”

그녀는 나를 응시하고 있다. 나는 천천히 시선을 내려 그 눈에서 도망치고 깊이 머리를 숙였다.

“실례가 많았습니다. 언니분의 일은 정말 안되셨습니다.”

명함을 내밀고 사정을 설명했다. 요시나가 운송에서 일어난 사건에 대해 최근에 돌아가신 노인분이 단편적인 이야기를 한 적이 있는데, 유족으로선 처음 듣는 이야기고 고인이 사건과 어떤 관련이 있는지 알 수 없어서 불안해하고 있습니다—.

다나카 모자점의 여성은 사건이 일어났을 무렵에 스무 살 전후였을 것이다. 유미코 언니와 분명히 사이가 좋았을 것이다. 나를 향한 의심의 시선은 거의 적의에 가까울 정도로 엄했다.

그리고 그녀는 이렇게 말했다. “그 노인이라는 분은 요시나가 운송 사람 아니었나요?”

거기에서 일하던 사람들이요.

“범인의 동료였던 사람들 말이에요. 그 사건은 그 사람들한테도 싫은 추억이었겠지요. 회사는 없어져 버렸고.”

“요시나가 운송은 도산했습니까?”

“사건 후 일 년도 안 돼서 접었어요. 사원이 사람을 죽인 곳에서 장사를 할 수 없었겠죠.”

죽인 사람도 사원, 살해당한 사람도 사원이다.

“다나카 씨는 쭉 여기서 사셨습니까?”

금전 등록기를 올려놓은 책상에 몸을 기대고 흩어진 전표에 시선을 떨어뜨린 채 그녀는 턱 끝만 끄덕였다.

"사건에 대해서 기억하십니까?"

대답은 없다. 미간의 주름이 깊어졌다.

나는 간지 씨의 앨범에서 뽑아낸 사진을 몇 장 갖고 있었다. 그 사진들을 보여 줄까 말까 망설이고 있는데 그녀가 말했다.

"범인하고는 만난 적이 있지만요."

"—가야노 지로 씨 말이군요."

그녀는 전표를 노려본 채 "기분 나쁜 남자였어요" 하고 말했다. 눈 부근의 핏기가 사라져 하얘져 간다.

"이제 됐죠. 돌아가 주세요."

나는 마음 약한 탐정이다. 다시 한 번 "실례했습니다" 하고 인사를 한 뒤 가게 출입구로 몸을 돌렸다. 지금은 더 이상 무리다.

그러자 그녀가 말을 걸었다.

"언니의 사건에 대해서 이야기한 노인분은, 요시나가 사장은 아니죠?"

나는 돌아보았다. "네."

"사장님은 그 무렵에 몇 번이나 우리 집에 와서 울면서 사과하곤 했어요."

—제 관리 부주의였습니다.

"하지만 그 사장님이라면, 이미 돌아가셨을 나이죠."

혼잣말처럼 낮게 말을 이었다. "우리 부모님도 벌써 돌아가셨는걸요."

그녀는 이 가게와 이 집에서 혼자 사는 것일까.

"하지만 그 녀석은 살아 있어요. 사형당하지 않았으니까."

그때, 갑자기 무언가가 그녀의 안쪽에서 타올랐다. 뺨에 핏기가 오르고 눈이 번들거리며 빛났다.

"혹시 그 노인이 가야노 아닌가요?"

나는 온화하게, 그러나 단호하게 부정했다. "아닙니다. 무토 간지라는 78세 남성으로, 이달 3일에 돌아가셨습니다."

그것이 무엇이었든, 모자 가게 여성의 안쪽에서 타오른 것이 꺼지고 원래의 싸늘한 기색이 돌아왔다. 내게는 그녀가 재가 된 듯이 보였지만 곧 잘못 봤음을 깨달았다.

그녀는 원래부터 재였다. 사람의 모습을 한 재다. 그 안쪽에서 상실감과 비분이 타오르고 있다. 그녀를 따뜻하게 하는 것이 아니라 안쪽을 태우고 괴롭히는 잉걸불이.

"그런 사람은 몰라요."

나는 다나카 모자점을 떠났다. 딱 맞혔는데, 닿은 부분이 아파서 숨쉬기가 괴로울 정도였다.

6

이럴 때 그래도 되는 거냐고 생각하는 사람도 있겠지만 그 다음 날, 나는 아침부터 오미야에 있는 회관으로 연수를 받으러 갔다.

탐정도 배워야 하는 것이다.

이 연수는 '오피스 가키가라'가 소속된 청색신고회납세 제도인 청색신고제와 관련하여 회원에게 정보와 보험 등을 제공하는 민간단체가 주최한, 자주 부분 개정되는 세법이나 재무 규정에 관해 새로운 지식을 배우자는 취지의 연수였다. 기업 경리 담당자용 연수이기 때문에 나도 '오피스 가키가라'의 사원 입장에서 참가했다. 오피스에서는 계약 조사원이 이런 연수나 스터디에 참가할 때 편의를 봐 준다. 참가비는 자기 돈으로 내야 하지만.

나는 머리와 다리를 좀 쉬게 하고 싶었다. 그 김에 기업의 재무를 대강 이해할 수 있게 되는 것도 나쁘지 않겠다고 생각했다. 실제로는, 예비지식이 없는 사람에게는 복잡기괴한 강의를 들으면서 오직 간지 씨와 삼십오 년 전 사건에 대해 생각했지만.

연수가 끝난 것은 오후 1시가 넘어서였다. 나는 곧장 역으로 가서 전철을 탔다. 조토 구 하루카와초의 낡은 기와지붕을 얹은 술가게로 향했다.

오늘은 그 노부인도 손녀도 없었다. 울트라 라이트 다운 조끼를 입고 꼭대기에 둥근 털 뭉치가 달린 니트 모자를 쓴 노인이 가게를 지키고 있었다.

노인은 내가 이름을 말하자 "오오" 하면서 웃음을 띠었다.

"할머니는 당신이 신종 보이스피싱 사기꾼이라고 하던데, 실제로는 뭐예요?"

나도 웃으며 대답했다. "사기꾼 아닙니다. 실은 조사원입니다."

내가 명함을 건네자 노인은 돋보기안경을 쓰고 찬찬히 살펴보았다.

"흐음~. 뭐, 뭐든 상관없지. 지금 저 나무를 쌓아 둔 것 같은 건매주택을 지어 놓은 곳에는, 옛날엔 아파트가 있었다오."

시원하고 명쾌했다.

"제가 알고 싶은 건 쇼와 50년 당시의 일입니다. 삼십오 년 전인데요—."

"삼십육 년 전이겠지. 이제 해가 바뀌었어요."

"아, 그렇군요."

이 노인도 명석하다.

"틀림없어요. '희망장'이 철거된 건 쇼와 54년 일이니까 50년이라면 그때 분명 저기에 있었고, 사람이 살았어요."

"희망장?"

"응. 이 층짜리 목조건물로, 슬레이트 지붕을 얹은 지저분한 건물이었지만 이름만은 세련되었지."

"어떻게 그렇게 잘 기억하십니까?"

"우리 손님이었으니까."

거기 사는 사람들이 맥주나 소주를 사 주었다고 한다.

"아파트라고 해도 원래는 평범한 단독주택이었던 걸 그대로 임대한 거라 사는 사람은 독신인 사내놈들뿐이었다오. 쉬는 날이면 모여서 술을 마시고, 우리 가게에서 술이나 안주를 조달해 가곤 했지."

"54년에 철거된 점도 확실한가요?"

"응. 그때 해체 공사를 하러 온 공무工務점에 부탁해서 우리 가게 지붕을 경량 기와로 바꾸었거든."

원래는 나무 기와였어요, 라고 한다.

"지진이 나서 무너지면 무서우니까."

아하, 하고 나는 맥 빠진 목소리를 냈다. 감탄할 수밖에 없다.

"쇼와 50년 8월에는 옆 동네인 미스미초에서 지독한 사건이 일어났습니다. 그것도 기억하십니까?"

노인은 곧 고개를 끄덕였다. "운송회사의 여직원이 살해된 사건이지요."

그러고는 통통한 손을 '희망장'이 있었던 방향으로 흔들며 말했다. "그 범인이 저기 살았지. 나도 만난 적이 있다오."

나는 노인이 가리키는 방향을 응시했다.

무토 간지가 본적을 두었던 곳에, 가야노 지로가 살고 있었다.

"자주 우리 가게에 술을 사러 왔으니까. 비실비실하고 마음 약해 보이는 친구였어요. 사람은 겉으로만 봐서는 알 수 없는 법이구나 했지."

나는 가슴 주머니에서 간지 씨의 사진을 꺼냈다. 마흔 살 전후 때의 스냅사진으로 보이며, 간지 씨는 작업복을 입고 닫힌 셔터 앞에 쪼그려 앉아 있다.

"이 사람을 아십니까?"

술가게의 노점주는 돋보기안경을 쓰고 아까보다 더 찬찬히 살펴보았다.

"……글쎄요" 하며 고개를 갸웃거린다. "이 사람이 그 범인은 아니지요?"

"네. 하지만 당시에 저기서 살았던 모양입니다."

노점주는 다시 한 번 스냅사진을 바라본다.

"역시 얼굴까지는 기억이 안 나네."

"이름은 무토 간지입니다."

무토, 간지. 노점주는 복창하고 나서 고개를 저었다. "있었을지도 모르지요, 이 정도 나이인 사람이. 할아버지가 한 명 있었던 건 기억나요. 심한 알코올 중독이었지요."

그래서 쉽게 기억에 남았을 것이다.

"사건이 일어났을 때 이 부근도 시끄러워졌나요?"

노점주는 상반신 전체로 끄덕였다. "그야 뭐 난리였지. 살인사건은, 이 부근에서는 그전에도 후에도 그때 한 번뿐이었으니까."

또렷이 기억에 남았다.

"희망장에도 형사가 왔고. 집을 뒤지러."

가야노 지로가 자수한 후 가택 수색에 들어간 것이다.

"우리 할멈도 내 여동생도 그때는 아직 젊었으니까. 무서워하면서 난리였다오."

그렇게 말하며 노점주는 눈을 잠시 깜박였다.

"그러고 보니 나중에 희망장 사람이 이 근처를 돌아다니면서 사과했지."

우리 가게에도 왔어요—하고 말하더니 손에 든 무토 간지 씨의 사진에 다시 시선을 떨어뜨렸다.

"이 사람이었나. 소란스럽게 해서 죄송합니다, 하며 고개를 꾸벅꾸벅 숙이고 갔어요."

마치 범인의 가족 같은 행동이다. 희망장에서 함께 살았던 '사내놈들'은 사이가 좋았던 것이리라.

그때 머리 한구석에서 작은 불이 켜졌다. 나는 노점주에게 물었다.

"범인은 체포된 게 아니라 사건 이틀 후에 자수했습니다. 그때 지인이 같이 갔다고 하던데, 그건 희망장 사람이 아니었을까요?"

노점주는 당황한 듯이 턱을 당겼다.

"거기까지는 몰라요. 그 자리에 있었던 것도 아니고."

하지만 이 설은 그럴싸하다.

"이 근처에서 오래된 주민은 이제 우리 정도라오. 희망장이 있었던 곳의 땅 주인도 이미 팔아 치우고 이사해 버렸고."

더 돌아다녀도 이 이상의 정보는 얻을 수 없을 것 같다.

"자." 노점주는 내게 사진을 돌려주었다. "도움이 못 돼서 미안하군요."

"당치도 않습니다. 감사합니다. 그런데—."

쓸데없는 질문이기는 하지만 물어보았다.

"제가 그저께 뵌 분은 주인장의 사모님이십니까?"

"응, 우리 할멈이랑 손녀지요."

"사모님은 희망장을 전혀 기억 못 하시는 것 같았습니다."

그러자 노점주는 모자 꼭대기의 털 뭉치까지 흔들며 크게 웃었다.

"요즘 같은 때에 우리 노인들은 방심할 수가 없거든. 사기를 치려는 놈들이 좀 많아야지. 우리 할멈은 수상한 놈이 왔다 싶으면 치매에 걸린 척을 한다오."

그것은 연극이었던 것일까. 대단하신 분이다.

"나는 괜찮아요, 아무것도 안 내놓겠다는 주의니까. 뭐, 무슨 일인지 모르겠지만 당신도 고생이 많군."

등을 툭툭 두들기는 손길을 받으며 나는 술가게에서 쫓겨났다.

가설을 두 가지 세울 수 있다.

① 요시나가 운송 살인사건의 범인은 가야노 지로가 아니라 무토 간지였다. 둘은 희망장에서 공동생활을 한 친한 사이로, 모종의 이유로 가야노 지로가 무토 간지의 죄를 뒤집어썼다. 사건으로부터 삼십오 년째에, 노경에 접어든 무토 간지는 행복한 말년의 생활 속에서 그 과거를 후회하고 속죄의 의도를 갖고 진실을 밝히려 했지만, 망설임을 완전히 끊어내지 못해서 확실한 고백은 하지 않았다.

② 요시나가 운송 살인사건과 범인 가야노 지로에 대해 무토 간

> 지는 자세히 알 수 있는 입장에 있었다(가야노가 출두할 때 함께 간 지인이 무토 간지였을 가능성도 있다). 다만 이 또한 모종의 이유로, 무토 간지는 그 사실을 부분적으로 각색해서 마치 자신이 범인이고 체포되지 않은 채 현재에 이른 것처럼 이야기했다.

①은 상당히 괴롭다. 쇼와 50년은 확실히 멀지만, 그 무렵의 법의학과 감식 기술로도 가야노가 진범이 아니었다면 경찰은 쉽게 꿰뚫어보았을 것이다. 이런 사건에서는 유류품이 산더미처럼 나왔을 테고, 피해자는 목이 졸려 죽었다. 그 목덜미에는 살인범의 손 흔적이나 지문이 남아 있었을 것이고 이를 조사하기만 해도 일목요연하다.

그러나 소거법으로 채택하려 해도 ② 또한 어렵다. 간지 씨는 왜 그렇게 이야기를 부분적으로 바꾸어서 고백했을까.

명석했던 그의 두뇌에도 얼마쯤 흐려진 데가 있었던 것일까. 간지 씨의 사인은 심근경색이지만, 언제 몸 전체 혈관의 어디가 막혀도 이상하지 않은 상태였다고 아이자와 씨는 말했다. 이런 종류의 기억 혼탁이나 앞뒤 맞지 않는 이야기를 지어내는 행동이 뇌혈전이나 뇌경색의 초기 증상일 수 있을까.

아직 퍼즐의 조각이 부족하다. 간지 씨 주변을 좀 더 파고들어 조사할 필요가 있다. 나는 '하나카 양로원'으로 걸음을 서둘렀다.

빨간 신호에 걸려 길 반대쪽에서 기다린다. 오늘도 날씨는 좋지만 1월 하순의 해는 기울기 시작했다. 양로원 건물은 서향으로 지어졌고, 약한 서녘 해가 로비의 커다란 창에 반사되고 있었다.

출입구 쪽에서 여성 청소 스태프가 자동문의 유리를 마른 걸레로 닦고 있었다. 바깥쪽을 다 닦고 안쪽을 닦으려는 참이다. 사람의 출입이 많아서 눈에 띄는 곳이라 꼼꼼하게 닦는 것이리라.

신호가 파란색으로 변했고 나는 횡단보도를 건넜다.

청소 스태프는 크게 움직여 유리 위쪽부터 좌우를 닦아 나간다. 나는 작업이 끝날 때까지 기다리려고 걸음을 늦추었다. 청소 스태프는 열심히 작업을 하고 있다.

자동문 아래쪽을 닦기 전에 그녀는 허리에 걸쳤던 수건을 세 번 접어 발치에 놓았다. 그러고는 그 위에 두 무릎을 꿇었다.

무언가가 작게 탁 소리를 낸 기분이 들었다. 필요한 퍼즐이 눈앞으로 굴러온 것이다.

또 등이 오싹했다.

그런가. 그런 것이었나.

문제는 왜 간지 씨가 과거 이야기를 각색해서 이야기했는지가 아니다. 그것은 부차적인 수수께끼이고 일의 핵심은 그가 누구를 향해서 이야기하고 있었는가, 이다.

나는 그대로 양로원 앞을 지나쳤다. 걸으면서 생각했다.

사람은 다른 사람과 이야기할 때 직접적인 이야기 상대만을 의식하지 않는다. 부부끼리 이야기하면서 옆에 있는 아이에게도 들려주려는 경우도 있다(그래서 누가 들으면 곤란할 때는 목소리를 낮춘다). 혼잣말조차, 그 자리에 누군가가 있는 경우엔 무언가 리액션을 원하면서 입에 담을 때가 있다.

칭찬의 말이나 비판적인 말을 일부러 다른 사람과 이야기해서 목적하는 인물이 듣게 할 때도 있다. 본인에게 직접 말하기보다 그 편이 효과적인 경우가 많이 있기 때문이다.

무토 간지 씨도 이와 똑같은 일을 했던 것은 아닐까.

의혹이 있었기 때문이다. 의심을 품었기 때문이다. 평상시에 자기와 가까운 곳에서 일하고 있는, 어떤 인물에 대해서.

두 번 더 신호를 건넌 뒤 그곳 건물 그늘로 들어가 가키누마 주사에게 전화를 걸었다. 조금 기다리자 그가 받았다.

"가키누마 씨, 지금 어디세요?"

"네? 집무실인데요."

"혼자이십니까?"

"네."

"좀 복잡한 얘기를 할 건데, 이대로 해도 될까요?"

"괜찮긴 한데, 무슨 일이세요?"

"우선 가르쳐 주십시오. 그곳 청소 스태프들은 무릎을 꿇고 작업을 할 때, 그 자리에 수건을 까는 습관이 있습니까?"

가키누마 주사는 잠시 말을 잃었다가 웃었다. "뭐죠, 갑자기."

"죄송하지만 중요한 일입니다."

"—글쎄요. 뭐, 그런가? 자주 그러지요."

바닥이 딱딱해서 아프기 때문이라고 한다.

“여기는 개장하기 전에 낡은 오피스 건물이었어요. 바닥에 판자를 깔았을 뿐이고 그 밑은 바로 콘크리트예요.”

“당신이 그 습관을 장려했나요?”

“장려했다고 할 만한 건 아닙니다. 무릎 패드나 서포터를 쓰는 스태프도 있었지만, 보기에 좋지 않다는 불평을 들어서 금지했거든요. 그래서 각자 궁리를 한 게 아닐까요.”

“알겠습니다. 한 가지 더. 하자키 신타로 군은 오른손잡이인가요, 왼손잡이인가요?”

“네에? 그건 왜죠?”

“나중에 설명하겠습니다. 모르십니까?”

“—그는 왼손잡이예요.”

나는 잠시 사이를 둔 뒤 말투를 누그러뜨렸다.

“가키누마 씨, 작년 11월 8일에 이타바시 구의 운동공원에서 일어난 살인사건을 기억하십니까?”

가키누마 주사는 당혹스러워하고 있다. “그 일이 우리랑 뭔가 관련이 있나요?”

“있을지도 모릅니다.”

이번 침묵은 길었다.

“공교롭게도 저는 바빠서 신문을 읽을 시간도 제대로 없어요.”

미야마 요양사도 비슷할 것이다.

애초에 설령 양로원의 누군가가 간지 씨와 마찬가지로 운동공원 사건의 보도 내용을 알고 있었다 해도 그 방범 카메라 영상을 보고 가까이 있는 누군가를 수상하게 여기기란 어렵다. 괜히 의심하면 미안하다는 심리도 작용한다.

하지만 하자키 신타로는 그 사건의 범인 조건에 들어맞는다.

그 사실을, 무토 간지 씨는 깨달았다. 나이와 키만이 아니다. 하자키 신타로는 왼손잡이고, 바닥에 무릎을 꿇을 필요가 있는 작업을 할 때는 수건을 접어서 밑에 까는 습관이 있다는 사실도 간지 씨는 알았다. 종종 수고 많다는 말을 걸 정도로, 요양사나 청소 스태프가 일하는 모습을 지켜보았으니까.

그리고 간지 씨는 다른 누구에게도 없는, 감식안이라 해도 좋을 만한 것을 갖고 있었다. 일반적으로 드문 경험을 했기 때문이다.

삼십오 년 전 여름, 연정과 욕정이 뒤얽혀 여성을 죽인 젊은 남자와 한 지붕 아래에서 아마 친하게 지냈을 것이다.

그 남자, 가야노 지로가 출두할 때까지 희망장에서 함께 생활하던 마음 맞는 '사내놈들'은 가야노의 변화를 알아챘을까. 그때는 알아채지 못하고 그가 범행을 고백하고 나서야 알았을 수도 있다. 어쨌든 탐정에게 조사를 의뢰하는 경험보다 더 드문, 특이한 체험이다.

무토 간지 씨는 사람을 죽인 남자의 눈을 본 적이 있었다. 살인자 옆에 있으면서, 그 남자가 자신의 죄에 짓눌려 고백하기 전까지 이틀 동안 바로 옆에서 보아 왔다.

그래서 알아챈 것이다. 그래서 의혹이 깊어졌다. 오히려 그 편이 먼저였을지도 모른다. 말하려야 말할 수 없는 감. 체험자만이 갖고 있는 안테나가 포착한 미세한 전파의 흐트러짐.

청소 스태프 하자키 신타로는 수상하다. 요즘 분위기가 달라졌다—.

하지만 가까운 사람에게 이렇게 중대한 의혹을 품은 뒤 표명하기에는 아직 충분하지 않았다. 그래서 간지 씨는 명석했던 머리를 굴려 하자키를 흔들어 보기로 한 것이다.

간지 씨는 '고백'을 시작했다. 이 장난 때문에 소동이 일어나면 곤란하니 상대를 골라 가면서 신중하게. 나는 옛날에 사람을 죽였다. 여성을 죽였다. 발끈해서 그만 손을 댔다. 사람이 아닌 놈이나 할 짓이다. 지금도 죽은 사람이 머리맡에 서 있다. 살인자는 평생 도망쳐야 한다—.

미야마 요양사와 가키누마 주사를 고른 까닭은 (현실적으로는 그렇게 되지 않은 것 같지만) 그들의 입을 통해 간접적으로 하자키 청년의 귀에 들어가지 않을까 기대했기 때문이리라. 아들 고지 씨에게 '고백'했을 때는 마침 당사자인 하자키 청년이 옆에 있었다. TV에서는 바로 문제의 사건을 현장 보도하고 있었다.

그렇다. 가키누마 주사나 미야마 요양사가 간지 씨의 '고백'을 들었을 때도 그들이 알아채지 못했을 뿐이지 어쩌면 고지 씨 때와 마찬가지로 하자키 청년이 가까이에 있었을지도 모른다. 청소 스태프는 눈에 띄지 않게 작업을 하고, 어디에나 있는 법이다.

주위 사람들이 모를 뿐, 간지 씨는 하자키 청년과 단둘이 있을 때에도 비슷한 행동을 시도했을지도 모른다. 그럴 가능성이 크다.

일상적으로 신경을 쓰고 말을 골라서 발언하고 목적하는 인물의 반응을 관찰했기 때문에 간지 씨는 혈압이 오르고 말았다. 정말로 긴장하고 있었기 때문이다.

그럼 가야노 지로 사건을 자신의 일처럼 각색해서 이야기한 이유는 무엇일까.

"나는 사람을 죽인 사람을 가까이서 알았다"가 아니라 "자신은 사람을 죽였다", "하지만 붙잡히지 않았다"고 하는 편이 "그런 나쁜 짓을 한 사람의 마음을 잘 안다"고 전하기 쉽기 때문일 것이다. 그렇다면 "죽은 사람이 머리맡에 나타난다", "평생 계속 도망쳐야 한다"는 말에도 한층 더 무게가 더해진다. 나는 붙잡히지 않고 도망쳤지만 그건 조금도 좋은 일이 아니었다. 이 나이가 되었어도 아직 후회로 괴로워하고 있다, 하고.

―하자키 군, 나는 자네를 의심하고 있어.

―만일 자네가 그 사건의 범인이라면 자수하게.

간지 씨의 속내에는 그런 마음이 있었던 것이 아닐까.

그럼 하자키 신타로는 어떻게 반응했을까. 그는 정말로 운동공원 사건의 범인일까.

가키누마 주사는 한마디도 끼어들지 않고 설명을 들었다. 전화 맞은편에서 죽어 버린 것이 아닐까 싶을 만큼 조용히 있었다.

"가키누마 씨?"

"―네."

"하자키 군은, 지금 거기 있습니까?"

"오후부터 근무고, 오늘은 밤 8시까지입니다."

저도 모르게 그런 듯 속삭이는 목소리로 변해 있었다.

"그렇다면 마침 잘되었네요. 지금부터 그의 집에 가 보고 싶습니다."

운동공원 사건의 범인은 현장 부근을 잘 알 것이다.

"개인정보라는 건 잘 압니다. 하지만 사태가 이러니까요. 그의 주소를 가르쳐 주실 수 없을까요."

가키누마 주사는 한숨을 쉰 것 같았다.

"—잠깐만요."

전화가 보류 상태가 되었다. 가키누마 주사는 그냥 망설이고 있을 뿐인지도 모르고 누군가와 상의하고 있을지도 모른다.

"여보세요?"

겨우 전화로 돌아온 주사의 목소리는 더욱 소곤거리는 소리로 변해 있었다.

"스태프 명부에 실린 주소는 여깁니다."

그는 빠른 말투로 속삭이듯이 번지수를 말했다. 나는 그것을 복창했다.

"고맙습니다."

나는 통화를 끊고 스마트폰으로 거주 지도를 검색해 보았다.

이타바시 구의 길이 표시되었다. 같은 화면 안에 넓은 녹지가 있다.

운동공원이다.

전화가 왔다. 가키누마 주사다.

"스기무라 씨, 저도, 그—."

그도 지도를 본 것이다. 목소리가 가라앉아 있다.

나는 말했다. "유감스러운 가능성이 높아졌네요."

화가 난 듯한 콧김이 들렸다. 가키누마 주사는 말했다. "저는 모든 스태프와 자주 얘기합니다. 술집에 같이 술 마시러 가기도 하고요. 술을 마시면서 커뮤니케이션을 하는 거죠. 누군가에게 그런 이상한 기색이 있으면 알 수 있어요. 모를 리가 없잖아요."

내게 하는 말이 아니라 그는 스스로에게 들려주고 있었다. 한때 희망장에서 가야노 지로와 함께 살았던 남자들도 똑같이 했을지도 모른다.

하자키 신타로의 주소지에서 '하나카 양로원'으로 통근한다면 타당한 루트가 둘 있다.

갈 때는 그중 하나를 지나갔다. 지하철과 민간철도를 탔고, 역에서 도보로 십오 분 정도 걸렸다.

지은 지 얼마 안 되었지만 날림 공사를 한 작은 아파트였다. 젊은 독신자용의, 집이라기보다 침상으로 쓸 수 있을 뿐인 상자다. 그래도 건물 옆에는 스탠드식 전용 자전거 주차장이 있었다. 방 번호가 할당되어 있다.

하자키 신타로의 방 번호는 102. 그 주차 공간은 비어 있었다.

방범 카메라에 비친 남자의 자전거는 앞바퀴가 하얗게 더러웠다고 한다. 그 영상은 몇 번이나 방영되었다. 남자가 범인이라면 얼룩을 지우거나 타이어를 갈았을 것이다. 하지만 가장 빠르고 안전한 조치는 자전거를 버리는 것이다.

102호실의 문을 조사하다가 날림 공사라는 표현은 철회해야겠다고 생각했다. 신형 디지털 자물쇠였기 때문이다. 이 자물쇠는 전용 도구가 없으면 열 수 없다. 주위를 조사해 보았지만 우편함 바닥이나 차양 위, 복도에 면한 창틀 아래 등에 스페어 키가 숨겨져 있지 않았다.

하지만 아파트를 떠나면서 이걸로 되었다고 생각했다. 지금 나는 집을 뒤지기 위한 장갑조차 갖고 있지 않다. 이 기세로 실내에 쳐들어가 물증이 될지도 모르는 것을 오염시킨다면 본말전도다. 간지 씨에게 미안하다.

돌아올 때는 또 하나의 루트를 지날 생각이었다. 가장 가까운 JR 역까지 민간 경영 버스를 탔다. 거리에는 벌써 밤의 장막이 내렸고 아무도 없는 버스 정류장의 조명이 쌀쌀하게 느껴졌다.

눈을 들어 버스 루트 안내판을 올려다보았다. 심증을 굳혀 주는 듯한 표시가 보였다.

한 정거장 다음의 버스 정류장이 '구민 운동공원 앞'이었다.

7

아이자와 씨는 운동공원 살인사건의 특별수사본부에 연락하지 않았다.

"우리 단골손님 중 관할 경찰서의 높으신 분이 있습니다. 우선 상담해 볼게요."

그는 내 보고서를 보여 줘도 되느냐고 물었다.

"그건 아이자와 씨 거니까 마음대로 하십시오."

이제는 기다릴 뿐이었다. '오피스 가키가라'에서 일이 들어와서, 나는 일을 했다. 오피스에 얼굴을 내민 김에 기다짱에게 인사를 할 생각이었는데 우리는 정말로 궁합이 좋지 않은지 그는 침낭에 들어가 사무 책상 밑에서 숙면하고 있었다.

하자키 신타로가 운동공원 살인사건의 용의자로서 체포된 것은 1월 27일 새벽의 일이었다. 아파트 앞에서 형사가 불러 세웠고 그대로 구속되었다.

지문, 장문掌紋, 모발, 신발 자국. 물증은 많이 있었다. 본인도 곧 자백했다. 보도에 따르면 형사가 "왜 같이 가 줘야 하는지 알지?"라고 묻자 그는 이렇게 말했다고 한다.

—네. 잘못했습니다.

사건 당일 밤, 편의점에 갔다가 돌아오는 길에 피해자인 다카무로 시게미 씨를 발견하고 뒤를 밟았다고 한다. 이전에도 그녀를 몇 번인가 보았고,

—미인에 몸매도 좋다고 생각했어요.

폭행을 할 생각은 없었다. 그저 여성의 나체 사진을 찍고 싶었을 뿐이라고 진술했다고 한다.

살해해 버리고 나니 시체의 모습이 처참하고, 특히 피해자의 얼굴이 무서워서 목적을 이루지 못하고 아파트로 도망쳐 돌아왔다. 그 후에는 평범하게 생활했다.

—그게 제가 한 짓이라고 생각되지 않아요. 제가 제 자신이 아니게 되어서, 정신없이 저질러 버렸으니까.

와이드쇼의 리포터는 이 진술을 전할 때 화가 나서 견딜 수 없다는 얼굴을 했지만 나는 화가 나기보다 또 등골이 서늘해졌다.

간지 씨는 말했다고 한다. "이런 건 귀신 들린 것 같은 거야. 어쩔 수 없는 거지." "본인도 어쩔 수 없어."

그것은 삼십오 년 전의 가야노 지로 이야기였겠지만 하자키 신타로의 심리도 기분 나쁠 정도로 정확하게 알아맞힌 것 아닐까.

기묘하게도 하자키는 수건을 세 번 접어서 시체 옆에 깐 행동은 진술하지 않았다. 그만큼 습관적인 동작이었으리라. 대신 이런 말을 했다고 한다.

—일이 싫었어요. 매일, 매일, 노인 냄새만 맡는 게 지긋지긋했어요.

가키누마 주사가 '하나카 양로원' 앞에서 기자들에게 둘러싸여 질문을 받는 모습을 나는 TV로 보았다. 늘 싱글벙글 웃지만 실은 눈매가 엄한 주사는, 갖고 있는 붙임성을 전부 감추고 시종 비장한 얼굴을 했다.

"저희 스태프가 이런 짓을 저질러서 정말 죄송합니다."

예전에 희망장에서 가야노 지로와 사이좋게 살았던 남자들 중 누군가가 이웃을 돌며 사과하고 다녔던 것처럼 몇 번이나 머리를 숙였다.

이번에 '오피스 가키가라'에서 들어온 일은 소요 시간이 길고 힘들기 짝이 없는 일이라 일요일 오후에 겨우 끝낸 뒤 녹초가 되어 귀가했다.

사무소 겸 자택 앞에 아이자와 미키오가 앉아 있었다. 오늘은 배낭을 멨고, 무릎에 커다랗고 평평한 종이 상자를 올려놓았다.

나를 올려다보며 말했다. "오븐토스터 있어요?"

아이자와 씨의 피자는 다시 데워도 맛있었다. 지난번 일로 넌더리가 났는지 미키오는 이러쿵저러쿵하지 않고 나와 함께 커피를 마시고 피자를 먹었다.

"아빠가, 가게에도 와 달래요."

"뭔가 좋은 일이 있을 때 들를게."

피자 상자가 비었고 나는 두 잔째 커피를 따르면서 말했다.

"할아버지가 사용하시던 주소록은 아직 네가 갖고 있니?"

미키오는 전혀 기죽지 않았다. "아빠한테 돌려줬어요."

"나한테 갖다 주라고 하시지 않았어?"

"그럴 필요가 없었잖아요."

결과적으로는 그랬다.

"주소록에 실린 번호로 전화해 보고 뭘 좀 알아냈니?"

이 말에는 미키오도 허를 찔린 모양이다. 하지만 곧 회복한 뒤 또 입 끝을 끌어올리는 웃음을 지었다.

"할아버지랑 사귀었던 사람을 찾았어요."

의기양양하게 말한다. 아니꼽긴 하지만 나는 놀라고 말았다.

"흐음~, 어떤 사람이었니?"

"이제 다 늙은 할머니예요. 뻔하잖아요."

"그런 뜻이 아니라, 목소리의 느낌이라든가."

소년은 잠시 생각했다. 표현을 찾고 있는 것이리라.

"밝고 촌스러운 느낌."

"너희 할아버지랑 사귀었던 건 언제쯤인데?"

"삼 년쯤 동거했대요. 그 사이에 쇼와에서 헤이세이가 되었다고 했어요."

그렇다면 무토 간지 씨가 희망장을 나온 후의 일이다.

"결혼할 생각이었는데, 그 사람의 어머니가 쓰러져서 고향으로 돌아가야 했대요."

"어딘데?"

"나가사키래요."

머네, 하고 나는 말했다.

"하지만 할아버지는 그 사람 전화번호를 알고 있었어요. 전화를 걸었는지 어떤지는 모르겠지만."

걸었을 것이 분명하다. 다만 마지막으로 건 것이 언제였는지가 문제다.

"할아버지는 카스텔라를 좋아했대요. 가끔 보내 주면 좋아했다고."

—나가사키의 카스텔라는 역시 각별해.

미키오는 빈 피자 상자를 보고 있다. 가냘프고 섬세하고, 인형 같기도 하고 작은 새처럼도 보인다.

"아버지한테서 내 사건 조사 결과를 들었니?"

그는 고개를 끄덕였다. "엄마도 형도 들었어요."

"하지만 넌 내가 조사한 내용을 이미 알았지? 할아버지한테서 들었으려나."

미키오는 재빨리 눈을 깜박였다. 눈은 여전히 빈 상자를 향하고 있다.

그 뒤 말했다. "물건을 슬쩍했어요. 근처 편의점에서."

중1 여름방학 때, 라고 한다.

"그건—네가 말이지?"

"맞아요." 이쪽을 돌아보며 작은 새 같은 소년은 웃었다. "그 자리에서 붙잡혀서 편의점 점장이 우리 집에 전화를 했는데 할아버지가 받았죠."

아이자와 부부는 가게 일로 바쁘다.

"난 할아버지가 당장 아빠한테 일러바쳐서 아빠가 가게에서 달려올 줄 알았어요. 이렇게 바쁜데 무슨 짓을 저지른 거냐고 고함

칠 거라 생각했죠. 하지만 아니었어요."

할아버지가 왔다.

"그때는 아직 휠체어를 타지 않았지만, 지팡이를 짚고 있었어요. 그래도 비틀비틀했는데, 땀투성이가 되어서 편의점까지 온 거예요."

손자가 물건을 훔쳐서 붙잡혔기 때문에 달려온 것이다.

"내 얼굴을 보더니 이 멍청아, 하고 큰 소리로 고함쳤어요. 할아버지가 그렇게 큰 소리를 낼 줄은 몰랐죠."

그리고—하더니 목소리가 쉬었다.

"할아버지는 점장한테 사과했어요. 미안하다, 미안하다고, 비틀거리면서 무릎을 꿇었어요. 점장이 당황했죠."

간지 씨는 미키오가 훔친 상품의 값을 치렀고 둘은 집으로 돌아왔다.

"할아버지는 나한테 왜 물건을 훔쳤냐고 묻지 않았어요. 그런 건 알고 있다면서."

—미키오, 왠지 짜증이 나서 그랬지?

"바로 조금 전까지는 그럴 생각이 전혀 없었는데 정신이 들어보면 나쁜 짓을 하고 있을 때가 있다고 했어요. 그런 거, 할아버지는 안다고."

—하지만 두 번 다시 하지 마라. 아무리 짜증이 나도, 해서 안 되는 일은 절대로 해서 안 돼. 너만 한 나이일 때 그런 걸 제대로 배워 둬야 하는 거란다.

"그렇지 않으면 터무니없는 것에 씌어서 터무니없는 일을 저지르게 된단다, 라고."

나는 잠자코 듣고 있었다.

"왠지 으스스했어요" 하고 미키오는 말을 이었다. "마치 할아버지에게 그런 나쁜 짓을 한 기억이 있는 것처럼 들렸거든요."

나는 고개를 끄덕였다. 그걸 보고 안심한 것처럼 미키오는 내 얼굴에서 시선을 돌리고 고개를 숙였다.

"그래서 물어봤죠. 그랬더니 할아버지는 곤란한 얼굴을 하고."

—옛날이야기인데.

"얘기해 주었어요."

"희망장에서 사셨을 때의 체험을?"

"네. 사건에 대해서는 그렇게 자세하게 얘기하지 않았지만, 할아버지가 얼마나 놀랐는지, 어떤 기분이었는지."

사건의 자세한 내용은 이야기를 들은 후에 직접 슬쩍 검색해 보았다고 한다.

"할아버지네 중에서는 가야노라는 남자가 제일 나이가 어렸대요. 모두가 귀여워했다고. 그 아파트, 뭐라고 했더라."

"희망장."

"맞아요, 희망장. 남자만 여섯 명 살고 있었는데, 사이도 좋았고 유쾌했대요. 그러니까 할아버지는 정말로—쇼크였겠죠."

사건 직후부터 가야노 지로는 상태가 이상해졌다. 눈빛이 차분하지 못하고 여기저기를 두리번거리고, 밤에는 잠꼬대로 큰 소리를 지른다. 요시나가 운송 사건에 대해서는 모두 알고 있었기 때문에 희망장의 남자들은 불안을 느끼고 그에게 캐물어 자백을 끌어냈다고 한다.

나는 말했다. "가야노가 출두할 때 같이 따라간 사람이 있었던 모양이던데."

"그거, 할아버지예요."

역시 그랬나.

"할아버지는 그 녀석을 아들처럼 생각했대요. 아, 그러니까,"

—이 얘기는 네 아빠한테는 비밀로 해 다오.

"아빠는 내버려 두고 생판 남을 아들처럼 생각한 적이 있다는 게 들키면 거북하다고요."

간지 씨에게는 미안하지만 나는 웃었다. 미키오는 웃지 말라며 입을 삐죽거렸다.

"미안."

"웃을 일이 아니에요."

"그 말이 맞다. 그래서? 너는 그 후에 짜증이 나도 물건을 훔치지 않게 되었겠지?"

"당연하잖아요."

더욱 토라졌다가 웃었다. 그리고 얼굴이 온화해졌다.

"할아버지는 내가 물건을 훔친 일을 아빠한테도 엄마한테도 이르지 않았어요."

—오늘 일은 전부, 할아버지랑 미키오의 비밀이다.

"나는 형 같은 착한 아이는 될 수 없지만…… 나쁜 짓은 하지 않았어요."

이 발언을, 나는 못 들은 것으로 했다. 아무리 좋은 가정 안에도 갈등이나 콤플렉스가 있다.

"장례식 후에 양로원의 간지 씨 방에 갔지?"

미키오는 얼굴을 번쩍 들었다. "어떻게 알았어요?"

"탐정이니까. 하지만 네가 뭘 하러 갔는지는 몰라."

"아무것도 안 했어요."

아마 그럴 거라고 생각했다.

"잠깐 가 보고 싶었을 뿐이에요."

혼자서 간지 씨를 애도하고, 그리워하기 위해 갔을 것이다.

"간지 씨는 훌륭한 사람이었어" 하고 나는 말했다. "넌 할아버지를 자랑스럽게 생각해도 돼."

미키오는 말했다. "하지만 이제 없죠."

이렇게 깊은 상실감을, 이렇게 단적으로 표현하는 말을 나는 달리 모른다. 어린애라도 쓸 수 있는 이 말에 가슴이 아팠다.

"그렇지" 하고 말했다. "유감스러운 일이야."

"좀 더 자주 만나러 갈 걸 그랬어요. 하지만—."

"괜찮아. 신경 쓰지 마. 할아버지는 알고 계셨을 거야."

면회하는 쪽도 면회를 받는 쪽도, 슬퍼질 때가 있다.

"간지 씨는 이제 없어. 그러니까 너는 앞으로 육십 년쯤 걸려서 간지 씨 같은 할아버지가 되면 돼."

미키오는 입을 시옷자로 구부렸다. 꽤 오랫동안 그러고 있더니, "무리예요"라고 말했다. "할아버지는 할아버지 한 분뿐이에요."

이 말은 착실하게 평생을 일해 온 서민에게 바치는, 최고의 묘비명일 것이다.

그날 늦은 밤에 있었던 일이다. 사무소의 전화가 울렸다. 받아보니 누군가의 숨소리가 들렸다.

나는 잠시 기다렸다.

"—스기무라 탐정 사무소인가요?"

귀에 익은 목소리인 듯했지만 당장은 누군지 생각나지 않았다.

"네, 스기무라입니다."

또 잠시 침묵이 흘렀다.

"다나카 모자점 사람이에요."

아, 하고 생각했다. 그 허스키한 목소리다.

"그때는 실례했습니다."

그녀는 또 침묵한다. 숨소리가 약간 빠르다.

"—조사해 주셨으면 하는 일이 있는데요."

곧 무슨 일인지 짐작이 갔다.

"가야노 지로의 소식을 알고 싶어요."

거기까지 들었을 때 나는 그녀의 혀가 잘 돌아가지 않는다는 사실을 알았다. 다나카 유미코의 동생은 술에 취해 있는 것이다.

"지금 어디에서 어떻게 지내는지 알고 싶어요. 조사해 주세요."

나는 조용히 두 번 호흡했다. 그러고 나서 대답했다. "의뢰는 언제든지 받겠습니다. 하지만 지금 이 전화로는 안 됩니다."

어째서—하고 그녀는 되물었다.

"천천히 상담하고 나서 결정하죠. 다나카 씨가 가족이나 친한 분과 이 일에 대해서 이야기를 나눈 후라도 상관없습니다."

"왜 지금은 안 되는데요? 당장 받아 줘요."

그녀의 목소리가 뒤집어졌다.

"그 후 내내 생각했어요. 좀 더 빨리 생각해 낼 걸 그랬어요. 그러니까—."

나는 말했다. "가야노 지로가 지금 어디에서 어떻게 지내는지, 그걸 아는 편이 좋을지, 모르는 채로 있는 편이 좋을지. 어느 쪽이 다나카 씨의 마음이 편해질지. 그게 중요합니다. 저는 아직 판단이 서지 않았고, 아마 다나카 씨 본인도 그러실 거예요."

이 전화 맞은편에는 사람의 모양을 한 하얀 재가 있다. 그 재의 고통스러워하는 듯한 숨소리가 들려온다.

이윽고 그녀는 말했다.

"—그날, 제가 언니를 자전거로 태우고 갔어요."

요시나가 운송에.

"둘이서 자전거를 타고 갔어요. 저는 친구랑 약속이 있어서 언니를 요시나가 운송 앞에 내려 주고 그대로 가 버렸어요. 바이바이 하고 손을 흔들면서."

쇼와 50년 8월, 무더운 여름날 오후에.

"제가 언니를 거기로 데려간 거예요."

그리고 전화는 갑자기 끊겼다. 나는 수화기를 내려놓았다. 그대로 가만히 서 있자니 시계 초침이 움직이는 소리가 들려왔다. 다른 소리가 없기 때문이다.

슬슬 어느 시계가 음원인지 조사해 보자. 나는 움직이기 시작했다.

더 이상 전화가 울리는 일은 없었다.

모래 남자

1

2011년도 입춘이 지나 달력상으로는 봄이 왔어야 하는 2월 6일 월요일, 오후 4시가 지났을 때의 일이다. 인파에 떠밀리면서 신주쿠 역으로 걷고 있는데 어디에선가 누가 말을 걸었다.

"사부로 씨이."

걸음을 멈추고 좌우를 둘러본 다음 뒤를 돌아보자 바로 등 뒤에 있던 남성과 정면으로 부딪칠 뻔했다. 신주쿠 거리는 한밤중에도 사람이 많은 곳이다. 실로 일요일 오후쯤 되면 감자가 물통 가득 담겨 씻길 때처럼 북적거린다. 나는 사람들의 흐름을 흐트러뜨리며, 물통 속의 소용돌이를 거스르는 감자가 되었다.

사람, 사람, 사람. 목소리가 난 곳이 어딘지 찾을 수 없었다. 그래도 포기하지 않고 주위를 탐색했다. 사람을 잘못 봤을 거라 생각지 않았고, 나를 성이 아니라 '씨'를 붙인 이름으로 부를 사람은 도쿄에 거의 없다.

"여기, 여기예요, 사부로 씨."

학생인 것 같은 그룹이 한 덩어리가 되어 이쪽으로 다가온다. 그들의 어깨와 어깨 사이에서, 휘파람새 색깔의 장갑을 낀 손이 좌우로 팔랑팔랑 흔들리고 있었다. 이동하는 인파 사이로 한순간 그 손의 주인이 보였다.

나는 저도 모르게 큰 소리로 대답했다.

"점장님!"

인파를 헤치고 다가가자 나카무라 야스오 씨는 가드레일을 붙잡고 까치발로 선 채 손을 흔들고 있었다. 그 발치에는 자그마한 보스턴백과, 잔뜩 부풀어 무거워 보이는 방수 가공 종이봉투.

"역시 사부로 씨였군요."

나와 20살 차이 나니까 올해 59살. 실로 환갑이 내일모레지만 건강하기 짝이 없다. 둥근 얼굴이고 인품도 둥글둥글하다. 에너지도 넘친다. 수수한 정장 위에 카키색 마운틴 파카. 발에는 오래 신은 듯한 검은 쇼트 부츠.

"점장님, 오랜만입니다."

"오랫동안 연락 못 해서 미안해요, 스기무라 치프."

우리는 할리우드 영화에 등장하는 일본인처럼 서로 머리를 숙였다.

"오늘은 일 때문에 여기 오셨어요?"

"응. 간농진의 세미나가 있어서. 단골 거래처에도 좀 찾아갔다가 이제 돌아가는 참이에요."

건강해 보이네요, 하며 내 팔꿈치 언저리를 툭툭 친다.

"사무소가 바쁜 것 같다고, 스기무라 씨한테 들었어요."

이 '스기무라 씨'는 나의 형, 스기무라 가즈오를 말한다.

"가난한 사람은 한가할 새가 없다잖아요. 덕분에 어떻게든 지내고 있습니다. 나카무라 씨, 몇 시 '아즈사'JR동일본이 운행하는 특급열차의 이름를 타세요? 괜찮으시면 커피라도."

"사부로 씨는 시간 있어요?"

"네. 일요일이니까요."

하지만 그렇기 때문에 더더욱 역 근처에 느긋하게 이야기할 수 있는 찻집이 없었던 바람에 조금 걸어가서 시티 호텔의 티룸에 자리를 잡고 앉았다. 점장이 사양했지만 이동하는 동안 대신 종이봉투를 들었는데 묵직하니 무거웠다.

"여전히 공부를 열심히 하시는군요."

"하지만 세미나 때는 졸아 버렸어요."

간농진—간토關東 고신에쓰야마나시 현, 나가노 현, 니가타 현의 통칭 농림진흥협회는 그 이름대로 간토 고신에쓰 지방의 자영 농가들의 친목과 진흥을 목적으로 하는 민간 단체다. 내 고향, 야마나시 현의 구와타마치에서도 몇몇 농가와 농업 생산 법인이 가입되어 있다.

"이번 주제는 '인터넷 시장의 산지 직송 비즈니스의 신 모델 형성과 신흥 IT 사업자와의 새로운 파트너십에 대해서.'"

"새로운 내용투성이네요. 아마 저도 졸 거예요."

"그렇죠?"

나카무라 씨는 농가 사람은 아니다. 과일 도매업자로서 오랫동안 일해 온 그는 십 년 전, 우리 형네 집을 포함한 구와타마치의 여덟 개 농가가 합동으로 '나쓰메 산지 직송 그룹'을 설립했을 때

당초 영업 담당 고문으로 참가했다. 이익고 그룹의 경영이 궤도에 오르자 직판점 '나쓰메 시장'의 점장으로 취임. 그 후 점포를 관리하면서 '나쓰메 산지 직송 그룹'의 생산물 판로를 착실하게 개척해 온 비즈니스맨이다.

나카무라 씨와 나는 커피를 마시면서 서로의 근황을 이야기했다. 그럭저럭도 못 되는 내 사무소와 비교하기 미안할 정도로 '나쓰메 시장'도 그룹 본체도 잘되고 있는 것 같아서 기쁘다. 최근에는 학교나 병원 고객이 늘어났다고 한다.

"덕분에 나도 병원식이나 다이어트식에 대해서 잘 알게 돼 버렸어요."

"병원식은 알겠는데 왜 다이어트식을요?"

"여학교에서 영양사들이 영양 밸런스 다음으로 신경을 쓰는 게 그거거든. 나도 공부하지 않으면 따라갈 수 없으니까요."

그래서 책을 사들이기도 하는 것이다.

점장은 바쁜 사람이고 집에서는 부인이 그가 돌아오기를 기다리고 있다. 너무 오래 붙들어서는 안 된다. 나카무라 씨가 손목시계를 힐끗 보았을 때 나는 이야기를 마무리했다.

"다음에는 언제 돌아와요?"

"여름휴가 때는 돌아갈 생각입니다."

"도시코 씨는 건강하지만 역시 가끔 얼굴이 쓸쓸해 보이세요."

우리 어머니 얘기다.

"전화로는 전혀 쓸쓸한 것 같지 않던데요."

나카무라 씨는 웃었다. "그건 그 사람 성격이 그러니까 그렇죠."

우리 어머니는 입이 거칠다. 소위 말하는 '입에 독이 있는' 타입이다. 내 누나조차 "엄마는 살무사나 방울뱀의 동료야"라며 무서워하고 주위에서도 유명하다.

둘이서 또 사람, 사람, 사람에 떠밀리면서 신주쿠 역 남구로 향했다. 개찰구를 지나 헤어질 때가 되었을 때 나카무라 씨는 갑자기 무언가에 걸린 것처럼 나를 돌아보았다.

"사부로 씨, 여기에서,"

이 넓은 도쿄에서.

"설마 마키타 씨—히로키 씨를 본 적 없겠죠?"

나는 그의 눈을 보며 고개를 저었다.

"그래요? 그렇겠죠."

오가는 사람들을 바라보며, 이렇게 사람이 많으니까요—하고 중얼거렸다.

"그 사람이 도쿄에 있다는 보장도 없고요."

그렇겠죠, 하고 점장은 되풀이했다.

"그럼 더 설마의 설마인데, 찾을 생각은 하지 않죠?"

역 구내의 안내방송이 시끄럽다.

"안 합니다" 하고 나는 대답했다.

그래요, 하고 나카무라 씨는 말했다. 안도한 것처럼 보이기도, 낙담한 것처럼 보이기도 했다.

“응, 그럼 됐어요” 하며 미소를 지었다. “새삼스럽지만, 이라고 할까 지금이니까 말할 수 있는 거지만, 나는 당시에 괜한 억측을 했어요.”

“어떤 거죠?”

“사부로 씨가 다시 도쿄에 가서 탐정 사무소 같은 걸 시작하기로 결정한 건—물론 가장 큰 이유는 가키가라 씨네 도련님한테 스카우트되었기 때문이겠지만.”

사실 관계로서는 그렇지 않지만 심정적으로는 스기무라 탐정 사무소의 모회사 같은 ‘오피스 가키가라’의 보스도 나카무라 씨에게 걸리면 ‘도련님’이다. 뭐, 실제로 젊으니까 어쩔 수 없지만.

“하지만 역시 그 사건 탓도 있지 않을까 싶어서요. 사부로 씨는 완전히 포기하지 못한 게 아닐까. 언젠가 어떻게든, 정말 제대로 해결하고 싶어 하는 게 아닐까 하고. 그건 내 지나친 생각이었나요?”

나카무라 씨는 내가 긍정하기를 바라는 것처럼 보였고, 부정해 주길 바라는 것처럼 보이기도 했다.

나도 그렇다. 상반된 마음을 품고 있다. 대답은 ‘네’와 ‘아니요’가 반씩이다.

“그 사건은 제가 지금의 일을 시작하는 계기가 되었습니다” 하고 나는 대답했다. “하지만 그뿐이에요.”

이번에는 “그래요?”라고 말하지 않고 고개를 끄덕이지도 않고 나카무라 씨는 내 얼굴을 보았다.

그러고는 "여기 서서 얘기하고 있으면 지나다니는 사람들한테 방해가 되겠네요" 하고 말했다. 말만 했을 뿐 움직이려고 하지는 않는다. 나도 마찬가지다.

"'이오리'는 지금 어때요?"

"벌써 망했어요. 맛이 떨어지고, 완전 형편없어졌지."

"아아, 역시."

"돈코쓰 라면 가게로 바뀌었어요. 그건 규슈 명물이죠? 엄청 유행하더라고요."

"이쪽에도 많습니다. 유명한 체인점이 도쿄에 진출했죠."

"그래요. 우리도 한번 영업하러 가 볼까."

그는 눈을 깜박거리며 뭔가 더 말하려다가 그만두었다. 생각지 못하게 우연히 만난 스기무라 사부로와 헤어지기에 딱 좋은 타이밍이다.

나카무라 씨는 가볍게 손을 들었다. "그럼 또 봐요, 곧."

나는 고개를 꾸벅 숙였다. "네, 곧 뵈어요."

카키색 마운틴 파카는 역 구내를 오가는 사람들의 흐름에 삼켜 금세 보이지 않게 되었다.

나는 주오 선 플랫폼으로 향하면서, 눈치가 없었구나, 하고 반성했다. 나카무라 부인은 단것을 매우 좋아한다. 지금 여기서 '엄청 유행하는' 간식을 사서 선물로 주었으면 좋았을 텐데.

선물을 주기는커녕 받고 말았다. 추억이라고 할 수 있을 정도로 아름답지도 다정하지도 않고 기억이라고 하기에는 아직 지나치게 생생한 일이 가슴 깊은 곳에서 되살아난다.

—언젠가 어떻게든, 정말 제대로 해결하고 싶어 하는 게 아닐까.

끝나기는 했지만 해결되지는 않았다. 확실히, 그것은 그런 사건이었다.

2

나는 고등학교를 졸업할 때까지 야마나시 현 북부의 구와타마치에서 자랐다. 대학 진학 때문에 상경해서 1 · 2학년 때는 도쿄 시내에 있던 대학 기숙사의 이인실에서 살았고, 3 · 4학년 때는 간다 진보초의 낡은 아파트에서 혼자 살았다. 그 집세를 벌기 위해 아르바이트를 했던 곳 중 하나가 '아오조라푸른 하늘'라는 아동서 전문 출판사로, 졸업 후에는 운 좋게 정직원으로 채용되었다.

'와비스케'의 마스터 미즈타 다이조 씨는, 내가 '비관론자'지만 '당신의 인생을 생각하면 무리도 아니다'라고 분석했다. 그리고 그 마스터의 구분에 따르면, 아오조라 출판사의 편집자였을 때까지가 스기무라 사부로의 인생 제1기다.

내 인생의 제2기는 이마다 나호코라는 여성과 결혼했을 때부터 시작된다. 이 결혼을 계기로, 나는 아오조라 출판사를 그만두고 나호코의 아버지 이마다 요시치카가 회장으로 이끄는 이마다 콘체른이라는 일대 그룹 기업의 일원이 되었다. 그렇게 하는 것이 이마다 회장이 제시한 결혼 조건이었기 때문에 나는 그것을 받아들였다. 아동서 편집자 일은 즐거웠고 천직이라고까지 생각했기 때문에 유감스러웠지만 후회는 하지 않았다. 나에게 나호코의 존재는 그만큼 컸다.

이마다 회장이 나를 자신의 곁으로 부른 이유는 사위로서 뒤를 잇게 하려고 생각했기 때문이 아니다. 나호코는 회장이 바깥에서 낳아 온 딸로, 배다른 훌륭한 오빠가 두 명 있다. 이마다 콘체른은 오빠들에게 맡겨 두면 되고, 나호코는 부담 없는 신분이었다. 그 남편인 내 입장도 당연히 무게가 없다(이쪽은 부담이 없는 게 아니라 그냥 무게가 없다). 나는 회장이 발행인으로 된 그룹 홍보지의 편집부에 배속되어 다시 편집자로 일하게 되었다.

이 그룹 홍보지, 즉 사내보는 우연이긴 하지만 '아오조라'라고 한다. 나호코와 결혼함으로써 내 생활 환경은 격변했지만 아오조라의 편집자라는 사실에는 변함이 없었던 것이다.

이마다 요시치카는 재계의 거두 중 한 명이고, 눈이 아찔할 정도의 자산가다. 나호코는 그 날개 밑에서 보호를 받으며 안락하고 유복하게 살았다. 그 남편이 된 나에게도 유복한 생활이 주어졌다. 소위 말하는 '역 신데렐라'다. 그래서 생활 환경이 격변했지만, 내겐 행운 이외의 그 무엇도 아니었다. 이윽고 딸 모모코도 태어나 나는 마스터가 말한 '그림으로 그린 듯한 행복' 속에 있었다.

하지만 우리 부부 사이에는 그 행복한 그림 속에 미처 그려 넣지 못한 소재도 있었다. 나는 그것을 눈치채고 있었고 나호코도 알았다. 그리고 나보다 정직하고, 건실한 의미에서 자란 환경이 좋기 때문에 무서움을 몰라 용감한 그녀는 알면서도 모르는 척하는 것을 나보다 먼저 그만두었다.

나와 나호코는 결혼 생활에 마침표를 찍었다. 스기무라 사부로의 인생 제2기의 끝이다.

2009년 1월의 일이었다.

나는 큰맘 먹고 고향으로 돌아가기로 했다. 일단 자신을 그때까지의 생활에서 완전히 잘라내고 싶었고 마침 그 무렵 형에게서 아버지가 큰 병에 걸렸다는 소식을 전해 들었기 때문에 망설임은 없었다.

그러나 이 겨우 네 글자짜리 '큰맘 먹고'는 절벽에서 뛰어내리는 것 같은 결심이었다. 왜냐하면 내 역 신데렐라에 크게 반대하며,

"난 너를 여자한테 빌붙어 사는 기둥서방 같은 남자로 키운 기억이 없다!"고 노발대발한 어머니 때문에 당시의 나는 거의 절연 상태라고 할까, 어머니가 조금 부드러워져도 되겠다는 기분이 들 때를 제외하면 이 세상에 없는 사람이었기 때문이다. 이것은 내 피해망상이 아니다. 어머니가 분명히 그렇게 말했다. 이제 널 죽은 사람으로 생각하겠다고.

그러고 보니 귀향해서 곧장 아버지의 병실로 갔더니 우연히 누나 기요코도 와 있었는데, 내 얼굴을 보자마자 이렇게 말했다.

"어머나, 죽은 사람이 살아 돌아왔어."

어머니의 독설을 살무사다, 방울뱀이다 하며 무서워하는 누나지만 내가 보기에 둘은 좋은 승부를 펼칠 수 있을 것 같다.

악의는 없다. 그냥 말투가 날카롭다. 병실의 아버지는 웃지도 않고 화내지도 않고 (그 무렵에는 진통제로 정신이 흐릿한 상태도 아니었다) 지금까지 어머니와 함께 살아온 세월 동안 내내 그래 왔듯이, 아주 조금 곤란한 얼굴을 했다.

이렇게 해서 마스터가 말하는 내 인생의 제3기가 시작되었다. 36세의 무직 이혼남. 태어난 고향으로 다시 돌아오다. 보물은 7살짜리 딸과의 면회권뿐.

달랑 맨몸으로 돌아와 보니 거의 십 년 만에 보는 고향 마을은 변해 있었다. 내 체감적인 기억보다 두 배는 확대되었고, 새로운 건물이나 집이 늘었고 농지가 줄었고 현도縣道를 따라 대형 쇼핑몰이 지어졌으며 새로운 우회도로와 다리도 생겼다.

42세의 형과 40세의 누나의 생활도 달라져 있었다. 관청에서 일하면서 작은 과수원(배와 자두)을 경영하던 형은 어느새 전업 농업인이 되었을 뿐만 아니라 농업 생산 법인 '나쓰메 산지 직송 그룹'의 임원이었다. 형의 장남은 홋카이도의 대학에서 임업을 공부하고 있고 장녀는 고등학교 1학년이었다.

누나는 지역 초등학교 교사다. 누나보다 11살 연상인 구보타 매형이 중학교 교장이었던 점은 알았지만, 누나는 학교를 전임轉任하고 구보타 매형은 지구地區 교육위원회에 들어가 교육장이 되어 있었다. 둘 사이에 아이는 없다. 부부 둘이서 느긋하게 사는 줄로만 알았는데, 어느새 꼬리가 동그랗게 말린 영리해 보이는 시바견을 키웠고 페트시터를 고용할 정도로 익애하고 있었다. 개는 수컷으로 이름은 겐타로. 나는 누나 집에서 살게 되었기 때문에 겐타로와 사이가 좋아졌다. 그래서 누나와 구보타 매형이 그에게 아낌없이 돈을 쓰는 이유도 잘 알 수 있었다.

아버지는 내가 귀향한 지 얼마 안 되어 퇴원하고 자택 요양을 시작했다. 형 부부는 과수원과 '나쓰메 산지 직송 그룹' 일로 바쁘다. 어머니는 일가의 주부로서 집안을 꾸려 나가면서 아버지를 돌보고, 틈틈이 과수원에서도 일했다.

나는 몇 번인가 어머니와 형에게 말을 꺼내 보았다. 내가 같이 살면서 아버지를 돌보고 싶다. 과수원 일도 돕고 싶다. 하지만 전자는 어머니가 완고하게 허락해 주지 않았고 후자는 형에게 부드럽게 거절당했다.

어머니는 아직도 내게 화났다. 죄상 1은 부모의 맹반대를 뿌리치고 결혼한 것. 죄상 2는 그 결혼에 실패한 것. 죄상 3은 서른 중반이 넘었는데 무직이 된 것.

1과 2는 이제 와서 어떻게 할 수도 없지만 3에 대해서는 나도 면목 없었다. '아오조라' 출판사 시절의 연줄에 의지해 다시 편집자로 일할 수 있는 곳을 찾아볼까 생각하기도 했다. 다만 아버지의 병세가 안정될 때까지 곁에 있고 싶었고, 그 사이에 아무것도 하지 않고 무위도식하기는 싫었기 때문에 형에게 '돕고 싶은데'라고 말해 본 것이다. 그런데 거절당할 줄은 몰랐다.

먼저 형은 "이제 가족들끼리 마음대로 할 수 없어"라고 말했다.

농업 생산 법인의 일원이 된 이상 과수원이 더 이상 스기무라 가家만의 것이 아니라는 점은 나도 이해했다. 하지만 가족의 한 사람으로서 농사일을 돕는 정도인데 그렇게 문제가 될까. 실제로 어머니도 그렇게 하고 있고 '나쓰메 산지 직송 그룹' 또한 딱딱하게 굴지 않을 것이다. 멤버 모두 지역 사람들이고 내가 어릴 때부터 잘 알고 지낸 얼굴도 있다. 동급생도 있었다.

내가 그렇게 항변하자 형은 우물거리며,

"이제 와서 너한테 농사일은 무리야" 하고 말했다. "도시 생활이 더 길었잖니. 넌 이제 도회인이야. 십 년 이상이나 우리와는 완전히 달리 수준이 높은 사치스러운 생활을 해 왔고. 흙을 어떻게 만진다고 그러니."

내가 도쿄에서 '도시 아가씨가 변덕으로 거두어 줘서 기둥서방 생활을 하고 있다'고 거리낌 없이 내뱉던 어머니라면 몰라도, 형에게 이런 말을 듣다니. 역시 화가 났지만 나도 공으로 십 년 동안 유부남이었던 것은 아니다. 말이 서툰 형이 이 건에 대해서는 관료가 준비해 준 답변을 읽는 장관 같았던 점에서도 느낌이 왔다.

그래서 누나에게 물어보았더니 선선히 인정했다.

"그래. 가즈미 언니가 널 싫어해."

스기무라 가즈미는 형의 아내, 내 형수님이다.

"역시 그렇구나……."

"이제 와서 어슬렁어슬렁 돌아와서 어쩌자는 거냐, 뭘 노리는 거냐, 면서 기분이 언짢아."

"아무것도 안 노려."

"알아. 난 널 아니까. 하지만 가즈미 언니는 그렇게 생각하지 못해. 게다가 객관적으로 상황을 보면 언니의 견해가 일반상식에 들어맞지."

"누나, 형수님한테서 직접 그런 말을 들은 거야?"

"설마. 바보구나. 들려온다고."

여기저기에서 반향이 되어 온 메아리가, 라고 한다.

나도 내가 돌아온 것만으로 주위에 일종의 반향을 일으키고 있다는 점은 충분히 알았고, 그래서 조심하고 있었다. 하지만 형수 주변—분명하게 말하자면 그녀의 아군 진영까지는 완전히 커버할 수가 없다.

"그러니까 넌 본가에서 살지 않는 게 좋아. 상관없으니까 우리 집에 있어."

그리고 빨리 직업을 찾아.

"다 큰 어른이 빈둥빈둥 놀고 있으면 썩어 버린다. 일한다는 건 의무가 아니야. 자기 자신을 위해서이기도 해."

어느 모로 보나 교사다운 설교다.

"알고 있지만, 이 동네에서는 그렇게 쉽게는 안 돼."

"너 뭘 할 줄 알더라?"

나는 이런 물음에 가슴을 펴고 즉시 대답할 수 있을 만큼 훌륭한 36살이 아니었다.

“—뭐냐니, 편집자였으니까.”

“우리 파파는 발이 넓으니까 소개할 만한 데가 있을 듯한데.”

파파란 구보타 매형을 말한다. 내가 기억하는 한, 옛날에 누나 부부는 서로를 이름으로 불렀다. 파파, 마마라고 부르기 시작한 것은 겐타로를 키우기 시작하고 나서다.

“관광안내소에서 내는 프리 페이퍼의 기자 같은 건 어때? 아니면 학원 강사라든가. 너, 대학은 교육학부 아니었니?”

“응, 그렇긴 한데…….”

“이것저것 가리다간 계속 무직이야.”

“알아. 그런데 어째서 형은 내게 이상한 흑심 따윈 없다는 걸 형수님께 말해 주지 않는 걸까.”

내게는 직장보다 그쪽이 중대한 일로 생각되었다.

“그런 말 해 봤자 소용없어. 원래 오빠는 말이 서툴고.”

그건 사실이다.

“이런 문제에서 남자는 모두 마누라가 시키는 대로 하는 거야.”

“그럼 나한테 그런 말을 한 사람은 형이 아니며, 형수님의 복화술이라는 뜻이지?”

되게 집착하네—하며 누나는 웃었다.

“복화술이지. 응, 맞아. 그런데 오빠는 작은 인형이야. 손가락 인형 사이즈지.”

이 말을 듣자 나도 체념이 되었다.

“프리 페이퍼 기자를 해 볼까.”

모든 의미에서 어려운 일은 아니었다. '기자'가 아니었기 때문이다. 구와타마치를 포함해 인근 다섯 개 마을을 담당한 관광안내소가 발행하는, 맛집&기념품 가게 가이드가 실린 프리 페이퍼를 계약 점포에 나눠 주는 것이 내 일이었다. 이 프리 페이퍼는 주간으로 발행되어서 실질적으로 일주일에 하루만 일하면 된다.

그래도 '무직'은 아니게 되었기 때문에 나는 종종 본가에 얼굴을 내밀었다. 누나의 집에서 자전거로 오 분 정도 걸리는 거리다. 겐타로를 데리고 들를 때도 있었다.

아버지의 상태는 안정되어, 날씨가 따뜻해지자 함께 근처를 걸어 다닐 수도 있었다. 형의 과묵함과 서툰 말솜씨는 아버지에게서 물려받은 것으로, 그래서 묵묵히 걷게 되었지만 그래도 나는 즐거웠다.

휴일에는 이런 산책에 아사미가 함께할 때도 있었다. 형의 장녀, 아버지의 손녀, 내 조카다. 어릴 때는 얌전하고 금방 어머니의 등 뒤로 숨어 버리는 부끄럼쟁이였는데, 깜짝 놀랄 만큼 활발한 여고생이 되어 있었다. 동아리에서 라크로스를 하고, 1 · 2학년 부원 중 가장 다리가 빠르다는 것이 그녀의 자랑이었다.

잘 웃고, 잘 이야기하고, 할아버지를 매우 좋아하고, 틴에이저답게 어머니와는 '가끔 험악'하다는 이 조카는, 어머니에 대한 반항심도 조금은 있어서였는지 모르지만 내게 호의적인 호기심을 품어 주었다. 나도, 딸의 이종사촌들에겐 언제나 예의바르게 '스기무라 씨'라고 불렸기 때문에 오랜만에 '삼촌'이라고 불리자 간지러운 것 같으면서도 기뻤다.

아사미가 이렇게 말했다. "할머니는 삼촌이 집에 얼굴을 보이지 않으면 화를 내고, 삼촌이 오면 기분이 나빠져요."

"그거 미안하구나."

"괜찮아요. 할머니는 대개 화가 나 있거나 기분 나빠하거나 둘 중 하나니까. 웃고 있어도 화났을 때도 있고. 그렇죠, 할아버지?"

이런 수다 속에서 어떤 화제가 돌아와도 아버지는 담담하게 "그러게"라고 대답할 뿐이었다. 원래 그런 성격이고 돌아가실 때까지 달라지지 않았다.

내 딸 모모코를 화제로 삼은 사람도 아사미가 처음이다. 그때도 초봄이었다. 프리 페이퍼 배포를 마치고 오는 길에 동아리 활동에서 돌아오는 그녀와 딱 마주쳤다.

"삼촌, 가볍~게 뭐 먹지 않을래요?"

아사미는 요즘 좋아한다는 카페로 나를 안내해 주었다. 추천 메뉴는 피자 토스트와 잼 토스트라고 해서 하나씩 주문했다. 그리고 학교나 동아리 이야기를 나누었다.

"그러고 보니 삼촌, 애가 있죠. 몇 살이에요? 벌써 학교에 갔어요?"

"초등학교 2학년이야."

사진이 보고 싶다고 해서 스마트폰에 저장된 사진을 보여 주었다. 아사미는 가볍게 눈을 크게 떴다.

"귀엽네요! 삼촌을 닮았어요."

"고마워."

"보고 싶을 때 만날 수 있는 거예요?"

"대개는."

"하지만 여기 있으면 불편하겠죠. 평소에는 어떻게 해요?"

"메일이나 스카이프로 얘기해."

"헤에……."

괜찮네요, 라고 말했다. 그러고 나서 갑자기 물었다.

"이혼이라는 건 힘들어요?"

귀향한 후로 한 번도 받은 적이 없는 질문이었다. 질문을 받고 처음으로, 나는 내가 그런 질문을 받고 싶었다는 것을 깨달았다.

그래서 솔직하게 대답했다. "응, 힘들어."

잠시 침묵이 흘렀다.

아사미는 작은 목소리로 말했다. "미안해요, 이상한 질문을 했네요."

"아니, 아니, 조금도 이상하지 않아."

나는 자연스럽게 그렇게 말할 수 있었다.

"물어봐 줘서 고맙다."

그래요, 하며 아사미는 고개를 끄덕였다. 조심스럽게 살짝 웃더니 말했다.

"그럼 다행이에요."

그 후로 나는 꽤 편해졌다.

'나쓰메 시장'에서 일하지 않겠느냐는 권유를 받은 것은 5월 중순의 일이다.

그 무렵 아버지는 몸이 안 좋다고 호소하며 다시 입원했고 재검사를 받았다. 형의 말을 빌자면 '수술은 일시적인 위안밖에 되지 않았어'라는 결과가 나왔고 그래서 나는 전보다 더 무력했고 망연자실했다.

'나쓰메 시장'은 구와타마치의 남쪽 끝, 중앙자동차도로로 이어지는 현도 옆에 있다. 옛날에는 배나 포도 철이 되면 몇몇 농가가 지주에게 일할로 자릿세를 치른 뒤 텐트를 치고 관광객을 대상으로 한 직판 매장을 열었던 곳이다. 뒤에는 잡목림이 있는데 가로로 길쭉한 직사각형 숲으로, 넓이는 초등학교 체육관 정도 된다.

'나쓰메 산지 직송 그룹'은 그곳을 정식으로 빌려서 배구 코트만 한 간소한 점포를 지었다. 대지의 절반은 정비해서 주차장으로 만들었고 화장실과 세면소도 설치했다.

나는 프리 페이퍼 배포 담당자로서 일주일에 한 번은 이곳을 찾곤 했다. 나카무라 점장과도, 처음 찾아갔을 때 인사를 하긴 했지만 특별히 친하게 지내진 않았다. 하지만 그날은 금주의 프리 페이퍼를 배달하고 지난주의 프리 페이퍼를 회수해서 돌아가려고 하자 "잠깐, 잠깐" 하며 나를 불러 세웠던 것이다.

"스기무라 씨, 안쪽으로 들어와요. 차라도 들고 가지 않을래요?"

나카무라 점장은 바쁜 사람이고 바쁜 사람은 대체로 말이 빠르다. 그때도 그랬다. 나온 차가 채 식기도 전에 내가 이곳 직판 담당자로 일하는 것으로 이야기가 정리되고 말았다.

이렇게 말하면 왠지 무책임하게 들리지만 내 감각으로는 그랬다. 아버지의 일이 머리에 가득 차서 집중력이 부족했던 탓도 있을지 모르지만, 나카무라 씨는 어쨌거나 쾌활하게 밀어붙이는 데 뭔가 있었다. 우리 회사에서 일하지 않을래요? 같이 일합시다. 네? 그렇게 해요, 그렇게 해요.

"일단 절차상 필요하니 이력서만 써 오세요. 내일 오전 7시에, 여기가 아니라 집하 창고로 집합하면 돼요."

"저기, 그,"

"'스기무라 씨'라고 부르면 가즈오 씨랑 헷갈리니까 사부로 씨라고 불러도 되죠?"

"저는 영업이나 판매 경험이 거의 없는데요."

"그런 건 상관없어요. 사부로 씨는 도쿄에서 여러 슈퍼나 대형 매장을 이용해 왔죠? 그 경험을 살려서 상품 배치나 피오피 광고 붙이는 데에 의견을 내 줬으면 좋겠어요."

"네에……."

"그거 플러스, 힘쓰는 일."

그래도 대단한 건 아니에요, 여성 스태프들이 척척 해내고 있으니까, 라며 웃는다.

"프리 페이퍼 배포는 그만두지 않아도 돼요. 우리 매장의 배달 업무도 있으니까 겸업할 수 있거든. 관광안내소에는 내가 말해 둘게요."

그리고 나카무라 점장은 눈을 가늘게 떴다.

"사부로 씨가 우리 매장에 와 준다면 분명히 스기무라 씨의 아버님도 기뻐해 주실 거예요."

나는 깜짝 놀라 그의 얼굴을 보았다.

"우리 일은 재미있어요. 잘 부탁해요."

얼마 후에 알았지만 나카무라 씨는 형과 친해서 이전부터 사부로 씨를 고용하고 싶으니까 본인의 의향을 물어봐 달라고 했다고 한다. 어째서 금방 내 귀에 들어오지 않았는지는 잘 모르겠다. 하지만 그가 이 타이밍에 직접 내게 말을 걸어 준 것은 나를 위해서만이 아니라 내 아버지를 위해서이기도 했다는 건 안다.

어쨌든 나는 '나쓰메 시장' 스태프의 일원이 되었다. 시급제니까 대우로 치자면 아르바이트. 판매 담당 동료 세 명은 여성이다.

산지 직송 그룹 본체의 영업 일까지 함께 맡은 나카무라 점장을 보좌하는 사람은 부점장 사카이 씨. 재무와 총무를 도맡은 사람은 마에야마 씨. 이상 일곱 명이 '시장'을 꾸려 나간다.

어린애가 심부름하듯이 프리 페이퍼를 배포할 때와 완전히 달리 내 일상은 바빠졌다. 패턴 ① 때는 아침 7시에 그룹의 집하 창고로 출근, 거기에서 그날 판매할 물건을 '시장'으로 옮기고, 매장에 진열하고 가격표를 붙인다. 오전 10시에 개점하면 판매 업무를 하고, 그 사이에 상품을 보충하거나 정돈, 배달한다. 패턴 ② 때는 집하 창고가 아니라 점포로 출근해서 청소를 하고, 상품이 오면 당장 진열할 수 있도록 준비한다. 그 후에는 똑같다. 어느 쪽 패턴

일 때든 조례와 폐점 후에 미팅을 하고, 나카무라 점장을 둘러싸고 의견 교환을 한다.

'나쓰메 산지 직송 그룹'에 축산 농가는 참가하고 있지 않다. '시장'은 토종닭의 달걀과 햄과 베이컨을 외부 계약처에서 들여왔고 사카이 부점장이 담당했다. 사카이 씨는 나보다 3살 연상으로, 나카무라 씨가 도매업자였을 때부터 그의 부하였다. 재무와 총무를 맡은 마에야마 씨는 은퇴한 지역 은행원. 글자 그대로 '시장'의 금고지기로, (가끔 불쌍해질 정도의) 요통 환자라서 매장 등의 청소 작업에서는 면제되었지만 바쁜 시기에는 주차장 유도 직원으로 일한다. 가끔 허리를 쭉 펴고 걸어 다니는 것이 요통 완화에 좋다고 한다.

나 외의 스태프는 그룹의 가족이나 연고자가 아니다. 고후야마나시현의 현청 소재지나 니라사키 시내에서 출퇴근하는 사람도 있다.

구와타마치와 그 인근은 옛날부터 과수원 경영이 활발했던 곳이지만 택지화가 진행되고 있다. 내가 떠난 십 년 사이에 더욱 진행되어, 이제 마을의 절반 정도는 베드타운이다. 따라서 '시장'의 주된 손님은 통근자 위주의 지역 사람들로, 휴일의 관광객이 올려 주는 매상은 고마운 추가 금액이다.

'고후 시내에 출점하기.'

'정육이나 생선, 반찬도 취급하기.'

이것이 나카무라 점장과 사카이 부점장의 장래 계획이었다. '나쓰메 시장'을 산지 직송형 슈퍼마켓으로 키워 낸다. 지금의 가게는 제일보, 암벽에 박아 넣은 첫 번째 하켄이다.

나는 접객 연수를 받고 계산대 일을 배운 후 매일 몇 개나 되는 피오피 광고를 제작했다. '○○씨가 만든 시금치', '○○원의 배.' 생산농가의 책임자 사진도 붙인다. 해당 농산물의 영양가를 표시하고 추천 레시피를 함께 전시한다. 배달도 했는데, 지역 주민이니까 길을 압니다, 하고 부담 없이 나갔다가 떠나 있던 사이에 완전히 양상이 바뀌어 버린 길 위에서 헤매는 등 부끄러운 일도 있었다. 한편, 배달할 때 배포할 '나쓰메 뉴스'라는 얇은 프리 페이퍼를 만들자고 제안했고 편집도 담당하게 되었다.

일은 정말 재미있었다.

한때 나는 '모두가 부러워하는' 생활을 보냈는데(이런 정보는 어머니가 아무리 완고하게 나를 죽은 사람으로 만들었어도 제대로 유포되어 있었다) 모든 것을 잃고 고향으로 돌아왔다. 옆에서 보면 패배자다. 게다가 결혼 생활 동안 몇 번인가 뉴스에 나올 정도의 사건에 휘말렸고, 한 번은 처자식도 위험한 일을 당하게 하고 말았다. 그 점에서는 불길한 존재이기도 했다. 내가 인생에 실패한 까닭은 그냥 불운을 겪었기 때문이 아니라, 나 자신이 불운을 불러들였기 때문이라고 여겨져도 어쩔 수 없다.

주위 사람들은, 동급생도 친구도, 친척과 그 친척의 친척도, 모두 나를 멀찍이서 둘러싸고 있었다. 애처로웠던 건지도 모른다. 고소했는지도 모른다. 자기 일처럼 부끄러워했는지도 모른다. 불쌍했는지도 모른다. 으스스했던 건지도 모른다. 그 모든 것이 섞여 있었을지도 모른다.

하지만 '나쓰메 시장'에서는 달랐다. 매일 바쁘게 일함으로써 몸에 피가 돌고 좀비가 아니게 되었기에, 그때까지의 내가 좀비였다는 것을 깨달았을 만큼은 보통 인간으로 돌아왔기 때문일 것이다. 구와타마치에 여름 관광 시즌이 도래할 무렵 나는 판매 담당 치프가 되었다. 신입(게다가 아르바이트생)인데 치프는 주제넘다고 처음에는 사양했지만.

"그런 말 하지 말고, 해요. 뭔가 트러블이 생겨서 책임자 나오라고 손님이 화를 냈을 때, 네, 치프를 부르겠습니다, 라고 한 뒤 남자가 나오는 편이 우리도 편하다고."

여성 스태프 중 가장 연장자인 하야시 씨의 한마디에 받아들였다. '시장'에서 손님이 화를 내며 그런 말을 하는 경우는 드물고 만일 그런 경우가 있을지라도 부점장이 있다. 하지만 의지해 주어서 기뻤다.

이 무렵 아버지는 현의 요양병원으로 옮겨가 있었다. 차로 편도 삼십 분 정도 걸리는 곳이다. 누나 부부가 뛰어다니며 알아보고 필요한 비용도 내준 덕분이었다. 다만 본인은 하루의 절반 동안은 멍하니 있고 나머지 절반은 자면서 지냈다.

내 생활은 안정되었다. 누나네 집 더부살이를 그만두고 아파트를 찾을까. 하지만 그러면 겐타로가 없는 생활로 바뀌고, '오늘의 겐타로 군' 동영상이나 사진을 보낼 수 없게 되어서 모모코가 실망할 텐데 어떻게 할까. 아버지의 병을 별개로 치면 고민거리는 그 정도였다.

그런 평온함 속에서 그 사건이 일어났고 나는 가키가라 씨네 도련님과 만나게 되었다.

3

'이오리'는 수타 메밀국수와 야마나시 현 명물 '호토'야마나시 현 향토 요리로, 된장 육수에 밀가루 면과 각종 채소를 넣어 끓인 음식를 파는 가게다. 낡은 민가풍 점포는 '나쓰메 시장'과 똑같이 현도 부근에 있다. 중앙자동차도로와의 합류 지점과 가깝고, 옆에 골프장이나 하이킹 코스가 있기 때문에 입지가 좋다. 지역 주민에게도 관광객에게도 인기 있는 가게였다. 그리고 가게에서 대접하는 식재 대부분을 '시장'에서 사들여 주는 단골손님이기도 했다.

경영자인 마키타 부부는 구와타마치에 살고 있고, 정기 휴일인 월요일 외에는 매일 아침 8시 반쯤, 가게로 출근하는 도중에 '시장' 앞을 지난다. 그래서 전날에 전화나 메일로 주문을 받고 상품을 준비해 두기로 약속되어 있었다. 그 시각에는 '시장'도 개점 전이지만 스태프는 출근해 있기 때문에 문제없다. 지불은 보름치씩 한꺼번에 현금으로 치르고, 거래량은 소량이지만 이상적인 거래처다.

하지만 그날—7월 30일 목요일 아침에는 달랐다. 전날 주문을 받았는데 10시 가까이 되어도 마키타 부부가 모습을 나타내지 않은 것이다.

여성 판매 담당자들은 나와 달리 풀타임으로 근무하지 않았고 일찍 근무하는 당번과 늦게 근무하는 당번으로 나뉘었다. 전날 주문을 받은 사람은 후지와라라는 젊은 스태프였고 그날 아침 나와 함께 개점 준비를 한 사람은 하야시 씨였다.

"주문표가 제대로 적혀 있으니까 틀림없을 텐데."

하야시 씨는 고개를 갸웃거리며 일단 후지와라 씨한테 전화해서 확인했다.

"역시 오늘 아침에 드리기로 되어 있어요."

"그럼 임시 휴업 아닐까요? 여름 감기에라도 걸리셨을지도 몰라요."

마키타 부부는 아직 젊다. 남편인 히로키 씨가 삼십대 중반 정도, 아내 노리코 씨는 서른 정도로 보인다. 그 젊음과 체력이 있기에 할 수 있는 일이겠지만, 카운터석과 박스석을 합쳐서 스무 석 정도 있는 가게를 부부 단둘이서 꾸려 나가고 있다. 어느 한쪽이 컨디션이 망가지면 쉴 수밖에 없을 것이다.

"하지만 그런 경우에는 반드시 전화를 해 줄 텐데요."

인기 가게라고 해도 지방의 작은 마을에 있는 음식점이니 '이오리'의 손님 수는 계절이나 날씨에 좌우되고 매상이 달라진다. 매일같이 '시장'에 주문이 들어올 때도 있는가 하면 일주일이나 무소식일 때도 있다. 그렇기 때문에 전날 주문, 다음 날 아침 인도가 철칙이고, 하야시 씨는 나보다 베테랑이기 때문에 그 점을 잘 인지하고 있었다.

'이오리'에 전화해 보니 '부재중 상태'로 바뀌어 있었다. 지금까지 그럴 필요가 없었기 때문에 '시장'의 아무도 부부의 휴대전화 번호를 몰랐다.

그래서 우리도 비로소 깨달았다. 단골손님인 마키타 부부와, 아무도 개인적으로 친하게 사귀지 않았던 것이다. 부부는 둘 다 온화하고 밝고 호감 가는 직인이었지만 사교적인 커플은 아니었다.

"뭐, 기다려 보죠."

하지만 정오가 지나도 마키타 부부는 오지 않았다. 전화도 여전히 부재중 상태다.

나는 사카이 부점장과 상의해서 상황을 보러 가기로 했다. 원동기가 달린 자전거로 출근하고 있었기 때문에 잠깐 달려가 보면 될 일이었다.

가 보니 '이오리'는 닫혀 있고 출입구에 '준비중' 팻말이 걸려 있었다. 점포에 인접한 주차 공간에는 차 두 대가 서 있고, 부부인 듯한 남녀 일행과 작업복 차림의 남자 두 명이 심심한 듯이 어슬렁거리고 있다. 한여름의 점심때라서 모두 더워하는 것 같았다.

나는 말을 걸었다. "오늘은 쉬는 걸까요?"

부부인 듯한 남녀 일행이 대답해 주었다.

"그런가 봐요."

"정기 휴일은 아닌데."

보니 종이 띠로 잘 묶인 신문 세 부가 출입구의 격자문에 기대어져 있다.

역시 갑자기 휴업하게 된 것이다. 나는 원동기 달린 자전거를 유턴시켜 구와타마치로 돌아갔다.

마키타 부부의 집은 동네 북서쪽, 완만한 구릉지 위에 있다. 내가 어릴 때는 이 부근에 소수지만 양봉업을 하는 집들이 있었고 언덕 대부분이 뽕밭이어서 붉은 열매가 달리면 풍경이 예뻤다.

지금은 뽕밭이 사라지고 점점이 서 있는 주택 사이를 파밭이나 빽빽한 옥수수밭, 토마토와 가지의 비닐하우스가 메우고 있다.

주택의 종류는 제각각이다. 새로 지은 삼 층짜리 건물. 판자 담으로 둘러싸여 있고, 고풍스러운 나마코 벽기와를 네모 혹은 마름모 모양으로 붙이고 그 사이사이에 회반죽을 두껍게 바른 벽의 광을 갖춘 커다란 목조 이층집. 혼자 사는 사람용인 듯한 세련된 아파트. 언덕 위로는 가스관이 통하지 않는지 어느 주택에나 프로판가스 봄베가 달렸다.

나는 목적지인 집 앞에 서서 메모한 번지수를 다시 확인했다.

잘못 찾은 게 아닐까 싶을 정도로 살풍경한 집이었기 때문이다. '이오리'는 그렇게 장사가 잘되는데 아직 젊은 부부라고 해도 좋을 마키타 부부는 이런 집에 살고 있는 것일까.

모르타르로 도장된 외벽은 얼룩투성이였고, 멋대가리고 분위기고 하나도 없는 회색 슬레이트 지붕을 얹은 단층집이다. 세로보다 가로가 아주 조금 더 긴 직사각형으로, 앞쪽에 진홍색 페인트칠을 한 지저분한 문이 있고, 집 옆에 긴 툇마루가 딸려 있고 하키다시 창방바닥까지 튼 창으로, 출입용이나 쓰레기를 쓸어 내는 용으로 쓴다이 사면에 늘어서 있다. 전부 커튼을 쳐 놓았다.

바깥담도 생울타리도 없이 집은 그냥 드러나 있다. 오른쪽 옆에는 휴경지인지 경작을 포기한 땅인지, 바싹 마른 흙이 갈라진 공터. 뒤에는 잡목림. 왼쪽 옆에도 공터가 있지만 여기는 어느 업자가 자재 보관소로 쓰고 있는 것 같다. 낡은 타이어와 라벨을 벗긴 드럼통이 산더미처럼 쌓였다. 은색 드럼통에 여름 햇빛이 반사되어 몹시 눈부시다.

툇마루 앞은 빈 택지로, 빈 화분이 몇 개 구르고 있었다. 양동이와 묶여 있는 호스는 세차 도구일까. 땅바닥에 자동차 타이어 흔적이 한 줄기 남아 있다. 여기가 마키타 가의 주차 공간일 것이다.

부부의 차는 다크블루색 밴이다. 육인승이지만 뒷좌석을 수납해서 평평하게 만들 수 있기 때문에 늘 거기에 짐을 싣곤 했다. 나도 몇 번인가 도운 적이 있어서 기억했다.

차가 없는 걸 보니 부부가 함께 외출한 것일까. 급한 일로 나가느라 어제 '시장'에 식자재를 주문한 일도 잊어버린 것일까.

나는 원동기 달린 자전거에서 내려서 현관문으로 향했다. 현관문 포켓에는 아무것도 들어 있지 않았다. 그러고 보니 신문은 점포 앞에 있었다.

인터폰도 구식이다. 눌러 보니 집 안에서 딩동 하는 소리가 울렸다. 간격을 두고 세 번 눌렀다.

반응 없음. 나는 문을 노크했다.

"실례합니다."

대답이 없다. 툇마루 쪽으로 돌아가 보았다. 창문 커튼은 두꺼운 차광성 천으로 만든 것 같고 오른쪽의 두 면과 왼쪽의 두 면은 서로 색깔과 무늬가 달랐다.

"실례합니다. 마키타 씨, 안 계세요? '나쓰메 시장'입니다."

불러 보았지만 역시 대답은 없었고 커튼이 움직이지도 않았다.

나는 별생각 없이 집 뒤쪽을 들여다보았다. '어라' 하고 생각했다. 잡목림 안쪽은 언덕의 다른 쪽 경사지로, 묘지였다. 이쪽에서는 내려다보게 되는 셈이라 나무들 사이로 묘석 꼭대기 몇 개가 보인다.

지방 도시에서 이런 일은 그리 드물지 않다. 산 사람이 사는 곳과 죽은 사람이 잠든 묘지가 인접해 있고 아무도 무서워하거나 싫어하지 않는다. 조상의 영혼 옆에서 사는 것은 조금도 부자연스러운 일이 아니다. 내가 '어라' 하고 생각한 까닭은 오랫동안 그런 감각을 접어 두었기 때문이고, 하지만 놀라지는 않은 까닭은 그런 감각이 사라지지 않았기 때문이다.

또 하나, 알아차린 점이 있었다. 잡목림을 향해 설치된 에어컨 실외기가 낮게 부웅 하고 소리를 내며 미지근한 바람을 내뿜었던 것이다.

나는 집 옆으로 되돌아왔다. 이번에는 창문을 노크해 보려고 툇마루에 한쪽 무릎을 꿇고 몸을 내밀었다. 그때 커튼이 갈라지고 그 틈으로 창백한 여자의 얼굴이 보였다.

이번에는 심장 박동이 한 번 멈췄을 정도로 놀랐다.

마키타 부인, 노리코 씨다.

나는 당황해서 무릎을 내리고 머리를 숙였다.

"죄송합니다, '나쓰메 시장'의 스기무라입니다."

아까보다 큰 목소리로 불렀다.

"오늘 아침에 오시지 않아서 걱정이 돼서 와 봤어요. 몸이라도 안 좋으세요?"

마키타 부인의 검은 머리카락은 어깨에 닿는 정도의 길이로, 앞머리를 눈 위에서 반듯하게 잘랐다. 이 계절에도 피부가 희고, 갸름한 외까풀 눈매가 서늘한, 일본 인형 같은 미인이다. 지금은 그 탓에 오히려 유령처럼 보였다.

목소리가 들렸는지 그녀는 커튼 사이에서 사라졌다. 나는 서둘러 문 쪽으로 갔다. 덜컹덜컹 하며 체인을 푸는 소리가 들렸다.

문이 열렸다. 마키타 부인은 맨발이었고 문손잡이를 붙잡아 위태롭게 몸을 지탱하고 있었다. 옅은 파란색 민소매 원피스가 주름투성이였다.

실내에서 에어컨의 냉기가 흘러나왔다. 바깥 공기와 대비되어 또렷하게 느껴진다. 문득 어울리지 않는 냄새를 느꼈다. 한여름의 수영장 냄새다. 소독약의 염소.

"미안해요……."

가까스로 알아들을 만한 작은 목소리로 마키타 부인은 속삭였다.

"완전히…… 잊고 있었어요."

몸이 안 좋은 것 같다. 핼쑥하다. 하지만 단순히 아프기만 한 건 아닌 듯하다. 화장기도 없고 세수조차 하지 않은 것 같다. 눈꺼풀이 부었고 뺨에 눈물 자국이 남았다.

울고 있었던 것이다.

"—무슨 일이세요?"

내 물음에, 넋이 나간 것처럼 흐릿하던 마키타 부인의 눈빛이 흔들렸다.

"어젯밤에…… 남편이, 나가 버려서."

그렇게 중얼거리면서 맨발로 현관 시멘트 바닥으로 내려왔다. 한 발짝, 두 발짝. 발걸음이 위태롭고 몸이 크게 흔들렸다.

"불륜을 했어요."

그녀는 쉰 목소리로 거기까지 말하더니, 기절해서 내 팔 안으로 쓰러졌다.

구급차를 불러서 구와타마치에 딱 하나밖에 없는 구급병원으로 그녀를 실어 보낸 뒤 '시장'의 우리는 머리를 맞대고 상의한 끝에 구와타마치 주민회 부인부婦人部에 지원을 청했다. 아직 자세한 사정을 알 수 없었지만 여성의 조력이 필요한 사태로 여겨졌기 때문이다. 우리 누나가 부인부에서 임원을 한 적이 있어서 교류도 여기저기에 있었다. 그 후의 상황은 누나에게서 들을 수 있었다.

마키타 부인은 쓰러졌을 때 가벼운 탈수 상태였다고 한다. 다행히 목숨에 지장이 없어서 8월 1일에는 퇴원해서 부모님 집에 몸을 맡겼다고 한다.

"친정은 류오초에 있대."

JR 주오혼 선의 역이 있는 동네다. 현재는 합병에 의해 가이 시의 일부가 되었다.

"그쪽에서 부모님이 오랫동안 호토 가게를 해 왔대. '마키타'라고, 그 동네에서는 오래된 가게라더라."

"'마키타'? 그럼 마키타는 부인 쪽 성이군."

"맞아. 남편은 데릴사위였어."

마키타 노리코 씨는 지역 고등학교를 졸업하고 도쿄 단과대학에 진학했고 취직해서 그대로 거기에 살고 있었다. 그러다가 히로키 씨를 만나 둘이서 야마나시로 돌아왔다. 구 년 전, 2000년의 일이라고 한다.

"'이오리'는 언제부터?"

"2002년 5월부터래. 나도 그즈음이었던 걸로 기억해."

"노리코 씨는 몇 살이지?"

"31살. 남편은 33살."

히로키 씨는 조금 더 연상으로 보였다.

"그럼 단대를 졸업한 뒤 이 년 정도 만에 돌아와 버린 거네."

"뭔가 생각이 있었는지, 고향이 그리워졌는지, 뭐, 사정은 여러 가지일 테니까. 너도 그 견본이고."

나는 경건한 얼굴을 했다. "네, 그 말씀이 맞습니다."

"그 가게는 빌린 거래. 오너도 류오초 사람이야. 넌 모르겠지만 '이오리' 전에는, 가게 이름이 뭐였더라, 역시 메밀국수 가게였는데 맛이 없었어."

그렇다면 구와타마치의 집도 빌린 집일 것이다. 가게에 돈과 수고를 들이고 마음도 기울였기 때문에 집은 살풍경했던 것일까.

"부모님이 가게를 하는데 일부러 여기 와서 부부끼리 가게를 낸 거로군."

"계속 동거하고 있으면 이래저래 숨이 막히니까 그랬겠지. 부부가 아무것도 가진 것 없이 고생을 해 봐야 비로소 익힐 수 있는 것도 있을 테고."

그렇게 말하며 누나는 의미심장하게 웃었다.

"우리 오빠랑 가즈미 언니도 한 번 타지에 나가서 고생하고 돌아왔다면 좀 달라졌을지도 모르지."

지금과 뭐가 어떻게 달라지는 것인지 캐묻기도 귀찮아서 나는 "흐음" 하고 흘려 넘겼다.

"히로키 씨는 전에 음식점을 해 본 경험이 있나?"

생초보가 이 년 정도 만에 '이오리' 같은 가게를 열 수 있을까.

"글쎄, 거기까지는 모르겠어. 아내의 친정에서 제대로 배운 게 아닐까?"

호토는 고슈의 향토 요리고, 수타 메밀국수를 도락으로 배우는 사람도 있다.

"가이세키 요리술자리나 연회의 고급 요리나 프렌치와는 다르니까."

"그런가? 앞으로는 어떻게 하려나."

누나 부부와도, '시장' 동료들과도 몇 번인가 가 본 적이 있다. 평판대로 맛있는 가게였는데.

"접을 수밖에 없겠지."

"아깝네."

일요일 저녁이라 누나와 나는 저녁 식사 준비를 하고 있었다. 부엌 테이블에서 나는 풋콩을 벗기고 누나는 누에콩을 깍지에서 꺼냈다. 누나는 그 손을 멈추더니 얼굴을 들고 나를 보았다.

"너 괜찮아?"

"뭐가?"

"지금 노리코 씨의 신세는 너한테도 남의 일이 아니잖아."

내 이혼의 직접적인 원인은 아내의 불륜이다. 다만 간접적인 원인은 우리 부부 관계 자체의 근저根底에 있었다.

"뭔가, 이런 해프닝 때문에 여러 가지가 생각나 버린 게 아닐지, 이래봬도 걱정하고 있다고."

누나는 걱정하면서 화난 표정을 띠는 점도 어머니와 닮았다.

"괜찮아. 이미 끝난 일이니까."

나는 소쿠리에 가득 담긴 풋콩과 누에콩을 둘러보았다.

"이렇게 콩만 까서 어쩌려고?"

"풋콩은 당연히 데쳐야지. 누에콩은 작은 새우랑 버무려서 튀길 거야."

누나는 소쿠리를 들고 스툴에서 일어선다. 내게 등을 돌리며 말했다.

“여자가 있다는 것을 눈치챈 사람이 있었대.”

마키타 부부의 이야기를 계속한다.

“지난 달 중순에 ‘이오리’의 손님이 고후 역 근처에서 남편이 낯선 젊은 여자랑 같이 걷고 있는 모습을 봤다나 봐.”

“그래.”

“팔짱을 끼고 있더래.”

누나의 말투를 들으면 그 행동은 범죄인 것 같다.

“그래서 소문이 좀 났어. 부인은 전혀 몰랐던 것 같지만, 의외로 그런 법인 걸까?”

“누나” 하고 나는 말했다.

“왜?”

“그렇게 대놓고 의견을 구하면 역시 상처 받아.”

누나는 고개만 틀어 돌아보더니 무서운 얼굴로 나를 노려본다.

“뭐, 뭐야.”

“너, 스스로가 믿는 것만큼 평판이 나쁘지 않아.”

말투가 날카로워서 누나에게 익숙하지 않으면 모르지만 지금 위로해 주고 있는 것이다. 격려도 섞여 있다.

“부인부 사람들은, 도쿄에서 여러 가지 일이 있었던 모양이지만 사부로 씨는 옛날과 달라진 게 없다고들 해.”

당장은 어떻게 대답해야 할지 모르겠다.

“저기, 그,”

'나쓰메 시장' 사람들 덕분이다. 그렇게 말해야 한다는 생각이 들어서 입을 열었을 때 현관에서 "다녀왔어" 하는 목소리가 났다. 겐타로가 한 번 짖는다. 이것도 그의 '다녀왔어'다. 저녁 산책에서 돌아온 것이다.

"나가는 김에 향신료 좀 사다 달라고 부탁했는데, 파파 안 잊어버렸을까?" 하고 누나는 말했다. "소면 만들 건데."

"튀김이라면 덮밥으로 만들어 주면 안 돼?"

"누에콩 튀김은 소금에 찍어 먹는 거야."

누나는 다시 내게 등을 돌리고 요리를 하기 시작했다. 나는 '오늘의 겐타로 군' 동영상을 찍기 위해 일어섰다.

역시 '이오리'는 그대로 폐점해 버렸고 일주일 후에는 점포 임대 간판이 서 있었다.

"설비도 다 포함해서 빌려주는 걸까?"

"또 맛있는 메밀국수집이 들어와 주면 좋겠네요."

우리 스태프는 그런 말을 했지만 나카무라 점장은 조금 달랐다.

"이참에 큰맘 먹고 우리가 직영 레스토랑을 해 볼까?"

꼭 농담만도 아닌 것 같은 표정이었다. 이 소리를 듣고 사카이 부점장도 말했다.

"스기무라 씨, 같이 수타 메밀국수 강좌를 들으러 다닐까요?"

레스토랑에서 일하게 될지 어떨지는 제쳐 놓고, 재미있을 것 같다고 나도 생각했다. 하지만 하야시 씨는 일축했다.

"곧 여름휴가예요. 한창 벌 때라고요. 꿈을 꾸는 건 확실하게 돈을 벌고 나서 하세요."

실제로 여름휴가 중의 '나쓰메 시장'은 대성황이었다. 손님이 끊이지 않아서 스태프는 점심을 먹기도 힘들었다. 가족 일행이 늘어났기 때문에 매장도 더욱 시끌벅적해졌고, 점원으로서 그런 소란을 처음 체험한 나는 하루가 끝나자 완전히 녹초가 되었다. 이틀 연달아 '오늘의 겐타로 군'을 보내지 못해서 모모코에게 메일로 재촉받았다.

20일이 지나면 그런 여름휴가 열기도 끝난다. 여름 관광 시즌은 계속되지만 '시장' 사람들은 교대로 이삼일씩 휴가를 받는다. 스태프에게도 가족이 있고 여름휴가 중의 여행이나 나들이를 기대하는 자식들이 있는 것이다.

신입인 나도 이틀간 여름휴가를 받아 하루는 요양병원의 아버지를 찾아갔고 하루는 도쿄에 가서 모모코와 수영장에 갔다. 모모코는 겐타로의 귀여움에 매료되어 집에서도 시바견을 키우고 싶다고 조르고 있다고 한다.

"할아버지는 괜찮대. 하지만 엄마가 안 된댔어. 할아버지 집의 라이오넬이 있으니까."

헤어진 내 아내 이마다 나호코는 세타가야 구 마쓰바라에 있는 본가에서 아버지와 오빠들과 함께 살고 있다. 라이오넬은 그녀의 큰오빠 일가가 키우는 래브라도 리트리버의 이름이다.

"할아버지는 건강하셔?"

"응. 요전에 일주일 정도 병원에서 주무시긴 했지만."

불안이 느껴지는 정보였다. 과거 십 년 동안 나의 장인이자 상사였으며 지금도 가장 존경하는 사람인 이마다 요시치카는 83세다. 언제 무슨 일이 있어도 이상하지 않다.

딸과의 데이트는 오후 5시까지로 약속되어 있었다. 내가 마쓰바라의 저택으로 데려다주는 것이 아니라 나호코가 데리러 온다. 하지만 약속 장소인 데이코쿠 호텔의 로비에 나타난 사람은 이마다가의 가정부 중 한 명이었다.

모모코는 친숙한 것 같았지만 나는 모르는 사람이었다. 상대도 내 입장을 잘 알기 때문인지 태도가 서먹서먹하다. 왜 나호코가 오지 않은 건지, 개인적인 사정 때문인지, 그녀의 아버지의 상태 때문인지, 물어볼 수 없었다.

"아빠, 다음에는 언제 만날 수 있어?"

"또 상의해 보자. 2학기에는 운동회가 있지?"

"아니라니까, 문화제야."

"그랬나? 모모코네 반은 올해 뭘 하니?"

어린 딸은 발음하기 어려운 듯이 뺨을 오므리며, "미, 뮤, 뮤지컬" 하고 말했다.

"굉장하네. 꼭 보러 갈게."

"아빠, 내 몫까지 겐타로를 쓰다듬어 줘."

"응, 매일 그렇게 할게."

딸의 손을 놓을 때마다 내 안에서 무언가가 떨어져 나가는 것을 느낀다. 그것은 아마 상처가 아물면서 생긴 딱지일 것이다. 그리고 또 피가 조금 흐른다.

이튿날, '시장' 사람들에게 도쿄에서 사 온 마카롱을 나눠 주었다. 술은 전혀 못 마시고 단것이라면 사족을 못 쓰는 사카이 부점장이 그날부터 휴가였기에 여성 스태프들은 불쌍해하면서 그의 몫까지 먹어 치워 주었다.

그날 오후의 배달 업무는 부점장의 몫도 내가 맡았다. 나는 전달 메모를 확인하면서 땀을 뻘뻘 흘리며 '시장'의 경트럭을 타고 돌아다녔다.

구와타마치는 리조트와는 인연이 없는 곳이다. 하지만 별장이 전혀 존재하지 않는 것은 아니다. 그날의 마지막 배달처, 마을 서쪽 산중에 자리한 '사양장斜陽荘'은 그중 하나였다.

사카이 부점장의 메모는 이렇다. '오너는 가키가라 님, 여름철 외에도 장기 체재함, 가정부가 없을 때는 배달 물품을 집 안으로 날라 수납할 것.'

고령자가 있는 걸까, 하고 생각하면서 잡목림 사이의 사도私道를 더듬어 가니 급경사를 이룬 빨간 지붕이 보이기 시작했다. 차양에 달린 파라볼라 안테나가 눈에 띈다.

사도 끝에는 로지logde풍의 커다란 이층집이 잡목림에 에워싸여 서 있었다. 부지도 넓었고, 앞쪽에 지붕 달린 차고가 있었다. 거기에 차가 다닐 수 있도록 만든 통로 두 개가 있고, 하나는 현관 앞으로, 하나는 건물 오른쪽으로 뻗었다. 앞뜰의 잔디와 나무는 잘

손질되었고, 새빨간 샐비어 꽃이 흐드러지게 피었다.

나는 신중하게 경트럭을 몰아 건물 옆으로 돌아갔다. 거기에 뒷문이 있고 인터폰이 달렸다. 하지만 누르기 전에 팡, 팡 하는 규칙적인 소리가 귀에 들어왔다. 나는 차에서 내려 건물 뒤쪽까지 가 보았다.

펜스로 주위 잡목림과 구분해 놓은 테니스코트가 하나 있고, 노란 테니스공을 쏘아 내는 기계를 상대로 티셔츠와 짧은 바지를 입고 선바이저를 쓴 남자가 혼자서 리시브 연습을 하고 있다.

나도 모르게 정신없이 바라보고 말았다. 잘 친다.

기계는 스펙이 높은 것이리라. 구속이 빠르고 코스와 스피드에 변화가 있을 뿐만 아니라 가끔 톱스핀 공을 쏜다. 선바이저를 쓴 남자는 그것에 완벽하게 대응해 정확한 스트로크로 쳐 낸다. 게임이었다면 리턴 에이스였을 것 같은 날카로운 샷도 있었다.

그가 기민하게 코트를 돌아다니면 끽, 끽 하는 마찰음이 난다. 파란색 하드 코트에 테니스슈즈 밑창이 스쳐서 나는 소리가 아니다. 바퀴가 시옷자로 벌어진 스포츠용 휠체어의 타이어가 내는 소리다. 선바이저를 쓴 남자는 휠체어 테니스 선수였다. 그리고 왼손잡이다.

기계가 부릉부릉 공회전을 하는 듯한 소리를 내며 정지했다. 공을 다 쏘아낸 것이리라. 선바이저를 쓴 남자는 숨을 헐떡이는 기색도 없이 라켓을 빙글 돌리더니 어깨에 짊어지고 내 쪽으로 얼굴을 돌렸다.

인사하기도 전에 나는 박수를 쳤다. 선바이저를 쓴 남자가 고개를 갸웃거린다.

나는 고개를 꾸벅 숙였다. "실례합니다, '나쓰메 시장' 사람입니다. 배달하러 왔습니다."

상대는 여전히 고개를 갸웃거린다. 사카이 부점장이 아니라서 수상하게 여기는 걸까 싶었는데, 아니었다. 그는 이렇게 말했던 것이다.

"스기무라 씨죠?"

"네. 오늘은 사카이 씨가 여름휴가를 받아서—."

상대는 내 말을 흘려 넘기고 마음대로 말을 이었다.

"나는 가키가라 스바루입니다. 마침 잘됐어요. 당신을 만나고 싶었으니까."

"네?"

"뒷문을 여는 비밀번호는 388이에요. 배달 물품을 부엌에 옮겨 주실래요? 나도 곧 가겠습니다."

커다란 냉장고와 그 옆에 붙박이로 설치된 수납 선반에 물품을 수납하고 있는데, 선바이저를 벗고 트레이닝복 상하의로 갈아입은 가키가라 스바루 씨가 부엌에 들어왔다. 지팡이를 짚고 있다. 보행이 불편한 것은 왼쪽 다리인 듯하다. 트레이닝복 위로 서포터를 찼다. 걸을 때 몸이 기운다.

그러나 그는 햇볕에 그을린 운동선수 그 자체였다. 키는 160센티 정도로 자그마하지만, 잘 단련된 탄탄한 몸이다.

그리고 이름에 '씨'를 붙이는 게 오히려 꺼려질 정도로 어리다. 24, 5살일까. 회사 후배였다면 틀림없이 '군'을 붙여 불렀으리라.

"고마워요."

그는 수납 선반을 대충 훑어보며 말했다.

거만하지 않고, 건방지게 들리지도 않는다. 지극히 자연스러운 말투였다.

"또 배달이 있나요?"

"아뇨, 오늘은 이 댁이 마지막입니다."

"그렇겠죠. 사카이 씨도 항상 그렇게 했으니까."

그 부분만 친밀함이 담긴 말투로 말했다.

"자, 적당히 앉으세요. 아이스티 괜찮아요?"

그는 선반에서 잔을 내리더니 냉장고를 열고 피처를 꺼냈다. 신속하고 정확하다. 사양하거나, 내가 하겠다고 말할 타이밍이라곤 없었다. 그리고 그가 왼손잡이가 될 때는 테니스를 칠 때뿐인 것 같았다.

오픈 타입의 주방과 식당, 넓은 거실은 하나로 이어졌고, 천장은 이층까지 뚫려 있어 굵은 대들보가 보인다. 가구는 적었지만 고급스러운 것들로 갖추었다. 거실 한쪽에 오디오 세트와 커다란 TV가 있고 외부 스피커 두 개가 벽에 달렸다.

"잘 마시겠습니다."

얼음이 든 아이스티는 매력적이었기 때문에 나는 사양하지 않고 잔을 들었다. 그런 행동 쪽이 이 자리에는 어울릴 것 같았고,

땀을 흘린 탓만이 아니라 약간 긴장해서 목이 말랐다.

얼굴도 잘생기고 자란 환경도 좋아 보이는 이 젊은이와 나는 일면식도 없다. '시장'에서 소문을 들은 적도 없다. 이 사람은 왜 나를 '만나고 싶다'고 생각했을까.

"놀라게 해서 죄송합니다."

내 마음속 정도는 다 꿰뚫어봤는지 그는 담담하게 말했다.

"실은 나는 스기무라 씨에 대해서 잘 알아요."

"그래요? 전 '나쓰메 시장'에서 신입인데, 사카이 씨한테서—."

"아뇨, 조사했기 때문입니다."

나는 아이스티를 뿜을 뻔했다.

"무슨 말씀인지."

가키가라 스바루 씨는 팔걸이의자에 앉아 편안한 자세를 취하고 있다. 웃고 있지 않지만 기분 나빠 보이지도 않는다. 매우 침착하다.

"스기무라 씨, 도쿄에서 몇 번이나 사건에 휘말렸죠? 맨 처음은 삼 년 전인가? 아르바이트생 여성이 당신네 편집부에서 해고당하자 원한을 품고 당신과 동료들에게 수면제를 먹였어요."

사실이다.

"그 여성은 더욱 흥분해서 당신 자택에 쳐들어가 부인을 칼로 협박하고 따님을 인질로 잡는 소동을 일으켰죠."

그것도 사실이다.

"그 후 이 년도 지나지 않아서 이번에는 버스 납치에 휘말렸죠.

범인은 사망했지만 그 이전에 다른 살인도 저질렀고, 꽤 복잡한 사건이었어요."

아이스티 잔과 똑같이 나도 땀을 흘렸다. "잘 아시는군요."

"그러니까, 조사했거든요"이라고 말하며 그도 아이스티를 마신다. "정확하게는 조사를 시킨 거지만요. 우리 직원한테."

나는 긴장했을 뿐만 아니라 곤혹스러워졌다.

"그건, 그, 무슨—."

"나는 조사 회사를 경영하고 있습니다."

가키가라 스바루 씨는 이때 처음으로 웃음이라는 것을 알 수 있을 정도의 미소를 띠었다.

"창업자는 아버지지만 재작년에 내가 대학을 졸업하자 너한테 맡기겠다면서 넘겨주셨죠. 딱히 내가 우수해서가 아니라 우리 아버지는 싫증을 잘 내서 금방 마음이 바뀌거든요. 지금은 카바레 클럽 경영에 몰두하고 계십니다."

리액션을 할 수가 없었다.

"카바레 클럽. 카바레, 클럽."

내가 못 알아들었다고 생각하기라도 했는지 그는 다시 말해 주었다.

"그런 직업으로 많은 자금을 벌어야 하는 사정을 가진 여성들이 안심하고 일할 수 있는, 건전한 가게입니다."

그런가요, 하고 나는 말했다.

"그러니까 우리 아버지는 나쁜 사람은 아니지만, 당신의 장인이었던 이마다 요시치카 씨 같은 입지전적인 인물은 아닙니다."

좀 더 수상쩍은 인물이죠, 라고 말했다.

"말이 난 김에 말하자면, 아버지의 아버지도. 내 할아버지는 소위 말하는 투기업자였거든요. 이마다 요시치카 씨는 재계의 맹금이라고 불렸다던데 우리 할아버지의 통칭은 증권가의 괴인이었습니다."

이미 돌아가셨지만요—하고 말한다.

"장례식 때 할아버지의 숨겨진 자식이라는 사람이 세 명이나 나타났죠."

"아하. 그거 큰일이었겠군요."

"우리 집에서는 아무도 놀라지 않았어요."

나는 다시 침묵했다.

"이런 얘기는 여담이니까 아무래도 상관없죠. 본론으로 들어갑시다."

그는 가볍게 몸을 내밀었다.

"내 회사는 '오피스 가키가라'라고 합니다. 법인의 사장은 여전히 아버지라서 나는 소장이지만 실질적인 경영 책임자죠. 그리고 그 입장에서 당신한테 부탁이 있어요."

경솔하게 "뭔가요"라고 물으면 위험할 듯한 기분이 들었다.

"좀 도와주시지 않겠습니까, 스기무라 씨."

잔 속에서 녹은 얼음이 달그락 하고 움직였다.

"지금 우리가 맡은 사건, 이라기보다 내가 맡겠다고 승낙한 안

건입니다. 어쨌든 가까이에서 일어났거든요."

"가까이?"

"그래요. 바로 가까이죠."

바로 가까이를 조금 강조했다.

"'이오리'의 마키타 부부 일이니까요. 다시 말해서 당신과 전혀 관련이 없는 것도 아니에요. 남편이 여자를 만들어서 가출해 버렸다며 초췌해진 마키타 부인을 발견하고 구급차를 부른 사람은 당신이죠?"

그 후로 슬슬 한 달이 지났다.

"그렇긴 한데—."

"그 얘기, 냄새가 난단 말입니다."

그는 딱 잘라 말했다.

"분명히 말해서, 아주 수상해요. 그런 사건이 아니었을 가능성이 높습니다. 마키타 노리코 씨가 남편을 빼앗은 여자라고 지명한 이노우에 다카미라는 여성의 어머니는 그럴 리 없다고 호소하고, 우리 오피스가 조사한 바로도 그 주장에는 일정량 이상의 신빙성이 있습니다."

나는 당혹하면서도 되물었다. "왜 제 도움이 필요한 겁니까?"

가키가라 스바루 씨는 즉시 대답했다. "당신이라면 전혀 경계받지 않고 마키타 노리코 씨를 만날 수 있어요. 그 후로 어떻게 지내십니까, 안부를 여쭈러 왔습니다, 라고 하면 되니까요."

나는 오 초 동안 더 생각했다.

"그것만 하면 됩니까?"

"그건 스기무라 씨에게 달려 있습니다. 아마 그것만으로는 속이 후련해지지 않을 거라고 생각하지만요."

당신은 그런 사람인 것 같으니까—하고 가키가라 스바루 씨는 말했다.

성가시게도, 올바른 인물 감정이라고 나도 생각했다.

4

일을 도중에 내팽개칠 수 없기 때문에 '시장'의 영업이 끝난 후에 다시 사양장을 찾아갔다. 부엌에서는 향긋한 냄새가 피어올랐고, 파에야와 소고기 등심 구이와 따뜻한 채소 샐러드가 준비되어 있었다.

나는 테니스코트에서 그의 플레이를 보았을 때와 비슷할 정도로 놀랐다.

"이거, 직접 만들었어요?"

"그렇게 어렵지 않아요."

풋콩을 쥐어뜯는 정도가 고작인 내게는 무리다.

알코올 없이 재빨리 식사를 했다. 가키가라 스바루 씨는 먹으면서 사건 이야기를 하면 소화에 안 좋다고 하며 아버지가 '심혈을 기울여' 지었다는 이 별장의 유래를 이야기해 주었다. 땅을 파헤쳐 보니 오래된 묘석이 나왔다는 것, 아버지가 그 묘석을 오브제로 만들어 정원에 장식하겠다고 했다가 시공업자에게 혼났다는 것, 하도 이리저리 주문을 하는 바람에 설계사가 세 명이나 바뀌었다는 것, '사양장'이라는 이름은 다자이 오사무의 팬인 스바루 씨의 어머니가 정했다는 것, 그 어머니는 아버지의 두 번째 아내라는 것, 뒤뜰에는 원래 수영장이 있었지만 그가 휠체어 테니스를 시작하자 아버지가 당장 메워 테니스코트로 만들어 주었다는 것, 그건 아마 아버지가 현재의 (네 번째) 아내와 결혼했을 때의 일.

"나는 어디까지나 아버지에 대한 친절로 이번에는 그냥 내연의 관계로 머무르는 편이 좋겠다고 권했는데, 아버지는 내가 싫어해서 그런다고 생각했는지 보상해 주려고 했던 것 같아요."

"아버님은 왜 당신이 싫어한다고 생각하셨을까요."

"지금의 부인이 나랑 동갑이기 때문이죠."

태연자약하다. 표정은 별로 없지만, 흐릿한 애교(같은 것)가 있다. 핸섬하지만 지나치게 단정하지는 않은 '괜찮은 얼굴'이고, 간략하고 요령 있는 말투로 보아 머리도 좋다. 만일 그가 회사원이었다면 밸런타인데이에는 책상 위에 초콜릿이 산더미처럼 쌓였을 것이다.

스바루 씨는 자주 혼자서 이곳에 머무른다고 한다. 그럴 때는 가정부가 사흘에 한 번 청소와 빨래를 하러 온다.

"사카이 씨는, 몇 번인가 테니스 상대를 해 준 적이 있어요. 나카무라 씨는 옛날부터 아버지와 친하게 지내던 분이라, 일 년에 두세 번 여기서 블루스 명반을 들으며 함께 술에 취하곤 하죠."

내가 모르는 교우 관계의 일면이다.

"나카무라 씨는 여러 가지 식자재를 선물로 들고 놀러 오는데, 그 김에 레시피도 가져와서,"

—도련님, 이거 만들어 주세요.

요리를 주문한다고 한다.

식사를 마친 뒤 뒷정리는 내가 했다. 그래 봐야 식기를 세척기에 넣고 냄비를 씻었을 뿐이다.

"고마워요. 커피는 내가 끓일게요."

가키가라 씨네 도련님은 본격적으로 사이폰을 사용했다.

식후의 커피와 함께 조사 자료가 테이블에 나왔다. 얇은 파일이다.

"이걸 좀 보세요."

펼쳐 보니 첫 번째 페이지에 젊은 여성의 사진 복사본이 있었다. 정장 차림으로 카메라를 향해 V 사인을 보내고 있다. 말랐을 뿐 특별히 눈에 띄는 용모는 아니다.

스바루 씨가 말했다. "그 여성이 이노우에 다카미 씨입니다."

마키타 히로키 씨의 불륜 상대다.

"29세. 올해 3월 말까지 도쿄에 있는 부동산 관리 회사에서 일했죠. 56세의 어머니와 지바 현 이치카와 시내에 있는 아파트에서 살았습니다."

건축 관련 일을 하던 아버지는 딸이 어릴 때 병으로 돌아가셨다고 한다.

"어머니는 간호사입니다. 이노우에 다카미 씨도 고등학교 졸업 후에 간호학교에 진학했지만 반 년 만에 중퇴했어요."

사진 복사본 아래에 짧은 경력이 손 글씨로 적혀 있다.

"그래서 중도 채용으로 취직했군요."

"맞아요. 이 회사의 주된 업무는 맨션 관리지만 최근에는 실적이 좋지 않습니다. 3월 말에 이루어진 그녀의 퇴직도 본인의 의사에 의해서가 아니라 인원 정리 때문이었어요."

스바루 씨는 테이블에 양쪽 팔꿈치를 대고 손가락을 깍지 꼈다.

"거기에 어머니한테서 들은 얘기를 쓴 보고서가 첨부되어 있지만 대충 설명하겠습니다. 그녀는 직장을 잃자 곧 열심히 일자리를 찾기 시작했어요. 조금은 퇴직금이 나왔을 거고 실업보험도 급부될 테지만 계속 받을 수 있는 게 아니니까요."

물론 헬로 워크공공 직업 안내소에서도 직업 찾기를 권장한다.

"하지만 요즘 같은 때니까요. 일반 사무 정직원 자리를 찾기는 어려웠겠죠" 하고 나는 말했다. "파견이라면 쉽겠지만 그럼 앞날이 불안할 테고."

"맞습니다. 스기무라 씨에게의 나카무라 점장 같은, 의지할 수 있는 지인이 이노우에 다카미 씨에겐 없었어요."

이 사실도 알려져 있는 것이다.

"저는 시급으로 일하는데요."

"알아요."

스바루 씨는 아무렇지도 않게 말했다.

"여러 곳을 찾아보았지만 실망만 이어졌겠죠. 5월이 되자 그녀는 어머니에게 제대로 된 자격을 따서 재취직하겠다고 말했어요."

—다시 간호사를 해 볼래.

"그녀 나름대로 어머니의 직업에 대한 존경심이나 동경이 있었고, 좌절해 버린 것을 면목 없게 생각하기도 했겠죠. 적어도 어머니는 그렇게 느꼈다고 합니다."

그래서 딸을 타일렀다.

—이제부터 자격을 따기는 힘들어.

"우선 다시 간호학교에 들어가야 하니까요."

고등학교를 마치고 바로 진학했을 때보다 더 열심히 공부할 필요가 있으리라.

"학비도 들 테고요."

스바루 씨는 고개를 끄덕였다. "원래 경제적으로 여유 있는 생활을 하던 모녀는 아니었어요. 어머니로서 어떻게든 해 주고 싶었지만, 이제 와서 그런 꿈을 갖는 것은 무리라기보다 무모하다고 타일렀는데 딸은 매우 낙관적이었어요."

—괜찮아. 저금도 조금 있으니까 걱정하지 말아요.

"그리고 그 무렵부터,"

스바루 씨는 잠깐 말을 끊고 가볍게 입가를 일그러뜨렸다.

"이노우에 다카미 씨는 어머니에게 행선지를 말하지 않고 외출했어요. 심야가 되어서야 귀가할 때도 있었다고 합니다."

나는 곧 말했다. “물장사를 시작한 건 아닙니까?”

그야말로 카바레 클럽이라든가.

“어머니도 제일 먼저 그걸 의심했대요. 아르바이트를 하는 것 같지는 않았으니까 더더욱. 하지만 다카미 씨는 매일 나갔던 건 아니에요. 많아야 일주일에 두 번. 열흘이나 나가지 않는가 하면 이틀 연달아 나갈 때도 있었고요. 그런 물장사가 있을까요?”

“저는 생각나지 않지만 가키가라 씨 아버님이라면 아시지 않을까요?”

비웃으려는 게 아니라 진지하게 물은 것이다. 스바루 씨에게도 그 뜻이 전해진 모양이다. 나도 그렇게 생각했어요, 라고 말한다.

“그래서 아버지한테 물어봤더니 신입 카바레 클럽 아가씨나 호스티스가 되기에는 나이가 많고, 몸을 파는 일이라고 해도 그렇게 부정기적인 취직 형태는 상상하기 어렵다더군요.”

—그 여자가 슈퍼 모델급 미인이고, 비밀 클럽의 고급 콜걸이라도 되지 않는 한 있을 수 없어.

“게다가 생초보가 물장사에 들어서면 우선 복장이나 화장이 바뀌죠. 100퍼센트 그렇기 때문에 그걸로 알아볼 수 있다고 가르쳐 주더라고요.”

“이노우에 다카미 씨에게 그런 기색은요?”

“없었어요. 어머니의 말이니까 믿어도 되겠죠. 어머니는 야근이 있는 일을 하고 바빴기 때문에 딸의 행동을 전부 알 수 없었어요. 그러니까 이노우에 다카미 씨의 외출 빈도가 정말 아까 말한 것 정도였는지 어떤지는 확실하지 않습니다. 좀 더 많았을 가능성도 있어요. 하지만 화장이나 복장의 변화는 한눈에 알 수 있죠."

과연. 나는 커피를 마셨다.

"어머니도 몇 번인가 행선지나 무슨 일로 외출하는지 물어봤대요. 다카미 씨는 친구를 만난다거나 괜찮은 학교를 견학하러 간다거나, 그때마다 다양하게 답했어요. 전부 다 그럴듯하긴 했어도 사실처럼 들리지는 않았지만, 딸의 분위기가 이상하진 않아서 어머니도 그 이상 캐묻지 못했죠."

분위기가 이상하진 않았다, 라.

"이상함에도 정도가 있는데요."

내가 말하자 스바루 씨는 고개를 끄덕인다.

"어머니의 눈으로 보기에, 굳이 말하자면 약간 들뜬 것 같았대요."

그는 지팡이를 움켜쥐고 일어서더니 부엌에서 두 잔째의 커피를 끓이기 시작했다.

나는 말했다. "요컨대 그 무렵부터 마키타 히로키 씨와의 관계가 시작된 게 아닐까요. 둘이 어디에서 어떻게 서로를 알게 되었는지는 우선 제쳐 두더라도, 그녀가 들떴던 까닭은 연애를 하고 있었기 때문이에요. 그것도 아내가 있는 남성과."

스바루 씨가 아무 말도 하지 않아서 나는 얼굴을 들고 그를 보았다.

"누나한테 들었는데 지난 달 중순, 고후 역 근처에서 히로키 씨가 낯선 젊은 여성과 걷고 있는 모습을 본 사람이 있다고 합니다. 팔짱을 끼고 커플 같은 모습으로요. 그래서 그에게 애인이 있는 게 아니냐는 소문이 났죠."

"그런 것 같더군요."

그 부분도 이미 조사했나.

"타이밍상으로도 맞다고 생각합니다. 이노우에 다카미 씨가 들뜬 것처럼 보이기 시작한 시기는 5월 중순부터죠. 그리고 둘이 사랑의 도피를 한 날은 7월 30일."

기간이 약 삼 개월이네요—하고 스바루 씨는 중얼거렸다.

"그게 긴 건지 짧은 건지, 나는 판단이 가지 않지만."

"저도 사랑의 도피를 하는 남녀의 심리는 모릅니다." 나는 말했다. "하지만 이런 연애는 진행이 빠르지 않을까 싶습니다. 배우자 이외의 이성과 친밀해진다는 건, 뭐랄까, 처음부터 목적지가 정해져 있는 일이니까요."

내 아내의 경우도 관계의 진행은 빨랐다. 끝날 때도 갑자기 끝났지만.

"불타오른다는 건가요?" 스바루 씨가 진지한 얼굴로 말한다. "나는 '타오른다'일본의 인터넷 용어로는 불상사나 논란거리가 될 만한 일이 일어나 비판 등을 받는 상황을 가리킨다고 하면 인터넷상의 일밖에 모르지만."

"뭐, 그런 뜻입니다. 그러니까 좀 있으면 둘이 불쑥 돌아올 수도 있을 거라고 생각합니다. 급상승한 열이 식고, 말하자면 제정신으로 돌아와서 말이죠."

스바루 씨는 가볍게 양쪽 눈썹을 치켜세웠다.

"마키타 히로키 씨는 아내에게, 이노우에 다카미 씨는 어머니에게 돌아온다고요?"

"네."

글쎄요, 하고 그는 말했다.

"어쨌든 어머니가 다카미 씨를 마지막으로 만난 날은 7월 29일 아침입니다. 오사카에 있는 친구를 만나러 갈 거라고 했어요."

—1박이나 2박 하고 올지도 몰라. 친구네 집에서 잘 거니까 걱정하지 마.

"무슨 볼일이냐고 물었더니, 직업 상담이라고요. 표정이 밝았대요."

이미 마키타 히로키 씨와 사랑의 도피를 할 생각이었다면 이 말은 새빨간 거짓이다. 하지만 밝은 표정은 연극이 아니었으리라.

"다음 자료를 보세요. 둘이 사랑의 도피를 한 후에 다카미 씨가 어머니에게 보낸 메일 내용이 실려 있습니다."

나는 페이지를 넘겼다. 메일은 세 통. 순서대로 번호가 매겨져 있다. 제목은 세 통 다 '엄마 다카미예요.'

①은 7월 30일 오후 10시 22분 발신.

'역시 오늘 밤에는 외박할게요 또 연락할게요'

②는 8월 1일 오후 1시 55분 발신.

'지금까지 말 안 해서 미안해요 저 아내가 있는 사람이랑 사귀고 있어요 많이 고민했지만 둘이서 얘기해서 앞으로 같이 살기로 했어요 그는 데릴사위라 당당하지 못하고 집에는 자기 것이라곤 아무것도 없어요 아내는 절대로 이혼해 주지 않을 사람이라 도피하기로 했어요 자리 잡으면 연락할 테니까 걱정 마세요'

③은 그로부터 닷새 후인 6일 오후 10시 10분에 발신되었다.

'우선 살 곳이 정해졌어요 저는 잘 지내요 당분간 연락할 수 없겠지만 전 행복해요 둘이서 열심히 살아갈 거예요 여러 가지 문제가 해결되면 엄마를 만나러 갈게요 몸조심하세요'

문장에 수상한 점은 없어 보였다. 그리고 나는, 가장 초보적인 사실을 묻는 것을 잊었음을 깨달았다.

"다카미 씨의 어머니는 딸에게 이렇게 메일을 받았으면서 왜 가키가라 씨의 오피스에 상담한 걸까요."

스바루 씨는 내 눈을 똑바로 보며 대답했다.

"이유 중 하나는 어머니의 직감입니다. 딸이 보낸 메일이라는 생각이 들지 않았어요. 왠지 느낌이 달랐죠. 게다가 이 메일들은 일방적으로 발송되었을 뿐이고, 어머니가 답장을 보내도 전혀 회신이 없었으니까요."

그런가. 모모코와 매일같이 대화를 주고받고 있기 때문에 나도 그 감각은 안다.

"게다가 만일 딸이 불륜을 했다면 사랑의 도피를 하기 전에 반드시 자기한테 고백했을 거래요. 실제로 그때까지 다카미 씨는 남자친구가 생기면 곧 어머니에게 이야기하곤 했답니다. 딸이 말하지 않아도 어머니에게 느낌이 왔고요. 딸의 언동이 달라지니까.

하지만 이번만은 그런 기색이 없었어요."

줄곧 모녀끼리 살아왔다. 그 주장도 이해가 간다.

"그 외에는?"

"다카미 씨가 아버지의 유품을 집에 남겨 두고 간 것. 아버지가 돌아가시기 전에 생일선물로 사 준 작은 강아지 인형인데요. 소중히 여겼대요."

—다카미가 정말로 가출할 생각이었다면 반드시 가져갔을 거예요.

"어머니는 우선 관할 경찰서에 상담했어요. 하지만 상대해 주지 않았죠."

남녀 관계의 문제이고, 얼핏 보기에는 자발적인 가출이기 때문이다.

"불륜 같은 걸 했다면 어머니에게도 말하기 어려웠을 테고 인형을 가져가지 않은 건 곧 가지러 돌아올 생각이거나 의외로 잊어버렸기 때문이 아닐까요, 라고 말하더래요."

—연애를 하면 여자는 그런 법이에요, 어머님.

하지만 다카미 씨의 어머니는 납득할 수 없었다.

"그래서 민간 조사회사에 부탁하려고 한 거예요. 직업별 전화번호부를 뒤져서 몇 곳이나 찾아가 보았습니다. 그중에서 우리 직원이 가장 자기 일처럼 응대했다더군요. 나는 소장으로서 콧대가 높고 그녀는 눈이 높은 거죠."

세 번째 메일이 오고 나서 나흘 후, 8월 10일 일이었다고 한다.

"그리고 우리 회사는 우선 메일의 발신원을 조사했습니다."

첫 번째 메일은 도쿄에서, 이노우에 다카미 씨의 스마트폰으로 발신되었음을 알 수 있었다.

"두 번째랑 세 번째도 도쿄에서. 다만 시부야와 신주쿠의 인터넷 카페 컴퓨터에서 보낸 거였어요."

나는 이때 처음으로 약간 동요했다.

가출한 딸이 어머니에게 연락하는 건데 왜 일부러 인터넷 카페에 간단 말인가?

"아시겠지만 스마트폰에는 GPS 기능이 달려 있고, 다운로드한 앱에 따라선 쉽게 그 소재지를 파악할 수 있습니다" 하고 스바루 씨는 말했다. "하기야 그녀의 어머니는 그런 건 몰랐어요. 그렇기 때문에 경찰서에 가고 우리 같은 프로도 찾아온 거지만요."

그리고 '오피스 가키가라'는 이렇게 발신원을 알아냈다.

"어머니보다 우리 마음에 더 걸렸어요. 발신자가 다카미 씨 본인이라면 인터넷 카페를 이용하는 건 부자연스럽죠. 어머니가 자신을 찾는 것을 그렇게까지 두려워할 필요가 있을 것 같지 않습니다. 실제로도 '문제가 해결되면 만나러 가겠다'고 했으니까요."

딸이라고 해도 29살의 다 큰 어른이 하는 일이기도 하다.

"그러니까 적어도 두 번째와 세 번째 메일은 본인이 보낸 게 아니에요. 이 두 메일은 이노우에 다카미 씨가 어디에 있는지 찾아다니면 곤란한, 다른 인물이 보낸 거겠죠. 그래서 인터넷 카페 같은 걸 이용하는 바람에 결과적으로는 긁어 부스럼이 된 겁니다."

이건 정말로 불륜 커플의 사랑의 도피일까 라는 의혹을 부르고 말았다—.

"이 다음에 메일은 어떻게 됐지요?"

"오지 않았어요."

메일은 뚝 끊겼고 스마트폰 자체에도 연결이 되지 않았다고 한다.

"그것도 수상하네요."

커피가 끓었다. 나는 자리에서 일어나 스바루 씨를 제지한 후 새 커피를 서로의 잔에 부었다. 그는 고맙다고 말했다.

"한편, 마키타 노리코 씨는 남편의 행방을 찾으려고 하지 않습니다."

첫 잔은 블랙으로 마셨지만 두 잔째의 커피에는 설탕을 듬뿍 넣으며 스바루 씨는 말을 잇는다.

"말이 난 김에 말하자면 그녀의 부모도 딸을 위로하는 중인 모양이지만 그 이상의 일은 안 하고 있어요."

"하지만 노리코 씨의 상심은 진짜였습니다. 초췌해질 대로 초췌해져서 비틀거렸죠."

나는 그녀를 만났다. 이 팔로, 쓰러지는 그녀를 받아 안았다.

"입원 치료가 필요했으니까요. 그건 나도 의심하지 않습니다. 하지만—."

담담한 스바루 씨의 말투에는 변함이 없다.

"그 초췌함의 원인은 남편의 바람과 사랑의 도피가 아닐지도 몰라요."

스바루 씨는 이렇게 말한 뒤 테이블 위의 자료를 가리켰다. "끝까지 읽어 보세요."

나는 서둘러 페이지를 넘기며 글씨를 좇았다. 그러다가 눈을 크게 떴다.

"동료였군요……."

이노우에 다카미 씨가 올해 3월까지 일한 부동산 관리 회사에, 옛날에 마키타 노리코 씨도 근무했던 것이다.

"나이는 마키타 노리코 씨가 2살 위지만, 다카미 씨는 19살 때 중도 입사했으니까 같은 시기에 일했던 게 되죠. 마음이 맞았는지 사이가 좋았어요."

이 회사는 지금도 (인원 정리 덕분인지) 건재하기 때문에 탐문은 쉬웠다고 한다. 사원들의 증언뿐만 아니라 송년회나 환영회, 송별회 등의 사진도 있었다. 그 복사본 몇 장이 파일에 들어 있다. 20살 전후의 마키타 노리코 씨와 이노우에 다카미 씨. 어리고 사랑스럽고, 발랄하게 웃는 얼굴로 찍혀 있다. 여름의 맥줏집에서 찍었는지 맥주 조끼를 들어 올리며 건배하는 스냅사진도 있었다.

"당시의 상사에 따르면 자매처럼 사이가 좋았대요."

친한 친구였던 것이다.

"이것도 제 누나한테서 들은 정보인데, 노리코 씨는 히로키 씨와 도쿄에서 만난 모양이던데요."

"네. 아무래도 단대 시절부터 알고 지냈던 것 같아요. 다만 주위 사람들에게 소개하지 않았어요. 그녀는 온화하고, 굳이 말하자면 눈에 띄지 않는 여성이었다고 하더군요."

나는 '이오리'의 노리코 씨를 떠올리며 고개를 끄덕였다.

"네. 일본적인 미인이지만 조용하고 내성적인 인상이었습니다. 말수도 적었고."

나서서 자기 이야기를 하는 타입과는 정반대인 여성이었다.

"하지만 상대가 친한 친구라면, 이야기는 전혀 다를 거라고 생각합니다."

자매처럼 사이좋은 이노우에 다카미 씨에게는 연인을 소개했을 것이다.

"마키타 히로키 씨와 이노우에 다카미 씨의 연결점은 이 일로 생겨난 게 아닐까요?"

스바루 씨가 약간 씁쓸한 말투로 말했다.

"여자는 친한 친구한테 남자친구를 소개하지 않을 수 없는 생물인 것 같으니까요."

묘하게 실감이 담겼기 때문에 그를 바라보자 분명히 씁쓸한 얼굴을 하고 있었다.

"내 경험은 아니에요. 그런 데서 시작된 삼각관계 분쟁이 우리가 다루는 안건 중에 많아서요."

"그렇군요."

"소중한 남자친구라면 잘 넣어 두라고 말하고 싶네요."

나는 무심코 웃었다. 그러고는 말했다. "제 신변을 조사하셨다면 아시겠죠. 제 이혼의 원인도 아내의 불륜입니다."

스바루 씨는 고개를 끄덕였을 뿐 이번에는 "알고 있습니다"라는 말은 하지 않았다.

"상대는 결코 나쁜 남자가 아니었어요. 연하지만, 저는 오히려 일하는 사람으로서의 그를 존경하기까지 했습니다. 그러니까 우리 경우도, 제가 제대로 아내를 넣어 두지 않은 게 잘못이었겠죠."

잠깐 동안 스바루 씨는 침묵했다. 그 후 말했다. "경솔한 말을 해서 실례했습니다."

"아뇨, 무슨."

"하지만 스기무라 씨가 구제불능의 좋은 사람이라는 평판은 사실인 것 같아요."

나는 몸을 움츠렸다. "죄송합니다."

스바루 씨는 담담하게 화제를 다시 돌렸다.

"나는 우리 조사원에게서 처음 이 보고를 받았을 때 이 세 사람은 그랬던 게 아닐까 생각했어요. 마키타 히로키 씨—결혼하기 전 성은 가가와인데요, 그와 이노우에 다카미 씨는 도쿄에 있었을 때부터 이미 관계가 있었다든가."

히로키와 노리코와 다카미는 현 시점뿐만 아니라 예전에도 삼각관계였던 게 아닐까, 하고.

"그래도 최종적으로 그는 마키타 노리코 씨를 선택한 거예요. 그렇기 때문에 노리코 씨는 회사를 그만두고 친정으로 돌아간 거고요. 가가와 히로키 씨도 그녀를 따라갔고 이노우에 다카미 씨는 혼자 남겨졌어요."

하지만 구 년이나 지난 후에 어떤 계기로 히로키 씨와 다카미 씨는 다시 만났고, 타다 남은 그루터기에 불이 붙은 게 아닐까—.

나는 한숨을 쉬었다. "있을 수 있는 일입니다."

"그렇죠? 하지만 우리 조사원이 당시 그들의 상사나 동료에게서 들은 바로는, 마키타 노리코 씨와 다카미 씨의 관계는 노리코 씨가 퇴직할 때까지 쭉 양호했다더군요."

스바루 씨는 테이블 위에서 뺨을 괴었다.

"그렇다면 히로키 씨와 다카미 씨가 사귀었어도 노리코 씨는 눈치채지 못한 거지요. 다카미 씨도 계속 숨긴 거예요. 그런 일이 가능할까요?"

내 머리에는 아무런 의견도 떠오르지 않는다.

"나는 불가능하다고 생각해요. 그래서 아까 그 가설은 백지 철회. 다시 처음으로 돌아가서 생각했죠."

나는 말했다. "가키가라 씨네 조사원은 유능하군요."

의뢰를 받은 지 이십 일도 지나지 않았는데 움직임이 신속하고 정확하다.

"그거 고맙습니다." 도련님이자 소장인 이 젊은이는 무뚝뚝하다.

"하지만 이 정도는 당연히 해야죠."

탐정 흉내를 내 본 경험이 있는 나는 이 평가를 엄격하다고 생각했다.

"마키타 노리코 씨는 2000년 2월에 퇴직했는데, 전년 9월에 몸이 안 좋아서 이 주 정도 회사를 쉰 적이 있어요. 이때도 이노우에 다카미 씨가 걱정해 주었죠. 마키타 노리코 씨에게 문병을 가고 상사에게 상태를 보고하기도 했고요."

"어떤 병이었나요?"

"무슨 병이었는지 확실하지 않습니다. 현 시점에서 알고 있는 건 입원이나 수술은 하지 않았다는 점, 복직했을 때 여전히 바싹 야위었다는 점 정도죠. 다만 퇴직할 때 자신의 건강 상태가 불안하다는 점을 이유로 꼽았다고 합니다. 결혼하기 때문에 그만두겠습니다, 라고 하지 않았어요."

그리고 퇴직 후 마키타 노리코 씨는 곧 류오초에 있는 본가로 돌아갔다. 가가와 히로키 씨와 결혼한 날은 그해 4월 10일이다.

"식은 올리지 않고 입적만 했어요. '마키타'는 고향의 오래된 가게여서 이웃 사람들은 마키타 노리코 씨를 어릴 때부터 알았다는데요, 이 결혼은 갑작스러운 결혼으로 보여서 모두 놀랐대요."

—'마키타'의 논짱은 도쿄에서 돌아오면서 사위를 선물로 데려왔다.

노리코 씨는 논짱이라고 불렸던 것일까.

"그 후 젊은 부부는 '마키타'에서 일을 배웠고 2002년 여기에 '이오리'를 개점했어요. 조리사 면허와 음식점 경영에 필요한 식품 위생 책임자 자격은 마키타 노리코 씨가 취득했죠."

그러고 보니 '이오리' 점내에 걸려 있던 면허장은 마키타 노리코 씨의 것이었다.

"노리코 씨는 뭔가 지병이 있었던 걸까요" 하고 나는 말했다. "가게에서는 활기차게 일했지만 원래 체격이 가냘프기도 하고, 건강한 타입의 여성은 아니니까요."

배우자가 병약한 점은 애인을 만들어도 괜찮은 이유가 되지 못한다. 그럼 어떤 이유라면 괜찮은 거냐면, 그런 것은 없다. 없지만, 그런 사태가 일어날 때는 일어난다.

이런 화제가 나와도 나는 괜찮다. 하지만 아무렇지도 않은 것은 아니다. 나도 모르게 자신의 과거를 생각한다.

"나는 '이오리'에 간 적은 없지만, 마키타 히로키 씨는 꽤 사람을 좋아하는 인물이었던 것 같더군요?"

스바루 씨의 물음에 제정신으로 돌아왔다.

"네, 항상 온화했고요. 부인과 남편이 서로 닮은 느낌이었죠."

"아웃도어파였나요?"

"산속을 걸으면서 사진을 찍는 걸 좋아한다고 했습니다. 가게 안에도 장식해 놓았어요."

"그럼 '이오리'의 사이트에 올라와 있는 계절 초화나 풍경 사진은 그 사람이 찍은 거였군요."

"그런가요? 저는 사이트를 본 적은 없지만—."

"왠지 경영자의 사진은 없더라고요."

스바루 씨는 의심스럽다는 듯이 눈을 가늘게 뜬다.

"보통은 올리잖아요? 이 가게를 경영하는 사람은 이런 사람입니다, 하고. '나쓰메 시장'의 매장에서도 생산자의 얼굴 사진을 공개한다면서요."

그건 그렇지만, 그렇게 의심스러워할 정도의 문제일까.

"사진 찍는 건 좋아해도 찍히는 건 싫어하는 사람이 있습니다."

"그의 경우는 그런 이유 때문만이 아닌 듯싶어요."

스바루 씨는 그렇게 말하고 테이블 옆의 선반에서 새 파일을 꺼냈다.

"이건 가가와 히로키 씨의 신상 조사서예요. 바로 그저께, 나한테 올라왔죠."

나는 파일에 손대지 않았다. 불길한 예감이 들었기 때문이다.

"뭔가 있었습니까?"

"어떤 과거가 있었어요."

나는 말없이 스바루 씨를 바라보았다.

"1990년이니까 그가 14살, 중학교 2학년 때 도쿄 스기나미 구에 있던 자택이 화재로 타 버리고, 어머니와 10살짜리 여동생이 사망했습니다. 이게 화재인지 방화인지 확실하지 않아요. 당시에도 뉴스에 났고 꽤 소란스러웠던 사건이죠."

십구 년 전 일이다. 나는 전혀 기억 못 한다.

"집은 목조 이층집. 불이 난 곳은 일층 거실 쓰레기통. 히로키 씨는 이층의 자기 방에서, 동생은 그 옆의 부모님 침실에서 어머니와 함께 자고 있었어요. 회사원인 아버지는 출장중."

다시 말해 집 안에 어머니와 히로키 씨와 여동생밖에 없었다.

"부엌에 연기 감지기가 있었지만 거실에는 없었어요. 불은 거실 벽과 천장을 타고 계단을 통해 위로 번졌죠. 히로키 씨는 자기 방 창문 베란다에서 집 앞 도로로 뛰어내려서 살았지만, 어머니와 여동생은 채광창만 한 작은 창밖에 없는 침실에 있었던 바람에 문 앞에서 서로 겹친 채 죽어 있었습니다. 사인은 일산화탄소 중독이에요."

애처로운 비극이다.

"쓰레기통에서 불이 났다면 원인은 담배꽁초입니까?"

"아마도요."

"어머니가 흡연자셨나요?"

"네."

"그럼 화재겠죠."

"그렇게 보이게 하는 건 중학생 소년에게도 가능하죠."

나는 입가를 굳혔다. 스바루 씨는 고개를 끄덕이며 말했다. "그런 게 아니었을까 하고 의심받았어요."

"그 무렵의 가가와 히로키 씨에게, 가족이 자고 있는 자택에 불을 지르고 싶어 할 만한 동기가 있었다는 겁니까?"

스바루 씨는 당장은 대답하지 않고 식어 버린 커피를 비웠다.

"그는 몇 가지 문제적 행동을 한 적이 있어요. 우선 이 화재가 일어나기 전, 약 일 년 사이에 근처에서 수상한 화재가 세 건 일어났죠. 관할 경찰서가 학교를 통해 가가와 히로키 씨에게 이 사건들에 대해 물었어요."

목격자의 증언이 있었거든요, 라고 한다.

"그는 자기는 상관없다고 말했고 명확한 물증도 없어서 결국은 흐지부지되었지만요."

스바루 씨의 미간에 희미하게 주름이 진다.

"게다가 가정 내 폭력 건도 있어요. 대상은 부모가 아니라 여동생입니다. 이 폭력은 히로키 씨가 초등학교 고학년이 되었을 때부터 시작되었고 어머니가 몇 번이나 아동상담소를 찾아갔죠."

그렇게 말하고 후우 하고 숨을 내쉬었다.

"모처럼 스기무라 씨가 칭찬해 주신 우리 유능한 조사원도 이쪽 관련 조사에는 애를 먹고 있습니다. 소년에 관한 문제니까 공적 서류를 구할 수가 없고 직접적인 관계자들도 입이 무겁죠. 좀처럼 정확한 상세 사항을 파악할 수가 없네요."

이는 무리도 아니고, 또 그래야만 한다.

"당시의 매스컴도 수상하다, 수상하다고 소란을 피웠지만 말하자면 근거 없이 떠들어 댄 거예요. 물론 그의 이름은 공표하지 않았고요. 인터넷도 아직 여명기였을 때라 지금처럼 소년 사건 관계자의 사진이나 프로필이 눈 깜짝할 사이에 공개되어 버리는 일은 없었어요."

그래서 수고가 드는 거죠, 라고 한다.

나는 문득 떠올렸다. "아직 사진 주간지가 있었을 때죠?"

"네. 나는 모르지만 《포커스》였던가요?"

이렇게 이야기하고 있으면 잊어버릴 것 같지만 이 도련님은 대학을 갓 졸업한 젊은이다.

"그래도 뭐, 그 무렵에 유포된 정보를 긁어모아 보니 가가와 히로키 씨의 어머니는 그의 교육 때문에 고민했더군요. 다른 엄마들에게 상담했을 정도입니다."

—히로키는 뭐든지 자기 생각대로 되지 않으면 금방 짜증을 내서 감당할 수가 없어요. 동생한테도 못되게 굴고 질투만 하고 조금도 귀여워해 주려고 하지 않아요.

"동생은 자주 다쳤고 밤중에 울면서 구급차로 실려 간 적도 있어요. 따라간 어머니도 새파랗게 질려서 울고 있었다고—스기무라 씨?"

"네?"

"물 좀 드릴까요."

"죄송합니다, 주세요. 아, 아뇨, 제가 하겠습니다."

잔을 빌려 수돗물을 받아다가 차가운 물을 마셨다. 스바루 씨는 나를 바라보고 있었다.

"마음 편하게 들을 수 있는 얘기가 아니라는 건 잘 압니다" 하고 말했다.

"—화재로 아내와 딸을 잃었을 때 아버지도 아들을 의심했습니까?"

"리포터들에게 둘러싸여 그 비슷한 발언을 하는 영상이 남아 있습니다. 경찰의 수사로 확실하게 밝혀 주었으면 좋겠다고요. 아들에게 걸린 말도 안 되는 혐의를 풀어 달라는 말처럼도 들리고, 아들을 체포해 달라고 하는 것처럼도 들려요. 굳이 말하자면 후자의 인상이 강하고, 비극에 의기소침해 있을 뿐만 아니라 아들을 두려워하는 듯한 말투입니다."

나는 다른 잔에 찬물을 받아 스바루 씨에게 건넸다. 그는 단숨에 절반 정도 마셨다.

"하지만 결국 두 사람이나 죽은 이 화재도 사건인지 사고인지조차 판명되지 않았어요."

그럼 그 후의 가가와 부자는 어떻게 되었을까.

"아버지는 금방 찾을 수 있었습니다."

스바루 씨의 말투는 여전히 침착하다.

"현재의 주소를 알아내서 우리 조사원이 만나러 갔어요. 하지만 이야기는 거의 나누지 못했죠."

—저도 히로키에 대해서는 모릅니다.

"가가와 히로키 씨는 중학교는 간신히 졸업했지만 고등학교에 가지 않았어요. 요즘 말하는 은둔형 외톨이 상태에 가까웠고, 내내 아버지가 부양했다고 하는데요."

—그 녀석이 18살이 되었을 때 이제 더 이상은 돌봐 주지 않겠다고 말하고 부자의 연을 끊었습니다. 그 후로 어디에서 어떻게 지내는지 몰라요. 그 녀석도 제가 있는 곳을 모를 겁니다.

"헤어질 때 재산을 나눠 줄 생각으로 꽤 많은 액수의 저금을 주었다더군요. 부자 간의 위자료."

스바루 씨는 그렇게 말하고 재미도 없다는 듯이 짧게 웃었다.

“가정을 만들었다 부수고, 만들었다 부숴 온 우리 아버지도 그렇게까지 건조한 짓은 하지 않아요.”

보통 부자 간의 연은 돈으로 끊을 수 없다.

“아버지는 재혼해서 아이도 있었어요. 지금도 히로키 씨를 두려워하는 것 같더라고요.”

두려워하고 있기 때문에 보통의 부자라면 하지 않을 방식으로 인연을 끊었다. 보통의 부자라면 하지 않을 방식으로 인연을 끊었기 때문에 두려워하고 있다. 닭이 먼저일까, 달걀이 먼저일까.

“이번 사랑의 도피가 벌어지기 전까지 아드님은 좋은 남편이자 좋은 가게 주인이었고, 지역에도 녹아들어서 잘 살았다고 설명해도 그런 건 겉으로만 그럴 뿐이라고 주장하면서.”

―그 녀석도 어른이 되어서 가면을 쓰는 게 능숙해졌을 뿐이겠지요.

“우리 조사원이 모처럼 가져간 사진을 보려고도 안 했대요.”

“히로키 씨의 사진이요?”

스바루 씨는 고개를 끄덕였다. “내가 나카무라 씨한테 부탁해서 손에 넣은 겁니다. 작년 여름 축제 때의 주민 자치회 단체사진이라서 끝 쪽에 작게 찍혀 있을 뿐이지만요.”

30살이 넘어 아들은 어떤 어른으로 성장했을까. 지역 여름 축제 사진에 어떤 웃는 얼굴로 찍혀 있을까. 그것을 보려고도 하지 않는 아버지의 심정은, 좋은 방향으로도 나쁜 방향으로도 이해할 수 없다. 나는 하루의 일 위에 이야기의 무게가 더해져 피곤해지기 시작했다.

“현재로서는 그 후 혼자가 된 가가와 히로키 씨가 어떻게 살았는지 알 수 없어요. 다만, 마키타 노리코 씨와 결혼하기 전의 주소는 알아냈습니다.”

나는 “네에” 하고 말했다.

스바루 씨가 이번엔 격려하듯이 웃었다.

“그런 영혼 없는 목소리로 말하지 마세요. 그 주소지는 그녀가 단대 학생 시절부터 살았던 아파트였습니다. 마키타 노리코 씨가 201호실, 히로키 씨는 205호실.”

나도 모르게 입을 딱 벌리고 말았다.

“아아, 그럼—.”

“그곳이 접점이었던 거죠. 관리인이 둘이 사이좋게 지내는 모습을 몇 번인가 봤고 기억하고 있었어요. 다행히 이 사람은 사진도 확인해 주었습니다.”

이제야 내가 알고 있는 마키타 히로키 씨가 나타난 듯한 기분이 들었다. 깊이 숨을 쉬고 양손으로 얼굴을 문질렀다.

“그 히로키 씨가 그런 소년이었다니, 도저히 믿을 수 없어요.”

사람은 외모로 판단할 수 없다고 한다. 그렇다고 해도 믿기 힘들다.

하지만 사람은 성장하면 변한다고도 하지 않는가. 특히 소년은 가소성이 있다고.

“확실히 옛날에는 문제아였겠죠. 하지만 성장해서 차분해졌어요. 게다가 노리코 씨란 존재를 얻고 더 좋은 방향으로 변화한 거예요. 분명히 그럴 겁니다."

아버지에게 버림받아 천애고아가 된 것은 다른 사람이 보기에는 불행이다. 하지만 그의 입장에서 생각해 보면 과거로부터의 해방이기도 하다. 어머니와 동생이 죽은 화재는 정말로 화재였을 가능성도 있는데 그는 줄곧 아버지에게 의심을 받아 왔다. 그도 상처받았을 텐데 그 상처는 치료되지 않았고, 오히려 의심받음으로써 계속 상처를 입어 왔다고 볼 수도 있다.

혼자가 되어 가가와 히로키 씨는 자유로워졌다. 그리고 호감이 가는 여자를 만나 사랑에 빠지면서 새롭게 태어났다. 그렇게 생각하지 않고서는 스바루 씨의 조사원이 조사해 낸 '가가와 히로키'와 내가 아는 '마키타 히로키'의 초상은 아무리 해도 서로 겹치지 않는다.

"노리코 씨를 만나 연애하고 결혼해서 마키타 가에 들어가고, 가족을 만들었어요. 옆에서 보기에도 사이좋은 부부였고 행복한 것 같았습니다."

나는 거기까지 말하고 입을 다물었다.

그런가—하고 생각했다.

스바루 씨는 물끄러미 나를 응시했다.

"그렇기 때문에 그는 더더욱, 알려지고 싶어 하지 않았을 거라고 생각하지 않나요?"

자신의 과거에 고여 있는 의혹을.

그래서 마키타 히로키 씨는 자신의 사진을 '이오리'의 사이트에 올릴 수 없었던 것이다. 만에 하나 그의 얼굴을 기억하는 누군가가 볼지도 모르니까. 여름 축제의 단체사진에서조차 눈에 띄지 않도록 구석에 있었다.

"하지만 마키타 노리코 씨는 이 사실을 알고 있었어요."

스바루 씨도 피곤해졌는지 목소리의 톤이 떨어지기 시작했다.

"알면서도 그를 감싸고 숨겨 주려고 했어요. 그녀의 행동을 보면 그렇게 생각됩니다."

나는 앞질러 말했다. "도쿄에서 취직한 데다가 부모님의 가게를 돕거나 물려받을 생각도 없었던 것 같은데 약 이 년 만에 갑자기 생각난 듯이 회사를 그만두고 본가로 돌아왔죠. 다시 말해 도쿄를 떠났어요. 그때까지는 가가와 히로키 씨를 주위 사람들에게 소개하지 않았고요. 그와 결혼할 예정이라는 것도 알리지 않았고 결혼한 후에도 마키타 성을 쓰려고 했죠."

그렇게 하면 '가가와 히로키'는 존재하지 않게 되기 때문이다.

스바루 씨는 미소를 지었다. "역시 스기무라 씨는 사건에 익숙하군요."

칭찬받은 건지 아닌지 미묘하다.

"나는 그녀와의 사이가 깊어진 단계에서 가가와 히로키 씨가 고백했을 거라고 생각해요."

아파트 관리인의 눈에도 사이좋아 보였던 그들이다. 결혼을 의식하게 되었어도 이상하지 않다. 그렇다면 쌍방의 부모에게 소개하자는 등의 이야기도 나왔을 것이다.

"거짓말을 해서 얼버무리지 않고 사실을 털어놓는다. '이오리'의 히로키 씨라면 그렇게 했을 거라고, 저도 생각합니다."

"흠" 하고 스바루 씨는 콧소리를 냈다. "나는 당사자를 모르니까 뭐라고도 말할 수 없어요. 다만 아까 설명했죠. 결혼하기 전해 9월에 마키타 노리코 씨는 회사를 병결했다고요."

핼쑥하니 야위었다고 한다.

"원인은 그거였던 게 아닐까 싶습니다."

그런가. 나는 크게 고개를 끄덕였다. "노리코 씨는 쇼크를 받고 고민했던 거예요."

"있을 법하죠?"

스바루 씨는 뺨을 괴고 있던 손을 빼고 상반신을 일으켰다.

"그리고 그 무렵 이노우에 다카미 씨도 그 사실을 안 게 아닐까요" 하고 말했다. "어쨌거나 마키타 노리코 씨와 자매처럼 사이가 좋았으니까."

그녀가 상담했어도 이상하지 않다. 그리고 비밀을 공유하게 되었어도.

"마키타 노리코 씨는 야윌 정도로 고민했지만 결국 가가와 히로키 씨와 헤어지지 않았어요. 오히려 히로키 씨를 괴롭히는 과거의 의혹에서 그를 지킬 결의를 하고 결혼했죠. 이노우에 다카미 씨도 둘의 새로운 인생의 시작을 축복했어요."

그로부터 구 년. 마키타 부부의 가게는 번성했고, 한편 이노우에 다카미 씨는 정리해고당해서 30살을 목전에 두었을 때 직장을 잃었다.

제대로 된 자격을 따서 재취직하고 싶다. 그걸 위해 공부하겠다. 그녀는 학비를 필요로 했다.

무모한 꿈을 품지 말라고 걱정하는 어머니에게 낙관적인 말을 했다.

—괜찮아.

"필요한 돈을 얻기 위해 구 년 전에 지켜 준 비밀을 이용할 수 있을 것이다. 이노우에 다카미 씨가 그렇게 생각하고 행동을 일으켰다고 가정하면 지금까지 꼽아 온 이해하기 어려운 점들이 서로 연결되지 않습니까?"

스바루 씨의 물음에 나는 침묵했다.

"여자니까 공갈이라는 위험한 말은 어울리지 않죠. 실제로도 마키타 히로키 씨의 팔에 매달려 걷고 있었으니, 졸랐다고 말하는 게 좋을까요."

내용물은 똑같다.

"그런 건 한 번으로 끝나지 않아요."

스바루 씨는 단언했다.

"조르는 쪽은 반드시, 이번이 마지막이라고 말합니다. 하지만 한 번이라도 남에게서 편하게 돈을 뜯어내는 맛을 배워 버리면 버릇을 들이게 되죠."

인간은 약하니까요, 라고 한다.

"그것도 '오피스 가키가라'에서의 경험으로 말씀하시는 겁니까?"

"네, 맞아요."

망설임 없는 대답이었다.

"말이 난 김에 말하자면 나보다 훨씬 경험이 풍부한 우리 회사의 유능한 조사원도 같은 의견을 냈어요."

"조롱을 당하는 쪽도 약한 걸까요" 하고 나는 말했다. "이건 한 번으로는 끝나지 않는다고, 공포를 느낄 정도로."

"스기무라 씨가 그 입장에 있다면 어떨 것 같아요?"

—이번뿐이야. 앞으로는 영원히 비밀로 해 줄게.

협박하는 사람이 하는 말을 믿을 수 있을까.

믿을 수 없다. 이것은 믿고 안 믿고의 문제가 아니라 공포의 문제이기 때문이다.

"14살의 가가와 히로키 씨에게 달라붙어 있었던 건 어디까지나 의혹이에요. 하지만 사건의 내용이 내용이니까요. 방화 살인입니다. 물건을 훔치거나 싸움을 하는 것과는 레벨이 다르죠."

스바루 씨는 험악한 표정을 지었다.

"지방의 인기 가게 '이오리'의 평판에 상처를 입히기에는, 의혹만으로 충분할 거예요."

십대 시절에 자택에 불을 질러 어머니와 동생을 살해한 의혹이 있는 남자가, 그 손으로 메밀국수를 만들고 호토를 끓이고 있습니다. 당신, 먹고 싶나요?

"협박하는 쪽은 컴퓨터로 끄적끄적 몇 글자 쓰고 클릭 한 번만 하면 돼요. 금방 퍼지죠. 참 편해요."

당하는 쪽은 도망칠 곳이 없다. 지금까지 쌓아 올려 온 것이 허사가 된다.

마키타 부부의 공포. 그것이 동기다.

"—둘 사이에 돈의 움직임이 있다는 걸 알아냈습니까?"

"아직 조사중이에요. 금융기관도 만만치 않아서요. 어차피 현금으로 줬겠지만."

나는 손으로 이마를 눌렀다.

마키타 부부에게는 그녀가 사라져 주었으면 좋겠다고 생각할 만한 동기가 있었다. 배신당했다는 분노 또한 느꼈다 해도 이상하지 않다.

다카미를 살해하고 시체를 숨겨 버리자. 불륜 끝에 사랑의 도피를 한 걸로 위장해서 그녀의 어머니를 속여 두면 안심이다.

계획으로는 좋았다. 실제로 다카미 씨의 어머니의 호소에 경찰은 귀를 기울이지 않았다. 어머니가 거기에서 포기했다면, '오피스 가키가라'에 오지 않았다면, 그대로 끝나 버렸을 것이다.

"우리 조사원한테 '마키타'를 감시하도록 시켰어요" 하고 스바루 씨는 말했다. "이 추측이 옳다면 마키타 노리코 씨는 반드시 남편과 연락을 취하고 있을 거예요."

마키타 히로키 씨는 그녀를 버리고 나간 것이 아니니까.

"그러니까 처음에 스기무라 씨가 말한 것처럼 몇 년 지나서 열기가 식으면 마키타 히로키 씨가 불쑥 아내 곁으로 돌아올 계획인지도 모르죠. 마키타 노리코 씨가 슬쩍 '마키타'를 나가 다른 지방으로 가서 다시 히로키 씨와 함께 살 수도 있고요."

마키타 히로키 씨와 노리코 씨가 경계해야 할 것은, 내 딸은 어디에서 어떻게 지내고 있을까, 행복하게 살고 있을까 하고 홀로 계속 걱정하는 다카미 씨의 어머니뿐이다.

"그건 안이한 생각이에요."

하지만 스바루 씨는 싸늘하게 딱 잘라 말했다.

이마다 콘체른의 '아오조라' 편집부 시절, 내 상사는 여성 편집장으로 꽤 개성적인 사람이었다. 동료 편집자들이 자주 사건과 맞닥뜨리는 나를 불쌍하게 여겨 주는 가운데 그녀는 이렇게 말했던 것이다.

—스기무라 씨는 사건을 끌어당기는 체질이야.

고향으로 돌아와 '나쓰메 시장'의 치프가 되었어도 그 저주받은 체질은 바뀌지 않은 모양이다.

"무슨 이야기인지는 알겠습니다. 그래서 저한테 어떻게 하라는 겁니까? 노리코 씨에게 문병을 가서 지금 그 추론을 얘기하라고요?"

스바루 씨의 표정은 순식간에 냉담한 무표정으로 돌아왔다.

"농담이라고 해도 재미없는 발언이네요."

그녀를 슬쩍 찔러 봐 주세요, 라고 말했다.

"스기무라 씨가 큰 사건에 휘말린 경험이 있다는 건 동네 사람

모두가 알아요. 그녀도 알고 있죠. 당신은 사건에 익숙하고, 경찰에 익숙하고, 무엇보다 도쿄에서의 생활이 길었던 사람이에요. 당신과 문을 잠그지 않고 외출해도 아무렇지 않은 이 동네 사람들은 각각 범죄에 대해 다른 감각을 갖고 있죠."

확실히 내 결혼 전에는 본가나 누나의 집도 외출할 때 현관문을 잠그지 않았다. 하지만 현재 누나네는 문을 잠근다. 구와타마치에서도 시대는 달라졌다고 말해도 지금은 시간 낭비겠지만.

"그런 당신이 그녀를 위로하는 김에, 히로키 씨의 불륜과 사랑의 도피는 왠지 모르게 이상하게 느껴져요, 라는 말을 슬쩍 중얼거려 주면—."

마키타 노리코 씨는 분명히 놀라고 불안을 느낄 것이다. 그걸로 그녀가 움직여 준다면 돌파구를 열 수 있다.

"우리 조사원은 안 돼요. 오히려 경계하게 만들 테니까."

나는 깊이 한숨을 쉬었다.

떠올리고 있었다. 마키타 노리코 씨가 현관문을 열었을 때 코끝에 풍겨 온 염소 냄새를.

시체는 당장은 냄새가 나지 않는다. 하지만 피는 냄새가 난다. 사람의 죽음은 아름다운 것이 아니기 때문이다.

마키타 부부의 살풍경한 집 뒤쪽은 묘지였다. 언덕을 내려가는 경사면에 묘석이 늘어섰다.

시체를 숨기기에 묘지는 절호의 장소다. 이전에 휘말린 사건 속에서 나는 바로 그런 케이스를 만났다.

나는 말했다. "그 집에서 노리코 씨를 만났을 때 살균 소독용 염소 냄새가 났습니다. 희미했지만 여름의 수영장 냄새였으니까 틀림없어요."

그 의미하는 바를 스바루 씨는 곧 알아챈 것 같다. 눈매가 날카로워졌다.

"청소를 한 거군요. 그럼 자택이 현장이네요."

안 된다. 우리가 이렇게 앞서가면 어쩌려고.

"잠깐만요. 머리를 좀 식히죠. 전부 추측에 지나지 않아요."

"네, 이건 추측과 가설이죠. 그렇기 때문에 맞았는지 틀렸는지 더욱 확인해 보고 싶지 않습니까? 그 이상으로, 이노우에 다카미 씨의 어머니가 불쌍하지 않아요?"

나는 이런 말에 약하다.

공짜만큼 비싼 것은 없다는 말은 진실이다. 맛있는 저녁을 얻어먹은 대가가 이거다.

"노리코 씨를 만나기만 하면 되겠죠."

"네, 문병만 가면 돼요."

나는 비꼴 생각으로 말했다. "그 집 뒤쪽의 묘지를 파내는 걸 바라시는 게 아니라서 안심했습니다."

"버스 납치 사건에 얽혀서 비슷한 일을 하셨으면서."

정말로 전부 알고 있다. 이제 한숨도 나오지 않는다.

"언제 '마키타'에 가면 될까요?"

가키가라 스바루 씨는, 나도 이런 얼굴을 할 수 있답니다, 라는 듯이 싱긋 웃었다.

"스기무라 씨는 시간이 어떻게 돼요?"

5

내 시간 따위는 신경 쓸 필요가 없었다. 이튿날 아침 '시장'에 출근하자 나카무라 점장이 나를 불러 곧장 이렇게 말했기 때문이다.

"'마키타'는 월요일이 정기 휴일이에요. 문병 선물로 가져갈 건 내가 준비해 둘게요."

점장과 가키가라 씨네 도련님은 내 생각보다 친한 것 같다.

"그쪽에도 우리 스기무라 씨가 찾아뵐 거라고 전화해 둘게요."

"알겠습니다."

그렇게 말할 수밖에 없지 않은가.

"가키가라 씨네 도련님은 사부로 씨가 마음에 들었나 봐요. 파에야를 얻어먹었다면서요?"

"네."

"그건 어머니한테서 직접 전수받은 거예요. 도련님의 어머니는 요리 연구가이시거든."

나중에 슬쩍 검색해 보니 몇 권이나 요리책을 낸 분이었다.

그렇게 해서 8월 31일 월요일, 나는 구보타 매형의 세단을 빌려 가이 시까지 드라이브를 했다. 아침 일기예보에 따르면 한낮의 최고기온은 34도. 가만히 있어도 땀이 난다.

'마키타'는 동네의 작은 가게로, 이층집의 일층은 점포였다. '금일 정기 휴일' 팻말이 매달렸지만 문은 열려 있고, 발을 쳐서 통풍을 시키고 있었다.

나는 가게 안에서 노리코 씨의 어머니 마키타 아키코 씨와 대면했다.

"나카무라 씨가 정중하게 전화를 주셨더군요. 일부러 와 주셔서 고맙습니다."

노리코 씨를 이십 년쯤 늙게 하고 몸을 한층 통통하게 만든 느낌의 부인이다.

"남편은 잠깐 외출해서요. 저밖에 없어서 죄송해요."

"저야말로 실례가 많습니다."

"당신이 스기무라 씨인가요?"

부인은 그렇게 말하며 뚫어져라 내 얼굴을 보더니 새삼 몸을 굽히고 머리를 깊이 숙였다.

"그때는 노리코가 정말 신세 많이 졌습니다. 뭐라고 감사의 말씀을 드려야 할지—."

말이 막혔다.

일의 진상이 어떠하든, 딸을 생각하는 어머니의 아픈 가슴은 짐작되고도 남는다. 이곳에 온 목적이 목적이다 보니 나는 꺼림칙해지기 시작했다.

"그 상황에서는 누구라도 똑같은 일을 했을 겁니다. 얼굴을 드세요."

나카무라 점장은 토종닭의 달걀과 신선한 닭고기, 한 손으로는 다 들 수 없을 만큼 송이가 큰 거봉, 싱싱한 배, 유기농 고高리코핀 토마토 등을 잔뜩 들려 주었다.

"우선 이걸 넣으시죠. 도와 드리겠습니다."

정리를 마치고 이카트 무늬 방석을 깐 나무의자에 자리를 잡고 앉았다. 테이블 위에는 차가운 보리차가 담긴 잔이 있다.

"실은—."

가라앉은 표정을 띤 채 '마키타'의 마키타 부인은 말을 꺼냈다.

"딸은 지난주 목요일에 입원했어요. 그 편이 좋겠다고, 담당 의사선생님이 권하셔서."

"역시 몸이 안 좋으신가요?"

"네. 입덧은 없지만, 아직 마음 정리가 안 되는지 식욕이 전혀 없어서—."

나는 할 말을 잃었다.

입덧?

"배 속에 있는 아이의 성장에 지장이 있을 테니 남편도 저도 걱정했어요. 입원할 수 있어서 우선 안심했죠."

차가운 땀 한 줄기가 등을 흘러 떨어졌다.

"—임신하셨군요."

"오 개월째에 접어들었어요. 보통 같으면 이제 안정기라서 조금 안심할 수 있는데, 딸의 경우는 사정이 사정이다 보니."

마키타 부인은 몸을 움츠리고 내게 머리를 숙였다.

"오늘 아침에 딸한테도 전화해 봤지만 면회는 무리일 것 같아요. 정말 죄송합니다."

"당치도 않습니다. 모쪼록 쾌차하시라고 전해 주십시오."

정신이 들어 보니 나는 얼굴 가득 땀을 흘리고 있었다. 당황해서 손수건으로 닦았다.

마키타 부인은 띄엄띄엄 이야기해 주었다.

"딸네 부부는 자기네 가게가 궤도에 올라 제대로 해 나갈 자신감이 생길 때까지 아이를 만들지 않을 거라고 했어요."

—죄송해요, 손자는 좀 기다려 주세요.

"하지만 이제 슬슬 괜찮지 않을까 하고, 남편도 저도 최근에는 기대하고 있었어요."

"'이오리'는 번성했지요."

"여러분이 힘을 보태 주신 덕분이에요" 하고 마키타 부인은 말했다. "그리고 임신했다고, 딸이 우리한테 전화해 준 건 5월 말의 일이었어요."

—오래 기다렸죠. 드디어 손자 얼굴을 보여 드릴 수 있겠어요!

"엄청 기뻐했어요. 딸의 생각도 그렇고 우리도 고향에서 출산시킬 생각이었기 때문에 곧 이쪽에 있는 산부인과에 다닐 수 있게 준비를 해 두었죠."

"그랬—군요."

노리코 씨가 '나쓰메 시장'에 들렀을 때나 '이오리'에서 일할 때

평소와 달라진 점은 없었던 것 같다.

"전혀 눈치채지 못했습니다."

"입덧이 없었으니까요. 저도 그랬기 때문에, 딸은 웃으면서 말했어요."

—나는 엄마의 좋은 점을 닮았네.

"사위도—히로키도 기뻐하는 줄로만 알았어요."

마키타 부인은 어깨를 축 늘어뜨린다. 고개를 숙여 얼굴에 그늘이 생기자 홀쭉해진 뺨이 한층 더 눈에 띄었다.

"그런데 왜 이렇게 된 건지 짐작도 가지 않아요. 딸한테 물어봐도 울기만 하고."

나도 아래를 향했다. 노리코 씨의 어머니에게 지금의 표정을 보이고 싶지 않다.

나는—가키가라 씨네 도련님과 내가 세운 가설이 옳다면—히로키 씨가 노리코 씨의 임신을 기뻐했기에 더더욱 모습을 감추어야만 했다고 생각하기 때문이다.

새로운 생명이 태어난다. 그 아기를 위해서 아버지의 어두운 과거의 의혹을 봉해 두어야 한다. 그 봉인을 방패로 졸라 대는 이노우에 다카미 씨는 '이오리'의 마키타 부부에게 위협이었다.

나는 또 생각했다. 이것은 공포의 문제다.

"지금은 그저 딸이 무사히 아기를 낳아 주었으면 좋겠다고 바랄 뿐이에요."

가늘고 쉰 목소리로 마키타 부인은 말한다.

"어쩌면 히로키가 정신을 차리고 돌아올지도 몰라요. 딸이 용서한다면, 화해하고 둘이서 아이를 키워 주었으면 좋겠다는 생각도 들어요."

이해합니다, 하고 나는 말했다.

"하지만 남편은 노발대발해서."

애처롭게도, 이 어머니는 웃으려고 했다.

"히로키가 어슬렁어슬렁 돌아온다면 밀방망이로 두들겨 패 주겠다고 해요."

오늘 노리코 씨의 아버지가 이 자리에 없는 이유는 볼일이 있어서 외출했기 때문이 아니라, 이런 불유쾌한 화제를 더 이상 듣고 싶지 않아서 일부러 자리를 피한 것이리라.

마키타 부인은 의자에서 일어서더니 계산대 쪽으로 갔다가 곧 돌아왔다. 편지 한 통을 손에 들고 있다.

"이걸 보세요."

받는 사람은 '마키타 요시후미 귀하, 아키코 귀하'다.

"노리코가 이곳으로 돌아온 후 히로키가 남편과 제 앞으로 보낸 거예요."

"봐도 될까요?"

"네, 보세요."

나는 땀에 젖은 손바닥을 손수건으로 닦고 나서 편지를 집어 들었다. 흔해 빠진 하얀 봉투에 볼펜으로 직접 썼다.

내용물은 편지지 두 장. 역시 손 글씨로 적혀 있고 문장이 짧다.

아버님, 어머님,

이런 짓을 저질러서 뭐라 드릴 말씀이 없습니다.

노리코에게도 진심으로 미안하게 생각합니다.

하지만 스스로에게 거짓말을 할 수는 없어요.

저 같은 인간을 만나 버린 걸 재난이라고 생각하고, 부디 잊어 주십시오.

태어날 아이에게도 저 같은 아버지는 없는 편이 나을 겁니다.

모쪼록 건강하시길. 지금까지 감사했습니다.

날짜는 없다. 말미에 '히로키'라고 적혀 있을 뿐이다.

두 번째 편지지는 백지였다. 봉투의 소인은 도쿄에서 보낸 이번 달 6일의 편지임을 나타냈다. 신주쿠의 인터넷 카페에서 이노우에 다카미 씨의 어머니에게 세 번째 메일이 송신된 날과 같은 날이다.

"이건 히로키 씨의 글씨가 틀림없나요?"

내가 편지에 시선을 떨어뜨린 사이에 마키타 부인은 눈물을 글썽이고 있었다. 손끝으로 눈가를 닦으면서 고개를 끄덕였다.

"네. 딸네 부부가 여기서 같이 살았을 때 히로키가 자주 메뉴를 써 주었어요. 조금 독특한, 네모나고 재미있는 글씨예요. 이것도 그렇잖아요?"

부인의 말대로였다. 그러고 보니 '이오리'의 메뉴도 손 글씨로 적혀 있었다. 그 글씨와도 닮은 것 같은 기분이 든다.

"그 봉투에 서명 날인한 이혼 서류가 동봉되어 있었어요."

부인은 빨간 눈을 깜박이고 있다.

"좀 외람된 질문이지만, 히로키 씨는 두 분 부모님과 양자 결연을 맺지 않았던 겁니까?"

"네. 우리 성을 쓰고 있었을 뿐이에요."

"그가 원한 거였나요?"

"노리코가 자기는 대를 이을 딸이니까 그렇게 하고 싶다고. 히로키도 그래도 된다고 했고요."

나는 고개를 끄덕이고 보리차로 입을 축였다.

"지금까지 히로키 씨의 친척을 소개받으신 적은 없습니까?"

마키타 부인의 얼굴에 처음으로 슬픔과 분노 이외의 표정이 스쳤다.

"한 번도 없어요. 그래서 일이 이렇게 되었어도 찾을 길이 없는 거예요."

그 표정이 더욱 짙어진다. 열심히 일해 온 사람답게 거칠어진 손을 꽉 움켜쥐었다.

"히로키는 고등학교를 졸업하자마자 집에 불이 나서 가족 모두가 죽었다고 했어요."

가가와 히로키 씨의 실제 신상과는 조금 다르다. 보기 좋게 꾸며져 있다.

"남은 저금이랑 보험금을 둘러싸고 친척들과 다툼이 생겼고 지긋지긋해져서 인연을 끊어 버렸기 때문에 자기는 외톨이라고 했어요.”

그래서 결혼식도 올리지 않았다고 한다.

“가가와 가에서 초대할 사람이 없으니까요.”

“노리코 씨도 납득하셨습니까?”

“마음 편해서 좋다고 했어요.”

—시어머니 때문에 고생하지 않아도 되는걸.

마키타 부인의 아까 그 표정의 의미를, 나는 이해했다. 후회다. 그런 이야기를 그냥 그대로 받아들이는 게 아니었다. 딸이 도쿄에서 데리고 돌아온 것은 가족을 잃고 기댈 곳이 없어서 외로운 청년이 아니라, 좀 더 정체를 알 수 없는 남자였던 것이 아닐까. 왜 의심해 보지 않았을까, 하고.

“본인 말대로 그 사람, 돈은 갖고 있었어요. 노리코가 조리사 면허를 따기 위한 비용을 내주었으니까요. 자기도 교습소에 다녔는데.”

“교습소?”

“히로키는 여기서 운전면허를 땄어요. 도쿄에서는 필요 없어서 안 땄다면서요. 하지만 여기서는 차가 없으면 곤란하니까요.”

지방 도시에서 살려면 자가용이 두 다리를 대신한다. 나도 도쿄에 있었을 때는 장롱 면허 소지자였지만 귀향하고 나니 편의점에 갈 때조차 차를 쓰게 되었다.

“면허를 따더니 차도 자기 돈으로 샀어요.”

그 차가 ‘이오리’에서 사용한 육인승 밴일 것이다.

"남편이랑 제가 도와준 건 '이오리'를 빌릴 때 보증금을 내준 것 정도예요."

나는 잠시 침묵했다. 머릿속에서는 여러 가지 생각이 소용돌이쳤다.

"—그러니까 돈 문제로는 우리한테 폐를 끼치지 않았지만,"

마키타 부인의 목소리가 가늘어졌다.

"딸이 저렇게 상처를 입을 바에는 결혼 사기라도 당한 편이 그나마 나았을 거예요."

손으로 얼굴을 누르며 신음하듯이 말한다.

"부지런하고 다정하고 좋은 사위였어요. 노리코와도 잘 지내는 줄로만 알았는데—설마 여자가 있었을 줄은—."

부인은 경련하듯이 울음을 터뜨렸다.

위로할 말도 찾을 수 없었다.

"히로키 씨는 바보로군요."

내 보고에, 나카무라 점장은 한탄했다.

"아기는 하늘이 주시는 선물인데. 바보, 바보, 바보의 3승에 뼛속까지 진짜 바보 멍청이예요."

당장 사양장에 갈 수 없었기 때문에 가키가라 스바루 씨에게 전화로 보고했다. 도련님은 이야기를 다 듣자 말했다.

"그런 상태로 입원했다면 마키타 노리코 씨는 움직일 수가 없겠군요."

오늘도 담담하다.

"저도 그렇게 생각합니다."

"다만 가가와 히로키 씨가 그녀를 만나러 올 가능성이 생겼어요. 그녀도, 아기도 걱정될 테니까."

우리의 가설이 옳다면 말이지만.

"우리는 여러 가지 연줄을 갖고 있지만, 그래도 한계가 있어서 경찰의 N 시스템을 들여다볼 수 없어요."

답답한 모양이었다.

"그래서 현재 상황에서는 가장 큰 단서인 마키타 히로키 씨의 차를 찾을 수도 없죠. 뭐, 차는 바꿔 탈 수 있으니까 그뿐이고."

나는 하기 어려운 말을 하려다가 머뭇거렸다. "이, 이노우에 다카미 씨의 그, 유, 유체는."

"그런 건, 나올 때는 불쑥 나오고 안 나올 때는 안 나옵니다."

어디에 어떻게 유기되었는지, 또는 숨겨져 있는지에 따라서 다르다. 그 정도는 나도 안다. 그러나 '그런 건'이라는 말은 좀 그렇지 않은가.

"당분간은 상황이 움직이기를 기다릴 수밖에 없으니까 시간이 걸릴 것 같네요. 스기무라 씨, 고생하셨습니다. 보수는 틀림없이 지불할게요."

보수는 생각해 보지도 않았다.

"앞으로도 '시장'을 애용해 주시면 그걸로 충분합니다. 하지만 가키가라 씨,"

약간 말을 머뭇거리자 그가 먼저 말했다.

"당신을 끌어들인 이상 뭔가 알게 되면 알려 드릴게요."

"부탁드립니다."

이렇게 해서 나는 일상으로 돌아왔다.

겐타로가 어디에서 뭘 했는지 앞발에 네 바늘이나 꿰맬 정도의 상처를 입었고, 동물병원에서 돌아오는 길에 동영상을 찍어서 모모코에게 보내자 울 정도로 걱정했기 때문에 허둥지둥 달래는 해프닝이 있었다. 누나와 함께 찾아간 요양병원의 아버지 병실에서, 나중에 온 형수와 누나가 싸우는 바람에 말리러 끼어든 나는 둘에게 불평을 들었고, 모두 담당 간호 매니저에게 야단을 맞아 창피를 당하는 해프닝도 있었다. 그 외에는 평온한 나날이 지나갔다.

그 평온함 속에서 나는 문득 어떤 생각에 정신이 팔릴 때가 있었다. 그 생각에 쫓겨, 1990년에 일어난 가가와 가의 화재와 당시 그 집의 '문제 있는' 소년에 대해 유포된 정보를 컴퓨터로 검색해 훑어볼 때도 있었다.

하지만 어차피 그냥 생각에 불과했다. 깊이 고민하는 것은 그만두었다.

9월 중순이어도 구와타마치의 잔서殘暑는 아직 끈질기다. 그래도 아침저녁에는 훨씬 지내기 편해져서 개점 준비와 주차장 청소도 편하다. 쓰레기를 모아서 버리고 빗자루와 먼지떨이를 정리하려는데 엉덩이 주머니에 넣어 둔 스마트폰에 전화가 왔다. 가키가라 스바루 씨에게서 온 것이었다.

그는 아침 인사도 생략하고 갑자기 말했다.

"스기무라 씨, 죄송하지만 오늘은 쉬어 주셔야겠어요."

"네?"

"나카무라 점장님의 허락은 받았으니까 걱정 마시고요. 도쿄에 갈 건데 당신한테 운전을 부탁하고 싶습니다."

깜짝 놀랐다. "뭔가 있었군요."

"네."

가키가라 씨네 도련님은 오늘 아침에도 매우 침착하다.

"이노우에 다카미 씨가 발견되었습니다."

이번에는 깜짝이 아니라 오싹했다.

"그, 그, 그거, 그건."

당황하지 마세요, 하고 스바루 씨는 말했다.

"시체가 아니에요. 유령도 아니고. 살아 있고, 멀쩡합니다."

중앙 자동차도로를 달리는 동안에 스바루 씨는 몇 번인가 스마트폰으로 조사원과 이야기를 나누었다.

"야마노테 선의 에비스 역 근처에 있는 위클리 맨션이에요. 이노우에 다카미 씨는 7월 30일 밤부터 쭉 거기에 머물렀습니다."

지금도 거기에 얌전히 있다고 한다.

"우리 조사원도 같이 있어요. 다카미 씨는 어머니가 경찰을 찾아가고 조사 회사에 의뢰를 했다는 말을 듣고 깜짝 놀란 모양이더군요."

나도 깜짝 놀라서 뭐가 뭔지 잘 모르는 채로 운전을 계속하고 있었다.

"어떻게 찾으신 겁니까?"

"이틀 전, 그 맨션 근처의 부티크에서 그녀가 신용카드를 사용했거든요. 그곳 점원이 이 손님이라면 근처에서 자주 본다고 가르쳐 주어서 그 후 잠복하고 있었는데."

아침 일찍 이노우에 다카미 씨가 맨션 앞 편의점에 가는 것을 보고 붙잡았다고 한다.

"'오피스 가키가라'는 신용카드 사용 상황을 추적할 수 있습니까?"

"현금카드면 어렵지만요."

대단하다.

목적지인 위클리 맨션은 아담한 오 층짜리 건물로, 일층에 카페가 있었다. 창가 자리에 여성 두 명이 마주 앉아 있다. 한 사람은 젊은 여성으로, 내가 사진으로 본 이노우에 다카미 씨다. 금방 알 수 있었다.

또 한 사람은 나이가 좀 있는 여성이다. 다카미 씨와 생김새가 닮았다.

"그녀의 어머니예요" 하고 스바루 씨가 말했다. "우리의 소중한 의뢰인이고, 딸의 입을 쉽게 열기 위해서도 우선 만나게 하는 편이 좋겠다고 생각했습니다."

가키가라 스바루 소장의 부하는 맨션 앞에서 대기하고 있었다.

지금까지 '조사원'이라는 일반 명사밖에 듣지 못했기 때문에 이 사람이 전임했는지, 이번 조사팀의 일원에 지나지 않는지 알 수 없었다. 하지만 맥이 빠질 정도로 탐정답지 않은 인물이었다. 구깃구깃한 양복과 헐렁헐렁한 구두. 태평하게 생긴 얼굴의 중년 남성으로, 머리숱이 적다.

내게 정중하게 인사해 준 뒤 스바루 씨에게는 이렇게 말했다.

"도련님, 수고 많으십니다."

소장님이라고 부르지 않는 모양이다.

"차는 여기 주차장에 세울 수 있습니다."

고마워요, 하고 스바루 씨는 말했다.

"그럼 저는 어머님을 오피스 쪽에 모셔 드리겠습니다."

"잘 부탁해요."

조사원 남성은 먼저 카페로 들어가더니 곧 이노우에 다카미 씨의 어머니를 데리고 밖으로 나왔다. 둘과 교대하듯이 스바루 씨와 나는 가게 안으로 들어갔다.

'시장'에 출근할 때는 양복 따윈 입지 않는다. 그래도 오늘 아침에는 하얀 폴로셔츠와 면바지를 입고 있어서 그나마 다행이었다. 스바루 씨는 노타이와 마 재킷, 청바지 차림이다. 지팡이를 짚고 있지만 오늘은 왼쪽 무릎에 서포터를 차지 않았다.

조사원에게서 이야기를 들었으리라. 다가가는 우리를 보고 다카미 씨는 의자에서 일어서려고 했다. 얼굴이 굳어 있다.

"그냥 앉으십시오."

스바루 씨는 말하면서 자신도 앉았다. '사양장'에서도 그랬지만 그는 그 정도의 일상적인 동작에는 서포터를 필요로 하지 않는다.

가게 안은 텅텅 비었고 다른 손님은 없었다. 한가해 보이는 웨이트리스에게 아이스커피를 주문했고 음료가 나오는 사이에 필요한 인사를 재빨리 끝냈다. 스바루 씨는 자신을 '이 조사의 책임자'라고 말했고 나는 '스태프 중 한 명'이라고 소개했다.

이노우에 다카미 씨는 나뭇잎 무늬의 긴 소매 블라우스를 착용했고 베이지색 미니스커트를 맞춰 입었다. 벌써 가을 옷차림이다.

"그런데 이노우에 씨."

스바루 씨는 싱긋 웃지도 않은 채 말을 꺼냈다.

"자꾸 얘기를 되풀이하게 돼서 귀찮으시겠지만 어머님께 말한 내용을 우리에게도 설명해 주시죠."

가키가라 스바루 씨는 표표해 보이지만 어딘지 모르게 사람을 끌어당기는 매력이 있다. 상대가 젊은 여성이라면 더욱 그렇다. 이노우에 다카미 씨는 긴장한 듯 보이기는 했지만 무서워하지는 않았다. 머리숱이 별로 없는 중년 아저씨 대신 자신보다 조금 연하인 듯한 미남이 나타났으니, 다른 의미로 두근거리고 있는 것일지도 모르지만.

"이렇게 큰일이 됐을 줄은, 저는 꿈에도 생각하지 못했어요."

사랑의 도피는 거짓말이었다고 한다.

"마키타 씨—히로키 씨한테서 부탁을 받았을 뿐이에요. 그런 연극을 할 건데 협조해 달라고요."

그와는 7월 30일 오후에 신주쿠 역에서 만났다.

"그리고 전부터 얘기한 대로 저는 여기에 왔어요. 이 집도 그가 계약해 둔 거예요. 두 달치 요금을 한꺼번에 선불하고요."

히로키 씨와는 그때 헤어졌다. 그 후로 만나지 않았다고 한다.

그녀는 다소 미안해하고 있지만 기죽지는 않았다.

"왜 어머님께 연락하지 않았습니까?"

"히로키 씨가, 제가 이야기를 지어내도 진짜로 들리지 않을 테니까 자기가 메일을 보내겠다고 해서요."

그녀는 살짝 혀를 내밀었다.

"저는 그럴듯한 거짓말 같은 건 못 할 거라면서요. 아마 정말 그렇겠죠."

확실히, 좋은 의미로도 나쁜 의미로도 복잡한 잔재주는 부리지 못할 것 같은 여성이다.

"사실 그는 당신인 척하고 어머님께 메일을 보냈습니다."

"네, 아까 그 머리숱이 별로 없는 사람한테서 그렇게 들었어요. 하지만 우리 엄마의 눈은 속이지 못한 것 같더군요."

나는 그 유능한 조사원이 불쌍해졌다. 이름 정도는 기억해 주지.

"당신의 스마트폰은요?"

"헤어질 때 히로키 씨가 가져가 버렸어요."

—미안하지만 이게 있으면 다카미는 엄마랑 연락하게 되잖아?

"그래도 전화 정도는 할 수 있었잖아요."

"번호를 몰라서요."

스바루 씨 얼굴이 무표정하기 때문일 것이다. 그녀는 도움을 청하듯이 내게 시선을 향했다.

"전부 저장되어 있으니까 외우지 않았거든요. 다들 그렇지 않나요?"

스바루 씨도 나를 본다. 나는 마지못해 동의했다. "네, 아마 그렇겠죠."

이노우에 다카미 씨는 분위기에 어울리지 않을 만큼 경박한 목소리를 내며 몸을 배배 꼬았다.

"그렇죠, 다들 그렇죠~."

스바루 씨는 언짢은 표정을 지었다. "나는 메모 정도는 해 두는데요."

나는 헛기침을 하며 끼어들었다. "어머님이 일하시는 병원은요? 거기 번호라면 알아내실 수 있었을 텐데요."

"작은 병원이에요. 게다가 소문을 아주 좋아하는 사람이 있거든요. 괜히 연락했다가 엄마가 전화를 받으면서 난리를 치면 순식간에 이상한 소문이 퍼지고 말 걸요."

다카미 씨는 입을 삐죽거리며 그렇게 말하고 나서 갑자기 온순한 표정을 지었다.

"그것보다 저는 히로키 씨랑 약속했단 말이에요. 확실히 사랑의 도피로 보이도록 가출한다. 논짱이 히로키 씨를 찾으러 올지도 모르니까 두 달간 집에 돌아가지 않는다. 그동안에는 절대 엄마한테 연락하지 않겠다고."

—두 달만 지나면 노리코도 포기할 거야. 그럼 다카미 넌 집으로 돌아가서, 나쁜 남자한테 속았다고 엄마한테 사과하면 돼.

이노우에 다카미 씨는 아직도 마키타 노리코 씨를 논짱이라고 부르는 것이다.

스바루 씨가 말했다. "당신과 마키타 노리코 씨는 옛날에 같은 회사에서 일했고 친한 친구 사이였죠."

그녀는 생긋 웃었다. "네."

"마키타 노리코 씨한테는 단대 시절부터 사귀던 연인이 있었어요. 그게 가가와 히로키 씨이고요."

이번에는 말없이 고개를 끄덕였다.

"그 가가와 히로키 씨한테, 세상에 별로 알려지고 싶지 않은 소년 시절의 의혹이 남아 있다는 것도 당신은 알았어요. 왜냐하면 그 일로 고민하던 마키타 노리코 씨가 주위에 숨겼어도, 부모님한테 말할 수 없었어도, 친한 친구인 당신한테는 털어놓았기 때문이죠."

가키가라 씨네 도련님의 말투에 비꼬는 기색이 섞이기 시작했다. 이노우에 다카미 씨도 느꼈으리라. 약간 목을 움츠렸다.

"—저는 논짱이랑 히로키 씨 편이니까요."

"편이었다, 겠죠" 하고 스바루 씨는 말했다. "과거형입니다."

"하지만—."

"올해 3월에 정리해고를 당한 뒤 처음으로 마키타 부부를 찾아간 건 언제입니까? 참고로 7월 중순에 당신과 마키타 히로키 씨가 고후 역 근처에서 팔짱을 끼고 걷는 모습을 그의 지인이 목격했습니다."

다카미 씨의 뺨이 살짝 홍조를 띠었다.

"히로키 씨는 저한테도 그리운 친구니까요."

그리고 또 내게 SOS를 보내 왔다.

"그게 나쁜 짓인가요? 친구의 부탁을 들어주는 게 그렇게 잘못된 일인가요?"

내가 뭐라고 말하기 전에 스바루 씨가 말했다. "문제는 그 행동 이전에 있습니다. 당신이 구 년 만에 마키타 부부와 재회한 까닭은 그들에게서 돈을 뜯어내기 위해서였으니까."

갑자기 급소를 찔렸기 때문일까. 다카미 씨는 펄쩍 뛰어오를 듯이 놀랐다. 서론은 빼고 큰 소리로 대꾸했다.

"돈을 빌리려고 했을 뿐이에요!"

가게 안은 텅텅 비었고 웨이트리스도 안쪽으로 들어가 버려서 모습이 보이지 않았다. 하지만 그녀는 당황해서 입가를 누르며 목소리를 낮추었다.

"사이트를 보니까 '이오리'는 멋진 가게였고 손님들의 평판도 좋아서요. 돈을 많이 벌겠구나 싶었죠. 그래서 조금 정도라면 융통해 줄 수 있을 거라고 생각했어요."

인터넷이 존재하기 이전 사회 쪽이 평화롭지 않았을까. 이런 말을 들으면 그렇게 생각하지 않을 수 없다.

"융통이라고요? 말은 하기 나름이지요."

스바루 씨의 말투는 액체 질소만큼이나 차갑다. 이노우에 다카미 씨는 완전히 고개를 숙여 버렸다.

"그게 언젭니까?" 하고 나는 물었다.

"—6월 초 정도였던 것 같아요. 가게로 전화했더니 집으로 와 달라고 하더라고요."

부부에게도 다카미 씨의 용건을 알아챌 만한 무언가가 있었던 것이다.

"둘이서 고후 역까지 데리러 와 주어서 집으로 찾아갔는데요."

깜짝 놀랐어요, 라고 한다.

"깨끗하긴 했지만 낡은 집이었거든요."

"그래서 마키타 부부는 당신의 상담에 응해 주던가요?"

그 말의 선택이 마음에 들었는지 얼굴을 들고 나를 보았다.

"당장은 대답할 수 없다고요. 우리도 겉으로 보는 것만큼 편하지 않다면서. 그래서 이렇게 낡은 집을 빌려서—."

다카미 씨는 곁눈질로 힐끗 스바루 씨의 표정을 살핀 뒤 서둘러 또 고개를 숙였다.

"그리고 돌아올 때도 고후 역까지 데려다주었어요. 이번에는 히로키 씨 혼자였죠."

차 안에서 그가 말했다고 한다.

—앞으로는 나랑 둘이서 상의하자. 노리코한테는 비밀로 해 두는 게 좋겠어.

"그래서 그렇게 했나요?"

"네. 저도 그 편이 얘기가 빠를 것 같다고 생각했으니까요."

"그래서 그와 자주 만나게 되었군요."

의외로, 이노우에 다카미 씨는 강하게 고개를 저었다.

"아니에요. 우리 엄마도 아까 그 조사원도 그렇게 말했지만 7월에 히로키 씨와 단둘이서 한 번 만났을 뿐이에요."

목격당했을 때다.

"얘기가 정리되었으니까 자세한 걸 의논하기 위해 한 번은 만나야 해서요."

그 김에 팔짱도 꼈다. 이야기가 정리되었으니 그리운 친구에게 친근감을 느낀 것일까.

"그 외에는 전화로만 얘기했어요. 그는 혼자서 멀리 나올 수 없고 메일은 논짱이 볼지도 모르잖아요."

"하지만 당신은 자주 외출하곤 했죠?"

다카미 씨는 어린애처럼 뺨을 부풀렸다.

"간호학교 시절의 친구를 만나 이제부터 다시 공부를 해서 자격을 따려면 어떻게 하는 게 좋을지, 나 같은 사회인도 학자금 융자를 받을 수 있는지, 이런저런 상의를 하고 조사하기도 했어요. 착실하게 학교 견학도 했는데."

너무하네—하며 토라진다.

"엄마도 참 곤란한 사람이네요. 내가 그렇게 신용이 없었나?"

그녀가 이런 연극에 가담하지 않았다면 어머니도 신경 쓰지 않았을 것이다. 이 여성은 그것을 모른다.

어린애 같다고 생각했다. 29살이라기보다 19살 같다. 하지만 좋게도 나쁘게도 딱히 깊게 생각하지 않는 이 기질이, 구 년 전에는 논짱과 히로키 씨의 비밀을 지키고 구 년 후에는 둘을 협박할 생각을 하게 했다.

"얘기가 정리되어서, 그와 만나서 의논을 했다—."

가키가라 스바루 씨가 천천히 확인하듯이 말했다.

"어떤 얘기가 정리된 겁니까?"

"그러니까 사랑의 도피 연극을 한다는 거 말이에요."

"요컨대, 그가 노리코 씨와 헤어진다는 거죠. 왜 헤어지고 싶어 했던 걸까요."

이야기가 자신의 심리에 관한 것에서 벗어났기 때문인지 그녀는 한숨을 한 번 쉬고 빨대로 아이스커피를 휘저으며 말했다.

"논짱이랑 결혼한 걸 후회한다고 했어요."

—내게 이런 생활은 맞지 않아.

"지방의 작은 메밀국수집에서 일생을 마치는 게 싫어졌대요. 도쿄로 돌아가고 싶다고요. 하지만 논짱은 지금의 생활을 마음에 들어 하고, 절대로 이혼해 주지 않을 테니까 가출할 수밖에 없다고."

"그럼 그냥 그 사람 혼자 나가면 되죠. 복잡한 연극을 할 필요가 없을 텐데요."

그러자 이노우에 다카미 씨는 비웃는 듯한 눈빛을 띠며 스바루 씨를 노려보았다.

"그런 지방의 작은 마을 사람들이, 부부가 이혼 따윌 하려고 하면 얼마나 지저분하게 소문내는지 모르죠?"

나는 안다. 들리지 않는 척했지만, 경험했으니까. 하지만 이노우에 다카미 씨는 어떨까. 안다는 말투로 말하지만 아마 마키타 히로키 씨가 불어넣은 이야기를 그대로 늘어놓고 있을 뿐이리라.

"남편이 애인을 만들어서 도망치면 더욱 소문거리가 되지 않을까요?"

스바루 씨의 지당한 반문에도 그녀는 재빨리 대꾸했다.

"하지만 논짱 탓은 아니잖아요. 히로키 씨는 바보다, 잔인한 남자다, 라면서 동정을 받을 거예요. 하지만 히로키 씨가 그냥 나가 버리면 남편이 논짱을 피해서 도망친 게 돼 버려요. 그는 데릴사위였으니까 역시 기를 펴지 못했던 걸까, 마누라 엉덩이에 깔려 있었던 걸까, 가 되죠."

마키타 히로키 씨는 노리코가 그런 꼴을 당하길 원치 않는다고 말했단다.

"100퍼센트 자신에게 잘못이 있게 보이고 싶댔어요."

—그러니까 다카미, 도와줘.

"그리고 제가 히로키 씨의 말대로 하면 백만 엔을 주겠다고."

물론 사랑의 도피로 보이게 한 뒤 모습을 숨기고 있는 두 달간의 생활비와 위클리 맨션의 집세는 따로 계산한다.

스바루 씨는 팔짱을 끼고 의자 등받이에 기댔다. 생각에 잠긴 것처럼 보이기도, 그냥 어이없어하고 있을 뿐인 것처럼 보이기도 한다.

나는 물었다. "그렇다고 해도 7월 말부터 지금까지 여기서 뭘 하셨습니까?"

그녀는 지금까지 본 얼굴 중에서 가장 천진한 얼굴을 했다.

"학교에 다녔어요."

"네에?"

"제 미래에 대해서 히로키 씨한테 상의했거든요. 그랬더니 이제 와서 간호학교에 들어가는 건 무리니까 그러지 말라지 뭐예요."

—그보다 의료 사무 쪽은 어때?

"국가 자격 직종은 아니지만 간호사보다는 쉬우니까. 병원에서 일할 수 있는 건 똑같고."

다카미 씨가 어머니의 직업에 어느 정도 동경을 품었다는 추측은 맞은 모양이다.

"하지만 의료 사무 강좌도 여러 가지가 있는데 제대로 된 곳은 역시 비싸거든요. 50만 엔 정도 들어요. 교과서도 사야 하고."

그래서 보수의 절반을 선불로 받아 그 비용으로 쓴 뒤 8월 초부터 다니고 있다고 한다.

"일주일에 나흘. 단기 집중 강좌고, 시험이 많아서 공부만 해도 바빴어요."

스바루 씨가 팔짱을 풀며 물었다.

"선불로 받은 50만 엔으로는 모자라서 신용카드를 쓴 겁니까?"

"—네?"

"지금껏 쓰지 않다가 왜 갑자기?"

"그런 것까지 조사했어요?"

이노우에 다카미 씨는 눈앞의 미남에게 조금도 호감을 느끼지 않게 된 모양이다. 얄밉네요, 하고 작은 목소리로 내뱉었다.

"히로키 씨가 집으로 돌아갈 때까지 현금카드든 신용카드든 쓰지 않는 게 좋을 거라고 했어요. 그걸 단서로 누가 찾아낼지도 모르니까."

과연, 본인의 스마트폰을 봉하고 인터넷 카페에서 메일을 보낼 만하다. "하지만 슬슬 괜찮을 것 같아서."

집에서 가지고 나온 옷으로는 도저히 부족했다. 게다가 이제 가을 옷이 필요하다. 그녀는 중얼중얼 늘어놓았다.

"히로키 씨가 너무 야단스럽게 군다고 생각했고."

아니, 신중했던 것이다. 메일 건에서는 그 점이 오히려 좋지 않은 결과를 낳았다. 하지만 이 공범자의 허술함은 그도 계산하지 못했을 것이다.

느긋한 말투의 이야기를 들으면서 점점 신경이 쓰였기 때문에, 나는 질문했다.

"이번 일에 관여하는 동안 무서우셨던 적은 없습니까?"

이노우에 다카미 씨는 어리둥절한 기색이었다.

"무서워요?"

"당신은 마키타 부부와—어떤 시점에서부터는 히로키 씨를 상대로, 칭찬받을 수 있는 형태가 아닌 금전 거래를 하려고 교섭했습니다. 게다가 그에게는 그런 의혹이 있었죠. 무섭지 않으셨습니까?"

"아아, 그런 뜻이군요."

지금까지의 표정 중에서 가장 진지하게 생각에 잠긴 듯한 표정을 띠었다.

"듣고 보니 저는 무서워해야 했던 걸까요. 하지만 히로키 씨는 다정한 사람이니까."

옛날에도 그랬어요, 라고 한다.

"과거 이야기를 듣기 전에는 논짱한테서 빼앗아 버릴까 생각한 적도 있었을 정도예요."

이 여성다운 말이다.

"히로키 씨 역시 상당히 고민하는 듯한 느낌을 받아서요, 지금의 생활에서 도망치고 싶다는 건 진심일 거라고 생각했어요. 그렇다고 무섭지는 않았는데요."

살짝 어깨를 으쓱한다.

"그의 집에 일어난 화재는 그냥 화재였겠죠. 히로키 씨는, 요컨대 불운한 사람인 거예요. 결혼도 실패했고."

얄미울 정도로 태연자약하다. 하지만 그렇기 때문에 더더욱 정직한 감상이라는 생각이 들기도 한다.

스바루 씨가 물었다. "당신들 사이에 남녀 관계는 없었나요?"

다카미 씨는 웃음을 터뜨렸다. "없어요."

곧 웃음을 지우고 중얼거렸다.

"히로키 씨는 논짱이 싫어진 게 아닐 거예요. 노리코한테 미안하다고 했고요. 그때 울상을 지을 듯했어요."

확실히 무서운 남자는 그렇게 하지 않을 것 같다.

"당신은 두 달이 지나면 어떤 얼굴을 하고 어머니한테 돌아갈 생각이었습니까?"

가시 돋친 그 물음에 다카미 씨는 전투태세에 들어갔다.

"그건 저랑 엄마 사이의 문제예요."

프라이버시라고요, 라고 말했다.

"마키타 히로키 씨가 지금 어디에 있는지 모릅니까?"

"몰라요."

그녀는 강한 말투로 대답했다.

"7월 30일에 여기에 자리를 잡고 난 뒤 만나지 않았고 연락도 안 했으니까."

"거짓말을 해도 금방 들킬 텐데요."

스바루 씨가 담담한 말투로 위협한다.

"여기에는 방범 카메라가 있습니다. 종업원도 있어요."

"저는 거짓말 같은 거 안 했어요. 히로키 씨가 있는 곳은 몰라요. 이제 만날 일 없을 거라 생각했고, 그도 그렇게 말했어요."

"하지만 보수의 나머지 절반을 아직 못 받으셨잖아요" 하고 나는 말했다. "남은 50만 엔은 어떻게 받으실 생각입니까?"

"이 세상에는 우편이라는 게 있답니다."

다카미 씨는 나도 싫어진 모양이다. 이를 드러내며 말했다.

"모르세요? 참고로 택배라는 것도 있어요. 10월 1일에 정확하게 도착하도록, 우리 집에 제 이름으로 보내겠다고, 히로키 씨는 약속해 주었어요."

"그걸 믿으십니까?"

"믿으면 안 되나요?"

신경이 곤두서기 시작했는지 또 목소리가 높아졌다.

"저는 그의 계획에 따라 아무 트러블도 없이 여기에 있었어요. 학교도 다녔고요. 그러니까 믿어요."

고집을 부리고 있다. 그녀의 마음에도 일말의 불안이 있는 것이다. 아니면 후회일까. 그 증거로 눈이 이리저리 헤매고 있다.

"어쩌면 저는 속았을 뿐이고, 정말 어딘가 다른 곳에 히로키 씨의 애인이 있을지도 몰라요. 반대로 지금쯤 굉장히 후회하면서 논짱한테 돌아갔을지도 모르죠. 하지만 그런 건 아무래도 상관없어요. 어느 쪽이든 저하고는 상관없는 일이니까."

스바루 씨가 입을 열고 냉철하게 말했다.

"마키타 히로키 씨는 아내에게 돌아가지 않았습니다. 그리고 당신 친구였던 논짱은 임신했어요."

이노우에 다카미 씨의 표정이, 멈추었다.

"—거짓말이죠?"

스바루 씨는 대답하지 않는다. 내가 대신 말했다.

"정말입니다. 벌써 오 개월째인데 몸이 좋지 않아서 입원해 계세요."

다카미 씨는 양손으로 입을 눌렀다. 손끝이 떨린다.

"거짓말, 거짓말, 거짓말이에요."

가늘게 고개를 젓기 시작했다.

"그런 얘기, 히로키 씨는 한마디도 하지 않았어요—."

얼굴에서 핏기가 사라져 간다.

"저는 몰랐어요. 알았다면 절대로—저는 몰랐기 때문에—."

스바루 씨는 옆에 세워 둔 지팡이로 손을 뻗었다.

"솔직하게 얘기해 주셔서 고맙습니다. 그 답례로 충고해 두죠."

그는 지팡이에 매달려 일어서서 이노우에 다카미 씨를 내려다보았다.

"당장 이 방을 빼고 어머니한테 돌아가세요. 그리고 이제 두 번 다시 친구한테서 돈을 뜯어낼 생각은 하지 말아요."

우리는 그녀를 카페에 남겨 두고 위클리 맨션 밖으로 나왔다. 그 유능한 (머리숱이 별로 없는) 조사원이 준비성 좋게 스바루 씨의 차를 정면에 대 놓고 기다리고 있었다.

"스기무라 씨."

정면을 향한 채, 스바루 씨는 낮게 말했다.

"나는 저런 인간이 싫어요."

조사 사무소 소장에게는 어울리지 않는, 도련님한테나 딱 맞는 대사였다.

6

'오피스 가키가라'가 맡은 일은 이로써 종료되었다. 내가 도울 일도 끝났다.

하지만 내 마음속에는 아직 그 생각이 도사리고 있었다. 일을 하다가 쉬는 시간이나, 누나 집 목욕탕에 잠겨 있을 때, 요양병원 일인실에 있는 잠든 아버지의 머리맡에서 함께 꾸벅꾸벅 졸 때, 겐타로의 산책 도중에 그것이 스윽 움직이는 것을 느꼈다.

어떻게 할지 망설이면서 9월의 나머지 나날을 보냈다. 다행히 19일 토요일부터 23일까지는 가을 연휴라 또다시 '시장'이 붐빌 때다. 바쁜 덕분에 생각에서 멀어질 수 있었다.

그러고 보니 '이오리'는 역시 설비까지 포함해 통째로 임대로 나왔고, 새로 그 가게를 빌린 사람은 평판이 좋았던 가게 이름을 바꾸지 않고 그대로 메밀국수집을 시작했다. 이 연휴 기간에 오픈했지만 형편없는 평가를 받았다.

다음 주 월요일, 28일 오후 5시가 넘은 시각의 일이었다. 사카이 부점장이 나를 불렀다.

"가키가라 씨가, 스기무라 씨가 배달해 주었으면 좋겠대요."

사양장은 그의 담당이라 기분이 상하지 않았을까 싶었다.

"점장님한테 들었어요. 스기무라 씨, 가키가라 씨를 돕고 있다면서요."

나는 쩔쩔맸고 부점장은 싱글벙글 웃었다.

"나도 또 테니스를 배우러 찾아뵙겠다고 전해 주세요. 잘 부탁해요."

"네, 알겠습니다."

"오늘은 그대로 곧장 퇴근하셔도 돼요."

딱히 나를 특별 취급해 준 것이 아니라 가키가라 가는 '나쓰메 시장'에게 특별하기 때문일 것이다.

사양장 거실에서 트레이닝복 차림의 스바루 씨는 커다란 음량으로 장엄한 클래식 음악을 듣고 있었다.

"로큰롤의 뿌리는 모차르트래요."

그는 내 얼굴을 보더니 그렇게 말했다.

"배달 오시느라 수고하셨습니다. 또 정리해 주실 수 있을까요? 나는 저녁 준비를 시작할게요."

"네? 아니, 저,"

"오늘 저녁 7시에 마키타 노리코 씨한테서 전화가 올 거예요."

나는 안고 있던 배달용 골판지상자를 떨어뜨릴 뻔했다.

"사실은 만나서 얘기하고 싶다지만 아직 입원중이라 외출할 수가 없거든요. 우리가 같이 문병을 가도 면회할 수 없을 것 같고."

"노리코 씨의 용태는 그렇게 안 좋습니까?"

"많이 안정되었대요. 배 속 아기의 발육도 순조롭고. 안심해도 돼요."

"그거 다행이네요."

나는 캔을 선반에 늘어놓고 파스타 봉지를 서랍에 넣었다.

"다만 지난주 연휴 때 이노우에 다카미 씨가 어머니와 함께 찾아와서, 병실에서 크게 울고 무릎을 꿇는 등 소동을 일으키는 바람에 주치의와 간호사가 격노했대요. 현재 가족 외에는 면회 사절이라는군요."

내가 떨어뜨릴 뻔한 올리브오일 작은 병을, 스바루 씨는 한 손으로 능숙하게 캐치했다.

"그래서 전화밖에 방법이 없어요. 스기무라 씨, 저녁밥보다 먼저 정신을 번쩍 들게 해 줄 커피가 필요할 것 같군요."

이노우에 다카미 씨는 자택으로 돌아가 어머니와 상의한 뒤 노리코 씨에게 사과하러 갔다고 한다.

"사실은 좀 더 빨리 가고 싶었지만 연휴가 되지 않으면 어머니가 일을 쉴 수 없어서 그랬다고 변명했대요. 본인도 고민했겠죠. 풀 죽어 있었다고 하니까."

"그럼 혼자서 가면 되었을 텐데."

"무서웠던 게 아닐까요. 그 여성은 내면이 아직 십대에 머물러 있으니까요."

나도 똑같이 생각했다.

"그 소동이 일단락된 후 노리코 씨가 우리 오피스로 전화를 해 주었어요."

—요전에 이노우에 다카미 씨와 만났다는 조사원분과 이야기하고 싶어요.

"그래서 우리 스태프가 저한테 연락을 했어요. 그녀의 휴대전화 번호를 가르쳐 주어서 곧 다시 걸었지만, 자세한 얘기는 스기무라 씨도 함께 들어야 한다고 생각했기 때문에 날을 잡아서 다시 얘기하기로 했죠."

"고맙습니다."

"아니에요. 노리코 씨를 조금 쉬게 하는 게 좋을 듯했고, 나도 당신이 좀 더 함께 해 주었으면 하니까요."

끌어들인 이상 어떻게 끝나는지 알려 주겠다는 것이 그의 약속이었다.

스바루 씨는 말을 이었다. "노리코 씨는 이노우에 다카미 씨의 변명과 사죄를 잠자코 듣다가,"

탓하지도 않고, 반론도 질문도 하지 않았다.

"다카미는 잘못한 거 없다. 전부 남편의 책임이니까 더 이상 신경 쓰지 않아도 된다. 돈도 받아 달라, 잘 지내라. 그걸로 끝냈다고 합니다."

하지만 그것은 진정한 끝이 아니다. 그래서 조사원과 이야기하고 싶어 했으리라.

"가키가라 씨." 나는 말했다. "'마키타 노리코 씨'가 아니라 '노리코 씨'라고 부르시네요."

그의 한쪽 눈썹이 움찔했다.

"'마키타 씨'라고만 한다면 누구를 말하는지 알기 어렵잖아요."

"음. 그렇군요."

오늘 저녁은 일식이었다. 내가 레인지 옆에 붙어 있으면서 잎새버섯과 산나물을 듬뿍 넣은 밥의 냄비 불을 조절했다.

이번에도 식사를 하는 동안 사건 이야기는 하지 않았다. 스바루 씨는 아동서 출판사인 '아오조라' 출판사에도, 사내보인 '아오조라'에도, 편집자라는 일에도 흥미를 보이며 여러 질문을 했다. 나도 옛날 직업을 떠올리며 이야기하는 것이 즐거웠다.

식기 세척기에 식기를 넣고 테이블을 닦았다. 스바루 씨가 벽의 시계를 바라보았다. 저녁 7시다.

그의 스마트폰으로 전화가 왔다.

"가키가라입니다."

스바루 씨는 전화를 받더니 안녕하세요, 하고 인사했다.

"전화해 주셔서 고맙습니다. 다소 시간이 걸리는 이야기가 될 것 같으니 일단 끊어 주시면, 이쪽에서 다시 걸겠습니다—."

그럴 필요 없다고, 상대가 말한 모양이다.

"그러신가요. 그럼 스피커폰으로 돌릴 테니 그대로 얘기해 주세요." 스마트폰을 테이블 끝에 세워 놓았다. 우리는 마주 보고 걸터앉았다.

가느다란 여성의 목소리가 들려왔다.

"—마키타 노리코예요."

스바루 씨가 내게 고개를 끄덕인다. 나는 몸을 살짝 내밀고 스마트폰을 향해 말했다.

"마키타 씨, '나쓰메 시장'의 스기무라입니다."

네? 하는 작은 목소리가 들렸다.

"죄송합니다. 여기 계시는 가키가라 씨와 함께 에비스의 위클리 맨션에서 이노우에 다카미 씨를 뵌 사람이 접니다. 저는 그, 다소 도쿄의 지리를 아니까요."

"이분이 도와주셨어요" 하고 스바루 씨가 말한다. "스기무라 씨는 노리코 씨와 남편분을 매우 걱정했고, 저도 도움을 많이 받았습니다."

그랬군요—라는, 속삭이는 듯한 목소리.

"스기무라 씨는 문병도 와 주셨죠. 어머니한테 들었어요."

배도, 거봉도 맛있었어요, 라고 말했다.

"많은 분께 걱정과 수고를 끼쳐서 정말 면목이 없습니다."

"사죄하실 필요 없습니다."

평소처럼 담담하게, 하지만 평소보다 조금 부드러운 목소리로 스바루 씨는 말했다.

"지금 기분은 좀 괜찮으신가요?"

"네. 소등 시간까지 쉬고 있어요."

"도중에 몸이 안 좋아지시면 괜찮으니까 곧장 간호사를 부르세요."

"네."

'사양장' 거실의 실온은 쾌적한 온도로 유지되고 있는데도 나는 벌써 땀을 흘리고 있었다.

"저어…… 그래서……."

노리코 씨의 목소리가 희미한 떨림을 띠었다.

"다카미한테 조사 얘기를 듣고…… 말씀을 나누고 싶다고 한 이유는,"

부탁이 있기 때문이에요, 라고 말했다.

"더 이상 남편을 찾지 말아 주세요. 10월 1일에 틀림없이 다카미 앞으로 50만 엔을 보낼 거예요. 남편은 그런 약속을 지키는 사람이니까요."

하지만 이제 찾지 말아 주세요—.

"왜죠?" 스바루 씨가 온화하게 물었다.

"이번 일은…… 사랑의 도피를 연기한 거 말인데요."

"네."

"저도 전부 알고 있었어요. 남편이랑 저랑, 둘이서 생각한 일이에요. 다카미를 이용하자는 건 남편의 계획이었지만, 저도 그걸로 돈을 받을 수 있다면 다카미한테도 나쁜 일은 아닐 거라고 생각했으니까 같은 죄를 지은 거예요."

나는 스바루 씨의 얼굴을 보았다. 그는 스마트폰을 바라보고 있다.

"남편과 저는 이혼을 생각하고 있었어요. 하지만 그 일로 주위에, 특히 부모님께 걱정을—아니, 걱정을 끼치게 될 거라는 건 알았지만."

숨이 흐트러지고, 잠시 침묵이 흘렀다.

"우리가 이혼하기로 결정한 진짜 이유를 알리고 싶지 않았어요.

그래서 가짜 이유를 만들어 낼 필요가 있었죠."

스바루 씨가 잠자코 있어서 내가 물었다.

"왜 이혼을 결정하신 겁니까? 우리 같은 주변 사람의 눈에 두 분은 정말 사이좋은 부부로 보이셨는데요."

노리코 씨는 희미하게 웃었다. "그렇다면 다행이에요. 사람들한테 들키지 않으려고 남편도 저도 애썼으니까요."

나는 얼굴에 찬물을 맞은 듯한 기분이 들었다.

"—남편은 아이를 원하지 않았어요."

그렇게 말했다가 곧 말을 고쳤다.

"아뇨, 원하기는 했어요. 가게가 궤도에 오르면 아이를 갖자고, 결혼했을 때부터 이야기하곤 했으니까요. 하지만 막상 제가 임신을 하니까 그 사람, 왠지 굉장히 안절부절못하게 되고."

무서워하게 되었어요.

"자신은 부모가 될 수 없다, 그런 자격이 없다고 말하기 시작했어요."

스바루 씨가 스마트폰을 향해 물었다.

"남편분 과거에 무서운 의혹이 걸려 있기 때문인가요?"

대답은 한 박자 늦었다. "네."

"그건 다시 말해 어머니와 여동생을 잃은 화재는 남편분의 책임이었다는 뜻인가요? 아니면 무고하기는 하지만 그런 의혹을 받았던 인간이라서, 라는 뜻인가요?"

천천히 곱씹듯이 말하고 있지만 내용은 직구다.

내 이마에서 땀이 흘러 떨어졌다. 스바루 씨의 모습에는 변화가 전혀 없다.

"—그렇게 조리 있게 설명해 주지 않았어요."

그런 건, 대부분의 인간에게는 무리다. 할 수 있는 사람은 가키가라 스바루 정도다.

"하지만 그 일로 몇 번이나 이야기를 나누다가 그 사람은 얼굴이 새파래져서 소리쳤어요."

—나는 살인자야!

—살인자가 자기 아기를 안으면 안 되는 거잖아? 살인자가 애를 키울 수 있을 것 같아?

"저는…… 아무 말도 할 수 없었어요."

노리코 씨의 목소리가 일단 끊겼다. 호흡을 가다듬는 듯한 기척이 난다.

"그때는 이미 밤중이었는데 남편이 집을 뛰쳐나가 버렸어요. 바깥은 캄캄했는데,"

이튿날 아침, 그녀가 찾으러 가 보니,

"남편은 집 뒤 묘지에서 파자마 차림을 한 채 무릎을 끌어안고 주저앉아 있었어요."

유령처럼 보였어요, 라고 한다.

"그때 처음으로 생각했어요. 아아, 어젯밤에 이 사람이 소리친 건 진실이구나, 하고."

가가와 히로키 씨는 살인자였던 것이다. 14살 때 집에 불을 질러 어머니와 동생을 죽게 했다. 그가 죽인 것이라고.

"아기를 포기해 달라, 지워 달라고 분명히 말한 적도 있어요."

노리코 씨는 싫다고 거절했다. 그러자 그는 이렇게 말했다.

—그럼 나는 더 이상 노리코와 함께 있을 수 없어. 분명히 이상해질 테니까.

—진심을 말하자면 나, 꽤 전부터 지쳤어. 제대로 된 인간이 아닌데 제대로 된 척해야 하는 게 괴로워서, 너무 괴로워서 견딜 수가 없었어.

"저는 아기를 낳겠다고 결심했고 시간을 들여서 설득하면 그의 마음이 바뀌지 않을까 생각한 적도 있지만, 솔직히 무서워져서,"

—분명히 이상해질 테니까.

"남편이 무섭다니, 아아, 나도 이제 안 되겠구나, 싶었죠."

친정으로 도망칠까 싶었을 때도 있었다고 한다.

"하지만 이제 와서 부모님한테 남편의 과거를 고백할 수는 없었어요. 지금껏 비밀로 해 왔고요."

노리코 씨의 목이 메었다.

"우리 부모님은 남편을 마음에 들어 했어요. 친아들처럼 생각했죠. 왜냐하면 그 사람—정말 좋은 사람이었으니까요."

마키타 노리코 씨는 굳게 입을 다물어 왔기 때문에 스스로 진실을 털어놓을 수 없게 된 것이다. 남편과 자신 주위에 높은 담을 두르고 그 담으로 자신들을 지키고 있다고 생각했는데, 정신이 들어 보니 그 담은 너무나도 튼튼해서 안쪽에서 부술 수 없었다.

바깥쪽에서 이노우에 다카미라는 생각지 못한 방문자가 찾아오기 전까지는.

"노리코 씨가 임신했다는 걸 안 시기가 5월 말, 이노우에 다카미 씨가 두 분에게 연락해 온 시기가 6월 초."

스바루 씨는 시원스럽게 말했다.

"그렇다면 노리코 씨 부부는 남몰래 두 가지 문제를 안고 계셨던 게 되는군요."

"네."

"두 분 사이에 몇 번이나 심한 말다툼이 있었을 테고, 잠들지 못하는 밤도 있었을 거예요."

한 호흡 쉬고 나서 말을 이었다.

"애 많이 쓰셨군요."

위로하는 것처럼 상냥한 목소리였다.

그것이 통한 것일까. 노리코 씨의 목소리가 또 흐트러졌다.

"—처, 처음에는, 남편이."

울음 섞인 목소리를 냈고, 다부지게 참으려 하고 있다.

"다카미는 자기한테 맡겨 두라고 했어요. 적당히, 얼버무려서, 저기—."

"구슬린다. 회유한다."

"네, 그런 거예요. 그렇게 해서 쫓아내겠다고요. 저는, 아기와 우리 일로 머리가 가득했고."

"당연합니다."

"하지만, 그, 뭐라고 하면 좋을까요."

그리고 노리코 씨는 갑자기 나를 불렀다.

"스기무라 씨, 미안해요."

"네?"

"남편도 저도, 가게에 있을 때는 인격이 달라졌다고 할까, 아무렇지도 않았어요. 결혼한 후로 줄곧 둘만의 비밀을 갖고 있었고, 주위 사람들한테는 언제나 어떤 연극을 하고 있었어요. 그게 부부의 유대가 된 부분도 있고."

나는 잠자코 고개를 끄덕였다가 허둥지둥,

"그렇군요" 하고 멍청한 발언을 했다.

그녀는 작게 웃었다.

"아기도, 다카미도, 가게에 있는 동안에는 제쳐 두고, 여전히 아무것도 달라지지 않았다고 생각할 수 있었어요. 손님 모두 우리 가게를 좋아해 주셨고 '시장' 분들도 다정했고요."

그렇다면 그중 누군가에게 도움을 청해도 되지 않았을까.

"가게에 있는 동안 밝게 행동함으로써, 저는 구원받고 있었어요. 남편도 분명히 그랬을 거예요. 하지만 여러분을 속여서 죄송해요."

"사과하실 것 없습니다."

내 목소리도 떨리고 말았다.

"비밀을 지킨다는 건 그런 거니까요" 하고 스바루 씨가 말했다. "의도적으로 타인을 속이는 것과는 달라요."

그럴까요, 하고 그녀는 작은 목소리로 말했다.

부엌 냉장고에서 소리가 났다. 자동 제빙 장치가 얼음을 토해 낸 것이다.

"나는 아기를 낳는다. 남편은 나와 헤어져서 혼자가 된다."

속삭이듯이, 노리코 씨는 말을 잇는다.

"그렇게 결론을 내고 여러 계획을 짰어요. 바람을 피워서 그 상대와 도망쳤다고 하면 모두 쉽게 납득하지 않겠느냐는 말을 꺼낸 사람은 저예요."

—그래, 그러면 모두 노리코를 불쌍하게 여기고 잘해 줄 거야.

"거기에 다카미를 이용하자고요. 그러니까 그녀는 오히려 좋은 타이밍에 와 준 거예요."

원망하지 않아요, 라고 말했다.

"하지만 노리코 씨는 그렇게 초췌해지셨잖아요."

나는 그렇게 말하지 않을 수 없었다.

"히로키 씨가 집을 나간 때는 그 전날 밤인가요?"

"네."

"두 분이서 계획한 대로."

"네, 맞아요.

"그때부터 하룻밤 내내 혼자 울면서 지새우신 거죠?"

그녀는 당장 대답하지 않았다. 또 울고 있을지도 모른다.

"—울고만 있었던 건 아니었어요."

청소를 했어요, 라고 말했다.

"밤중인데 온 집 안을, 바보처럼 구석구석까지 청소했어요. 세제랑 곰팡이 제거제를 듬뿍 써서, 그 사람의 기척을 전부 지워 버리려고."

내가 맡은 염소 냄새는 그 때문에 난 것이었다.

"마키타 씨." 스바루 씨가 불렀다.

"—네."

"말씀은 잘 알겠습니다. 앞으로 우리가 마키타 히로키 씨를 찾는 일은 없을 거예요. 안심하세요."

노리코 씨는 잠자코 있었다.

"애초에 이노우에 다카미 씨를 찾는 의뢰는 종료되었으니 이제 우리가 나설 일이 없죠. 다만 참고로 두세 가지 더 여쭙고 싶은 게 있는데, 몸은 괜찮으신가요?"

"괜찮아요."

스바루 씨는 무엇을 더 물으려는 것일까.

"두 분은 노리코 씨가 단대생이었을 때 만나셨어요. 같은 아파트의 다른 집에 사셨죠?"

"네. 잘 아시네요."

"당시 히로키 씨는 어떤 일을 하셨나요?"

그녀는 잠깐 생각했다.

"여러 가지요. 근처 편의점에서 일하고 있었고, 외식 체인점이나 파친코 점원으로도 일했어요."

"그런 타입의, 아르바이트 같은 일을 여러 개 하신 건가요?"

"네. 아무래도 고등학교에 가지 않았으니까요."

"하지만 과거 일을 털어놓을 때까지 이상하게 생각하시지 않았나요?"

"글쎄요……. 그 무렵 취직이 잘되지 않는 사람이 꽤 많았으니까요. 저도 단대 졸업장으로는 취직할 수 없을지도 모른다고 생각했고요."

확실히 젊은이의 취직난은 다소의 정도 차는 있다 해도 그 당시부터 시작되었다.

"히로키 씨가 14살 때의 사건을 고백하신 건 언제죠?"

그녀는 곧 대답했다. "회사를 그만두기 전해였어요. 9월쯤이었던 듯해요. 그 무렵부터 저는 우리 장래를 화제로 삼았으니까요."

—나, 노리코한테 얘기해 두어야 할 게 있어.

"하지만 자기는 무고하다고 했어요. 집에 불을 지르지 않았다고요. 엄마와 동생을 잃자 괴롭고 슬퍼서 자기도 죽고 싶었다고."

그의 말을 재현하는 목소리가 갈라진다.

"거짓말을 할 수 있었을 텐데 숨기지 않고 고백해 준 거예요."

"하지만 노리코 씨에게는 역시 그 얘기가 쇼크였던 거죠? 이 주나 회사를 쉬셨으니까요."

"네……, 그랬죠."

그녀의 놀란 얼굴이 눈앞에 떠오른다.

"조사 사무소라는 곳은 굉장하군요."

스바루 씨는 아랑곳하지 않고 말을 이었다.

"하지만 결국 헤어지시지 않았어요. 오히려 히로키 씨와 결혼하고, 고향에서 둘이서 새로운 인생을 시작하기로 결단하셨죠. 가장 큰 이유는 뭔가요?"

한 번 결혼한 경험이 있는 사람이라면 알겠지만 그렇게 쉽게 대답할 수 있는 질문이 아니다.

"—히로키 씨를 좋아했으니까요."

마키타 노리코 씨는 그렇게 말했다.

"좋아했고, 믿었어요. 그때까지 교제하면서 이 사람은 좋은 사람이라고 생각했으니까요. 자기는 무고하다는 말을 믿었어요. 엄마와 동생이 죽은 화재는 그냥 화재였다고. 그런데도 히로키 씨는 의심을 받고, 내내 괴로워하고, 친아버지한테도 버림받고, 외톨이였어요."

고독하고 기댈 곳 없고, 누구한테도 그 존재를 인정받지 못하고 살아왔다.

"—저는 진심으로 그렇게 믿었어요. 내내 믿으면서 살아왔어요."

바로 몇 달 전에 남편의 외침을 들을 때까지는.

—나는 살인자야!

알겠습니다, 하고 스바루 씨는 말했다.

"당시 이노우에 다카미 씨는 결혼을 말리지 않았나요?"

"그녀는 그런 사람이 아니에요."

노리코 씨는 작게 웃었다. 웃은 것처럼 들렸을 뿐이리라.

“상의했더니 그냥 깜짝 놀라더라고요. 큰일이네, 큰일이야, 하면서. 그래서 아무한테도 말하지 않고 입을 다물어 준 거예요.”

구 년 후에 그 비밀을 돈으로 바꾸자는 생각을 해낼 때까지는 말이다.

“여쭙고 싶은 건 이상입니다. 긴 시간 내 주셔서 고맙습니다.”

눈짓으로 재촉을 받고 나는 스마트폰에 얼굴을 가까이 했다.

“노리코 씨.”

“네.”

“몸조리 잘하십시오.”

“네, 고마워요.”

“기운 내시고, 만일 마음이 내키면 아기를 안고 ‘나쓰메 시장’에 얼굴을 보이러 와 주세요. 모두 기뻐할 겁니다.”

“네, 그렇게 할게요.”

하지만 통화를 마칠 때는 이렇게 말했다.

“여러 가지로 감사했습니다. 안녕히 계세요.”

대기 화면으로 돌아간 스마트폰을 바라보며 나도 스바루 씨도 꽤 오랫동안 침묵했다.

“—스기무라 씨.”

나는 얼굴을 들었다.

“나는 노리코 씨가 부탁하지 않았어도 마키타 히로키 씨를 찾을 생각이 없었어요.”

눈빛이 어둡다. ‘사양장’을 감싼 밤의 어둠처럼 어둡다.

"왜냐하면 그런 남자는 처음부터 존재하지 않았기 때문이죠."

내 가슴 깊은 곳에서 도사리고 있던 생각이 꿈틀거리며 머리를 든다.

"이걸 보세요."

스바루 씨는 스마트폰을 집어 들고 조작했다.

"우리 조사원한테 찾게 했어요. 여기에도 수고가 정말 많이 들었죠."

또 그 유능한 (머리숱이 별로 없는) 조사원이 끈기 있게 일했을 것이다.

"가가와 히로키 씨는 중학교에서도 문제아였고, 찾아봐도 친구다운 친구가 발견되지 않았어요. 학교 행사에도 거의 참가하지 않았습니다. 수학여행도 가지 않았고, 졸업 앨범에도 사진이 실려 있지 않아요."

그래서 이건 입학식 때 사진이에요, 라고 한다.

"12살 때의 가가와 히로키 씨죠."

나는 스마트폰 화면을 보았다.

"이런 얼굴의 소년이, 이십 년 후에 당신이 아는 '이오리'의 주인이 된 것처럼 보이나요?"

나는 화면을 바라보고 고개를 가로저었다.

"그렇죠" 하고 스바루 씨는 말했다.

"그 둘은 전혀 다른 사람이에요."

7

하나 둘 셋에 카드를 펼쳐 보니 스바루 씨도 나도 같은 생각을 하고 있었던 것이다.

사양장에서 처음으로 '이오리'의 히로키 씨의 과거에 대해 들었을 때 나는 이렇게 생각했다. 아버지에게 절연당하고 혼자가 된 가가와 히로키는 과거의 의혹에서도 자유로워졌다. 그리고 마키타 노리코라는 여성을 만나 사랑에 빠지면서 다시 태어났다. 그렇게 생각하지 않고서는, 스바루 씨의 조사원이 알아낸 '가가와 히로키'와 내가 아는 '마키타 히로키'의 인상은 아무래도 겹치지 않는다―고.

그때는 진심으로 그렇게 생각했다. 그 이외의 상황은 있을 수 없다고 생각했다. 그래서 그 단계 때의 우리의 위험한 추측은 빗나갔으면 좋겠다고 생각했다.

그 후 노리코 씨가 임신하고 입원한 사실을 알았다. 그녀의 어머니의 비탄을 알고, 히로키 씨가 '마키타'에 보낸 편지를 보았다. 자신의 이기적인 행동을 사과하는, 간결하지만 마음이 담긴 문장을 읽었다.

그 무렵부터 마음이 조금씩 흔들리기 시작했다.

가가와 가의 화재가 단순 화재인지 방화인지를 차치하더라도, 당시 14살인 가가와 히로키 씨는 어머니를 고민하게 만들었다. 무엇이든 마음대로 되지 않으면 기분 나빠 한다. 쉽게 짜증을 낸다.

여동생을 귀여워하기는커녕 질투하고 괴롭힌다—.

어릴 때 그런 경향을 갖고 있던 어른을, 나는 또 한 명 알고 있다. 그쪽은 여성이다. 삼 년 전, '아오조라' 편집부를 혼란스럽게 만들고 내 처자식을 칼로 위협하는 사건을 일으켰던 여성이다.

당시 그 여성의 아버지로부터 소녀 시절의 일화를 들을 기회가 있었다. 그녀 역시 쉽게 짜증을 내고 늘 화를 냈다고 한다. 어떻게 해도 그 화를 가라앉힐 수 없었다고 한다. 그녀에게는 오빠가 있었고 사이가 좋았지만, 오빠가 결혼하게 되자 빼앗기고 싶지 않다는 질투심 때문에 그 피로연 석상에서 더없이 잔혹한 방식으로 피로연을 망쳐 놓았고, 그 결과 오빠의 신부는 자살하고 말았다.

그녀의 부모는 성실했다. 부모로서 모든 노력을 해 가며 문제아인 딸과 마주해 왔다. 그래도 그녀는 달라지지 않았다. 우리 '아오조라' 편집부에 오기 전에도 수많은 트러블을 일으켰고 마지막에는 결국 경찰이 출동하는 사건을 일으키고 말았다.

그 여성은 이십대 후반이었지만, 가가와 히로키 씨는 마키타 노리코 씨와 처음 만났을 때 더 어렸을 것이다. 게다가 그는 그 여성이 받았던 보살핌을 받지 못했다. 고등학교에도 진학하지 못한 채 집에 틀어박혀 있는 거나 마찬가지였다가 그대로 아버지에게 버림을 받아 혼자 세상에 내던져진 것이다.

과연 그는 변할 수 있었을까—.

내 마음은 흔들리기 시작했고 이 생각은 가슴 깊은 곳에 응어리를 만들었다. 그 응어리는 이노우에 다카미 씨가 발견된 뒤 그녀의 입에서 사랑의 도피가 위장이었다는 이야기를 듣자 더욱 진해졌다.

예전에 가가와 히로키였던 '이오리'의 히로키 씨는 뻔뻔스럽게 돈을 졸라 대는 이노우에 다카미 씨에게 화도 내지 않았고, 그녀를 이용하기는 했지만 친절하게 돌봐 주었다. 한 번도 그녀를 향해 감정을 폭발시키지 않았고 폭력의 편린조차 보이지 않았다.

이노우에 다카미 씨는 그를 무서워하지 않았다. 오히려 다정한 사람이라고 했다. 옛날에도 그랬다고.

그렇게까지 변할 수 있을까—.

다른 방향에서 해석해 봐야 할 일이 아닐까.

가가와 히로키 씨가 달라진 것이 아니라 '가가와 히로키'라는 인간이 다른 사람과 바뀐 것은 아닐까.

도쿄에서 마키타 노리코 씨를 만나 사랑에 빠진 이는 '가가와 히로키'라는 이름을 쓰고 있었을 뿐인 또 다른 인물이 아닐까.

가키가라 씨네 도련님도 나와 똑같이 생각했다. 다만 그의 생각의 출발점은 내가 겪은 재난 경험 같은 것이 아니다. 조사원이 찾아내서 만나러 간 가가와 히로키 씨의 아버지가 현재의 히로키 씨의 사진을 보려고도 하지 않았다는 점이다.

아버지는 지금도 그를 두려워하는 것 같았다. 그렇다면 더더욱 현재의 그가 어디에서 어떻게 살고, 어떤 얼굴을 하고 있는지, 자신의 눈으로 확인해야 하지 않을까. 아버지가 완고하게 사진 보기를 거부한 데에는 다른 이유가 있는 것이 아닐까.

이제 그런 사진을 보고 확인할 필요가 없다는 것을, 아버지는 알고 있는 것이 아닐까.

그렇게 느끼고 그 일이 머리 한구석에 걸려 있었다고 한다. 그래서 조사원에게 소년 시절의 가가와 히로키 씨의 사진을 찾게 한 것이다.

그리고 스바루 씨와 나는 마키타 노리코 씨의 고백을 들었다. 둘이서 조용히, 하지만 행복하게 살아왔는데 그녀가 임신하자 히로키 씨는 무서워하기 시작했다. 자신에게 부모가 될 자격이 없다며 심하게 동요했다고 한다.

—나는 살인자야!

—살인자가 자기 아기를 안으면 안 되는 거잖아? 살인자가 애를 키울 수 있을 것 같아?

노리코 씨는 이 외침을, 14살 때 자택에 불을 질러 어머니와 동생을 죽게 한 일을 가리키는 거라고 해석했다.

그러나 가키가라 스바루 씨의 견해는 달랐다.

나도 아닐 거라고 생각했다.

가가와 히로키 씨의 부친, 가가와 나오키 씨는 현재 요코하마 시내에서 살고 있다. 대기업인 화학 약품 제조 회사에서 일하다가 정년퇴직 후에는 자회사의 임원으로 취임했다.

그는 쉽게 붙잡히지 않았다. 직장에 전화해도 제대로 용건을 전하기 전에 끊어 버렸다. 우리도 그의 현재 가정을 휘젓고 싶지 않았기 때문에 자택을 직격하는 것은 피하고 싶었다.

기회를 살피다 보니 달력이 넘어가 10월이 되었다. 어머니와 사는 이노우에 다카미 씨에게 잔금 50만 엔이 도착하는 일은 없었다. 그것 때문에 그녀가 화를 내는 일도, 물론 없었다.

나는 계속 '시장'에서 일했고 아버지 문병도 갔다. 그때는 이야기를 조금 할 수 있었다. 그리고 깜짝 놀랐다. 아버지가 꾸벅꾸벅 졸다가 잠에서 깨어나 옆에 있는 내 얼굴을 보더니 이렇게 말했기 때문이다.

"—사부로, 무슨 일 있었니?"

안색이 좋지 않구나, 라고 말하신다.

"아버지는 오늘 안색이 좋으시네요."

아버지는 약하게 웃었다. "나한테는 이제 걱정거리가 없거든."

"저도 없어요."

그래? 하고 아버지는 말했다. 그 후 다시 잠들어 버렸다.

아무리 몸이 약해졌어도, 떨어져서 산 세월이 길었다고 해도 부모는 부모다. 자식을 잘 안다. 그 마음이 절실하게 느껴졌다.

그달 중순에 접어든 이후 스바루 씨에게서 전화를 받았다.

"17일 토요일에 가가와 씨랑 만날 수 있게 되었어요."

지치부사이타마 현 서쪽에 있는 도시의 골프장에서 개최되는, 모회사 주최 대회에 출전한다고 한다.

"그 후에 짧은 시간 동안만이라면 괜찮다는 조건이 달려 있지만요. 스기무라 씨, 지치부까지 갈 수 있겠어요?"

"점장님한테 상담해 본 뒤 반나절 휴가를 받겠습니다."

또 가키가라 씨네 도련님의 운전수 노릇을 하게 되었다고 말했더니 나카무라 점장은 두말없이 허가해 주었다.

당일에는 스바루 씨도 나도 노타이 정장을 입었다. 그의 지팡이가 평소와는 달랐다.

"일단 복장에 맞추거든요."

스바루 씨는 차 안에서 지금까지의 경위를 가르쳐 주었다.

"아무리 시간이 지나도 결판이 안 나는 바람에 사진을 첨부한 편지를 보내서 그쪽에 사정을 전부 털어놨어요."

그러니까 지금까지의 이야기를 되풀이할 필요는 없다고 했다.

가가와 씨가 지정한 장소는 골프장에서 2킬로 정도 떨어진 곳에 있는 민물고기 요릿집이었다. 안채 외에 별채가 몇 개 있는 구조다. 우리는 그중 하나에서 얼굴을 마주했다. 가가와 씨도 처음 온 가게인 것 같았지만 익숙한 태도로 종업원과 대화하더니 삼십 분 정도 일 얘기를 해야 해서 요리는 그 후에 갖다 달라고 부탁했다.

가가와 씨는 풍채 좋은 신사로, 클럽하우스에서 가볍게 한잔하고 왔는지 얼굴이 불그레했다. 골프웨어 차림이었다.

"받은 사진과 문서는 처분했습니다."

그는 제일 먼저 그렇게 말했다.

"실례인 줄 알지만 두 분 다 겉옷과 셔츠를 좀 벗어 주시겠습니까? 녹음되고 있는 건 아닌지 확인하고 싶어요."

딱 이 초 동안 스바루 씨도 나도 굳었다. 그러고 나서 가가와 씨가 바라는 대로 벗어 보였다.

"이러면 되겠습니까?"

"고마워요."

셔츠와 겉옷을 걸친 후 스바루 씨는 정장 안주머니에서 사진 두 장을 꺼내더니 가가와 씨를 향해서 테이블에 늘어놓았다. 한 장은 가가와 히로키의 중학교 입학식 때 사진에서, 또 한 장은 구와타마치의 여름 축제 단체사진에서, 각각 당사자의 얼굴을 따서 똑같은 사이즈로 늘린 것이다.

"이 사람이 아드님, 히로키 씨죠?"

교복을 입은 남자아이의 사진 끝에 손가락을 올려놓는다. 그러고 나서 히로키 씨의 사진으로 손가락을 옮겼다.

"이게 누군지 아십니까?"

가가와 씨는 두 사진을 내려다보며 아랫입술을 깨물었다. 그 얼굴은, 눈매가 가가와 히로키와 닮았다.

"—이름은 모릅니다."

그는 한숨을 내쉬며 낮은 목소리로 말했다.

"만난 것도 딱 한 번뿐이고요. 아들과—히로키와 절연하고 일 년쯤 후의 일이었습니다."

스바루 씨는 의연하게 얼굴을 들고 있지만 나는 눈을 내리깔았다.

"처음에는 히로키의 친구라면서 당시 제가 일하던 회사로 전화를 해 왔습니다. 그 얘기만으로는 사정을 잘 알 수 없었지만 히로키의 일이었기 때문에 저도 불안해서요. 만나 보기로 했지요."

착실한 젊은이였습니다, 라고 한다.

"옷차림은 허술했지만요. 게다가 저보다 더 불안해 보였어요. 딱 봐도 히로키 같은 타입은 아니고, 히로키의 먹이가 되는 쪽의 인간이라는 걸 알 수 있었습니다."

우선 그 젊은이는 몇 번이나 가가와 씨에게 사죄했다고 한다.

"만나 주어서 감사하다면서요. 히로키한테서 저에 대해 자세히 들었다더군요."

가가와 씨는 '이오리'의 히로키 씨 사진에 손끝을 올려놓았다.

"이 사람은, 사실은 히로키보다 3살 위입니다. 그러니까 당시 21, 2살이었을까요."

그렇다면 실은 노리코 씨보다 5살 위였던 셈이다. 겉모습에서도 그런 느낌을 받았다.

"본인은 이름을 말하려고 했지만 제가 말렸습니다. 알고 싶지 않으니까 말하지 말아 달라고. 나는 이제 아들이 일으키는 문제에는 일절, 아주 조금도 관여하고 싶지 않다고요."

가가와 씨는 또 굵은 한숨을 쉬었다.

"요점을 말하자면 이 사람은 히로키에게 자기 호적을 팔았던 겁니다. 정확하게는 호적을 바꾼 거지요. 그리고 히로키에게서 돈을 받았어요. 150만 엔이라고 했습니다."

그제야 겨우 우리를 똑바로 바라보았다.

"당신들은 그런 걸 잘 알죠? 그 금액은 시세입니까?"

스바루 씨가 즉시 대답했다. "호적 매매는 눈을 부릅뜰 만큼 드문 일은 아니고, 또 케이스 바이 케이스입니다. 현재는 인터넷을 통해서 이루어지는 경우가 많아요."

"흐음……, 요즘은 뭐든지 인터넷이군요" 하고 가가와 씨는 신음하는 듯한 목소리로 말했다.

"하지만 그렇게 간단한 거래는 아닙니다. 호적을 위조하는 경우는 이야기가 다르지만, 매매나 교환의 경우 그것만으로 완전히 다른 사람이 될 수 없어요. 여권이나 운전면허증에 사진이 붙어 있으니까요."

"아아, 얼굴은 교환이 안 되지요."

"네. 그래서 매매나 교환을 하는 쌍방이 여권과 면허증을 갖고 있지 않은 백지 상태라면 값이 비싸집니다. 한편 한쪽이나 쌍방이 이미 그런 것들을 취득한 상태라서 위조나 세공이 필요해지면 값이 내려가죠."

그래서 케이스 바이 케이스인 것이다.

나는 말했다. "히로키 씨로 바뀐 남성은 결혼해서 '마키타 히로키'가 된 후 야마나시 현 교습소에 다니며 운전면허를 땄습니다. 다시 말해 진짜 히로키 씨는 운전면허를 따지 않은 것 같은데요."

가가와 씨는 고개를 끄덕였다. "그렇겠죠. 설령 그 녀석이 그럴 마음이 들었다고 해도 교습소에 다니면서 얌전히 강사의 말대로 할 수 있었을 리 없으니까요."

친아들을 평가하는 말이라고 생각할 수 없을 만큼 독기 어린 말투였다. 우리 어머니도 맨발로 도망칠 것 같다.

"여권도 갖고 있었을 것 같진 않네요. 히로키가 해외여행이라니……."

"참고로 마키타 히로키 씨와 마키타 노리코 씨는 현재도 여권을 취득하지 않았습니다."

나는 더 이상 '오피스 가키가라'는 어떻게 그걸 확인한 겁니까, 라고 생각하지 않는다.

가가와 씨는 히로키 씨의 사진을 손에 들었다가 곧 테이블에 다시 내려놓았다. 그러고는 말했다.

"이 사람은 히로키와 파친코에서 알게 되었다고 했습니다. 그는 그곳 점원이었고 히로키는 매일같이 다니면서 돈을 펑펑 썼대요."

눈에 띄었겠죠, 라고 말했다.

"그의 입장에서 보자면 히로키는 소위 단골손님입니다. 나이도 비슷해서 왠지 친해졌는데 그러다가 히로키가 자기 이야기를 했다고 합니다. 상대가 어떻게 반응할지, 재미있어하는 얼굴을 하고 있더래요."

그 녀석에게는 그런 구석이 있었지요—.

"얌전해 보이는 인간에게는 세게 나가는 겁니다. 학교에서도 그랬어요. 상대가 선생이라도. 그런 의미에서는, 히로키는 무서울 정도로 사람을 잘 꿰뚫어보는 녀석이었습니다."

—저는 처음에 동정했어요.

"그는 그렇게 말했어요. 바보지요. 그러면 이제 히로키의 손바닥 안에 있는 겁니다. 그 후에는 그 녀석의 페이스에 휘말리기만 했을 거예요."

"호적 매매는 어느 쪽이 먼저 얘기를 꺼낸 일일까요?"

"글쎄요, 자세히는 듣지 못했습니다. 다만 당시에 그의,"

또 '이오리'의 히로키 씨를 가리킨다.

"아버지가 심각한 병에 걸렸대요. 수술비와 치료비로 큰돈이 필요했다고 이야기했습니다."

그렇다면 그에게 150만 엔은 액면 이상의 큰돈이었을 것이다.

"히로키는 돈을 갖고 있었고요."

"부자의 연을 끊을 때 나누어준 돈을." 스바루 씨가 말했다.

"맞습니다."

가가와 씨에게 꺼림칙해하는 기색은 없었다.

"150만 엔으로 서류상 다른 인간이 될 수 있는 거니까 그 녀석한테도 좋은 이야기였겠죠."

"하지만 그 부분은 좀 이해할 수가 없어요." 스바루 씨가 말했다. "가가와 씨네 화재는 확실히 비극적인 큰 사건이었습니다. 당시 매스컴도 떠들썩했지요. 하지만 히로키 군은 14살의 소년이었고 원인이 그의 방화라고 판명된 것도 아니에요. 그 후의 그가 호적을 바꾸고 싶어 할 만큼 '가가와 히로키'라는 이름에 얽매였을 필요는—."

가가와 씨가 그를 가로막으며 말했다. "본인은 얽매여 있었습니다. 몸으로 느낀 게 있었으니까요."

1밀리미터의 망설임도 없는 단정이다.

"게다가 히로키는 타인과 호적을 바꾼다는 것 자체를 재미있게 여겼겠죠. 자신의 가족은 자기 손으로 죽이고 해체해 버렸어요. 아버지는 도망쳤고요. 하지만 호적을 바꾸면 새로운 가족을 손에 넣을 수 있죠."

이 말에 가키가라 씨네 도련님도 대꾸할 말을 잃었다.

가가와 씨는 여전히 '이오리'의 히로키 씨 사진에 손가락을 올려놓고 있었다.

"이 사람한테는 병든 아버지와, 그 아버지를 돌보는 어머니와, 여동생 둘이 있었습니다. 하필이면 여동생이요. 히로키는 여자애를 괴롭히는 걸 아주 좋아했는데."

말이 없는 우리 앞에서 가가와 씨는 종업원이 두고 간 찬물을 한 모금 마시고 뒤를 이었다.

"실제로, 이 사람도 곤란해졌고 겁을 먹어서 어떻게 하면 좋을지 상담하고 싶어 저를 찾아온 겁니다. 히로키가 그의 여동생들을 따라다니니까."

나는 한기를 느꼈다. 와이셔츠 소매 속 팔에 닭살이 돋는 것을 느꼈다.

"당신들도 중학교를 나온 후의 히로키의 행적까지는 조사하지 못한 게 아닙니까? 저도 모든 것을 다 파악할 수 없었고, 파악한 것을 열심히 지웠으니까요."

"지웠다고요?"

스바루 씨의 눈빛이 날카로워졌다.

"무슨 뜻인가요?"

"무슨이고 뭐고, 말 그대로입니다. 그 녀석은 집 근처 젊은 여자들을 노렸어요. 어느 정도의 일을, 몇 건이나 했는지는 모릅니다. 다만 그중 한 번은 그 자리에서 피해자의 사진을 찍었어요."

"어떻게 그걸 아셨습니까?"

가가와 씨의 말투가 거칠어졌다.

"히로키의 방에서 내가 그 사진을 발견했으니까!"

얼어붙을 듯한 침묵이 흘렀다. 가가와 씨의 콧김 소리만이 들린다.

"그래서—저는, 이 사람한테."

'이오리'의 히로키 씨에게.

"도망치라고 충고했어요. 동생들은 물론이고 부모님도 도망시키라고. 그렇게 하지 않으면 동생들을 히로키에게서 지킬 수 없을 거라고."

하지만 호적상으로는 육친인 남자에게서 완전히 도망치기란 매우 어려운 일이다.

"그게 무리라면, 당신이 온몸을 던져서 히로키를 쫓아낼 수밖에 없다. 둘 중 하나 외엔 방법이 없다고 말해 줬습니다. 그러지 않으면 나처럼 된다고. 히로키의 손에, 두 눈 빤히 뜨고 아내와 딸이 죽는 걸 본 나처럼. 그는 저를 만나러 왔을 때보다 더 새파래져서 돌아갔어요."

그 후 어떻게 했는지, 어떻게 되었는지는 모르고, 알고 싶지도 않았다고 한다.

침착함을 되찾으려는지 가가와 씨는 한 번 깊이 호흡했다.

“하지만 댁한테서 받은 문서에 따르면 아무래도 그는 후자의 선택을 한 모양이지요.”

온몸을 던져서 가가와 히로키를 쫓아냈다. 그 존재를 지워 버렸다.

—나는 살인자야!

그 외침의 진의는 그것이다. 가가와 히로키와 호적을 바꾼 청년이, 가가와 히로키를 살해했다. 자신의 가족을 지키기 위해.

그리고 그 후의 인생을, 그 비밀을 짊어지고 살아왔다. 이윽고 그가 사랑에 빠져 결혼한 여성에게도 거기까지는 말할 수 없었던 비밀을.

혼자서 무덤까지 가져갈 생각이었던 그 비밀은, 그러나 마음 안쪽에서부터 좀먹고 있었다. 그는 좀먹히고 있었다. 그가 사랑하고, 그를 사랑했던 마키타 노리코 씨가 그를 지키려고 둘 주위에 쌓아 올린 튼튼한 둑 안쪽에서 그는 점점 약해졌다.

그래서 자신과 피를 나눈 아기가 이 세상에 태어난다는 사실을 알았을 때 단숨에 붕괴하고 만 것이다.

제대로 된 인간이 아닌데 제대로 된 인간인 척을 할 수는 없다. 피로 더러워진 손으로 아기를 안을 수 없다.

사람은 행복을 추구하고 이를 위해 노력한다. 하지만 만인의 행복이란 없다. 사람은 낙원을 찾아 필사적으로 계속 걷는다. 하지만 만인의 낙원 또한 존재하지 않는다.

서로 사랑하는 남녀 사이에서조차 추구하는 것이 어긋나고, 엇갈려 간다. 노력은 허무하고, 행복은 환영처럼 사라지고, 걸어도 걸어도 낙원은 언제나 저 멀리 있다.

가가와 씨는 말했다.

"아비인 내가 했어야 하는 일을 이 사람이 대신해 주었어요. 그런 의미에서는 미안하게 생각합니다."

말투에 억양은 없지만 심정이 전해져 왔다. 진심으로 미안하게 생각하고 있다. 슬퍼하고 있다.

"그렇다고 해도 이 사람은—우리 히로키를, 그, 없애 버렸다면 말이지요."

곧 원래의 자신으로 돌아갔으면 됐을 텐데요.

"저는 아들을 찾지 않을 거니까요. 그럴 걱정이 없다는 건 이 사람도 알고 있었을 겁니다. 그렇다면 '가가와 히로키'로서 뒤처리를 해야 하는 일들을 해결하고 얼른 본래의 자신으로 돌아갈 수가 있었을 텐데."

"그렇게 쉽게는 안 돼요" 하고 스바루 씨가 말했다. "호적 매매는 호적등본의 매매가 아니거든요. 틀림없이 거래가 성립했다는 확증을 얻지 못하면 사는 쪽은 돈을 치르지 않죠. 상거래라는 건 뭐든지 그렇지 않습니까."

가가와 씨는 눈썹을 찌푸린다. "그럼 어떻게 하는 겁니까?"

"아까도 말씀드렸지만 이 케이스처럼 쌍방이 백지 상태인 단순한 매매 거래에서는, 산 쪽이 사들인 신분으로 여권을 취득하는 방법이 일반적입니다."

"일반적, 이라고요."

나는 저도 모르게 말해 버렸지만 스바루 씨는 늘 그렇듯이 담담하게 말을 잇는다.

"여권은 얼굴 사진이 붙어 있는 공적인 신분증명서니까요."

얼굴은 교환이 되지 않는다.

"이 이상의 확증은 없지요. 운전면허증과 달리 서류만 갖추면 곧 취득할 수 있고요."

가가와 씨는 씁쓸한 얼굴을 한 채 코웃음을 쳤다. "하지만 해외여행을 가지 않으면 필요 없는 거잖소. 본인이 조심하면 될 텐데."

"정부가 발행하는 ID입니다. 당사자에게도 소중한 것이지만 정부에게도 가장 중요한 개인 식별 데이터예요."

스바루 씨는 '이오리'의 히로키 씨 사진에 시선을 향했다.

"이 사람은 고지식하고 담이 작은 사람이에요. 보통 이런 사람을 가리켜 선량한 소시민이라고 하지요."

그런 남자가, 상황에 떠밀려 살인에까지 손을 댔다.

"그는 가게 사이트에 얼굴 사진을 올리는 것조차 조심스러워했어요. 본래의 그의 얼굴을 기억하는 인물이 있을지 없을지, 그 사이트를 볼지 어떨지도 알 수 없죠. 본다고 해도 이름이 다르면 그냥 닮은 사람이라고 생각할지도 몰라요. 그래도 그는 무서워서 사진을 실을 수가 없었어요. 죄책감이 있었기 때문입니다."

그런 남자가, 자신의 거짓말과 죄를 폭로하는 단서가 될 가능성이 있는 것이 사회에 공적인 데이터로 존재함을 알면서도 원래의 자신으로 돌아갈 수 있을까. 혹시 만에 하나, 10만에 하나의 나쁜 우연으로 탄로 나면, 지키려고 했던 그의 진짜 가족까지 끌어들이게 되고 말 텐데.

스바루 씨는 시선을 들고 가가와 씨의 얼굴을 보았다.

"최소한 가가와 씨 아드님이 이 사람으로서 취득한 여권이 실효될 때까지 그는 가가와 히로키인 채로 있을 수밖에 없었어요. 나는 그렇게 생각합니다."

그러는 사이에 그는 마키타 노리코 씨를 만나고 말았다—.

나는 문득 생각했다. 그가 노리코 씨에게 '가가와 히로키'의 과거의 의혹을 고백한 까닭은 단순히 정직했기 때문이 아니라, 이로써 그녀가 자신과 헤어져 주길 바랐기 때문이 아닐까. 노리코 씨가 무서워하고, 멀어져 주었으면 좋겠다. 그러면 포기가 될 것 같다고.

하지만 노리코 씨는 핼쑥해질 정도로 고민하면서도 그에 대한 애정을 잃지 않았다. 그래서 그도,

—제대로 된 인간이 아닌데 제대로 된 인간인 척하는.

그 길을 선택할 수밖에 없었다.

"히로키답네요."

미간의 주름이 더욱 깊어진 가가와 씨는 침을 뱉듯이 말했다.

“죽은 후에도 이 사람을 괴롭혔던 거예요.”

타이르듯이 스바루 씨가 낮게 대꾸한다. “히로키 군은 당신의 아들입니다.”

가가와 씨는 흔들리지 않았다. 충혈된 붉은 눈을 크게 부릅뜨고 스바루 씨를 노려보았다.

“아니, 그건 괴물이었습니다.”

중학교 입학식 때 빛이 눈부셨는지 뭐가 싫었던 건지, 험악하게 얼굴을 찌푸린 채 단체사진에 찍혀 있는 소년.

어떤 부모라도 부모는 부모다. 자식을 잘 안다.

그건 괴물이었습니다.

“저도 아무것도 하지 않은 건 아니에요. 책을 읽거나 전문가한테 이야기를 듣기도 했습니다. 히로키 같은 애는 아주 아주 드문 확률로, 누구의 탓도 아니고, 어떻게 할 수도 없이 태어난다면서요. 사이코패스라는 거겠지요.”

“그 호칭은 가볍게 사용해도 되는 게 아니에요.”

처음으로 가키가라 씨네 도련님이 분명하게 분노를 얼굴에 드러냈다.

“대상이 아이라면 더더욱 그렇습니다.”

“그럼 저는 어떻게 하면 되었을까요?”

주먹을 쥐고, 가가와 씨는 테이블을 내리쳤다. 컵이 흔들렸다.

노기로 눈이 붉은데 얼굴은 창백하다.

“저로서는 이제 기도할 수밖에 없습니다. 히로키가—이미 옛날에 뼈가 되었을 테니까, 이제 영원히 발견되지 않기를. 그리고, 그리고—."

가가와 씨는 '이오리'의 히로키 씨 사진을 바라보더니 정말로 기도하듯이 눈을 감았다.

"이 가엾은 남자가, 자기 부모와 동생들에게 돌아가서 앞으로는 평화롭게 살 수 있기를 말입니다."

가게에는 미안했지만 우리는 먹지도 마시지도 않고 그곳을 떠났다.

이미 완전히 밤이다. 지치부에서 야마나시 현 경계로 향하는 산길은 어둠에 가라앉았다. 조수석에 있는 스바루 씨의 얼굴이 사이드윈도에 비친다.

그도 유령처럼 보였다. 마키타 노리코 씨가 발견했을 때, 집 뒤 묘지에서 무릎을 끌어안고 주저앉아 있던 그녀의 남편이 그랬던 것처럼. 쇠약해지고 울어서 눈이 부은 채 내 팔 안에 쓰러져 왔을 때의 노리코 씨가 그랬던 것처럼.

"가키가라 씨."

괜찮으십니까, 하고 나는 물었다.

"아마도요" 하고 그는 대답했다.

밤과 산의 어둠이 우리를 차와 함께 감싸 짓누른다.

"그도 이미 죽었군요."

혼잣말처럼, 스바루 씨는 말했다.

“그래서 이노우에 다카미 씨에게 약속한 50만 엔이 도착하지 않은 거예요.”

나는 아무 말도 하고 싶지 않았다.

“그는 자기를 잘못 평가하고 있었어요. 제대로 된 인간이었던 거예요. 제대로 되어 있었기 때문에 견딜 수 없었던 거죠.”

‘이오리’의 주인이었던 남자. 맛있는 메밀국수를 만들고, 아내를 사랑하고, 산속을 걸어 다니며 사진 찍는 것을 좋아하는, 온화하고 다정했던 남자.

실례, 하고 말하며 스바루 씨는 차에 탑재된 오디오 시스템의 스위치를 켰다. 사양장 때와는 달리 중량급 록음악이 흘러나왔다.

나는 핸들을 잡고, 스바루 씨는 시트에 기대어 눈을 감고, 차는 밤의 밑바닥을 전조등으로 가르며 나아간다. 대음량의 헤비메탈을 듣는 둥 마는 둥 하고 있자니 몇 곡째의 가사가 귀에 걸렸다.

‘샌드맨이 온다.’

그러니 자기 전에 기도하라고, 자기 아이에게 말을 걸고 있다.

샌드맨—모래 남자란 유럽의 동화 속에 등장하는 마물이다. 어린아이의 눈에 마법의 모래를 뿌려서 잠재우고 아름다운 꿈을 꾸게 해 준다지만, 아이를 어둠의 세계로 데려가는 부기맨의 일종이라는 해석도 있다.

어린 나의 아이야, 자기 전에 기도하렴. 모래처럼 붙잡을 수 없는, 무서운 마물이 찾아올 테니.

진짜 이름조차 모르는 불행한 남자는, 앞으로 태어날 아기에게 자신이야말로 샌드맨이라고 생각했을지도 모른다.

'나는 지금부터 잠들 겁니다.

신이여, 부디 지켜 주십시오.

만일 깨어나지 못하고 죽는다면

이 영혼을 당신의 손에.'

나는 헤비메탈에 대해서 잘 모른다.

"이거, 무슨 곡입니까?"

"메탈리카의 〈엔터 샌드맨〉."

그를 위한 장송곡이라고 생각했다.

우리 아버지는 그달 말에 세상을 떠났다. 편안한 최후였다.

장례식도 막힘없이 끝낼 수 있었다. 사고라면, 아사미가 울면서 잠든 탓에 중이염에 걸린 것 정도다.

장례를 치르느라 쓴 휴가가 끝난 뒤 '시장'에 나가자 모두 위로해 주었다. 나카무라 점장이 말했다.

"사람들한테는 비밀인, 내 비장의 은신처에 가요. 거기서 실컷 마시자고."

고맙게 그 제안을 받아들였더니 행선지는 사양장이었다. 스바루 씨가 가진 솜씨를 모두 발휘해서 요리를 하고 와인을 갖추어 놓고 기다리고 있었다.

셋이서 먹고 마셨다. 그동안 스바루 씨가 점장에게 이번 일을 처음부터 끝까지 이야기해 주었다.

"나는 아무것도 못 들은 걸로 할게요, 도련님" 하고 나카무라 점장은 말했다. "그러니까 와인보다 센 술 좀 내놔 봐요."

본래는 와인 잔으로 마시는 술이 아닌 그라파(포도 찌꺼기를 발효한 뒤 증류해서 만든 이탈리아 브랜디)를 벌컥벌컥 마셨고 새벽에는 술에 취해 소파에서 잠들고 말았다.

"스기무라 씨, 울적한 얼굴이네요."

스바루 씨가 말했다. 그는 알코올을 싫어하나 생각하고 있었는데 반대였다. 말술이다. 그래서 평소에는 마시지 않는다고 한다.

"또 사건에 휘말려 버렸기 때문인가요?"

나는 고개를 저었다. "고향에까지 사건을 불러들일 정도로 저주받았구나 싶어서요."

절반 이상 진심으로 그렇게 말했다. 그래서 기분이 가라앉았던 것도 사실이다.

가키가라 씨네 도련님은 웃지 않았다.

"이번 일은 스기무라 씨 때문이 아니에요. 하지만 그런 생각이 드는 기분은 알겠어요."

그러고는 싱긋 웃었다.

"그럼 도망치지 말고 그 저주인지 뭔지랑 맞서 보면 어때요?"

나는 놀라서 그를 바라보았다.

"우리 사무소에서 일하지 않겠느냐는 말은 하지 않을게요."

스바루 씨는 싱긋 웃어도 역시 침착하다.

"스기무라 씨에겐 우리 같은 오피스의 조사원보다 프리로 일하는 사립탐정 쪽이 좋을 거예요. 먹고살 수 있도록 매달 우리 오피스에서 어느 정도의 일을 돌려 줄 거고, 서포트도 할 테니까 독립 개업하면 돼요."

나는 상당히 취한 상태였다. '오피스 가키가라'의 젊은 소장은 흥미롭다는 듯이 나를 관찰하고 있었다.

"전에 사건에 휘말렸을 때."

"네."

"귀여운 두 여고생한테서, 스기무라 씨는 탐정이 되면 좋겠다는 말을 들은 적이 있습니다."

"그 여자애들과 나는 얘기가 잘 통할 것 같네요."

나는 웃었다. "그 사건 때는 진짜 사립탐정도 만났습니다. 원래 경찰관이었던 분인데, 현역 때 은퇴해서 탐정 일을 시작하셨죠."

드문 일이네요, 하고 그는 말했다. "전직 경찰관인 조사원은 우리 오피스에도 있지만."

"그런가요? 그분은 사건이 일어나고 나서 뒤처리를 하는 직업이 싫어졌다고 하시더군요. 그보다 전에, 조금이라도 사건을 막을 수 있는 일을 하고 싶다고."

스바루 씨가 내 잔에 와인을 따랐다.

"좋은 말이군요."

"네. 존경할 수 있는 분이었습니다. 이제 고인이시지만요."

거실에는 오래된 블루스 명곡이 흐르고 있다. 나카무라 점장의 취향이다.

"—좀 생각해 봐도 괜찮을까요."

스바루 씨는 고개를 끄덕였다. "그러세요. 나는 이번 달에는 내내 여기에 있을 거예요."

도쿄의 오피스에 있는 그의 모습을 잘 상상할 수가 없었다. 그렇기 때문에 더더욱 호기심이 자극되었다.

나카무라 점장이 가볍게 코를 곤다. 스바루 씨는 그 모습을 곁눈질하며 쓴웃음을 지었다.

"스기무라 씨, 당신 뒤에 있는 책장을 보세요. 그리운 회사 봉투가 있죠?"

책장에는 책이 그리 많지 않다. '아오조라' 출판사의 옅은 파란색 봉투를 금방 찾을 수 있었다.

"안을 보세요."

그림책 같은 얇은 책이 나왔다. 제목은 '즐거운 종이접기'다. '미나미 요이치로 지음.'

"에비스에서 만난 그 머리숱 적은 조사원이 쓴 책이에요. 그는 종이접기 장인이거든요."

소장한테까지 이런 말을 듣다니 불쌍하기 짝이 없는 그 사람은 의외의 취미를 갖고 있었던 것이다.

"그게 두 권째 어린이용 종이접기 책이에요. 굳이 말하자면 미나미 씨의 본업은 그쪽이고, 조사원 쪽이 부업이려나."

"네에……."

세상은 넓고 참으로 여러 종류의 사람들이 있는 법이다.

"스기무라 씨의 신변을 조사한 사람도 실은 미나미 씨예요. 보통은 그런 대상과 나중에 얼굴을 마주하는 일이 없으니까 그도 거북했겠죠. 이런 걸로는 사과도 되지 않겠지만 괜찮으시면 따님한테 주세요, 라고 덧붙였습니다."

"고맙습니다."

첫 페이지에는 귀여운 청개구리 종이접기가 실려 있었다.

한 사람을 제외하고 누구에게도 상의하지 않았다. 그 '한 사람'은 조카 아사미다.

그 애가 좋아하는 카페에서 피자 토스트와 잼 토스트를 사이에 두고 이야기를 나누었다.

"좋지 않아요?" 하고 조카는 말했다.

"삼촌이 다시 도쿄에서 살면 나는 만날 놀러갈 수 있으니까."

"자기중심적인 이유구나."

아사미는 깔깔 웃었다.

"그렇게 간단한 얘기가 아니야. 무엇보다 반년도 일하지 않고 그만두다니, 나카무라 점장님한테도, '나쓰메 시장' 사람들한테도 면목이 없잖아."

"고작해야 아르바이트잖아요? 그 시장이, 삼촌이 빠진다고 해서 곤란해질 리 없어요."

푹 찔렸다.

"상처 입었어요?"

"조금은."

"그런 부분은 의외로 순수하네요, 삼촌."

넌 말을 고르는 방식이 순수하지 못해.

"나 있죠, 왠지 삼촌은 그렇게 오래 여기에 있지 않을 것 같다고 생각했어요. 늘 마음이 어딘가 다른 데 가 있달까, 영혼의 절반은 도쿄에 남겨두고 온 느낌이었으니까."

스스로에겐 그런 의식이 전혀 없었다.

"모모코랑 헤어져서 쓸쓸한 거라고 생각했지만, 그뿐만은 아닌 듯한 기분도 들더라고요."

"나는 모르겠는데."

"그렇다면 더더욱, 돌아가서 확인해 보지 그래요?"

내 조카는 피자 토스트를 입안 가득 밀어 넣으면서 과감한 말을 했다.

"인생은 앞으로 나아가야 하는 거예요. 만일 안 되면 다시 돌아오면 될 거 아니에요? 삼촌이 어디를 가든, 태어난 고향은 도망치지 않으니까요."

그 무렵에는 나도 본가에 없을 것 같지만, 이라고 말한다.

"바깥 세계에서 모험을 하고 있을 거니까요. 삼촌은 이제 모험하고 싶지 않은 거예요?"

나는 스스로에게 물어보았다.

그리고 답을 냈다.

그 후로는 정말로 눈이 돌아가게 바빴다. '나쓰메 시장'을 그만두고, 이곳과 도쿄를 왔다 갔다 하면서 사무소 겸 자택을 찾고, '오피스 가키가라'에서 기초적인 연수(제대로 있는 것이다, 연수가)를 받았다. 그사이 아버지의 뼈를 납골하기도 했다.

어머니는 내 결단에 화내지 않았다. 변함없는 독설을 늘어놓았다.

"넌 뭘 해도 참을성이 오래가지 못하니까. 어차피 그런 꼴이 될 거라고 생각했어."

형수님은 알기 쉽게 기뻐했다. 형수님의 기분이 좋았기 때문에 형도 찬성해 주었다.

누나와 구보타 매형은 우선 놀랐다. 그리고 구보타 매형은 격려해 주었다. 누나는 겐타로를 걱정했다. 애견이 쓸쓸해할 거라는 뜻은 아니다.

"너한테 산책을 부탁할 수 있어서 편했는데."

각각 내 가족다운 반응이었고, 사실 나도 이걸로 됐다고 생각했다.

"명함에는 '스기무라 탐정 사무소'라고 박아요."

이것은 아사미의 어드바이스가 아니라 명령이었다.

"'조사 사무소'라니, 결심이 안 선 거 같아서 멋없어요. 삼촌은 사립탐정이 되는 거니까 탐정이라고 하세요."

그래서 나는 그렇게 했다.

도플갱어

1

"기울어졌네요" 하고 나는 말했다.

"음, 기울어졌지" 하고 모로이 사장이 말했다.

"그런가아……."

하고 중얼거린 우리의 순회 관리인 다노우에 군의 탄탄한 등을, 다케나카 부인이 가볍게 두드렸다.

"당신, 스포츠맨 주제에 자세가 나빠서 모르는 거예요."

우리 넷은 내가 다케나카 가에서 빌려 사무소 겸 자택으로 쓰고 있는 고가 앞에 나란히 서 있었다. 2011년 5월 11일, 오후 3시를 조금 지난 참이다.

동일본 대지진으로부터 딱 두 달. 지진이 발생한 오후 2시 46분에는 라디오 방송에 맞춰 넷이서 일 분간 묵념을 바쳤다. 그리고 다케나카 부인의 말에 따르면 '현재의 상황을 직시하고 각오를 다지는' 협의를 시작한 것이다.

다케나카 가는 자산가 집안으로, 많은 부동산을 소유하고 있다. 내가 빌린 고가는 목조가옥 중에서는 가장 오래된 물건이다. 입주할 때는 지은 지 사십 년 된 건물이라고 들었는데, 이번에 자세히 확인해 보니 정확하게는 올해 4월로 사십삼 년째에 돌입한다고 한다. 임대차 계약을 맺은 후 관대한 집주인의 허가를 얻어 내부에 약간 손을 댔지만 외관은 그대로였기 때문에 누가 보아도 알 수 있는 고가다.

그 고가가 기울었다. 물론 그날 진도 5의 흔들림이 원인이다.

"마주 보았을 때 오른쪽이, 전체적으로 앞으로 당겨진 것처럼 기울었죠?"

"집이 평행사변형이 된 건지도 모르겠네요. 하지만 그건 일그러진 거지 기운 것과는 다른 듯한데."

"어느 쪽이든 위험한 건 마찬가지겠지만."

경사 각도나, 360도 중 어느 방향을 향해 기울었는지, 집 어느 부분이 손괴돼서 기울었는지, 토대보다 더 아래에 있는 지반이 침하한 것인지, 자세한 사항은 전문업자에게 부탁해서 조사해 보지 않으면 알 수 없다.

"'다이마쓰 설계'의 선생님한테 부탁해 봤지만 지금 스무 건 이상의 건물 진단을 담당하시고 있대요. 의뢰는 더 많이 들어왔지만 사람이 많이 모이는 곳을 우선적으로 뽑아서 맡으셨고요. 그래도 휴일을 반납하고 눈코 뜰 새 없이 일해야 하신다네요. 미안하지만 다케나카 씨네 그 고가까지는 손을 쓸 수 없다고 하시더라고요."

다케나카 부인은 팔짱을 낀 뒤 흠 하고 코로 숨을 내쉬었다.

"무엇보다 이 건물은 이제 조사해 봐야 소용없대요. 너 같은 노구老軀가 그 긴 본진本震과 빈발하는 여진餘震에 용케 견뎌 주었구나,

고맙다, 수고했다, 하고 머리 숙여 인사한 뒤 부수고 다시 지으라네요. 말은 쉽죠."

"다케나카 씨라면 망설이지 않고 다시 지을 수 있기 때문이에요" 하고 모로이 사장이 말한다.

"집 한 채를 부수고 다시 짓는 건 우리에게도 돈이 꽤 많이 드는 일이에요."

다케나카 부인—다케나카 마쓰코 씨는 70세. 143센티의 자그마한 체구이고 머리는 반짝이는 은발이며 언제 만나도 꼼꼼히 엷게 화장하고 있다. 대각선 맞은편에 있는 야나기 약국의 야나기 부인의 정보에 따르면 잠옷 이외의 옷은 전부 주문 제작 옷인 모양이다.

—부자라서 사치를 하는 게 아니에요. 그 사람, 기성복은 사이즈가 안 맞거든요. 조그마한 나무통 같은 체형이니까.

말하고 나서 이렇게 덧붙였다.

—내가 그렇게 말했다고 폭로하지 말아요. 칭찬하는 거지만 말이에요. 다케나카 사모님은 자그마하고 튼튼한 나무통이에요. 안에도 고급스러운 것이 가득 들어 있죠. 뭔지 모르겠지만 고급스러운 것이 말이에요.

다케나카 부인은 그 키와 균형을 이루는 작은 발로 인도에 버티고 서서 내 얼굴을 올려다보았다. "스기무라 씨, 포기하세요. 이 집을 보수하는 건 다케나카 가에겐 낭비일 뿐이에요. 그렇다고 이대로 당신한테 빌려줬다가 전도양양한 사립탐정이 세든 집에 깔려 압사했습니다, 가 되면 집주인은 꿈자리가 사나울 판이고."

나는 돈이 드는 이사와, 처음부터 사무소를 다시 장만해야 한다는 현실적인 어려움에 직면해 망연자실하기에 앞서 그만 웃고 말았다. 전도양양한 사립탐정이라니 묘하다.

다노우에 군도 똑같은 생각을 한 모양이다. 일 년 내내 볕에 그을린 얼굴에 웃음을 띤다.

"네, 스기무라 씨의 미래가 고가에 깔리면 아깝죠."

"참나. 둘은 뭐가 그렇게 웃겨요?"

"그래요, 웃을 일이 아니죠."

모로이 사장도 얼굴은 태연했지만 눈이 웃고 있다.

"스기무라 씨도 이미 각오했을 거예요."

다노우에 군의 말에 나는 약간 낙심하면서도 고개를 끄덕였다.

"그럴 수밖에 없겠네요."

지진 이전부터 이 집이 다소의 보수로는 얼마 버티지 못할 정도로 낡고 상했음을 느꼈다. 종종 마룻귀틀이나 기둥이 삐걱거리는 소리가 났고, 부엌과 세면소 바닥에는 세게 밟으면 부드럽게 가라앉는 곳이 두 군데 있었다. 이층 다다미방의 다다미는 북쪽의 한 모퉁이가 아주 조금 떠 있어서 평평해지지 않는다. 계단 수직면과 판자 사이에는 틈이 나 있고, 난간은 흔들면 흔들흔들했다.

그날 그 시각에 나는 이 고가 일층의 사무소에서 컴퓨터를 마주하고 있었다. 모모코가 다니는 학교가 정기적으로 발신하는 보호자 대상 메일 매거진을 읽는 중이었다. 내 딸은 헤어진 아내의 집에 있고, 아내의 아버지와 오빠들의 가족과 시끌벅적하게 산다. 새 학기부터는 초등학교 4학년. 6월의 생일이 오면 10살이 된다.

처음 흔들림을 느꼈을 때 나는 '신년도 행사'의 스케줄을 보고 있었다. 초등부 아동은 4학년이 되면 첫 교외 수업으로 캠핑을 가는 건가 하고 생각했을 때 흔들림이 갑자기 커졌다.

나는 아직 컴퓨터 의자에 걸터앉아 있었다. 사지 멀쩡한 의자의 바퀴가 움직였고 의자가 좌우로 미끄러졌다.

크구나. 긴장하면서도 뭔가 이상하다고 생각했다. 이렇게 오랫동안 옆으로 흔들리는 지진이 있을까.

—설마 집이 무너지나?

그것만은 안 돼, 하고 생각한 순간 창유리가 소리를 냈고 집 전체가 부르르 떨리는 듯한 커다란 흔들림이 왔다. 창밖을 걷고 있던 양복 차림의 남성이 오오 하고 소리를 지르며 쪼그려 앉는 모습이 보였다. 이 집의 문제가 아니다. 역시 지진이다! 나는 휴대전화를 움켜쥐고 밖으로 뛰쳐나갔다. 발에는 샌들을 제대로 신고 있었다.

이 고가를 빌리기로 했을 때 모로이 사장이 꽤 진지하게 충고해주었다.

—내 감으로는 이 집이 확실하게 견딜 수 있는 한도는 진도 4예요. 그걸 넘으면 밖으로 나가요. 기준은 창유리가 덜컹덜컹 소리를 내느냐 안 내느냐예요.

—옆집 목공소는 작지만 새 건물이고, 베타 기초건물 바닥판 전체가 철근

콘크리트로 구성된 기초가 아니라 마찰 말뚝이라는 걸 박은 뒤 지었기 때문에 지진에 강해요. 평소부터 잘 사귀어 두었다가 여차할 때는 그리로 피난하면 돼요.

나는 그 충고를 지키고 있었기 때문에 옆집인 주식회사 오지마 목공제작소의 입구까지 갔다. 그러자 사무용 책상을 붙들고 서 있던 오지마 사장이 손짓으로 불렀다.

"스기무라 씨, 이쪽이에요, 이쪽!"

사무를 보는 여성은 책상 밑에 숨었고, 안쪽 작업소에서는 작업복을 입은 남성이 머리를 감싸며 벽에 등을 바싹 붙이고 있었다.

"댁 혼자예요? 손님은?"

"없어요."

내가 들어온 자동문은 활짝 열려 있었다(나중에 들으니 강한 지진을 감지하면 자동적으로 열린 상태로 고정되는 시스템이라고 한다). 전선이 흔들흔들 흔들리는 소리에 섞여 밖에서 여성의 요란한 비명이 들려왔다. 대각선 맞은편에 있는 야나기 약국이다. 내가 다시 밖으로 나가려고 하자 오지마 사장이 팔꿈치를 잡고 말렸다.

"가라앉을 때까지 기다려요."

울리며 진동하던 유리가 멈추었고 조금씩 흔들림이 작아졌다. 하지만 길다. 이렇게 긴 지진을 체험한 적은 태어나서 처음이다.

"아직도 흔들려. 이게 뭐야?"

한 손으로 책상을 붙들고 한 손으로 캐비닛을 누르면서 사장이 신음하듯이 말한다. 책상 밑의 여성 사무원이 반쯤 우는 목소리로 말했다.

"진원이 멀어서 그래요. 분명히 도카이 대지진일 거예요."

사장은 안쪽 작업소를 향해 고함쳤다.

"야마다, 라디오 켜, 라디오!"

곧 NHK 아나운서의 냉정한 목소리가 들려왔다. 시부야의 스튜디오에서 강하게 흔들리는 지진을 느꼈습니다, 현재 흔들림은 가라앉았지만 낙하물에 주의하시기 바랍니다, 불씨를 점검해 주십시오—.

나는 밖으로 나가 길을 건너서 야나기 약국으로 뛰어들었다. 안에서는 온갖 색채가 뒤섞여 있었다. 진열 선반의 약품이 바닥에 떨어져 흩어져 있는 것이다.

"야나기 씨, 괜찮으세요?"

"아, 스기무라 씨!"

카운터 맞은편에서 야나기 부인과, 마침 있던 손님인지 나이 지긋한 여성이 얼굴을 내밀었다. 둘이서 카운터 밑으로 들어갔던 모양이다. 안색이 완전히 창백하다.

"이거, 간토 대지진?"

"모르겠어요."

아니에요, 아니에요, 하며 나이 지긋한 여성이 야나기 부인의 소매를 잡아당겼다.

"안쪽 TV에서 오사카도 흔들리고 있다고 했으니까요."

약국 점포 안쪽은 바로 야나기 가의 거실이다. 과연 TV가 켜져 있고, 오사카의 스튜디오에서 생방송중인 오후 와이드쇼가 나오고 있었다.

도쿄와 오사카가 동시에 흔들리는 지진. 처음으로 등골이 오싹해졌다. 딸은? 헤어진 아내는? 예전의 장인은? 부모님과 형, 누나는? 어떻게든 무사히 방금 지진을 넘겼을까. 머릿속이 가득 차고 무릎이 덜덜 떨렸다.

여기저기에 연락을 하면서 스스로를 진정시키려고 엉망진창이 된 사무소 안을 구둣발로 걸어 다니고 있자니 오지마 사장이 방재 헬멧을 빌려주었다. 책장의 내용물이 전부 떨어지고, 캐비닛의 서랍이 열리고, 부엌의 식기는 거의 다 깨지고, 밤거리의 노점에서 변덕으로 사온 선인장 화분도 떨어져 깨지고, 머리 위에서 가끔 먼지가 부슬부슬 떨어지는 상태였기 때문에 노란 헬멧은 매우 든든했다.

하지만 얼마 지나지 않아 사무소 안을 정리하는 것도, 실내를 걸어 다니는 것도 그만두었다. TV 뉴스 화면 앞에 못 박혀 버렸기 때문이다. 천 년에 한 번 있다는 대재해—그 대해일의 영상에.

"아아, 무너지지 않았어요?"

문 쪽에서 목소리가 나도 돌아보지 않았다. '스이렌'의 마스터, 미즈타 다이조 씨였다.

"용케 버텼네요, 이 낡아빠진 집이. 하지만 스기무라 씨, 중요한 물건을 모아서 우리 집으로 피난 와요. 분명 여진도 클 테니까 여기 있으면 위험해요."

"마스터, 여진 걱정보다 이거, 지금, 큰일이—."

"났지요. 알아요. 그래서 가게에서 도망쳐 온 거예요. 손님들은 모두 TV에 달라붙어 있지만 나는 보고 싶지 않아요."

마스터는 보고 싶지 않다, 볼 수 없다, 절대로 보지 않겠다고 되풀이하면서, 정말로 도망치듯이 곧 다시 어디론가 가 버렸다.

마스터는 '와비스케'가 있는 신축 맨션의 삼층에 집을 빌려 살고 있었다. 염치 불구하고 나는 그곳에 몸을 의탁했다. 그 후 내내, 낮에는 사무소에 있거나 다른 곳에서 활동해도 잠은 마스터의 집에서 잤다.

내가 이 고가에서 계속 살 수 있을지 어떨지, 계약을 계속할 수 있을지. 가급적 빨리 집주인인 다케나카 가와 중개 부동산 업자인 모로이 사장과 임차인인 나, 삼자가 모여 협의해야 한다는 것은 알고 있었다. 하지만 셋 다 다망했고, 주위의 상황이 그럴 때가 아닌 적도 있어서 결국 지진으로부터 만 두 달이 지난 오늘까지 이렇게 모일 수가 없었다. 내가 부재중일 때 자주 집의 상황을 보러 와 준 다노우에 군은,

"보수하든 부수든, 빨리 손을 써야 해요. 그 집은 빈사의 중상을 입은 채 비명을 지르고 있어요."

라고 하며 몹시 애를 태웠기 때문에 지금 다케나카 부인이 단호하게 결정을 내려 주자 가장 안도했을지도 모른다.

"문제는 새로 임대 물건을 지으면 집세가 올라가는 점인데요."

모로이 사장이 나를 돌아보며 말한다. "스기무라 씨, 분발할 수 있겠어요?"

나는 즉시 대답했다. "무리입니다."

"정직하네요" 하며 다케나카 부인이 웃었다.

"그렇달까, 그 이전에 문제가 있어요." 다노우에 군이 조심스럽게 말을 꺼냈다.

"사장님 앞에서 제가 이런 말을 하는 건 부처님 앞에서 설법을 늘어놓는 거겠지만, 이 고가는 완전 위법 건축물이잖아요? 여기는 준공업지역인데 이 이층집을 부지에 꽉 차게 지어 놓았어요."

모로이 사장은 순간 깜짝 놀라고 나서 납득했다. "오오, 그러고 보니 그렇군."

준공업지역에 주택을 짓는 경우 건폐율은 60퍼센트다. 나도 옛날에 전처가 우리 집을 짓는 것을 옆에서 본 경험이 있기 때문에 그 정도는 알고 있다.

"다케나카 씨, 어떻게 건축 허가 신청을 받으신 겁니까?"

"몰라요. 우리가 지은 게 아니라서."

이 말에 사장과 다노우에 군이 동시에 "네?" 하고 놀란 소리를 질렀다.

"다케나카 씨, 이 집을 통째로 사들이신 거예요?"

"그래요. 삼십 년 전에 우리가 샀을 때는 아직 깨끗했어요."

"어째서요?"

"아는 사람이었어요. 주인이 울면서 부탁하더라고요. 대출 때문에 죽겠다고."

아하—하고, 이번에는 사장도 다노우에 군도 납득한 소리를 냈다. 나도 동감이다. 다케나카 부부는 만사에 남 돌보는 것을 좋아한다. 옛날부터 이 동네의 (좋은 의미로) 얼굴 마담이다.

"다케나카 씨가 지으신 게 아니라면 이렇게 집이 상한 것도 납득이 가네요. 제대로 된 업자가 건재를 골라서 튼튼하게 지으면 목조주택도 오십 년은 버티니까요."

실제로 호류지法隆寺도 버티고 있죠—하고 모로이 사장은 말했다.

"호류지는 주택이 아니에요."

다노우에 군은 에헴에헴 하고 헛기침을 했다.

"어쨌든 일단 부수면 같은 규모의 주택을 지을 수가 없겠군요. 소위 협소 주택이 되어 버립니다."

"그럼 코인 주차장으로 만들래요. 아니면 오지마 씨한테 빌려주거나."

옆집 오지마 목공제작소를 말한다.

"자재 창고의 임대료가 비싸다고 늘 투덜거리니까요."

"그럼 제가 타진해 보죠."

"잘 부탁드려요."

이야기가 정리된 것은 좋지만 나는 어떻게 하면 좋을까. 마스터네 집에 신세를 더 진다고 해도 사무소는 없으면 곤란하다.

모로이 사장이 글을 소리 내어 읽는 듯한 말투로 말한다. "자연

재해로 건물이 손괴된 경우에는 건물주도 임차인에 대한 의무에서 면제됩니다."

"압니다."

퇴거비나 대체 건물 제공을 기대할 수가 없다. 자력으로 어떻게든 해야 한다.

"우리 부동산에서 다시 중개해 드릴게요. 경우가 경우이니만큼 수수료는 좀 깎아 드리죠."

"하지만 스기무라 씨, 돈이 들게 생겼네요."

"그래서 말인데, 이건 어때요?"

다케나카 부인이 등을 펴고 내 얼굴을 들여다보았다.

"마사코가 나가서 우리 집에 빈 방이 생겼거든요. 다노우에 군은 알죠? 제일 서쪽의, 아오키 씨네 주차장과 가까운 곳."

다케나카 가의 집은 이 오가미초에서 유일하게 '저택'이라고 칭해도 좋을 만한 대저택이지만 凸 모양의 넓은 부지 위에서 가족이 늘어남에 따라 점차 증축해 나간 집이기 때문에 구조가 상당히 복잡하다(이 증축 때마다 필요한 특수 건구 대부분을 오지마 목공에서 만들었다고 한다). 나도 용무가 있어서 몇 번 찾아간 적 있는데 거의 미궁 같았다. 모로이 사장도 갈 때마다 길을 잃는다고 한다.

그 점에서 다케나카 가가 소유한 건물들의 순회 관리인이면서 동시에 다케나카 가의 심부름꾼이기도 한 다노우에 군은 과연 대단하다.

"아아, 일층 서쪽 복도 끝의 존zone 말이군요."

"맞아요, 맞아요."

개인의 주택에 대해서 이야기할 때 보통 '존'이라는 표현은 어울리지 않는다. 하지만 다케나카 가의 경우는 이 표현이 가장 알기 쉽다. 그 증거로 모로이 사장도 이렇게 말했다.

"단층 존 서쪽 끝에 있는, 미니 키친이 딸린 곳 말이지요? 세 평이랑 두 평 반짜리 방, 그리고 다락방이 있던가요?"

"그건 다락방이 아니에요. 거기만 서쪽 복도 위를 지나 이층집으로 통해 있는 거죠. 마사코가 어떻게든 다락방을 갖고 싶다고 해서 임시변통으로 계단을 달아서 개조한 거예요."

다노우에 군이 내게 말했다. "목 부러지는 계단이라고 한답니다. 발이 미끄러지면 끝장이죠."

"당신은 두 번이나 떨어졌지만 무사했잖아요."

"저는 몸을 단련하고 있으니까요."

다노우에 군은 대머리에서 이어지는 두툼한 목덜미를 두들겨 보였다. 확실히 근육이 솟아올라 있다.

"아하" 하고 나는 말했다. 그 말밖에 할 수 없었기 때문이다.

"어차피 빈집이니까 여기랑 똑같은 집세로 제공할게요. 독립된 주택으로 쓸 수 있도록, 좁긴 해도 현관이 있고 인터폰도 달려 있어요."

미니 키친뿐만 아니라 '관을 세워 놓은 듯한 샤워 부스도 있다'고 한다.

"도보 삼 분 거리에 더운물로 씻을 수 있는 코인 세탁소 병설 목욕탕이 있어요."

다노우에 군이 중요 사항을 보충해 주었다. "목욕탕은 오후 3시부터 11시까지고, 코인 세탁소는 24시간 영업이랍니다."

"하지만 집을 빌려주셔도 마사코 씨는 괜찮은 겁니까?"

모로이 사장의 물음에 다케나카 부인은 노골적으로 화난 얼굴을 했다.

"괜찮아요. 그 애, 이번에는 루비콘 강을 건너겠다면서 나갔으니까."

다케나카 가족은 3세대가 함께 사는 대가족이다. 부부와 장남 일가, 장녀 일가, 차남 일가, 미혼인 삼남과 차녀가 동거하고 있다. 아니, 방금 한 이야기를 들어 보면 동거하고 있었다는 과거형이 되려나.

마사코 씨라는 사람은 차녀로, 나도 딱 한 번 인사한 적이 있다. 이십대 중반 정도의, 낯가림이 심할 것 같은 여성이었다. 장남과 차남의 부인들까지 포함해 개방적이고 붙임성 좋은 다케나카 가 사람들 사이에서는 이색적이기는 했다.

"마사코 씨는 언제 나갔습니까?" 하고 모로이 사장이 묻는다.

"2월 초였나?"

"누군가와 함께 삽니까?"

"새삼스럽게 '누군가'라고 하지 말아요. 사장님도 잘 알잖아요. 그 돼먹지 못한 놈이요. 마사코는 어떻게 해도 그 녀석이랑 끊을 수가 없는 거예요. 꾸물꾸물 달라붙어 있자 이번만은 남편도 화가 나서 남자를 택하든지 부모를 택하든지 하라고 다그쳤더니—.”

“마사코 씨는 루비콘 강을 건너 버린 거로군요” 하고 다노우에 군이 말한다. “지진 후에도 돌아오지 않았나요?”

다케나카 부인은 곁눈질로 날카롭게 다노우에 군을 노려보았다.

“지진이 무슨 상관이 있나요?”

“아뇨, 그 왜, 그 후 가족 간의 유대를 소중히 하자는 분위기였잖아요.”

“누가?”

“누구라니, 국민 전체가요.”

“그럼 우리 마사코는 일본 국민이 아닐지도 모르죠. 전화 한 통 오지 않았으니까.”

다노우에 군은 “우헤에” 하며 어쩔 줄 몰라 했고, 모로이 사장은 (왠지 모르겠지만) 인중을 길게 늘여 손가락으로 북북 문질렀다.

그때 온화한 목소리가 들려왔다.

“밖에 서서 얘기하기도 뭣하니까 들어와서 커피라도 드시면 어떨까요?”

호랑이도 제 말 하면 온다더니, 오지마 목공의 오지마 사장이다. 자동문 앞에서 이쪽을 향해 가볍게 손을 든다.

“아까 오지마라는 말이 들린 것 같아서요.”

“맞아요, 맞아요. 오지마 씨, 옆집을 공터로 만들면 빌리실래요? 싸게 해 드릴게요.”

그렇게 말하며 다케나카 부인은 오지마 목공 입구 쪽으로 이동했다. 모로이 사장도 뒤따른다.

“거기 두 분도 들어오세요. 수돗물로 끓인 커피지만, 그래도 괜찮으시면.”

후쿠시마 제1원자력발전소 사고로 날아온 방사능 물질 때문에 도쿄의 수돗물은 오염되었다. 음용에 적합하지 않을 정도로 위험할까, 그렇지 않을까. 내부 피폭을 두려워하는 의심 소동이 시작된 지 벌써 한 달 이상이 지났다. 당초의 패닉은 가라앉았지만, ‘자칭’까지 포함한 전문가들 사이에서조차 견해가 갈린 탓도 있어서 의심은 수면 아래로 숨어든 채 아직도 불식되지 않았다.

“저는 신경 안 씁니다. 잘 마실게요.”

그렇게 말한 다노우에 군은 옆에 있는 내게만 들릴 정도의 작은 목소리로 덧붙였다.

“애한테는 생수를 사 먹이고 있지만요.”

“우리 애한테도요” 하고 나는 말했다.

이야기가 결정된 지 사흘 후, 나는 다케나카 가의 서쪽 끝 존으로 집을 옮겼다. 이사할 때 다노우에 군과 모로이 사장의 부하인 남직원이 경트럭을 끌고 도우러 와 주었다. 덕분에 업자를 부르지 않고 절약할 수 있었다.

다행히 팩스 겸용 유선전화의 번호는 바뀌지 않는다. 원래부터 ‘스기무라 탐정 사무소’라는 간판을 걸지 않았고, 지금까지 받아들인 의뢰도 거절한 의뢰도 소개에 의한 것이었다. 이전해도 아무런 문제가 없다. 다만 집주인의 저택 구석을 빌려 쓰는 사립탐정은 오래된 주택에서 사는 사립탐정보다 더더욱 미덥지 못하게 보이는 게 아닐지, 나의 있으나 마나 한 체면이 욱신거릴 뿐인 문제다.

점심 식사로 '와비스케'에 배달을 부탁하자 마스터가 직접 배달통을 들고 찾아왔다. 우리가 로스트 치킨 샌드위치를 먹는 사이에 마스터는 내 새로운 사무소 겸 자택을 어슬렁어슬렁 돌아다니며 검사했다.

"여기는 전부 플로어링 바닥이니까 이제 진드기 발생을 걱정할 필요 없겠네요."

"덕분에요."

"우하아, 샤워 부스가 탈의실 로커 사이즈잖아. 스기무라 씨, 만에 하나 애인이 생겨도 노닥거리지 못하겠어요."

나를 제외한 두 사람이 실실 웃었다. 그들이 웃은 이유는 아마 '만에 하나' 부분 때문일 것이다.

"어라? 이거 스기무라 씨 거였어요?"

마스터는 벽걸이 타입의 태엽 괘종시계에 놀라워하고 있다.

"아뇨, 그 고가에 있던 거예요. 마음에 들어서 다케나카 씨한테 부탁해서 받았습니다."

괘종시계 뒷면에는 '제조 다나카 시계점, 쇼와 30년 4월 길일'이라고 쓰여 있다. 그 고가와 좋은 승부를 펼칠 수 있을 듯한 노후품이다. 하지만 지금까지 성실하게 시간을 알려 주었다. 멈춘 날짜는 3월 11일. 바늘은 2시 46분을 가리키고 있다.

"그렇군, 그 흔들림 때문에 멈춰 버렸군요."

"네. 드디어 망가져 버린 모양이에요."

"수리 안 할 거예요?"

"이런 다 늙은 시계를 고칠 수 있는 직인은 이제 어지간해선 찾을 수 없을걸요. 게다가 그대로 놔두는 데 의미가 있을 듯한 기분이 들어서요."

이번에는 세 사람이 이해할 수 없다는 얼굴을 했기 때문에 설명을 덧붙였다.

"앞으로 꽤 오랫동안 그 지진의 영향을 받은 안건을 다루게 될 것 같거든요."

그렇군요—하고 다노우에 군이 신음했다.

"세상이 달라졌으니까요."

"응."

나는 간결하게 고개를 끄덕였지만 사실은 조금 더 복잡하다. 나 같은 탐정은, 그 지진으로 세상의 달라진 점, 달라지지 않은 점, 달라져야 하는데 달라지지 못한 점, 달라지고 싶지 않은데 달라져 버리고 만 점—그런 것들의 대립에서 생겨난 일그러짐이 안건이 되어 나타나 이를 취급하게 될 것이다.

이 견해는 내 오리지널 생각이 아니다. '오피스 가키가라'의 가키가라 소장이, 지진 후 닷새째에 사원들과 계약 조사원들을 모아 놓고 한 훈시에서 인용했다.

그 훈시가 끝나자 가키가라 소장은 지진 피해를 입은 곳의 지원 활동에 참가할 뜻이 있는 사람을 모았다. 나도 손을 들었지만 현지에 들어가는 자원봉사가 아닌, 도쿄에 남아 수도권 전역에서 보내온 지원 물자를 분류하고 발송하는 작업을 하라고 명령받았다.

"원자력발전소 사고가 어떻게 될지 알 수 없는 현재 상황에서는, 내 책임하에 어린아이가 있는 스기무라 씨를 현지에 보낼 수 없어요. 게다가 당신은 대형차 면허가 없으니까 물자 운반에 도움이 안 돼요."

단호하고 명석한 명령이었다.

파견된 곳은 도쿄 만에 있는 창고로, 가키가라 소장과 옛날부터 알고 지내던 인물이 대표를 맡은 NPO가 작업 전체를 지휘하고 있었다.

보내오는 지원 물자는 긴요하게 도움이 되는 것에서부터, 보낸 사람이 지원을 구실로 쓰레기를 처리하려고 한 게 아닐까 의심스러워지는 것까지 실로 다양했다. 사람의 선의의 온기가 스며들 때도 있는가 하면 사람의 어리석음을 저주하고 싶어질 때도 있었다.

통신 수단을 확보할 수 있게 되자 지진 피해 지역의 요청에 따라 필요 물자를 조달하는 업무도 발생했다. 이 NPO는 현지에서 지원 활동을 하는 자원봉사자의 창구 역할도 했기 때문에, 상황이 안정되자 등록이나 그쪽 지자체 담당자와의 연락 등, 사무적인 일도 급증했다. 나는 그쪽 일도 돕게 되어 결과적으로 지난 두 달 동안 내 사무소는 개점 휴업 상태였다. 지진 직후에 오가미초의 마을 자치회 방범 담당 임원으로서 동네를 돌아보고 독거노인이나 고령자 세대의 청소와 장보기를 도왔을 뿐, 지역의 일도 내팽개친 것에 가까웠다(이 때문에 야나기 부인한테서 약간 잔소리를 들었다).

내가 홀가분한 몸이고 모모코의 얼굴을 떠올리는 일이 없었다면 좀 더 다른 활동을 했을지도 모른다. 만약 내가 지금도 가정을 갖고 있었다면 지원 활동보다도 처자식 옆에 있는 것을 우선했을지도 모른다.

"이럴 때 '지도 모른다'에 의미는 없어요. 할 수 있는 일을 하면 돼요."

가키가라 소장은 이렇게 말한다.

지진 후 '오피스 가키가라'는 곧 전용 홈페이지를 특설하고 지진 피해 지역에 친척이 있는 사람들에게서 안부 확인 의뢰를 접수했다. 이쪽은 (비용이 매우 싸지만) 업무고, 전임 조사원이 담당하고 있으며 지휘하는 사람은 인터넷 귀신 기다짱이다. 다만 인터넷상 대화로는 의뢰 파악이 어려워서 의뢰자와의 상담이 필요할 때도 있었기에 나도 몇 건인가 도왔다. 그 건들에서는 해당 가족 모두가 무사해서 내가 구원받은 기분이 들었다.

점심 시간을 가진 뒤 오후 4시쯤에는 나의 새로운 둥지가 완전히 정리되었다.

"스기무라 씨, 여기서 자는 거예요?"

"3평짜리 방의 소파베드를 쓸 거예요."

다락방에서 자는 것도 생각해 보았지만 눈이 잠에 취한 상태로 목 부러지는 계단을 오르내릴 자신이 없다. 다행히 3평짜리 방에는 넓은 벽장이 딸려 있어서 일용품을 집어넣을 수 있다. 평소에는 사무소로 사용하고, 영업시간이 끝나면 사택으로 쓸 수 있을 것 같다.

"다락방은 창고 대신으로 쓸 거예요."

"모쪼록 계단을 조심하세요."

다노우에 군뿐만 아니라 모로이 사장의 부하도 그렇게 다짐을 놓았다.

그날 밤에는 '와비스케'가 아니라 마스터의 집에서 마스터의 자랑거리인 모둠 전골을 얻어먹었다.

"목욕탕이 쉬고 관 샤워가 힘들 때는 우리 집에 와도 돼요."

"고맙습니다."

"스기무라 탐정 사무소, 신장개업이네요. 이제 하루라도 빨리 의뢰인이 와 주었으면 좋겠군요. 스기무라 씨가 바싹 말라 버리기 전에."

와인을 마시면서 엷게 웃으며 그렇게 말한 마스터지만, 의외로 진심으로 기도해 주었는지도 모른다. 그 소원을 하늘이 들어주셨는지도 모른다.

'지도 모른다'에 의미는 없다. 하지만 신장개업한 나의 사무소에 첫 번째 의뢰인이 찾아온 것은 그로부터 이틀 후의 일이었다.

2

그 소녀의 패션은 온통 시커멨다.

니트 모자, 파카, 속에 입은 니트, 청바지, 스니커즈, 왼쪽 어깨에 걸친 무거워 보이는 배낭. 니트 모자 아래로 삐져나와 턱 언저리까지 내려온 머리카락도 새까맣다.

게다가 공통 요소가 한 가지 더 있었다. 낡아빠졌다. 파카 목깃 부근은 허옇게 바랬고, 스니커즈는 오래 신어서 닳고 끈도 너덜너덜했다.

그녀 자신도 지친 것처럼 보였다. 보통 사이즈의 파카가 헐렁헐렁할 정도로 야위었고 안색이 나쁘다. 화장기는 없고 눈썹이 옅으며, 입술은 아무 색깔도 없고 바싹 말랐다.

인터폰에 대답하고 나서 문을 연 뒤 서 있는 그녀를 보았을 때 신문 구독에서부터 신흥 종교까지, 권유당할 가능성을 여러 가지 떠올렸지만 의뢰인일 거라고는 꿈에도 생각하지 않았다. 나는 골판지상자를 열고 내용물을 정리하던 참이었기 때문에 손이 더러웠고, 트레이닝복 차림에 목에는 수건을 감고 있었다.

그녀는 그런 내게 머리를 꾸벅 숙였다.

"스기무라 씨인가요?"

여름이 끝날 무렵의 다 죽어 가는 모기가 우는 것 같은 목소리로 물었다. 오후 3시가 지나서 동향인 이곳 현관에는 그늘이 진 데다 또 공기가 차가운 계절도 아닌데, 햇빛이 눈부시거나 냉기가 심해서 힘들다는 듯이 눈을 가늘게 뜨고 있었다.

나는 당황해서 수건으로 얼굴을 닦았다.

"네, 내가 스기무라인데요."

그녀는 한층 더 눈을 가늘게 떴다.

"아이자와 미키오가, 사립탐정이라면 좋은 사람을 알고 있다고 가르쳐 줘서 왔는데요."

거칠어진 입술과 똑같이 목소리에도 수분이 부족하다.

"상담이랄까, 이야기를 들어 주실 수 있을까요?"

이 초 정도, 나는 멈추어 있었던 것 같다.

"그렇군요. 안으로 들어와요."

그녀는 스니커즈를 벗고 내가 가지런히 내놓은 슬리퍼에 발을 집어넣었다. 맨발이다. 발톱이 길었다.

"거기 앉아서 편하게 있으면 돼."

손님용 소파는 임시로 놓은 상태로, 정말로 그 위치에 두어도 될지 아직 확신이 없었다. 그 뒤에는 미개봉 골판지상자도 쌓여 있다.

"정리가 안 되어서 미안하구나. 이사 온 지 얼마 안 됐거든."

소녀는 소파에 걸터앉아 니트 모자를 벗었다. 머리 모양은 아무렇게나 자른 보브 컷이다. 윤기 없는 머리카락은 상했고, 귀 뒤와 뒤통수, 목덜미 언저리에서 변덕스럽게 뻗쳤다.

무릎 위에 배낭을 올려놓고 지퍼를 열어 니트 모자를 집어넣는다. 지퍼를 닫고, 낡아빠진 배낭의 모양이 망가져 신경 쓰이는지 정면에 달린 상자형 바깥 주머니 부근을 가볍게 잡아당겨 모양을 정돈한 뒤, 무릎 위 배낭의 위치를 정한다. 그러고 나서 팔을 둘러 배낭을 소중한 듯 껴안았다. 그 일련의 동작을, 나는 저도 모르게 관찰하고 말았다. 묘하게 엄밀한 데가 있었기 때문이다.

소녀가 얼굴을 들었고, 눈이 마주쳤다. 나는 붙임성 있는 웃음을 지으며 맞은편에 걸터앉았다.

"아이자와 미키오 군과는 친구니?"

그녀는 그 물음을 패스하고 낮게 말했다. "가르쳐 준 주소는 이전 사무소 쪽이었어요."

"아아, 그야 그렇겠지. 내가 이사한 걸 모르니까."

"그런데 엄청 낡은 집이고 문에 '출입 금지' 종이가 붙어서,"

"깜짝 놀랐겠군."

"그런데 대각선 맞은편의 약국 아줌마가 나와서 스기무라 씨라면 이사했다고 이곳 주소를 가르쳐 줬어요."

약국의 야나기 부인이 오지랖이 넓은 사람이라 다행이다.

"그런데 아이자와한테 물어볼래요?"

이 아이는 '그런데'가 입버릇인 것 같다.

"뭘?"

"내 신원이랄까."

"너는 동급생?"

"난 그렇게 돈이 많이 드는 고등학교에는 못 다녀요."

소녀는 그렇게 말한 뒤 배낭의 지퍼를 열더니 안을 뒤지기 시작했다.

“하지만 아이자와는 굉장히 야무지고 좋은 애예요. 친구들 중에서도 제일 인기 있고.”

아이자와 미키오라는 소년은 내가 지진 직전에 다루었던 조사 의뢰의 관계자다. 의뢰인 남성의 차남으로, 그때는 고등학교 1학년이었지만 새 학기를 맞아 2학년이 되었을 것이다.

우리는 조사를 통해 조금 친해졌다. 적어도 나는 그의 작은 신뢰를 얻어 냈다고 생각했는데, 착각이 아닌 모양이다. 이렇게 그의 ‘친구’인 소녀가 소개를 받아서 왔으니까.

“그런데, 이거.”

소녀는 짙은 감색 표지의 작은 수첩을 꺼냈다. 그 시선은 공허했고, 나를 향해 손을 내민 태도는 열심이거나 필사적이거나 긴장한 태도가 아니라 그저 버릇없고 고집스러웠다.

“학생수첩?”

“난 달리 신원을 증명할 수 있는 게 없으니까요.”

“그럼 좀 볼게.”

나는 받아들 때 그녀의 손가락에 닿지 않도록 주의했다.

수첩의 짙은 감색 표지에 가느다란 금색 글씨가 들어가 있다. ‘도쿄 도립 아사카와 고등학교 학생수첩 · 교칙집.’

“첫 페이지에 이름이랑 사진이 있어요.”

넘겨 보니 소녀의 말대로였다. 사진 밑의 ‘소속 · 학년’ 부분에는 실seal이 붙어 있다.

'문과·단위제 2학년 · 이치 아스나.'

"이름이 이치 아스나구나."

"네."

"나는 요즘 고등학교의 제도를 잘 모르는데, 이 문과 단위제라는 건 뭐니?"

"이수하고 싶은 수업을 직접 선택해서 단위를 따면 졸업할 수 있는 거예요."

"대학 같네."

"맞아요."

"문과라는 건 대학의 전공이랑 비슷한 뜻이니?"

"그렇게까지 확실하게 나뉘어 있지는 않아요. 이과에는 성적이 좋지 않으면 못 가고."

소속과 학년은 실을 이용해 갱신해도 사진은 입학할 때 찍은 사진을 그대로 쓰는 것이리라. 눈앞에 있는 이치 아스나보다 사진 쪽이 머리가 길고 표정이 밝다. 뺨도 약간 통통한 것 같다.

"고마워."

나는 학생수첩을 돌려주었다.

"이치도 아이자와와 비슷하게 야무지네."

아스나는 대답하지 않았다. 학생수첩이 배낭 속으로 사라진다. 불룩한 배낭에는 그녀의 소중한 것들이 전부 들어 있는 것일까.

나는 말했다. "그래서 제대로 이해할 수 있을 거라고 생각하니까, 솔직히 말할게. 미안하지만 나는 미성년자의 조사 의뢰를 맡을 수 없어. 이건 나뿐만 아니라 대개의 조사 사무소나 탐정 회사가 그럴 거야."

아스나는 속삭이듯이 작게 말했다. "돈이라면 낼 수 있어요."

"돈의 문제가 아니란다. 우리의 직업 윤리 문제지."

아스나의 공허한 시선에 희미하게나마 초조한 빛이 떠올랐다.

"다만 받아들일 수 없으니까 안녕히 가세요, 라고 말할 생각은 없어. 이치가 무언가로 인해 곤란에 처해 있다면 이야기를 들어줄 수 있단다. 그리고 어떻게 할지 함께 생각할 수 있고. 이치를 곤란하게 만드는 문제가 학교나 가족에게 상담하는 편이 좋은 문제라면—."

"엄마한테는 말해도 소용없어요."

아스나는 밀쳐 내듯이 말했다. 음성이 강해지고, 물기가 적은 목소리가 갈라졌다.

나는 오 초 정도 일부러 침묵하며 꼼짝도 하지 않고 있었다.

아스나는 작게 코를 울리며 시선을 들었다. 바싹 마른 입술이 아파 보인다.

"우리 엄마는 싱글맘이에요. 내가 어렸을 때 아빠랑 헤어지고, 지금껏 혼자서 날 키워 줬어요."

이야기함에 따라 목소리의 레벨은 다시 모기가 우는 정도로 내려가 버렸지만 말투는 시원시원하다.

"재혼 같은 건 얘기한 적이 전혀 없었어요. 하지만 작년 가을쯤부터 사귀는 사람이 생겼죠. 나한테는 숨겼지만."

나는 말했다. "하지만 이치는 눈치챘구나."

"네. 어떻게 알았냐고 물으신다면 여러 일들이 있지만."

"그럼 나중에 물을게. 그래서?"

아스나는 잠시 한숨 돌리며 한 박자 쉰 뒤 설명조로 말했다.

"그 사람, 엄마가 사귀던 사람이, 지진 후에 행방을 알 수가 없어요. 전날 도호쿠東北 쪽으로 갈 거라 말한 듯하니 어쩌면 지진을 만나서 죽은 걸지도 몰라요. 하지만 엄마는 아무것도 하지 않아요. 그래서 내가 찾으려고요."

"잠깐만."

나는 일어서서 사무용 책상에서 종이와 볼펜을 들고 돌아왔다. 아스나는 가만히 똑같은 자세, 똑같은 표정으로 굳어 있다.

종이를 넘겨 날짜와 '상담자: 이치 아스나, 도립 아사카와 고등학교 2학년'이라고 적었다.

"메모를 좀 할 건데, 괜찮아?"

아스나는 내가 종이에 적은 이름을 확인하고 나서 고개를 끄덕였다.

"네 의뢰를 받아들이기로 결정한 건 아니야. 지진 피해지에 있을지도 모르는 사람의 안부를 확인하고 싶은 거라면, 나를 고용하는 것보다 더 적절한 방법이 있으니까."

내 머릿속에는 '오피스 가키가라'의 특설 홈페이지가 있었다. 지진 피해지를 오가는 NGO 멤버들의 얼굴도 몇몇 떠올랐다.

"그런 조회나 조사를 해 주는 곳으로 연결해 줄 수 있을 것 같

아. 그걸 위해서 대강의 사실 관계를 좀 들려줘. 그 편이 매끄럽게 진행될 것 같으니까."

"알겠어요."

아스나는 무릎을 모으고 한층 더 세게 배낭을 껴안으며 내 쪽으로 몸을 내밀었다.

"우선 행방을 알 수 없게 된 사람의 이름은?"

"아키미 유타카."

성은 '昭見'라고 쓴다고 한다. 이름은 '豊.'

"이 사람의 주소나 일하는 곳을 아니?"

"이치가야 역 근처에서 가게를 하고 있어요. 잡화점."

그렇게 말하며 아스나는 또 배낭을 열고 이번에는 카드지갑을 꺼냈다.

"여기예요."

정기권 뒤에서 명함 한 장을 꺼낸다. 컬러로 인쇄된 예쁜 명함으로, 받은 지 얼마 안 되었는지, 소중하게 보관했던 것인지 빳빳하다.

'캐주얼 앤티크 AKIMI · 아키미 유타카.'

"앤티크 숍인가?"

아스나는 고개를 저었다. "하지만 비싼 골동품을 파는 건 아니에요. 좀 더 싼 거. 영화 포스터나 오래된 장난감이나 캔 배지 같은 거요."

"그렇군. 앤티크풍 오래된 잡화를 취급하는 가게구나."

그래서 '캐주얼'인 것이다.

"늘 여러 곳에 물건을 사들이러 가요. 국내로도, 외국으로도."

"그럼 지진 전날 도호쿠 쪽으로 간 모양이라는 것도."

"네, 아마 물건을 사들이러 갔을 거예요."

명함을 뒤집어 보니 '〈AKIMI 통신〉은 여기'라는 문장과 URL이 실려 있다.

"그게 가게 블로그 주소예요."

"한번 볼까."

노트북을 테이블에 올려놓고 접속해 보니 〈AKIMI 통신〉이라는 제목 밑에 색깔도 모양도 사이즈도 제각각인 캔 사진이 크게 표시되었다. 통조림이 아니라 쿠키나 전병류를 넣는 타입의 캔들이다.

'AKIMI 통신 이달의 추천: 빈 캔 파라다이스.'

스크롤해 보니 바로 다음 사진이 나왔다. 머리카락을 갈색으로 물들이고 보스턴 안경을 쓴 중년 남자가 선명한 색깔의 네모난 틴 케이스를 양손으로 받쳐 들고 웃고 있다. 캡션은 이러했다.

'영국 헌틀리&파머사社의 비스킷 통. 이건 1870년제. 재작년, 런던의 앤티크 숍에서 발견했습니다. 이 회사의 배달차를 모티브로 한 석판화 무늬가 예쁘죠?'

앞뒤 문장을 대충 읽어 보니 아무래도 쿠키나 비스킷 통에도 앤티크로서의 가치가 있는 모양이고, 아키미 씨는 이것을 '누구나 쉽게 시작할 수 있는 컬렉션'으로 추천하는 것 같다.

"매달 뭔가 추천 상품이 있어요" 하고 아스나가 말했다. "전에 내가 봤을 때는 펩시 뚜껑이었어요."

"그런 것도 컬렉션이 되니?"

"기간 한정으로 디자인이 다르게 나올 때가 있으니까요."

〈AKIMI 통신〉은 2009년 4월에 시작되어 매달 한 번, 월초에 업로드된다. 과거의 통신도 전부 열람할 수 있었다. '빈 캔 파라다이스'는 그 최신호다. 갱신 날짜는 3월 3일, 오전 11시 30분.

여기서 멈추어 있다. 4월과 5월 통신은 없다.

"이 안경 쓴 남자가 아키미 씨지?"

"네."

"명함에 직함이 없는데―."

"가게는 아키미 씨 거예요. 그러니까 점장이랄까, 사장이랄까."

점포는 이치가야의 '아다치 빌딩 일층'에만 있고 지점은 없다. 블로그에 상품으로 취급하는 캐주얼 앤티크 물품이 몇 가지 소개되어 있지만, 인터넷 판매는 하지 않는 모양이다.

아키미 씨의 행동 기록이나 일기는 블로그에 없다. 'AKIMI 방명록'이라는, 고객이나 블로그 독자가 메시지를 쓸 수 있는 란이 있지만 현재 닫혀 있고 새로운 글도, 과거의 글도 열람할 수 없는 상태였다.

"가게는 지금 어떻게 됐는지 아니?"

"닫혀 있지만 아르바이트하는 사람이 있어요. 사장님이 돌아올 때까지 기다리겠대요."

"젊은 사람?"

"대학생 같아요."

지진 이후로 소식을 알 수 없다면, 벌써 두 달이 지났다. 자신의 생활도 있을 텐데 무급으로 가게를 지키다니 매우 충의가 넘치는 아르바이트생인 걸까.

"아키미 씨에게 가족은?"

"마쓰나가 씨가, 형이 있다고 했어요. 아, 마쓰나가 씨라는 사람이 아르바이트생."

"아키미 씨에게 부인이나 아이는 없니?"

"없어요. 아니, 없다고 말한 모양이지만요."

아스나는 신중한 말투를 썼다.

"실은 어떤지 몰라요. 우리 엄마는 그런 데에서 바보니까."

나는 잠시 생각하다가 이 발언을 '우리 엄마는 가정이 있는지 없는지 확실(히)하지 않은 남자와 사귀어 버릴 정도로 경솔한 데가 있다'고 해석했다. 아스나의 말투는 상당히 신랄했기 때문에 아마 이 해석이 틀리지 않았을 거라고 생각한다.

"너는 아키미 씨를 만난 적이 있니?"

아스나는 말없이 고개를 끄덕였다.

"친하게 지냈어? 예를 들어 어머님이랑 셋이서 함께 만난 적 있다거나."

"설마요."

뜯어서 던지는 듯한 즉각적인 대답이었다.

"그럼 아키미 씨와 사이가 좋았던 건 아니군."

또 말없이 고개를 끄덕인다.

"그런데 나 같은 사람을 고용하면서까지 아키미 씨의 안부를 확인하려고 하지. 역시 어머님이 가여워서인가?"

아스나는 컴퓨터 화면을 보고 있다.

"—매일 울어요."

그 눈빛이 날카롭다.

"훌쩍훌쩍 훌쩍훌쩍, 지긋지긋해서."

이상한 일은 아니다. 도쿄 만의 창고에서 함께 일한 멤버 중에도, 작업하다가 생각난 듯이 울어 버리는 여성이 있었다. 나는 자세히 묻지 않았지만 무언가를 보거나 누군가와 이야기를 나누거나 소리가 귀에 들어오거나 하는 작은 계기로 가슴이 먹먹해지고 마는 거라고 생각했다.

"11일에는 아침부터 밤까지 울고, 일도 쉬었어요."

5월 11일에는 지진과 쓰나미에 관한 화제와 영상이 TV와 신문을 가득 메웠다.

"어머님은 아키미 씨가 어디에서 어떻게 지내는지 몰라서 걱정된다는 이유로 우시는 거지?"

"모르고 자시고 할 것도 없어요. 죽은 거겠죠. 마쓰나가 씨도 이제 포기했다고 했어요."

내뱉듯이 말하고, 아스나는 얼굴을 번쩍 들었다.

"살아 있다면 가게를 내팽개칠 리가 없잖아요. 하지만 우리 엄마는 바보라서 포기를 못하는 거예요."

막말이 나온 이유는 내게 마음을 터놓아 주었기 때문이 아니다. 말하기 어려운 것, 말하고 싶지 않은 것을 말하려면 정중한 말 따윈 쓸 수 없는 나이다.

"그럼 네가 마쓰나가 씨한테 부탁해 보면 어떨까."

"뭘요?"

"아키미 씨가 걱정되니까 아키미 씨의 형과 연락을 취하게 해 달라고. 가족이라면 자세한 사정을 알지도 몰라."

아스나는 뚱한 얼굴을 했다.

"마쓰나가 씨하고는 아는 사이인 거지? 어머님이 아키미 씨와 친하게 지냈다고 얘기하면 걱정하는 것도 당연하다고 이해해 줄 거야."

아스나는 아랫입술을 내밀었다. 입매가 시옷자로 구부러졌다.

"—머리 완전 나쁘네."

"응?"

분명하게 비난하고, 경멸하는 눈빛으로 나를 노려보았다.

"그걸로 끝날 일이면 진작 그렇게 했을 거예요."

그렇게 말한 뒤 갑자기 어딘가가 아픈 것처럼 얼굴을 일그러뜨렸다.

"죄송해요. 나, 입이 험해서."

이를 까드득 간다.

"별로 신경 안 써. 확실히 내 리액션이 둔하다고 생각하고. 다만 우리 같은 사무소에 오는 사람은 초조해하거나 화가 났거나 무서워하고 있거나, 어쨌든 감정이 고조된 경우가 많거든. 그래서 일부러 둔하게 구는 구석도 있어."

아스나는 얼굴을 일그러뜨린 채 침묵했다. 노트북의 모니터가 어두워졌다.

"커피라도 마실까."

나는 일어서서 미니 키친으로 갔다. '와비스케'의 마스터가 새 사무소 개설을 축하한다며 '눈 깜짝할 사이에 물이 끓는 전기주전자'를 선물해 준 덕분에 재빨리 인스턴트커피를 끓일 수 있었다.

김이 피어오르는 컵을 테이블에 놓는다. 아스나는 손을 대려고 하지 않는다. 나는 혼자서 마셨다. 솔직히 뜨거운 커피가 마시고 싶어지는 화제다.

"아르바이트생 마쓰나가 씨는 네가 이 얘기를 해도 상대해 주지 않을까?"

아스나는 고개를 끄덕였고 아픈 나머지 울상을 지을 듯한 얼굴을 했다.

"—우리 엄마를 좋게 생각하지 않거든요."

"그래?"

"점원이니까 살갑게 대해 주긴 해요. 하지만 겉으로만 그럴 뿐이에요."

나는 컵을 내려놓고, 종이에 '점원 · 마쓰나가'라고 쓴 다음 동그라미를 쳤다.

"마쓰나가 씨는 어머님이 아키미 씨와 교제하시는 걸 아니?"

"네."

"그리고 환영하지 않았던 거로군."

"맞아요. 뭔가 의미심장한 얼굴을 하고, 본가가 부자라서 사장님은 도련님이에요, 사실은 우리 같은 사람하고는 다른 세계에 사는 사람이죠, 라고 말한 적이 있어요."

그리고 아스나는 이 사무소를 찾아온 후 처음으로 작은 한숨을 쉬었다.

"지진이 있고 나서 이틀 정도 후에, 아키미 씨의 스마트폰이 전혀 연결되지 않는다면서 엄마는 가게에 갔어요."

"너도 같이?"

"엄마 혼자서요. 하지만 'AKIMI'에 갈 거라는 말은 들었어요."

"그래? 그래서?"

"집에 돌아와서 또 울고 있더라고요. 아키미 씨 소식은 뭐 좀 알았냐고 물어봤더니."

—이제 어쩔 수 없어.

"그러고는 울기만 하는 거예요. 그래서 나도 다음 날 당장 가게로 갔죠. 그랬더니 마쓰나가 씨는 TV에 달라붙어 있었어요."

후쿠시마 제1원자력발전소 사고 보도다. 나도 시간이 있을 때는 똑같이 하곤 했다.

"아스나, 서일본에 친척이 있으면 피난을 가는 게 좋겠어, 라면서."

—나는 사장님이 돌아올 때까지 여기서 못 움직이니까. 가게는

내가 지키겠다고 사장님의 형님이랑 약속했어.

"그보다 나도 엄마도 아키미 씨가 걱정된다고 말했더니."

—사장님이 문제가 아니라 우리도 위험해. 도쿄가 날아가 버릴 거라고.

"얘기가 돼야 말이죠. 하지만 그때는 나도, 어쩌면 정말로 도쿄도 핵폭발로 날아가 버릴지 모른다는 생각이 들어서 머릿속이 엉망진창이었고."

하지만 열흘 정도 지나 춘분이 낀 주말 연휴가 끝날 때쯤 되자, 원전 사고 상황이 심각하다는 점은 변함없지만 우선 '도쿄가 날아가는' 일은 없을 것 같다는 생각이 들기 시작했기 때문에, 아스나는 다시 한 번 'AKIMI'를 찾아갔다.

"그랬더니 마쓰나가 씨도 아무 일 없었다는 듯이 멀쩡하더라고요."

—자위대가 애써 줘서 살았지.

"아키미 씨에 대해서는?"

"형님이 찾고 있지만 전혀 알 수 없대요."

—이제 틀렸을지도.

"우리 엄마도 걱정하면서 울고 있고, 좀 더 자세한 걸 알고 싶다, 아키미 씨의 형님이랑 얘기하고 싶다고 했더니 굉장히 불쾌하다는 표정을 지었어요."

—그런 건 그쪽에 폐가 되는 일이야.

"그러면서 형님의 연락처를 가르쳐 주지도 않고, 우리는 이제 아키미 씨랑 상관없다고 하는 거예요."

숨을 거칠게 몰아쉬면서 거기까지 단숨에 이야기하더니 목을 꿀꺽 울리며 이렇게 덧붙였다.

"엄마가 사장님한테서 받은 돈에 대해서는 사장님의 형님한테 말하지 않을 테니까 이제 끈질기게 굴지 말라고 했어요."

다시 한 번 목을 꿀꺽 울려도, 아스나의 숨은 여전히 거칠었다.

"어머님은 아키미 씨한테서 돈을 빌리신 적이 있니?"

"나는 모르지만 마쓰나가 씨가 그렇게 말한다면 그런 걸 거예요. 받은 건지 빌린 건지는 모르겠어요."

어느 쪽이든 '이제 끈질기게 굴지 말라'는 것은 무례한 말이다. 아키미 유타카의 안부를 걱정하는 이치 모녀를 협잡꾼처럼 취급하고 있다. 아스나의 숨이 거칠어지는 것도 무리는 아니다.

사정을 알 것 같았다.

"좋아, 알겠어" 하고 나는 말했다. "아키미 유타카 씨의 안부를 조사해 보지."

아스나는 깜짝 놀라워했다. 지금까지의 표정 중에서 가장 자연스러운 표정이었는데, 이런 얼굴을 하니까 귀엽다.

"하지만 미성년자의 의뢰는 받지 않는다면서요."

"네 의뢰를 받아들인 게 아니야. 재미있을 것 같은 캐주얼 앤티크 가게의 경영자의 안부가 신경 쓰이니까 조사해 보는 거지. 일이 아니니까 기한도 없고, 반드시 결과를 낼 수 있을지 어떨지 확약도 할 수 없어. 그러니까 수수료도 발생하지 않고. 어때?"

아스나의 눈빛이 순식간에 날카로워졌다.

"그런 거 제일 싫어요."

독을 내뿜는 듯한 말투다.

"친절한 척하면서 바보 취급하는 거."

"이치는 정말 입이 험하네."

얼굴에 찬물을 맞은 것처럼 그녀는 움츠러들었다.

"나는 아직 널 잘 모르니까 바보 취급하고 말고 할 것도 없어. 다만 너한테 나에 대해 가르쳐 준 아이자와 미키오는, 나름대로 알고 있지. 그의 체면을 망치고 싶지 않고, 내 직업 윤리에 등을 돌릴 수도 없어. 그러니까 이건 타협안이지. 그 이상도 이하도 아니야."

아스나는 가슴에 껴안은 배낭을 더욱 세게 껴안는다. 눈앞의 소녀는 구명구에 매달리는 표류자 같은 얼굴을 하고 있다. 표류나 당해 버린 자기 자신을 저주하고, 화내고 있었다.

나는 온화하게 말했다. "아까는 미처 못 물어봤는데 미키오와는 어디서 만났지? 고등학교가 아니라면 초등학교나 중학교를 같이 다녔나?"

"친구의 친구예요."

맨 처음의, 죽어 가는 모기가 우는 듯한 목소리로 돌아가 대답했다.

"라인 메신저 친구예요."

"만난 적은 있고?"

이 안건은 라인으로든 메일로든, 친구의 친구에게 스마트폰이나 핸드폰으로 편하게 털어놓을 수 있는 내용이 아니다.

"—친구랑 같이."

아스나의 목소리는 꺼질 듯이 작아졌다. 깊이 캐묻지 말아 달라고 몸 전체로 호소하고 있다.

"그래. 어쨌든 나는 미키오의 신뢰를 배신할 수 없어. 그렇달까, 멋진 모습을 보여 줘야 하지."

나는 웃어 보였다.

"모든 방법을 다 써 볼게. 이치는 이제 돌아다니지 말고 기다려 줘. 우선 첫째로, 너는 학생이야. 오늘은 학교가 끝나고 나서 온 거겠지?"

"네. 이제 아르바이트하러 가야 해요."

신주쿠 역 남쪽 출구에 있는 패스트푸드점이라고 한다.

"아르바이트는 매일?"

"5시부터 9시까지. 토요일이랑 일요일은 근무 스케줄에 따라서 시간대가 바뀌지만, 여덟 시간."

이 소녀에게는 여고생 라이프를 즐길 시간이 없는 것일까.

나는 그녀에게 명함을 건넨 뒤 스마트폰 메일 주소를 교환했다.

"이치의 집 주소도 가르쳐 줬으면 좋겠는데."

"왜요?"

이것이 일이라면 사회에서는, 스마트폰으로 언제든지 연락을 할 수 있으니 주소는 됐다, 고 할 수 없는 거라고 설교할 수 있겠지만.

"자택이 어딘지 알아 두지 않으면 만약 이치가 어떤 이유로 내 연락을 받지 않을 경우, 그리고 내가 연락을 취하고 싶은 경우에는 학교에 물어볼 수밖에 없어."

내가 내민 종이에 아스나는 마지못해 주소를 적었다. 오다큐선 연선沿線의 주택지다.

"편리한 곳이네."

"급행열차가 안 서서 불편해요. 낡은 아파트이고."

"전에 있던 내 사무소도 지은 지 사십 년 이상 된 고가였어. 지진으로 기울어 버려서 이사하게 되었지."

지극히 솔직하게, 아스나는 눈을 휘둥그렇게 떴다.

"우리 집 근처에도 엄청 낡은 집이 있지만 아무렇지도 않았는데요."

"그럼 난 운이 나빴나 보네."

어젯밤 목욕탕에 가기 귀찮아서 관 샤워를 해 보고 그렇게 실감한 참이다.

아스나는 종이를 앞에 두고 생각난 듯이 험악한 얼굴을 했다.

"저기……, 이 조사에 대해 다른 사람한테는,"

"이치한테 부탁받았다는 건 말하지 않을게. 잘 숨겨 두마."

그 편이 이래저래 움직이기 쉬울 것이다.

"하지만 어머님이나 마쓰나가 씨를 만날 필요가 있으니까 이치도 전혀 모른다는 얼굴을 해 줘."

"알겠어요."

"그럼 어머님의 성함은?"

아스나는 볼펜을 다시 쥐고 '이치 지즈코'라고 썼다.

"이치 지즈코라니, 부르기 어렵죠? 우리 엄마네 부모님은 무슨 생각이었나 싶어요."

우리 엄마네 부모님. '우리 할아버지랑 할머니'가 아니다. 이 여고생을 감싼 환경이 이 말에 희미하게 비쳐 보이는 것 같았다.

나는 니트 모자를 쓰고 배낭을 짊어진 아스나와 함께 큰길까지 나갔다.

"여기, 엄청난 집이네요."

다케나카 가의 저택은 넓다는 의미로도, 돈이 들었을 것 같다는 의미로도, 기워 붙인 증축이 기이하다는 의미로도 굉장하다.

"나는 한구석을 빌려 쓰고 있을 뿐이야. 안쪽은 미로처럼 되어 있나 보더군."

아스나의 걸음걸이가 어색하다.

"나, 입이 험해서 죄송해요."

깊이 머리를 숙이고 멀어져 가는 뒷모습을 지켜보다가 그 이유를 알았다. 그녀의 스니커즈다. 좌우 양쪽 다 바깥 가장자리만 닳아서 바닥이 기울어 있다.

—받은 건지 빌린 건지는 모르겠어요.

아스나의 어머니는 그 돈으로, 학교 다니며 아르바이트를 하는 딸에게 새 스니커즈를 사 줄 수 없었던 걸까, 하고 생각했다.

3

아다치 빌딩은 JR 이치가야 역에서 시부야 역 쪽으로 오 분 정도 걸어간 곳에 있었다.

낡은 삼 층짜리 건물로, 내부가 깊숙한 빌딩이다. 'AKIMI' 점포는 빌딩 정면에 있고, 감아올리는 식의 셔터가 내려져 있다. 간판이나 따로 표시는 없었지만 그곳이 'AKIMI'임을 알 수 있었던 까닭은 이 셔터에 페인트칠을 해 놓았기 때문이다.

오늘부터 당신도 콜렉터
세계의 버라이어티 앤티크 가게 AKIMI
영업시간 오전 10시~오후 8시
목요일 정기 휴일

하룻밤 지난 5월 17일 화요일. 오전 10시가 지난 시각이다.

어제 이치 아스나를 돌려보낸 후 'AKIMI 통신'의 백넘버를 읽는 동안에 해가 지고 말았다. 생각 외로 재미있었고 두 가지 사실을 발견할 수 있었다. 하나는, 아키미 유타카 씨가 추천하는 캐주얼 앤티크 수집은 가벼운 마음으로 시작할 수 있는 데다 꽤 즐거운 취미가 될 것 같다는 점이다.

캐주얼 앤티크의 대상이 되는 물품은 가까운 곳에 굴러다니는 것뿐이었다. 그리고 아키미 씨의 제안의 독특한 점은 그 물품의 금전적 가치는 물론이고 희소성조차 문제로 하지 않는다는 점이었다. 자신의 취향에 따라 어쨌든 모으고 싶은 뭔가를 정하고 이를 망라하는 일을 목표로 살다 보면 갑자기 매일이 유쾌해진다고 주장한다.

'종이'라면 서점에서 신간 구입시 서비스로 주는 책갈피, 음식점의 가게 이름이 들어간 컵받침이나 젓가락 봉투, 목욕탕이나 온천 시설의 입욕권 반쪽. '뚜껑'이라면 음료수 뚜껑, 컵라면 뚜껑. '상자'라면 그냥 종이상자나 나무상자가 아니라 카스텔라 상자로 정해서 모은다. 확실히 이런 수집이라면 쉽고, 돈도 그리 많이 들지 않는다.

"캐주얼 앤티크의 컬렉션으로 나중에 크게 한몫 벌 생각을 해서는 안 됩니다. 타인과 경쟁하면서 악착같이 모으는 것도 풍류를 모르는 짓이에요."

그런 문장을 읽고, 오랜만에 '풍류'라는 표현을 봤구나, 하고 생각했다.

두 번째 발견은 아키미 씨가 예전에 잡지 기자 같은 일을 한 적이 있다는 점이다. 〈통신〉에 '내가 칼럼을 쓰던 시절에'라든가 '옛날에 잡지 취재로 간 곳에서 발견한 건데' 등의 기술記述이 나온다. 문장도 전체적으로 글쓰기에 익숙한 사람의 것이며 읽기 쉽다.

아키미는 꽤 드문 성이지만 그가 기자로 일한 경험이 있는 사람이라면 필명일 가능성도 있다. 그렇게 생각하고 검색해 보았지만 적어도 '저자 · 아키미 유타카'인 서적은 나오지 않았다. 잡지에게재된 글을 찾으려면 시기와 장르의 범위를 좁히지 않으면 어렵다. 나로서는 감당할 수 없을 것 같아서 그럴 필요가 생기면 기다짱한테 부탁하기로 하고, 그 후에는 〈통신〉에 올라온 캐주얼 앤티크 물건들의 사진을 보며 즐겼다. 덕분에 정리 작업을 끝내지 못한 데다 밤에 목욕탕 문이 닫힐 시간이 다 되었을 때 아슬아슬하게 달려가는 처지가 되었다.

캐주얼 앤티크로 돈 벌 생각을 해서는 안 된다. 따라서 추천하는 인물의 가게도 '세계의'라고 내세우고 있지만 아담한 것이다. 아다치 빌딩은 낡고 벽이 거무튀튀해졌고, 감아올리는 식 셔터의 폭은, 이 안쪽을 차고라 치면 간신히 경자동차 두 대가 들어갈 정도밖에 안 된다.

실례합니다, 하고 말한 뒤 셔터를 노크해도 반응이 없었다.

셔터 오른쪽 벽에 양철 양동이를 반으로 자른 것 같은 물체가 달려 있다. 옆구리에 유성 매직으로 'AKIMI'라고 적혀 있다. 반원형 뚜껑을 손가락으로 들어 올려 보니 쉽게 열린다. 이것이 우편함이라면 조금 조심성이 없지 않나.

나는 주위를 둘러보았다. 인근에도 빌딩과 점포밖에 없다. 맞은편은 체인 인쇄점. 양쪽 옆 빌딩은 모두 사무실 빌딩인 것 같지만 지금은 딱히 사람의 출입이 없다.

어찌된 일일까 생각하면서 서 있자니,

"아, 잠깐만요."

호리호리하니 키 큰 청년이 잔걸음으로 다가온다. 청바지와 티셔츠, 발에는 수지로 만든 샌들. 등에는 이치 아스나의 검은 배낭과 우열을 가리기 힘든 낡아빠진 국방색 배낭을 메고 있다.

"'AKIMI'를 찾아오셨나요?"

나는 목례하고 나서 말했다. "오늘은 쉬는 날인가요?"

"네. 지금은 좀, 그,"

청년은 내게서 거리를 두고 허리를 굽히더니 눈치를 살피는 눈빛을 띠었다.

"저기, 누구시죠?"

오늘 아침의 나는 청바지 차림이 아니다. 회사원 같은 옷차림을 하고 왔다.

"손님이라고 말하는 건 뻔뻔스럽겠죠. 아무것도 안 샀으니까."

그렇게 말하며 싱긋 웃어 보였다.

"재작년 말에 이 근처를 지나가다가 재미있어 보이는 가게라서 들여다본 적이 있어요. 딸의 크리스마스 선물이 될 만한 게 없을까 하고요."

"아아, 그러셨어요?"

"그래서 아키미 씨를 뵙고 잠깐 얘기를 했죠. 즐거웠어요. 당신은—점원이죠?"

청년은 고개를 끄덕인다. "아르바이트생인데요, 작년 4월부터 일했어요."

"그럼 그때는 못 만났겠네요. 저는 그 후 계속 블로그를 봤어요. 〈AKIMI 통신〉. 그런데 요즘 갱신이 안 되고 있죠?"

"네."

"어떻게 된 일인지 신경이 쓰여서요. 오늘은 이쪽에 올 일이 있어서 한번 들러 본 거예요."

그러시군요, 하고 말하며 아르바이트생은 시선을 발치로 떨어뜨리고 알기 쉽게 허둥거렸다.

"잠깐, 그, 가게는 열 수 없어서."

"폐점했나요?"

"네. 아니, 그,"

나는 목소리를 낮추었다. "혹시 아키미 씨 어디 편찮으신가요? 그래서 블로그에 글도 쓸 수 없는 건가?"

아르바이트생은 얼굴을 들더니 미안한 듯이 목을 움츠리고 말했다.

"실은 행방불명이에요."

나는 약간 과장되게 "네에?" 하고 소리 질렀다. "무슨 소리죠?"

"지진 때문에요."

나는 물끄러미 아르바이트생을 바라보았다. 그도 내 얼굴을 보고 있다.

"설마. 아키미 씨, 그쪽에 가 있었나요?"

"네."

"물건을 사들이러?"

"그렇긴 한데, 아키미 씨는 특별히 목적이 없어도 자주 여기저기 훌쩍 여행을 떠나곤 했으니까요. 물론 간 곳에서 뭔가 발견하고 사 올 때도 있었지만."

아르바이트생도 '사장님'이나 '점장님'이 아니라 아키미 씨라고 부른다.

"그럼 이번에도 우연히?"

"맞아요."

나는 손으로 이마를 누르고 한동안 그대로 굳어 있었다.

"—때가 안 좋았네요."

"네."

"언제 갔나요?"

"확실하지는 않아요. 10일은 목요일이라 정기 휴일이었기에 만나지 못했고요."

그렇게 말하며 아르바이트생은 코 밑을 문질렀다.

"그냥 전화가 와서 잠깐 여행하고 올 테니까 이삼일 동안 가게 좀 봐 달라고 하시더라고요."

"그때는 어디에 있었던 걸까요."

아르바이트생은 더욱 코 밑을 문지르고 손가락을 여전히 거기에 대고 있다. 목소리가 우물거린다.

"안 물어봐서……."

"뭐, 자주 있는 일이었다면 그랬겠네요. 그런데 아키미 씨가 도호쿠 지방에 갈 거라고 말했나요?"

"왠지 그쪽에서 좋은 게 기다리고 있을 듯한 기분이 든다고요. 이런 적도 자주 있었어요."

“좋은 거고 뭐고…….” 나는 신음하며 얼굴을 찌푸렸다.

“하지만 행방불명이라면, 아직 연락이 되지 않았을 뿐이지 어쩌면 무사할지도 모르는 거네요.”

나는 아르바이트생의 어깨를 툭툭 두드렸다.

“희망을 버리지 말고, 기운 내세요.”

그는 등을 웅크린 채 머리를 숙였다. “고맙습니다.”

“가게는 당분간 이대로 둘 건가요?”

“그렇게 하고 있었는데, 임대료가 드니까요.”

“아, 여기는 빌린 가게였군요.”

“네. 그래서 정리하고 있어요.”

아르바이트생은 등의 배낭을 잡아당겨 옆의 주머니에서 열쇠 다발을 꺼냈다. 링 타입 키홀더에 잡다한 열쇠가 잘그랑거리며 매달려 있다. 그는 그중 하나로 열고 셔터를 위로 올렸다. 셔터 안쪽에는 유리가 있었고 외짝인 문을 열지 않아도 가게 안 모습이 잘 보였다.

상품 진열 선반은 거의 텅 비었다. 3평쯤 되는 좁은 가게 안에 골판지상자나 종이상자가 빼곡히 쌓였다. 포장용 반투명 완충시트, 소위 말하는 ‘뽁뽁이’ 롤을 앞쪽 쇼윈도에 기대어 세워 놓았다.

“혼자 작업하고 있는 거예요?”

“네. 무거운 물건은 없으니까요.”

“이거, 어디에 보관할 건가요?”

“특수 창고로 옮길 거예요. 저기…… 뭔가 신경 쓰이시는 물건이 있으면 보여 드릴까요?"

나는 양손으로 그의 제안을 도로 밀어내는 시늉을 했다.

"당치도 않아요. 그런 건 신경 쓰지 마세요. 당신이 멋대로 팔 수도 없을 테고, 나는 정말 그냥 들러 본 것뿐이니까요."

아르바이트생은 다른 열쇠로 가게 문도 열었다. '당기시오'라고 표시된 문이지만, 그는 밀었다. 골판지상자에 걸려서 반밖에 열리지 않는다.

점포 안쪽에 신을 벗고 들어가는 곳이 있는 모양이었다. 문은 없지만 아치형 출입구가 뚫려 있다. 그곳은 바닥에서 30센티 정도 올라가 있고, 앞쪽에 슬리퍼 몇 켤레가 흩어져 있었다. 휴식 공간이거나 아키미 씨의 집일 가능성도 있다.

아르바이트생이 이쪽을 돌아보았기 때문에 나는 슬쩍 시선을 앞으로 옮겼다. 빽빽이 바로 옆의 골판지상자에는 검은 글씨로 '그림엽서'라고 적혀 있다. 아키미 씨는 〈통신〉에 '도쿄 타워가 들어간 그림엽서가 오천 장 정도 있다'고 쓴 적이 있다. 다시 말해서 도쿄 타워 그림엽서만 해도 오천 종류는 나와 있다는 뜻이다.

"아키미 씨네 가족도 걱정하고 계시겠네요."

"네."

"사모님이나 자녀분은……."

"독신이세요."

"그럼 가족은요?"

"나고야에 형님이 계세요. 저도 지금은 그분의 지시로 여러 가지 일을 하고 있고요."

"형님도 아키미 씨라고 하나요?"

"그런데요."

"드문 성이라서 필명이 아닌가 싶었어요. 그럼 힘내요. 실례 많았습니다."

나는 그 자리를 떠나는 척했다. 그러다가 몸을 돌려 되돌아갔다.

아르바이트생은 배낭을 손에 들고 가게 안쪽으로 올라가려던 참이었다. 나는 문을 당겨 열고 말을 걸었다.

"잠깐, 저기요."

아르바이트생은 예상 이상으로 놀란 얼굴을 했다.

"쓸데없는 참견일 것 같지만 그 블로그, 활용해야 하지 않을까요."

"네에?"

"나랑 똑같이 아키미 씨의 〈통신〉을 기대하던 사람이 많을 거라고 생각해요. '방명록'을 다시 이용할 수 있게 하고, 그런 사람들한테 현재의 상황을 알린 다음 정보를 모아 보면 어때요? 지진이 일어난 날 밤에도 트위터가 엄청 도움이 됐으니까. 이런 경우에는 인터넷의 힘이 크거든요."

아르바이트생은 턱 끝을 내밀다시피 하며 고개를 끄덕였다.

"지금껏 그렇게 해 왔어요."

"네?"

"손님들이 걱정해 주시는 건 좋은데, 가지각색 글이 넘쳐나서 어지럽고 엉성한 정보를 보내는 사람도 있어서 오히려 뭐가 뭔지 알 수 없는 바람에 보름쯤 전에 닫아 버린 거예요."

과연.

"그렇군요. 정말 쓸데없는 참견이었네요. 미안합니다."

나는 가볍게 손을 들어 보인 뒤 'AKIMI'를 떠났다.

"딱히 스기무라 씨 짐작만큼 수상한 일은 아니라고 생각하는데."

JR 이치가야 역의 플랫폼에서 직통전화를 걸자 기다짱은 한 번에 받았다. 내 설명을 듣더니 그렇게 말씀하셨다.

"평범하게 컴퓨터를 사용할 뿐인 사람이 개인적으로 안부 정보를 모으기는 어려워요. 정보가 이리저리 뒤섞일 테고, 그 아르바이트생 말대로 필사적으로 가족이나 친구를 찾는 사람들이 불확실한 정보에 휘둘릴 때도 있고. 뭐가 뭔지 알 수 없게 돼 버리죠."

그렇구나.

"나도 아르바이트생을 수상하게 여기는 건 아니에요. 다만 왜 '방명록'을 사용하지 않는 걸까, 하고 잠깐 생각했을 뿐이지."

"말해 두겠는데 스기무라 씨도 쓸데없는 짓을 하지 않는 게 좋아요. 수습 안 되는 게 고작일 테니까 우리 홈페이지를 통해서 의뢰하세요."

"그건 아키미 씨의 가족을 만나 상담하고 나서 할게요. 그래서 기다짱한테 리퀘스트가 있는데."

나고야의 '아키미'라면 검색 범위도 좁히기 쉽다.

"나는 지금 인생 최고로 바빠요."

"기다짱의 심복 부하한테 맡겨도 되니까, 가능한 한 빨리 좀 부탁합니다."

나도 재빨리 통화를 마치고 플랫폼에 들어온 전철에 올라탔다. 우선 사무소로 돌아가서 정리도 끝내자. 오늘 이대로 운이 좋다면 기다짱을 한 번에 붙잡은 것처럼 저녁때 이치 아스나의 어머니가 일에서 돌아오면 붙잡을 수 있을지도 모른다.

운은 좋았다.

'코포 다나카.' 단열재와 사이딩 보드를 조합해 지은 게 아닌가 싶을 만큼 간소한 건물로, 꽤 노후화되었다. 아스나는 아파트라고 말했지만 테라스하우스풍(또는 동이 나뉜 공동주택) 이 층짜리 건물로, 1호실에서 5호실까지 있다. 이치 가는 3호실. 가장 가까운 역에서 주거표시에 의지해 주택가를 빠져나가 도착해 보니 마침 그 3호실 앞에서 무거워 보이는 슈퍼 봉지를 든 여성이 문을 열려던 참이었다.

"실례합니다. 이치 지즈코 씨 맞으신지요?"

여성이 돌아보았다. 뒤로 잡아당겨 묶었을 뿐인 머리 모양에서 백발이 눈에 띄었고 화장기가 없었다. 수수한 재킷과 검은 바지. 통근복일 것이다.

졸려 보이는 지친 얼굴이다. 뺨이 홀쭉하고 둥근 칼라 사이로 보이는 쇄골이 튀어나와 있다. 고등학교 2학년 딸의 어머니라면 상당히 나이를 높게 잡아도 아직 오십대일 텐데 칠십대의 다케나카 부인보다 늙어 보였다. 생기가 없는 것이다.

"갑자기 실례했습니다. 저는 이런 사람입니다."

나는 새로 만든 사무소 명함을 내밀며 머리를 숙였다.

"아키미 유타카 씨의 일로 좀 여쭤 보러 왔습니다. 저녁 식사 시간에 죄송합니다."

아키미 유타카의 이름이 효과가 있었을 것이다. 이치 지즈코 씨의 얼굴에서 수상하게 여기는 기색이 날아갔다.

"찾았나요?"

헤어진 아내 외에는 여성이 내게 매달린 적이 없다. 하지만 지금은 그 일보 직전 같은 느낌이었다.

"아키미 씨는 무사한가요?"

가슴이 아팠다. 지진 이후, 지진 피해지를 중심으로 일본 전국 곳곳에서 이런 대화가 수없이 많이 이루어져 왔고, 지금 이 순간에도 이루어지고 있을 것이다. 찾았어? 무사해?

"유감스럽게도 아직 확실하지 않습니다."

그녀의 표정이 스윽 쪼그라들었다. 순식간에 그림자가 옅어져 가는 것 같았다.

"—그래요?"

"저는 스기무라라고 합니다. 그 명함에 나와 있다시피 탐정 사무소 사람이죠. 가족분의 의뢰를 받고 아키미 유타카 씨의 소식을 조사하는 중인데요."

이치 지즈코 씨는 새삼 내 명함을 살펴보았다. 식료품과 페트병이 가득 든 슈퍼 봉지를 발밑에 놓는다.

"탐정 사무소."

"네."

"하지만 그 사람을 찾으려면 도쿄에 있어 봐야 소용없지 않나요?"

"그 말씀이 맞습니다. 하지만 지진 피해지가 넓기 때문에 단서도 없이 찾아 다녀 보니 시간 낭비가 될 뿐이었습니다. 그래서 다시 처음으로 되돌아가 아키미 씨의 지인이나 친구분들한테서 이야기를 들어 본 다음, 그가 갈 것 같은 장소의 범위를 좁힌 뒤 찾아보자는 계획이 나왔죠."

아아—하듯이 그녀는 천천히 고개를 끄덕였다. 가까이에서 보니 아스나와 이목구비가 많이 닮았다. 생기 없는 분위기도 똑같지만, 이건 유전자가 아니라 생활환경 때문이 아닐까.

"이치 씨는 아키미 씨의 친구시죠."

"저에 대해서는 누구한테—."

그녀는 묻다가 내가 뭐라고 말하기도 전에 말했다.

"마쓰나가 씨인가요?"

"'AKIMI'의 점원 말이군요. 그가 아니라 아키미 씨의 가족분한테서 들었습니다."

꽤 도박 같은 거짓말이지만 바라던 대로의 반응이 돌아왔다.

"나고야의 형님이요?"

나는 엷은 미소를 띠며 그 물음을 피했다.

"마쓰나가 씨한테선 이치 씨의 따님 이야기를 들었죠."

이번에는 예상한 방향으로, 예상외의 강한 반응을 보였다.

"마쓰나가 씨가? 딸에 대해서 뭐라고 하던가요? 어떻게 말했는데요?"

이 여성에게 조금 더 생기가 있었다면 '안색이 창백해졌다'고 표현하고 싶을 정도의 기세다. 스스로도 이를 깨달았는지 갑자기 움찔했다.

"여기서는 좀 그러니까 들어오세요."

그녀가 문을 열어 주었기 때문에 나는 안쪽으로 들어갔다. 좁은 시멘트 바닥에는 아스나의 것일 여름 샌들이, 뮬이라고 불러야 할지도 모르지만, 한 켤레 떨어져 있었다. 이 뮬도 굽이 한쪽만 닳아서 전체가 보기 싫게 뒤틀렸다.

"집이 엉망이라……."

이치 지즈코 씨는 사과하면서 뮬을 가지런히 모아 옆으로 치웠다. 자신이 신은 검은 슬립온을 벗어 그 옆에 놓는다. 그러고 나서 작은 신발장의 문을 열고 슬리퍼를 꺼냈다.

나는 말했다. "금방 끝날 테니까 여기서 말씀드려도 됩니다."

"그래요? 죄송해요."

"무슨 말씀을요. 제가 갑자기 찾아온 건데요. 괜찮으시면 먼저

장본 것들을 정리하셔도 됩니다."

실제로 실내에 들어갈 필요도 없었다. 바로 문 안쪽에 좁은 다이닝 키친이 있다. 벽도 없고, 포렴같이 사물을 가리기 위한 천을 드리울 만한 곳도 없다. 식사용 테이블의 다리 하나가 덜거덕거리는지 끝에 감아 둔 천까지 다 보인다.

이치 지즈코 씨는 허둥지둥 슈퍼 봉지 안에 든 물건들을 정리했다. 나는 벽을 향해 서서 곁눈질로 보고 있었다. 냉장고에는 크고 작은 통 여러 개가 쌓여 있었다. 모녀의 검소한 생활이 들어차 있는 듯한 냉장고였다.

검소함을 얘기하자면, 이런 콤팩트한 신발장에 손님용 슬리퍼를 넣을 수 있는 이유는 모녀가 가진 신발이 적기 때문일 것이다. 아스나는 학교에 가거나 아르바이트하러 갈 때는 그 검은 스니커즈를 신고, 가까운 곳에 나가는 정도라면 이 뮬을 신으리라.

이치 지즈코 씨는 정리를 마치자 작은 TV 받침대로 가서 아래쪽의 서랍을 열고 뭔가 꺼내 왔다.

"이거, 작년 말에 받은 건데 참고가 되지 않을까요……."

아키타의 간토 축제 사진을 담은 그림엽서다.

"좀 보겠습니다."

뒤집어 보니 달필은 아니지만 꼼꼼한 필체였다. 블루블랙 잉크로 쓴 것이었다. 작년 12월 18일 소인.

'이치 지즈코 씨, 여기서 상품을 찾았어요. 한 장 보여 드립니다. 쇼와 45년 여름의 간토 축제 사진입니다. 아키미.'

"그때 묵었던 여관에 매점에서 팔다 남은 오래된 그림엽서가 보관되어 있었대요."

그래서 대략 오 개월 전에 우송된 그림엽서치고는 종이가 낡은 것이다.

"그림엽서는 이미 사용한 거라도 컬렉션이 된다고 가르쳐 주었어요."

"사용됨으로써 역사가 생기기 때문이겠죠."

이치 지즈코 씨는 작게 고개를 끄덕였다.

"이때도 즉흥적으로 불쑥 아키타에 갔다고 이야기했어요. 여관 아주머니가 굉장히 나이가 많은 분이었는데, 연말이라 세상 사람들은 바쁜데 손님은 뭘 하면서 사는 사람이냐고 의아하게 여기더래요."

엽서의 글은 어디까지나 캐주얼 앤티크 가게의 경영자가 고객에게 보내는 내용이다. 하지만 그리워하는 듯한 부드러운 말투의 해설이 붙으니, 글씨의 나열 사이에 친근감이 배어 있어 보인다.

"아키미 씨는 늘 그런 여행을 하셨나요?"

"그런 것 같아요."

이치 지즈코 씨는 그렇게 말하고 왠지 거북한 듯이 시선을 떨어뜨렸다.

"저는 지난 일 년 정도의 일밖에 모르니까요……. 마쓰나가 씨나 아키미 씨의 형님은 좀 더 다양한 이야기를 듣지 않으셨을까요."

나는 그녀에게 엽서를 돌려주었다.

"갑자기 실례되는 질문을 해서 죄송한데, 아키미 씨와는 어떤 계기로 만나신 건가요?"

이치 지즈코 씨는 여전히 아래를 향했다. 시선 끝에는 뒤꿈치가 닳아빠진 슬립온과 뒤틀린 뮬이 있다.

"—아키미 씨의 가족은, 저에 대해 어느 정도 알고 계시나요? 형님과는 사이가 좋다고 들었는데요."

그녀는 일단 입을 다물고 잠깐 망설이고 나서 말을 이었다.

"역시 마쓰나가 씨가 일러바쳤을까요?"

나는 긍정도 부정도 하지 않았다. 일러바쳤다는 표현이 신경 쓰인다.

"애초에 딸이 그런 짓을 한 건 어머니인 제 책임이기도 해요. 아키미 씨한테 너무 의지해서 폐를 끼치면 안 된다고, 정말로 그렇게 생각하고 있었어요. 지진 후에 가게에 간 것도, 그냥 걱정되었기 때문이고."

목소리가 점점 작아진다. 이런 점도 매우 닮은 모녀다.

"죄송하지만 무슨 말씀이신지 잘 모르겠는데요."

나는 온화하게 말하며 고개를 갸웃거려 보였다.

"가족분은 유타카 씨의 친한 친구 중 한 분으로 이치 씨의 이름을 가르쳐 주셨을 뿐입니다. 실례지만 뭔가 트러블 같은 게 있었나요?"

이치 지즈코 씨는 얼굴을 들었다. 놀라고 있다. 나는, 뭔지 모르겠지만 당신이 암시한 무언가를 듣지 않는 한 물러나지 않겠다, 라는 표정을 지었다—그러려고 했다.

그것은 효과가 있었다.

"작년 여름방학 때 딸이—고등학생인데요, 아키미 씨의 가게에서 물건을 훔쳤어요."

이런. 아스나는 내게 숨기는 것이 있었던 모양이다.

"액세서리를 몇 개 훔치려다가 아키미 씨한테 들켜서."

"그래서 당신한테 연락이 왔군요."

"네. 저는 직장이 있어서 당장은 갈 수가 없었어요. 경찰에 신고해도 어쩔 수 없는 상황이었지만, 아키미 씨는 그렇게 하지 않고 딸을 가게에 붙들어 두고 잡일을 돕게 하면서 기다려 주었어요."

그렇게 만났다는 것이다.

"아시는지 모르겠는데 우리 집은 한부모 가정이에요. 경제적으로 정말 어렵지만, 딸은 남의 물건에 손을 대는 아이가 아니에요. 물건을 훔치다니 믿을 수가 없었어요. 하지만…… 까다로운 나이니까요, 저도 자신이 없어서."

그날 이치 지즈코 씨는 죄송하다고 싹싹 빌고 딸을 데리고 돌아왔다.

"딸은 전혀 사과하지 않았고 변명도 하지 않았어요. 부루퉁해 있을 뿐이고. 하지만 뭔가 분위기가 이상한 것 같아서."

개운치 않은 의혹이 사라지지 않아서 좀 더 자세한 상황을 가르쳐 달라고 하려고 며칠 후, 그녀는 'AKIMI'를 다시 찾았다.

"그런데 아키미 씨가."

이 어머니도 '그런데'라고 한다.

"딸은 자기 의지로 물건을 훔친 게 아니라, 친구가 억지로 시켜서 그런 것 같다고 해서 깜짝 놀랐죠."

"따님이 아키미 씨한테 그렇게 털어놓은 걸까요?"

"아뇨, 확실하게 말하지 않았어요. 다만 딸이 가게 안에서 얼쩡거리면서 물색이라고 할까요, 그런 태도를 취하고 있을 때 밖에 상황을 엿보는 어린 애들이 있었대요."

그것은 수상하다.

"딸의 태도도 뭐랄까요, 너무 티가 났다고 할까요. 분명히 수상했고요. 일단 붙잡아 보니 입은 꾹 다물었지만 반항하지도 않고 도망치려고 하지도 않았대요."

—그래서 감이 딱 왔습니다. 실은 이 애는 물건을 훔치고 싶어 하지 않았던 거구나, 하고.

실패해서 안심하고 있다. 아키미 유타카 씨는 그렇게 말했다고 한다.

—따님은 나쁜 친구들한테 부추김을 받았달까, 괴롭힘을 당하고 있는 게 아닐까요.

"그 애들은 따님이 붙잡히니까 어떻게 했죠?"

"갑자기 없어져 버렸대요."

더욱더 수상하다.

"아키미 씨는 만일 딸이 또 자기 가게에 오면 가능한 한 사정을 물어봐 주겠다고 했어요. 저도 친절한 주인이라서 다행이라며 든든한 기분이 들었죠."

큰맘 먹고 딸에게 캐물어 보니 반쯤 울면서 자백했다고 한다.

"친구 이름은 말하지 않았지만 얼마 전부터 그런—괴롭힘이랄까 강요랄까."

"별로 소행이 좋지 않은 친구들의 심부름을 했던 거군요."

이치 지즈코 씨는 고개를 끄덕였다. "이제 두 번 다시 안 할 거고, 그런 친구와는 절교하겠다고 약속해 주었어요. 마침 여름방학이었으니까 학교에서 얼굴을 볼 일도 없었고요."

표면상으로는 그렇지만 그런 종류의 그룹이란 학교 밖으로 나와도 영향력을 갖고 있다. 연장자가 끼어드는 일도 있기 때문에 방심은 금물이다.

"그 후에 따님은?"

"그런 일은 한 번뿐이었어요. 이제 괜찮다고, 본인도 말했고요."

이치 지즈코 씨는 힘 있게 단언했지만 그런 것치고는 불안해 보이는 미간의 주름이 사라지지 않는다. 사무소에 왔을 때의 아스나의 어두운 표정을 떠올리자 내 가슴 밑바닥에도 불안이 생겨났다. 이쪽은 이쪽대로 해명이나 해결이나, 해독이 필요한 안건이 아닐까.

"그 애, 지금 아르바이트도 열심히 하고 있고," 이치 지즈코 씨는 말을 이었다. "'AKIMI'에도 몇 번인가 찾아가서 아키미 씨랑 친해진 것 같았어요."

"그래서 어머니인 지즈코 씨도."

당사자인 어머니는 또 움찔했다. "부끄럽지만 그건, 그, 딸의 일과는 별개예요."

나도 그녀를 탓하고 부끄러워하게 만드는 것이 목적이라서 찾아온 것이 아니다.

"불쾌한 질문을 드려서 죄송합니다. 그럼 이치 씨와 아키미 씨의 교제는 작년 여름 이후인 게 되는군요."

"네. 딸의…… 그런 소동이 일어난 때가 8월 초니까요."

"아키미 씨의 여행에 동행하신 적은 없나요?"

"당치도 않아요!"

그녀는 부끄러워하는 것을 그만두더니 수줍어했다. 이 둘의 차이는 미묘하지만, 그 차이는 누가 봐도 알 수 있다.

"이 그림엽서 외에, 예를 들어 지금 여행지에 있다고 메일이나 전화를 주고받으신 적은 없나요?"

그녀는 별로 생각하지 않고 곧 대답했다. "몇 번 있었죠. 여기서 먹은 게 맛있어서 택배로 보냈다거나."

중년 남녀의 흐뭇한 교제다.

"어디였는지 기억나십니까?"

"글쎄요……"라고 하면서 이번에는 생각에 잠긴다. "하카타에도 한 번 간 적 있어요. 옛날에 하카타 인형은 굉장히 고가인데다 좋은 것이었지만 지금은 별로 인기가 없다더군요. 하지만 훌륭한 공예품이라 아까워서 몇 개 사 버렸다고."
그것들은 지금 아르바이트생 마쓰나가 군이 정리중인 재고 속에 파묻혀 있을 것이다.
"그리고 교토랑, 오사카랑……."
중얼거리다가 이치 지즈코 씨는 고개를 저었다.
"어쨌든 여기저기에 다니는 것 같았어요. 기차역 도시락의 포장지도 재미있는 컬렉션이 되기 때문에 그걸 위해 특급이나 신칸센을 탈 때도 있다고 했고요."
"정기 휴일이면 떠난다, 는 느낌일까요?"
"거기까지는 모르겠어요. 저도 직장이 있고요."
이치 지즈코 씨는 갑자기 현실로 돌아온 것처럼 엄한 눈빛을 띠었다.
"젊은 사람들처럼 항상 연락을 주고받거나 할 수가 없어요."
교제를 시작한 지 아직 일 년도 지나지 않았고, 여성에게는 다 감한 나잇대의 딸이 있다.
"지진 전에도, 2월에 마지막으로 만났고 3월 들어서도 메일이나 온 정도였으니까……."
도쿄에 살고 있어도 지진을 경계로 일상이 분단되어 버려서 3.11 이전 일의 기억이 실제 이상으로 멀어져 생생하게 생각나지 않는다는 사람이 많다. 이는 어쩔 수 없다.
"저는 의류 양판점에서 일하기 때문에 계절이 바뀌는 시기에는 바빠요. 잔업이 많고 휴일에 출근하기도 해서, 솔직히 말해 아키미 씨는 머리에 떠오르지 않았어요."

이제 와서 후회되어 견딜 수 없는 것이다. 그녀는 입술을 깨물었다.

"조금이라도 연락을 해서, 어디론가 여행할 예정이 있다고 하면 물어봐 둘 걸 그랬어요. 그랬다면 단서가 되었을 텐데."

"그렇게 생각하지 마십시오" 하고 나는 말했다. "누구에게나 예상치 못한 재해였어요."

짧게 인사를 나누고 밖으로 나왔다. 혼자 남은 이치 지즈코 씨가 다리 하나가 덜컹거리는 테이블 앞에 앉아서 팔꿈치를 댔다가 이윽고 양손으로 얼굴을 덮어 버리는 모습이 눈에 보이는 기분이 들었다.

4

다음 단계로, 좌우간 아키미 씨의 형을 만나고 싶었다.

아스나의 의뢰라는 사실은 덮어 두기로 약속했으니, 이번에는 솔직하게 사정을 이야기하고 아르바이트생 마쓰나가 군에게서 연락처를 알아내는 직접적인 방법은 쓰기 어렵다. 다시 한 번 적당한 이야기를 지어내서 물어본다 해도, 꽤나 야무지게 'AKIMI'의 후방을 맡고 있는 그 청년은 수상하게 여길 뿐이리라.

결국 그 주에는 '지금 인생 최고로 바쁜' 기다짱이 정보를 알아다 주기를 기다리며 보내기로 했다. 지진 피해지의 상황을 잘 아는 NGO의 지인에게도 상의해 보았지만, 아키미 유타카 씨가 어디에서 재해를 당했는지, 적어도 무슨 현인지는 확실히 알지 않으면 어렵다고 했다.

"피난소나 병원에 있다면 본인이 가족분들한테 연락했을 것 같아요. 크게 다쳐서 움직일 수 없어도 의식만 있으면 누군가가 대신 소식을 전해 줄 수 있으니까요."

따라서 아키미 씨의 경우, 찾아내는 일이 곧 유체 확인이 될 가능성이 높지만, 유체 자체가 아직 발견되지 않았을 가능성도 높다. 현지에서도 쓰나미 후의 건물 잔해 속에서 가족의 시체를 찾아다니는 사람들이 많다.

그냥 멍하니 기다리는 것도 성미에 맞지 않고, 새 사무소 겸 자택의 정리가 끝났기 때문에 타이밍 좋게 들어온 '오피스 가키가라'의 일을 하나 맡았다. 망한 보험대리점의, 대략 이십 년치 정도 쌓인 낡은 서류를 정밀하게 조사해서 정리하는 뼈 빠지는 일이다. 골판지상자가 십여 개나 된다고 해서 내가 오피스로 가기로 했다. 그 김에 기다짱의 상황을 살피고, 그가 기분이 좋은 것 같으면 재촉할 수도 있으니 딱 좋다.

'오피스 가키가라'와는 고지카 씨라는 사무 여성을 통해서 일을 주고받는다. 몸집이 작고 포동포동한 느낌 좋은 사람이지만 처음 만났을 때,

"사무를 맡은 고지카예요. 업무상의 창구 역할을 담당하고 있

죠. 잘 부탁드려요."

하고 간단하며 요령 좋은 인사만 했을 뿐, 이름도 나이도 경력도 수수께끼다. 인상으로 보아 아마 나와 동년배일 것이다. 왼손 약지에 금반지를 꼈으니 기혼자이리라. 그 이상은 탐색할 빈틈이 없는 유능한 직원이다.

니시신바시의 작지만 신축인 인텔리전트빌딩의 삼층을 점령한 '오피스 가키가라'는, 방문자와 직원이 어수선하게 뒤섞이는 일이 없도록 교묘하게 파티션이 나뉘어 있고 나 같은 하청 조사원이 출입하는 장소도 한정되어 있다. 고지카 씨에게 이끌려 들어간 독실에는 딱 봐도 고색창연한 것부터 새것으로 보이는 것까지, 여러 가지 형태와 종류의 골판지상자가 쌓여 있었다.

"특별히 기한은 없지만 일주일을 목표로 정리해 주세요."

"이 대리점은 특정 서류 보관함을 쓰지 않았군요."

"그런 것 같아요."

고지카 씨는 옆에 있는 '마루케이 치즈스낵' 골판지상자 위를 만지더니 손끝을 훅 불었다.

"먼지투성이예요. 마스크 필요해요?"

"부탁드립니다."

나는 먼저 끈끈하게 달라붙은 고무테이프를 떼어내느라 분투했다.

"안녕하세요."

종이접기 장인 조사원, 미나미 씨가 얼굴을 내밀었다. 오랜만이다. 내가 사무소를 연 뒤로는 처음 만난다.

"스기무라 씨가 왔다고, 고지카 씨한테 들었어요."

그는 이거 쓰세요, 하며 봉지에 든 일회용 마스크를 주었다.

"고맙습니다. 덕분에 어떻게든 잘해 나가고 있어요."

"—지금은 도움이 필요할 것 같은데요. 이거 큰일이네요."

낡은 상자는 연 순간 곰팡이와 먼지 냄새를 확 풍긴다. 모회사는 그대로 소각하거나 용해 처분하려고 했지만, 가키가라 소장이 정보를 정리해서 데이터화한 다음 돌려주는 것을 조건으로 사들였다고 한다. 물론 내용 비밀 엄수 의무를 진다.

미나미 씨가 묘하게 납득한 얼굴을 하며 말한다.

"그렇군요, 데이터는 기다짱의 영역이지만 문서는 스기무라 씨 전문이죠."

언제부터 얘기가 그렇게 되었을까?

"저는 문서 전문가가 아니에요."

"편집자로 일했으니까 우리보다는 잘 알겠죠. 도련님—이 아니라 소장님도 스기무라 씨가 전력으로 참가한 뒤부터 이런 일에도 손을 뻗게 된 건가?"

그렇다면 무서운 일이다. 나는 먼지에 약하고, 알레르기성 비염이 쉽게 도진다.

"미나미 씨, 지금은 뭐 하세요?"

"행동 확인 교대를 기다리고 있어요."

여러 조사원이 누군가를 감시하고 있는 것이다. '오피스 가키가라'에서 행동 확인을 할 때는 다섯 시간 교대로 붙는다. 한 사람의 집중력 지속 시간은 다섯 시간이 한계라는 소장의 지시가 있기 때문이다.

"호출이 있을 때까지 한가하죠."

서류 묶음을 꺼내 기계적으로 연도별로 나누어 쌓아 올리는 데까지 미나미 씨가 도와주었다.

"내용상 대략 네 종류로 나눌 수 있을 거예요. 계약서, 입출금 장부, 외무원의 일일보고나 월말보고, 그리고 문제가 있었던 경우의 조사 보고서."

"탐정으로서는 조사 보고서에 흥미를 가져야 하겠군요."

"소장님도 그러셨을 거예요. 케이스 스터디를 할 수 있으니까요."

그렇다고 해서 통째로 사들여 버리는 것도 대담하기는 하지만.

"어느 대리점에나 '진상' 계약자가 한두 명 있을 거예요. 의료보험이나 상해보험으로 여러 번 조사 대상이 된 인물을 발견한 경우 그 사람의 안건을 꺼내서 시간 순으로 늘어놓아 보면 재미있어질 거 같아요."

미나미 씨가 나보다 익숙하지 않은가.

"스기무라 탐정 사무소 쪽은 괜찮나요?"

"그게, 저도 정보를 기다리는 상태라서요."

지진 후 행방불명된 인물을 찾고 있다고만 설명하자 그는 얼굴을 흐렸다.

"가엾네요……. 하지만 현지로 들어가지 않으면 어렵겠죠."

"그렇긴 한데, 본인이 어디에 있었는지 알 수가 없어요. 지진 전날 도호쿠에 다녀오겠다는 말을 남겼을 뿐이라서요."

그러자 미나미 씨는 눈을 깜박였다.

"아하."

머리숱이 적어진 둥근 머리를 쓰다듬는다.

"스기무라 씨, 쓸데없는 참견이지만 그 안건은 지진에 얽힌, 그, 뭐라 할까요, 감정적으로 흔들리는 부분은 제쳐 두고, 단순한 행방불명 안건임을 잊지 않는 게 좋을 거예요."

갑자기 부끄러운 듯이, 그럼 저는 이만, 하고 웅얼웅얼 말하더니 방을 나갔다.

미증유의 대재해에 의한 비극에서 감정적으로 흔들리는 부분을 제쳐 둔다.

구체적으로 어떻게 해야 할지 모르겠지만, 나는 그 한마디를 가슴에 담아 두었다.

21일 토요일 아침, 내가 신바시의 오피스에 출근하기를 기다린 것처럼 스마트폰으로 메일이 들어왔다. 기다짱에게서 온 것이다.

'아키미 전공電工 주식회사. 냉동식품과 레토르트 식품 제조용 대형 기계 제작, 유지, 보수 전문기업 대표이사 · 아키미 히사시.'

참조로 아키미 전공의 URL도 첨부되어 있었다. 당장 접속해 보니 기업 PR용인 듯한 네모난 홈페이지 첫머리에 아키미 사장의 사진이 올라와 있다. 갈색 머리를 검은색으로 바꾸고 안경을 벗으면 아키미 유타카 씨와 매우 닮았다.

게다가 '사장실로부터'라는 칼럼 란에는 아키미 사장의 글이 실렸고, 거슬러 올라가서 읽어 나가다 보니 3월 말 갱신된 부분에 이런 문장이 있었다.

'도쿄에서 잡화점을 경영하던 제 동생도 도호쿠 여행중에 지진 피해를 입었고 현재도 안부를 알 수 없는 상태입니다.'

이제 틀림없다. 과연 기다짱이다.

주부中部 · 긴키近畿 지방의 기업이 아키미 전공 고객의 7할 이상을 차지하지만, 쓰나미로 손상된 지진 피해지의 캔 공장이나 생선 가공 공장의 수선과 복구에 일손과 기술을 제공하고 있다고 한다.

'복구를 돕는 일은 제조업계에 몸을 둔 기업인의 한 사람으로서 당연한 임무라고 생각하지만, 동시에 도호쿠 땅을 더없이 사랑하고 종종 그곳을 찾아가던 제 동생도 기뻐해 줄 거라는, 형으로서의 마음도 있습니다.'

아키미 형제의 관계는 양호했다. 'AKIMI'를 닫는 일을 두고, 아르바이트생 마쓰나가 군이 '형님의 지시로 여러 가지 일을 하고 있다'고 한 말도 납득이 간다.

아키미 전공의 대표 번호로 전화하니 주말은 휴일이라는 내용의 녹음 메시지가 응답했다. 유지와 보수 업무도 하는 회사이니 고객용으로는 언제든지 연결되는 직통번호가 있겠지만 홈페이지에 실려 있지 않다.

더 버둥거리기보다는 주말이 끝나기 전에 서류 정리를 끝내 두자. 교묘한 보험금 사기 사건을 발굴하는 해프닝도 없이 8할 정도를 정리한 뒤 잠시 쉬었다.

그날 만 하루, 이튿날인 일요일에도, '오피스 가키가라'에는 기본적으로 연중무휴로 누군가 있기 때문에 나도 출근해서 열심히 일했고, 오후에는 완전히 작업을 마쳤다.

빌딩 바깥 모습은 일요일의 오피스가街 풍경이었다. 역 옆의 커피숍에서 점심을 먹는 동안 'AKIMI'에 가 볼까 싶었다. 그 가게는 상품 정리가 진행된 듯이 보였다. 이제 내용물은 특수 창고로 옮겼고 점포는 비었을지도 모른다.

그렇다면 아르바이트생의 눈을 신경 쓰지 않고 인근에서 탐문할 수 있다. 이웃의 지인이 3월 11일 이전에 우연히 아키미 유타카 씨와 이야기를 하다가 '조만간 ○○에 간다'는 말을 들었을 가능성은 거의 제로겠지만, 완전히 제로라고도 할 수 없다.

나는 특별히 감이 좋은 사람이 아니고 물론 천리안도 없다. 다만 이날은 행운의 여신이 내 쪽을 향했다.

가 보니 'AKIMI'의 셔터를 올리고 안에서 사람이 나오는 참이었다. 양복 차림 남성이 두 명. 그중 한 사람의 얼굴은 바로 어제 홈페이지에서 본 얼굴로 보였다.

두 남성은 빌딩 앞에서 인사를 나누었고 한 남성만이 나를 향해 걸어왔다. 나는 다른 남성이 가게 안으로 들어가기를 기다려, 스쳐 가는 남성을 일단 지나 보내며 얼굴을 확인했다.

틀림없다.

"실례합니다" 하고 그 등에 말을 걸었다. "아키미 유타카 씨의 형님 되시는, 아키미 히사시 씨인가요?"

바느질이 잘된 양복과 가죽구두. 넥타이는 매지 않았다. 적당히 길 든 가죽가방을 든 남성은 돌아보더니 그다지 놀란 기색 없이,

"네, 맞는데요" 하고 대답했다. 저음의 좋은 목소리였다.

"갑자기 불러 세워서 죄송합니다."

나는 정중하게 인사하고 명함을 내밀었다.

"스기무라라고 합니다. 바로 얼마 전에 유타카 씨의 지인분에게서 유타카 씨를 찾아 달라는 의뢰를 받아서요. 형님이신 아키미 씨한테도 연락할 생각이었습니다."

이 형제는 많이 닮았지만 나이가 조금 차이 나는 것 같다. 아키미 사장은 흰머리가 많고 눈가나 입가에서 주름이 눈에 띈다. 전체적으로 늙고 지쳐 보이는 이유는 마음고생 탓도 있을지 모르지만.

"탐정 사무소?"

그는 명함과 내 얼굴을 번갈아 보았다.

"그 지인이라는 사람은 마쓰나가 군은 아니겠죠."

"마쓰나가 씨는 유타카 씨가 고용한 점원이죠? 네, 그의 의뢰는 아닙니다."

"그럼—."

아키미 사장은 약간 눈을 가늘게 떴다.

"유타카가 교제하던 여성분일까요? 이치 씨, 였나요."

이치 지즈코 씨에 대해서 아는 것일까.

"이치 지즈코 씨도 굉장히 걱정하고 계신 모양입니다."

"그래요. 저는 면식이 없지만요."

그렇게 중얼거리더니 생각에 잠긴 듯한 얼굴을 했다.

"이제 와서 만나 봐야 별수 없고요. 수색원을 이쪽 경찰서에 내두었지만 아직 유타카의 안부를 전혀 알 수가 없어요. 괜찮다면 당신이 그렇게 전해 주시지 않겠습니까?"

그러고는 명함을 다시 돌려주었다. 이럴 때는 거스르지 않는 게 좋다. 나는 명함을 받아들었다.

"오늘은 점포 계약을 해제하러 오셨나요?"

"네, 인도 입회로. 제가 연대 보증인이거든요."

아직 점포 안에 남아 있을 또 다른 남성은 부동산 업자나 빌딩 관리 회사의 담당자일 것이다.

"아키미 사장님이 직접 오시다니."

"동생 일이니까요."

그는 힐끗 손목시계에 시선을 떨어뜨렸다.

"죄송하지만 이제 가야 합니다."

"나고야로 돌아가시는 거군요. 그럼 택시로 도쿄 역까지 바래다 드리겠습니다. 그동안만이라도 좋으니, 좀 더 이야기를 들려주실 수 없을까요?"

그때 처음으로 아키미 사장은 내 얼굴을 똑바로 보았다. 기업의 수장에게 검사당하는 일이라면, 나는 경험치를 쌓은 바 있다. 힘을 주지 않고, 자기를 낮추지 않고, TV 뉴스 프로그램을 보고 있는 듯한 얼굴을 하는 것이 제일이다.

그게 괜찮았던 모양이다. 아키미 사장은 결코 웃는 표정을 띠지 않았지만 정중한 말투로 얘기했다.

"이 근처에 오래된 찻집이 있습니다. 벌써 이 년이나 전에 갔던 곳이니까 망했을지도 모르지만, 가 보시겠습니까?"

그 가게는 제대로 영업하고 있었다. BGM으로 클래식 음악이 흐르는, 그리운 커피 전문점이다.

"저도 동생을 위해서라면 지푸라기에라도 매달리고 싶습니다."

아키미 사장은 그렇게 말을 꺼냈다.

"'AKIMI'의 고객 리스트를 금방 찾아냈거든요. 유타카가 지금까지 물건을 사들인 곳 중에서 지진 피해지에 사시는 분들한테 전부 연락을 해 봤습니다."

통신망이 (부분적이지만) 복구되고 연락이 통하게 되기까지는 시간이 걸렸다. 간신히 연락되었는데 당사자가 사망한 경우도 있었다.

"유감스럽게도 수확은 없었어요. 적어도 연락이 된 한에서는, 동생은 어느 곳에도 찾아가지 않았더군요."

"현지에 가신 적은 없습니까?"

"4월 말이 되고 나서야 갔지요. 하지만 동생의 수색을 위해서라기보다 센다이에 임시 사무소를 설치했기 때문에—.”

“지진 피해지 공장의 복구를 서포트하기 위해서군요. 홈페이지를 봤습니다.”

“아직 도로와 철도가 끊겨 있으니까요. 생각대로 되지는 않지만, 할 수 있는 일부터 조금씩 돕고 싶었습니다.”

그는 커피에 손을 대지 않고 쓴 것을 씹는 듯한 얼굴로 창밖을 바라보고 있다.

“유타카는 그렇게 행복하게 제멋대로인 장사를 해 왔으니까, 가족으로서는 이제 포기할 수밖에 없습니다.”

다만, 어떻게든 찾아내 주고 싶어요. 불쑥 그렇게 중얼거렸다.

“죄송하지만 좀 여쭙겠습니다. 유타카 씨가 도호쿠에 갔다가 재해를 당한 것 같다는 사실을 아신 날은 지진 당일이었습니까?”

“네. 진원지는 산리쿠 앞바다지만 도쿄도 엄청났던 모양이에요. 아내가 뉴스를 보고 알려 주었기 때문에 곧 ‘AKIMI’로 전화했습니다. 그래서 가게를 보던 아르바이트생이랑 얘기를 하게 되었죠.”

“마쓰나가 군 말이군요.”

유타카 씨의 휴대전화는 연결되었다. 하지만 ‘전원이 꺼져 있거나 전파가 닿지 않는 곳에 있습니다’라는 메시지가 들릴 뿐이었다.

“휴대전화도 며칠 지나자 전혀 반응하지 않았습니다.”

“지진 후 제일 처음 이곳에 오신 날은 언제입니까?”

“16일 오후입니다. 더 빨리 오고 싶었지만 12일 새벽에 나가노에서 진도 6의 지진이 일어났잖아요? 그 후 시즈오카에서도.”

그러고 보니 그렇다. 완전히 잊고 있었다.

“아내가 겁에 질려 버려서요. 다음에는 언제 어디에 큰 지진이 올지 모른다고. 후쿠시마 제1원전 사고도 심각해질 뿐이었고, 집을 떠나지 말아 달라고 부탁하는 바람에.”

부인의 심정상 당연하다.

“16일에도 신칸센을 타기 전까지 부부싸움을 했어요. 하지만 어쨌든 한 번은 ‘AKIMI’에 가고 싶었기 때문에 아내를 뿌리치고 나왔습니다.”

마쓰나가 군과는 그때 처음으로 대면했다고 한다.

“야무지고 좋은 젊은이라고 생각했습니다. 본인도 불안할 텐데 저를 격려해 주더군요.”

—사장님은 운에 강한 사람이니까 분명히 무사하실 거예요.

“가게 일을 적당히 내버려둘 수 없다면서 빠릿빠릿하게 일하고 있었어요. 우선 매상을 확인해 달라고 하더군요.”

장부의 데이터와 현금, 점포 명의의 통장 잔고는 끝자리 수까지 딱 맞았다.

“유타카도 마쓰나가 군을 신뢰했겠죠. 출입구나 계산대 열쇠뿐만 아니라 금고 열쇠도 맡겼더라고요. 뭐, 금고라고 해도 작고 보잘것없는 것이고, 점포 임대차 계약서와 보험 관련 서류가 들었을 뿐이었지만요.”

원래 유타카 씨는 수중에 많은 현금을 두는 습관이 없었고, 물건을 사들이거나 할 때 필요에 따라 계좌에서 인출한 모양이다.

"동생은 제멋대로인 남자였지만 그런 점에서는 꼼꼼했어요. 재고품 리스트도 컴퓨터로 깔끔하게 관리했습니다."

"그런 것들은 전부 마쓰나가 군한테서 들으셨겠군요."

"네. 행동거지도 딱 부러져서 감탄했습니다."

가게를 맡기기에 충분한 사람이었다고 한다.

"그래서 일단 가게를 맡기기로 했어요. 무엇보다도, 누군가가 있어서 연락을 주고받을 수 있기를 원했죠."

영업을 할지 말지의 판단은 마쓰나가 군에게 맡겼지만.

"문만 열어 두었지 거의 휴업 상태라더군요……. 세상은 아직 소란스럽고, 극장은 텅텅 비었고, 프로 야구도 개막할지 안 할지 알 수 없었을 정도잖습니까."

"전기도 부족했고요."

동일본 전역은 아직 비상사태하에 있었다.

"'AKIMI' 같은 취미용품 가게에서 물건을 사는 사람이 있을 리가 없죠. 그래서 3월까지만 영업을 하고 닫기로 했습니다. 저도 그 무렵에는 동생이 불쑥 돌아오는 일은 이제 없을 것 같다고,"

아키미 사장은 말을 끊고 입을 시옷자로 휘고 나서 뒤를 이었다.

"—각오했으니까요."

나는 말없이 고개를 끄덕였다. 사장은 찬물이 든 잔을 집어 들고 천천히 한 모금 마셨다.

"마쓰나가 군의 이야기로는 친한 손님들이 가끔 와서 유타카의 소식을 물어봐 주었다고 합니다. 고마운 일이라고 생각합니다."

"'AKIMI'의 블로그도 있는 것 같던데요."

"블로그도 마쓰나가 군에게 부탁해 두었어요. 그런데 유타카가 재해 피해를 입은 것 같다는 정보를 흘렸더니 여러 글이 올라왔고, 그중에는 악질적인 가짜 정보도 있다고 화를 냈어요."

"지금은 폐쇄되었죠."

"그런 거라면 닫아 달라고, 제가 지시했습니다."

내가 마쓰나가 군에게서 들은 이야기와 대체로 부합한다.

"유타카 씨는 가게 안쪽에서 사셨죠."

"맞습니다. 그 편이 번거롭지 않다고."

역시 안쪽이 거주 공간이었다.

"그래서 저도, 뭐 이 년이나 삼 년에 한 번 정도일까요, 동생의 얼굴을 보러 왔을 때 거기에서 묵곤 했습니다. 거주용 건물이 아니기 때문에 좁고 불편했지만요."

"유타카 씨는 자주 불쑥 여행을 떠나셨나요?"

"네. 본가에도 자주 돌아왔는데, 대개 어딘가 여행하는 김에 들렀다고 했거든요."

"특별히 정기 휴일에만이 아니라, 그냥 생각이 나면 떠나시곤 했나요?"

"가게를 봐 주는 사람이 있었으니까 신경 쓸 일도 없었겠죠. 마쓰나가 군 전에도, 사법고시 준비중인 젊은이를 고용한 적이 있습니다. 젊은이라고 해도 벌써 서른이 넘었던가. 결국은 포기하고 어딘가에 취직했죠. 마쓰나가 군은 그 후임입니다."

그는 'AKIMI'에 대해서 잘 알고 있다.

"이렇게 되고 나니까 유타카가 마음 편한 독신이라서 다행이에요. 아르바이트 점원이라면, 열심히 일해 주었어도 급료만 정산하면 되니까요. 처자식이 있으면 그렇게는 안 되지요."

아직 그렇게 단언하기는 일러요, 동생분은 살아 계실지도 모릅니다—라고, 나는 말하지 않았다. 아키미 사장의 험악한 옆모습에는, 그런 공상적인 낙관을 가까이 하지 않는 무언가가 있었다. 이 형은 이미 몇 번이나 실망을 되풀이했고, 포기함으로써 마음을 정리하려는 것이다.

"이치 씨한테는 안됐지만 아키미 가로서는 유타카가 없어져 버린 이상 이제 어떻게 처우해 드릴 수가 없습니다. 납득해 달라고 전해 주시겠습니까."

아키미 사장은 내 의뢰인을 이치 지즈코 씨로 믿고 있다. 게다가 이것은 흥미로운 발언이다.

"처우라니 무슨 말씀이신지."

그는 나를 돌아보았다. "유타카는 이치 씨와 결혼할 생각이었습니다. 그쪽에서 그런 이야기를 들으셨겠죠?"

그는 내 대답을 기다리지 않고 말을 이었다.

"우리는 반대했습니다. 동거든 사실혼이든 좋을 대로 해도 되지만 호적에 들이는 것만은 안 된다고. 유타카는 그 나이에 초혼이지만 상대는 재혼하는 거고 딸린 아이도 있어요. 여러 가지로 번

거로워집니다. 처음부터 어려운 얘기였습니다."

성급하게 내뱉어 꺼림칙해진 듯이 서둘러 덧붙였다.

"우리는 말하자면 동족회사입니다. 유타카도 주주 중 한 명이고요—."

그런 사정이라면 나는 몸으로 알고 있다. 자산가 일족이 구성 멤버 중 하나가 '연애'라는 태그를 달고 주워 온, 어디서 굴러먹던 말 뼈다귀인지 알 수 없는 외부인을 어떻게 생각하는지도.

"이해합니다. 다만 이치 지즈코 씨가 유타카 씨와 교제한 것은 사실이지만, 결혼까지는 생각 안 하신 것 같아요."

아키미 사장의 눈이 커졌다. "유타카는 완전히 그럴 마음이었는데요. 딸 이야기까지 했을 정도예요. 다니는 고등학교가 좋지 않으니까 조만간 전학시키고 싶다는 둥."

유타카 씨는 아스나의 도둑질 사건까지는 털어놓지 않은 모양이다. 나도 덮어 두자.

"이치 씨에겐 그런 인식이 없었습니다. 유타카 씨의 친족분들이 여러 가지로 걱정하시는 건 당연하지만, 이치 지즈코 씨는 딸과 둘이서 검소하게 살고 계신 분입니다. 지금 유타카 씨의 안부를 걱정하시는 이유도 친하게 지내던 상대이기 때문이지 뭔가 속셈이 있으신 건 아닙니다. 그건 알아주시기 바랍니다."

아키미 사장의 눈이 불안하게 이리저리 헤매었다.

"그런가요."

그는 식어 가는 커피를 마셨고, 뭔가 알약 같은 커다란 것을 함께 삼킨 듯한 얼굴을 했다.

"동생은…… 그런 취미 같은 장사를 할 정도니까 몇 살이 되어도 어린애 같은 데가 있어서요."

그런 남자를 평가하는 칭찬의 말이 있다. 영원한 소년.

"중년의 사랑에 흥분해서 상대 여성의 기분이나 입장을 생각하지 않고 혼자 앞서간 걸까요. 우리가 반대하니까 발끈했던 건지도 모르겠네요."

문득 쓴웃음을 지었다.

"자기는 사업가 같은 건 되지 않겠다, 차남이니까 마음대로 살게 해 달라면서 도쿄의 대학에 가더니, 그 후로는 자유롭게 여러 가지 일을 했습니다. 부모님한테서 자산을 상속받았으니까 생활하기 곤란하지는 않았을 거라고 생각하지만요."

옛날에는 그런 사람을 '고등유민高等遊民'이라고 했다. 잡동사니 같은 '캐주얼 앤티크'지만, 앤티크를 사랑하기에 어울리는 계층이다.

"저는 사정도 잘 모르면서 이치 씨에 대해 실례되는 인상을 품었던 모양입니다. 죄송합니다."

아키미 사장만 한 입장의 인물이 사소한 일이라 해도 금세 사죄하는 것은 드문 일이다.

"실례한 김에 아까 돌려 드린 당신의 명함도 받을 수 없을까요? 뭔가 알게 되면 연락드리겠습니다. 당신이 이치 씨한테 전해 주시면 고맙겠군요."

그는 내가 내민 명함을 내려다보았다.

"이런 조사 비용은 싸지 않겠죠. 이치 씨한테 부담일 텐데요."

"이 건은 특별입니다" 하고 나는 말했다. "지진 관련 문제니까, 저 같은 장사를 하는 사람도 자원봉사로 움직이고 있죠."

아키미 사장은 잠깐 눈을 깜박였다. 그 한순간에 나를 다시 본 것인지도 모르지만, 어떤 수치가 나왔는지는 알 수 없다.

"하나뿐인 동생의 일이니까 전부 제가 직접 하고 싶지만, 슬프게도 그럴 수가 없군요. 앞으로 연락을 드리는 건 우리 회사 사람이 되겠지만, 나쁘게 생각하지 마십시오."

"알겠습니다. 죄송하지만 한 가지만 더요. 마쓰나가 군은 이제 그만뒀겠죠?"

"네. 아까 부동산 업자한테 열쇠를 인도할 때는 같이 있었지만요."

나와는 길이 어긋난 모양이다.

"죄송하지만 그의 주소나 연락처를 아시면 가르쳐 주실 수 없을까요? 묻지 못한 게 있어서요."

그가 의아하다는 듯한 얼굴을 했기 때문에 나는 쓴웃음을 지어 보였다.

"아무래도 마쓰나가 군은 이치 씨와 따님을 좋게 생각하지 않는 모양입니다. 특히 따님은 유타카 씨의 안부를 물으려고 마쓰나가 군과 몇 번 이야기했는데, 뭐, 냉담했다고 할까요. 그래서 저도 접촉이 어려워서요."

"호오" 하고 아키미 사장은 말했다. "그건 처음 듣는군요. 저는 마쓰나가 군과는 이치 씨 이야기를 한 적이 없어서……."

그렇다면 아스나에 대한 마쓰나가 군의 태도는 아키미 사장(과 그 일족)의 뜻을 헤아린 것은 아니다.

"다만 유타카한테서 들은 바로는 마쓰나가 군은 이치 씨의 딸에게,"

아키미 사장은 일단 말을 끊고 고개를 갸웃거렸다.

"오히려 호의를 품었던 게 아닐까요?"

이 또한 재미있는 정보다.

"유타카 씨는 뭐라고 말씀하시던가요?"

"아니……, 뭐라고 할 정도는 아닙니다. 정월에 본가에서 만났을 때 우리 아르바이트생은 이치 씨의 딸한테 마음이 있다는 둥, 뭐 그 정도였습니다."

있을 수 없는 일은 아니다.

"유타카가 처음으로 이치 씨와의 결혼 이야기를 꺼낸 게 그때였습니다."

연초, 가족과 친척들이 모인 곳에서 한 폭탄 발언이다.

"우리 아버지 기일도 어머니 기일도 4월에 있습니다. 아버지는 13회기, 어머니는 7회기가 되지요. 갑자기 그 불사佛事 때 이치 씨를 데려와서 소개하겠다고 말을 꺼내는 바람에 큰 소동이 일어났습니다."

"그럼 마쓰나가 군과 따님 이야기도 그 김에 한 것이었군요."

"네. 내성적이지만 귀여운 아가씨라는 둥, 뭐, 그런 흐름이었을 거예요."

확실히 이치 아스나는 내성적이랄까 음침하다. 그러면서 (본인도 '입이 험하다'고 인정하지만) 생각한 것을 그대로 입 밖에 내는 버릇이 있다. 따라서 음험하다고 생각할 수도 있을 것이다. 내 인상은,

—손해 보는 애구나.

일 뿐이었다.

"저도 마쓰나가 군의 연락처는 모릅니다."

일을 잘해 주었어도 그냥 아르바이트생일 뿐이다. 게다가 아키미 사장의 부하가 아니라 동생이 고용한 청년이다.

"이 일로 저를 대신해 움직여 준 우리 직원이 휴대전화 번호 정도는 들었을지 모르지만……, 마음대로 가르쳐 드리는 건 좀."

이제 그럴 필요도 없을 거고요, 라고 한다.

"그렇군요. 마음에 두지 마십시오."

이치 모녀는 마쓰나가 군에게 좋은 인상을 주지 못했다고 하면 어떻게 반응할까. 그걸 알고 싶었을 뿐이라서 충분했다.

나는 계산서로 손을 뻗었다. 그러자 아키미 사장이 가로막듯이 슬쩍 손을 들며 말했다.

"—아까 자원봉사라고 하셨는데요."

"네."

"뭔가 개인적인 이유가 있어서입니까? 당신도 지진 피해지에

친척이 있다든가."

"그렇지 않습니다. 제가 이 일에서 그런 표현을 쓴 건 신중하지 못했군요."

"아니, 탓할 생각으로 여쭤본 게 아닙니다."

아키미 사장은 고개를 젓는다.

"앞으로 당분간 일본은 키를 잃고 폭주할 겁니다. 나침반이 망가지고, 선체에 구멍이 뚫리고, 기관실에서는 원전 사고라는 화재가 일어나고 있어요. 그 상태에서 망망대해를 떠돌 수밖에 없죠."

우리는 모두 그 배에 타고 있다.

"지금은 이렇게 살아 있는 우리도 내일은 어떻게 될지 알 수 없습니다. 그래도 저는 회사를 지키고, 가족과 사원들을 지켜 나가야 해요. 그 입장을 잊어버리고 동생 하나만 신경 쓰는 건 오늘로 끝내겠다고 결심하고 상경했습니다."

나는 잠자코 고개를 끄덕였다.

아키미 사장은 찬물을 마시고 불쑥 시선을 들었다.

"갑자기 엉뚱한 질문을 드리겠는데, 스기무라 씨는 '도플갱어'라는 걸 아십니까?"

"네?"

"독일어입니다. 일본어에서는 '二重身이중신'이라는 한자를 쓴다더군요. 자신을 꼭 닮은 또 한 명의 자신이 나타나는 현상인데, 불길한 일이라나요."

아아, 그거라면 알고 있다.

"신비한 현상이라서 몇몇 문학작품의 소재가 되었죠. 불길한 이유는 도플갱어를 보면 곧 죽는다는 얘기가 있기 때문일 거예요."

아키미 사장은 당황한 모양이다.

"당신도 잘 아시는군요."

"저는 이 직업을 갖기 전에 편집자로 일했던 적이 있거든요."

"그것 참, 완전히 다른 업종으로 전직하셨군요."

"네, 여러 가지 일이 있어서요."

실은, 하고 아키미 사장은 손가락으로 콧등을 긁적이며 말했다.

"우리 아버지가 그 경험을 했습니다. 회사에서 귀가해 보니 현관에 자신이 있고, 앉아서 구두를 벗고 있었대요."

놀라서 우두커니 서 있자 분신은 유유히 집 안으로 들어갔다고 한다.

"허둥지둥 뒤를 쫓아갔지만 이미 사라지고 없었어요. 아버지가 너무 난리를 쳐서 어머니는 구급차를 부를 뻔했죠."

그로부터 사흘 후, 아키미 형제의 아버지, 당시의 아키미 전공의 사장은 뇌출혈로 급사했다.

"장례식 때 어머니에게서 그 이야기를 들은 유타카가 말했다고 합니다."

—아버지는 도플갱어를 본 거야.

"그 녀석은 책을 많이 읽어서 잡학이랄까, 문학적인 것이랄까, 뭐 그런 종류의 말을 잘 알았거든요."

집필 활동을 한 시기도 있다고 하니 이상하지 않다.

"그리고 자주 말하곤 했습니다. 이런 선 핏줄이니까 나도 형도, 죽기 전에는 분명히 도플갱어를 볼 거야, 라고."

저는 코웃음을 쳤지만요, 라고 한다.

"왜냐하면 그런 일이 있을 리 없으니까요. 이번처럼 갑작스러운 대재해로 수많은 희생자가 나오면 더더욱 그런 생각이 듭니다."

그렇죠, 하고 나는 말했다. "도플갱어는 무언가의 상징, 우화일 거예요."

사람은 죽음을 예지할 수 없다. 그것은 최대의 공포다. 그 공포를 중화하기 위해, 사람은 설명을 원하고 이야기를 만든다.

"그래요, 이중신이라는 건 물리적인 현상이 아니에요."

아키미 사장은 진지한 얼굴을 하며 말을 이었다.

"아버지가 본 분신은 환각이었겠죠. 뇌출혈의 전조였을지도 몰라요."

하지만 말이죠.

"그렇다면 유타카에게 그런 전조가 없었을까 하는 생각도 드는 겁니다. 도플갱어가 아니어도 좋지만, 뭔가 징조 같은 게."

북쪽으로 가지 마, 라는.

"아니면 정말로 그 녀석 앞에 도플갱어가 나타났을지도 몰라요. 유타카는 그것을 쫓아서 가 버린 겁니다."

그는 일단 눈을 감고 후우, 하고 숨을 내쉰 뒤 말했다.

"미안해요. 시시한 이야기를 들려 드렸군요."

우리는 커피숍에서 나와 헤어졌다. 아키미 사장이 택시를 타는 것을 지켜보고 나서 아다치 빌딩으로 돌아가 보니, 감아올리는 셔터에는 '임대' 표시가 붙어 있었다.

이치 아스나에게 전화가 아니라 얼굴을 보면서 보고하고 싶었다. 월요일 아침에 연락해 보니 또 그녀가 사무소로 찾아왔다. 학교가 끝나고 아르바이트가 시작되기 전의 시간대였고, 첫 번째 방문 때와 똑같이 온통 검은 패션이었으며, 낡아빠진 배낭을 소중히 껴안고 앉은 자세도 똑같았다.

"앞으로는 뭔가 알게 되면 아키미 씨의 형님이 나한테 알려 주실 거야. 괴롭겠지만 지금까지와 달리 아무 희망 없이 그냥 기다리기만 하는 건 아니니까 참아 주었으면 좋겠다."

아스나는 잠자코 아랫입술을 깨물고 있다.

"어머님한테도 내가 이야기를 해 둘게."

여전히 말이 없는 아스나를 바라보는 동안 패션의 일부가 전에 만났을 때와 다른 것을 깨달았다. 검은 파카다. 지난번에 입은 것은 목깃 언저리가 하얗게 바랬는데, 오늘 입은 파카는 비교적 새것이다. 사이즈도 커서 전체적으로 헐렁헐렁했다.

"이 일로 뭔가 더 원하는 건 없니?"

창백한 뺨. 찌푸린 눈썹. 아스나가 얼굴을 일그러뜨린 채 몸을 앞으로 확 숙였기 때문에 갑자기 속이 안 좋아졌나 싶었는데 아니었다.

"고맙습니다."

머리를 숙인 것이다.

"천만에. 대단한 일은 하지 못했어."

아스나는 여전히 고개를 숙이고 있다. 부스스한 머리카락이 흘러내려 얼굴을 가린다. 그대로, 웅얼거리는 목소리로 말했다.

"그런데 아키미 씨는 형님한테 상의했군요."

우리 어머니에 대해서.

"진심으로 결혼하려고 했군요."

"형님은 유타카 씨한테서 그렇게 들으셨대. 상담 정도가 아니라 결혼할 거다, 라고."

"우리 엄마는 스기무라 씨한테 뭐라고 하던가요? 그런 얘기를 했어요?"

"아니, 결혼의 ㄱ 자도 안 나왔어. 오히려 유타카 씨의 가족은 저에 대해 얼마나 알고 계실까요—라고 나한테 물으셨을 정도야."

아스나는 얼굴을 약간 들고, 흘러내린 앞머리 사이로 한쪽 눈으로만 나를 보았다.

"그런데 내 도둑질에 대해서는 스기무라 씨한테 말했어요?"

나는 간결하게 대답했다. "응."

아스나는 천천히 몸을 일으키고 배낭을 껴안는다.

"그런 약점이 있으니까 엄마는 프러포즈를 받았어도 받아들이지 않았을 거예요. 절대로 안 받아들일 거예요. 하지만 아키미 씨는 그런 걸 모르는 사람이었어요."

부잣집 도련님이니까, 하고 내뱉었다.

"그냥 자기 좋을 대로 하고 싶을 뿐. 결혼에 대해서도, 설마 거절당할 거라고 꿈에도 생각하지 않았으니까 멋대로 흥분한 거예요. 아키미 씨 입장에서 보자면 버려진 고양이를 주워 주는 거나 마찬가지니까."

이 소녀는 정말로 손해 보는 성격을 가졌다. 나는 새삼 그렇게 생각했다.

"아키미 유타카 씨와 어머님의 관계에 대해 나는 뭐라고 말할 수 없어. 하지만 아키미 씨는 네게 친절하게 대해 준 사람이야. 그것만은 잊지 않는 게 좋을 것 같구나."

"난 도둑질을 했다고 경찰에 신고했어도 괜찮았어요."

"아키미 씨는 그렇게 생각하지 않았어. 어머님도, 아키미 씨의 그 상냥함에 감사하고 계셨지. 나는 그렇게 이해하고 있어."

아스나는 나를 노려보며 배낭을 움켜쥐더니 일어섰다. 그 바람에 배낭의 네모난 바깥 주머니 안에서 작고 붉은 무언가가 빛나는 것이 비쳐 보였다. 이 배낭도 상당히 낡았고, 원래 소재가 얇다.

"신세 많이 졌어요."

말과는 반대로 뾰족한 말투다.

"공짜라고 했죠? 나중에 청구해도 돈 안 낼 건데."

"그런 걱정은 안 해도 돼."

싸움을 걸어도 내가 받아 주지 않으니 더욱더 분할 것이다. 초조한 듯이 몸을 떨더니 흥 하고 콧김을 한 번 남기고, 이치 아스나는 사무소를 나갔다.

나쁜 친구들이 있다고 한다.

도둑질을 강요당했다고 한다.

그녀가 어떤 친구들 사이에 있는지 몹시 신경 쓰인다. 한순간 아이자와 미키오에게 연락해 볼까 싶었다가 다음 순간에 그 생각을 물렸다. 이 일에 관련된 미성년자는 한 명으로 충분하고, 미키오와 친구냐고 물었을 때의 아스나의 반응으로 미루어 보아도 그가 내 의심을 깨끗하게 풀어 줄 입장에 있으리라고는 생각할 수 없다.

그런데 그것은 무엇일까? 그 작고 붉은 빛. 스마트폰은 아닌 듯하다. 배터리가 다 되었다는 표시든, 착신 신호이든 그렇게 빛나지 않는다. 이 외에 십대 여성이 배낭 바깥 주머니에 넣어 둘 만한 물건 중 그렇게 점등하는 것이 있을까.

그렇다, 점등이다. 그런 종류의 빛이었다. 게다가 나는 그런 붉은빛을 잘 아는 듯한 기분이 들었다. 자주 보고 있거나 보아 온 기분이 든다—.

탕, 탕 하고 문을 두들기는 소리가 나서 돌아보았다.

이 셋집의 현관문이 아니라 다케나카 가의 기워 붙인 저택 본체와 이어진 안쪽 문을 누군가가 두드리고 있다.

임대차 계약을 맺었을 때 이 문은 맞은편에서 잠가 두기로 다케나카 부인과 약속했다. 나는 마흔을 목전에 둔 독신남이니까 신경 쓰지 않지만 저쪽도 그럴 거라는 보장은 없다. 특히 다케나카 가에는 장녀와 장남 · 차남의 부인들과 어린아이들이 있다. 생판 남인 남자를 한 지붕 아래에 살게 하는 것만으로도 기분이 좋지 않을 테고, 그 남자가 좋을 대로 집 안을 돌아다닐 가능성이 있다면 더 적극적으로 싫어할 거라고 생각했기 때문이다.

그 문을, 다케나카 가 쪽에서 누군가가 두드리고 있는 것이다. 게다가,

"어~이, 실례합니다."

몹시 느긋한, 걸걸한 목소리까지 들려왔다.

"죄송합니다, 이쪽에서는 열 수 없는데요."

"알아요. 그러니까 열어도 될까요?"

그러시죠, 라고 대답하면서 그 목소리의 주인이 누군지를 짐작했다. 다케나카 가의 삼남이다.

전의 사무소 겸 자택으로 고가를 빌렸을 때 다케나카 부인이 가족 일동을 소개해 주었다. 3세대가 동거하는 대가족인데다 다케나카 씨의 장남 · 차남은 얼굴도 체격도 매우 닮았고, 각자의 부인도 날씬한 미인이라는 동일 카테고리에 속해 있다. 장녀와 차녀는 며느리들과는 대조적으로 얼굴이 둥글고 글래머지만, 이쪽은 이쪽대로 또 닮았다. 나는 얼굴과 이름을 다 외울 수가 없었다.

다만 예외로 단 한 명, 지극히 인상적이었던 사람이 이 삼남이다. 다케나카 씨, 즉 아버지한테는 '히피', 다케나카 부인, 즉 어머니에게는 '한량'이라고 불린다. 실제로 〈이지 라이더〉나 〈잃어버린 전주곡〉 등의 아메리칸 뉴시네마에서 빠져나온 듯한 레트로풍 장발 청년으로, 언제 보아도 티셔츠와 구깃구깃한 청바지를 입

고 있는 단별신사다. 도쿄에 캠퍼스가 있는 사립대학의 미대에 다니고 있고, 벌써 몇 년인가 유급한 것 같다. 다케나카 가의 구석에 위치한 (귀빈은 아닌) 손님용 객실의 벽을 장식한 의미 불명 추상화의 작자이니, 화가 지망생이다.

"안녕하세요, 도마입니다."

다케나카 도마. 까닭은 모르겠지만 가족들한테는 '토니'라고 불린다.

"죄송합니다, 밖으로 빙 돌아서 들어오면 늦을 것 같아서요."

갑작스럽고 뜻을 알 수도 없었다.

"뭐가 늦는데요?"

"지금 방금 나갔잖아요, 온통 시커먼 여자애가."

이치 아스나를 말하는 것이다.

"그런 패션인 애가, 미대생 중에 비교적 많거든요. 그래서 왠지 모르게 보고 있었더니, 이곳을 나가 모퉁이 앞에 멈춰 서서 얼굴을 이렇게."

토니는 비쩍 말랐고, 180센티 이상의 장신이다. 그 높은 곳에 달린 길쭉한 얼굴을 양손으로 덮어 보였다.

"우는 것처럼 보여서 스기무라 씨한테 알리는 게 좋으려나 싶었어요. 그 애, 의뢰인이죠?"

인상적이었다고 하지만 딱 한 번 인사했을 뿐인 토니의 친절한 마음과 이치 아스나가 울고 있었다는 의외성과, 그러나 내 앞에서 울지 않는 점이 어느 모로 보나 그녀답다는 납득이 혼합되어 조금 혼란스러워졌다.

“아직 모퉁이 부근에 있을지도 몰라요. 내가 보고 올까요?”

“아아, 아니, 내가 가겠습니다.”

나는 서둘러 밖으로 나갔다. 토니가 가르쳐 준 곳에 아스나는 없었다. 먼 곳을 보아도 뒷모습도 보이지 않는다.

“없던데요.”

돌아와서 그렇게 말하자 토니는 유감스러운 듯이 뼈가 불거진 어깨를 축 늘어뜨렸다.

“이런~. 좀 더 빨리 알려 드릴 걸 그랬네요. 의뢰인이 울면서 돌아가다니 탐정 비즈니스상 곤란하잖아요.”

“뭐, 꼭 그렇지는 않아요. 케이스 바이 케이스죠.”

이렇게 말하는 내 얼굴에 말하지 않은 숨은 뜻이 나타났을 것이다. 토니는 당황해서 손을 흔들었다.

“나는 감시하고 있었던 게 아니에요. 우연히 멍하니 밖을 보고 있었을 뿐이죠. 이층 이쪽에 방이 있거든요.”

게다가 한가하고, 라고 한다.

“마코 누나가 여기에 살았을 때도 자주 알려 주러 오곤 했어요. 남자친구가 올 거라고. 큰길에서 이쪽으로 통해 있는 외길이, 내 방에서는 그대로 보이거든요.”

다케나카 가의 차녀 마사코 씨는 그의 둘째 누나. 한량 토니는 오남매 중 막내다. 다케나카 가의 재력이라면 그가 미대에서 몇 년을 유급하든 전혀 타격받지 않을 것이다. 말이 난 김에 말하자면 차녀 마사코 씨는 이웃의 사정통인 야나기 약국의 야나기 부인 말에 따르면 이러하다.

—대학도 중퇴해 버렸고 제대로 된 직업을 가진 적도 없는, 부모한테 빌붙어서 사는 멍청한 아가씨예요.

막연하게나마 마사코와 도마는 다케나카 가의 이단아 취급을 받고 있는 듯한, 또는 스스로 그런 입장에 몸을 둔 듯한 인상이 있었다. 그런 둘째 누나를 토니는 마코 누나라고 부른다. 둘은 사이가 좋았을 것이다.

마사코 씨의 이름이 나와서 나는 흠칫했다. 다케나카 부인이 '그 돼먹지 못한 놈'이라고 부른 그녀의 연인이 이 방에 드나들었던 것일까, 라는 생각 때문이 아니다.

"도마 씨는 지진 후에 마사코 씨와 만난 적이 있나요?"

함께 고가를 검사한 날, 다케나카 부인은 '지진 후에도 마사코는 전화 한 통 하지 않는다'며 화를 냈다. 그 자리에서는 나도 흘려듣고 말았지만, 아키미 유타카 씨의 안건을 맡고 나니 실은 불온한 사태가 아닐까 하는 생각이 들기 시작했다. 다케나카 마사코 씨는 본가에 전화 한 통 하지 않는 것이 아니라, 할 수 없는 것이 아닐까, 하고.

하지만 토니는 싱겁게도 "네" 하고 대답했다.

"바로 어제도 대학 근처에서 같이 점심 먹었어요."

아아, 쓸데없는 걱정이었나.

"다행이에요. 실은 어머님에게서 지진 후로 마사코 씨한테서 연락이 없다고 들어서요.”

앗핫하, 하고 토니는 또 느긋하고 걸걸한 목소리로 웃었다.

“마코 누나는 우리 중 누가 죽어도 장례식에 와 주지 않겠다고 내뱉고 나갔으니까, 진도 5 정도로는 연락하지 않을 거예요.”

그렇다면 또 다른 걱정이 생긴다.

“가족분들과의 사이가 그렇게 험악한가요?”

“네. 하지만 어제오늘 일도 아니니까요.”

전혀 고민하고 있지 않은 듯하다.

“우리 초호初號와도 1호와도 2호와도 마음이 안 맞고, 누님하고는 험악한 정도가 아니라 불구대천의 적이라는 느낌이고.”

“—초호?”

“아버지 말이에요. 1호는 큰형, 2호는 작은형. 형수들이 왜, 다케나카 며느리 1호와 며느리 2호라고 불리니까 그걸 채용해서.”

그렇다면 장남이 결혼한 이후에 생긴 호칭이겠지만, 그렇다고 해도 유니크하다.

“참고로 어머니는 ‘빅 맘.’ 나도 마코 누나도 『원피스』 팬이라서.”

조금 어지러워지기 시작했다.

“큰누나는 평범하게 ‘누님’이라고 부르는군요.”

“가끔은 ‘악마’라고 하지만요.”

아무리 행복해 보이는 가정에도 근심은 있는 법이다. 게다가 이렇게 천연덕스럽게 표명되는 근심이라면 그리 걱정할 필요가 없을 거라고 생각하기로 했다.

"스기무라 씨도 나 같은 것한테 씨를 붙이지 말아 주세요."

그냥 토니면 돼요, 라며 웃는다.

"그건 좀 부끄러우니까 도마 군은 어때요?"

"뭐, 좋아요."

"토니라는 별명의 유래를 가르쳐 줄래요?"

"내가 안토니오 올리베이라라는 화가의 신자거든요. 칠레의 현대 화가인데요. 일본에서는 거의 알려져 있지 않고, 팔리지도 않아요. 어쨌든 이 사람이 그리는 인물화는 시체뿐이거든요. 요컨대 변태죠."

변태의 신자라고 태연하게 말하는 토니가, 악의 없이 웃는 얼굴의 소유자라 다행이다.

"하지만 도마 군은 시체 그림을 그리지는 않잖아요."

"그려요. 집 안에서는 보여 주지 않을 뿐이지. 스기무라 씨, 흥미 있어요?"

"음, 조만간에 다시."

"언제든지 말해 주세요. 내 아틀리에는 바로 위니까."

그 목 부러지는 계단을 올라가면 토니의 방으로 통하는 것이다.

"하지만 마코 누나까지 걱정해 주다니, 스기무라 씨는 좋은 사람이네요. 그래서 빅 맘이 후원해 주는 거군요."

나는 다케나카 부인의 후원을 받고 있는 것일까. 그렇겠지.

"얼핏, 이혼남이라고 들었는데요……."

"맞아요. 아이로 딸이 하나 있고. 올봄에 초등학교 4학년이 됐어요. 헤어진 아내랑 같이 살죠."

"지진 때 별일 없었나요?"

그날, 흔들림이 잦아들고 나서 고가로 돌아간 나는 제일 먼저 헤어진 아내에게 전화를 걸었다. 다행히 곧 연결되어 그녀도 딸 모모코도 자택에—아내의 아버지의 저택에 있고, 무사하다는 사실을 확인할 수 있었다.

내 전처의 아버지 이마다 요시치카는 지금은 은퇴했지만 한때는 재계의 거두 중 한 명이었다. 세타가야에 자리한 그 넓고 튼튼한 저택에선 능숙한 고용인들이 옆에 붙어 있다. 걱정할 필요가 하나도 없었다.

"보통 같으면 딸은 아직 학교에 있을 시간대였지만요. 그날은 마침 신입생 보호자를 대상으로 한 설명회가 있어서 수업은 오전에만 했대요."

그 길고 무서운 지진과 그 후의 대참사 뉴스 영상, 자주 울려 퍼지는 긴급 지진 속보와 집요한 여진을, 모모코는 가장 마음 든든한 상황에서 겪은 것이 된다. 모모코의 행운이었을 뿐만 아니라 나에게도 구원이었다.

"그거 운이 좋았네요. 우리 조카들은 학교에 있어서 데리러 가는 데 엄청 고생했어요."

"도쿄 시내의 교통기관이 마비되었으니까요."

"엄청 막혔고요."

그 후 후쿠시마 제1원전의 사고가 심각해지자 내 전처와 딸은 한동안 도쿄를 떠났다. 여름방학이 되면 자주 가는 가루이자와의 호텔에서 숙박하다가 3월 말쯤에 돌아왔다. 그동안 모모코와는 스카이프로 매일 대화를 했는데,

—아빠도 여기로 와.

하면서 울면 괴로웠다. 아빠는 괜찮아, 하고 아무 근거도 없이 말하는 것도 괴로웠다.

"그날 어디에 있었나요?"

"마침 대학에 있었어요. 후배가 제작중인 벽화의 밑그림이 쓰러져서 난리였죠."

그렇게 말하며 토니는 살짝 고개를 갸웃거렸다.

"내가 지진 피해지에 자원봉사를 하러 가겠다고 했더니 왠지 초호가 화를 내더라고요. 그럼 그림을 그리러 가겠다고 했더니—."

"더 화를 내셨겠죠."

"이렇게 힘든 때에 멍청한 소리도 쉬엄쉬엄 좀 하라고."

그는 장발을 쥐어뜯으며 이렇게 말을 이었다.

"나, 가능한 한 빨리 후쿠시마 제1원전의 그림을 그리러 가고 싶어요. 적어도 그림으로 그려서 남겨 두지 않으면 원전도 원통할 테니까."

"—원통?"

"네. 이렇게 되지 않도록 우리도 열심히 노력했지만 망가져 버려서 미안합니다, 라고 그 녀석들도 말하고 싶어 하지 않을까요."

원전에서 일하는 사람들이 아니라 원전 자체를 의인화한 이 말은, 일부 지식인들의 '후쿠시마 제1원전을 공양해 주어야 한다'는 발언과 겹치는 기분이 들었다.

"어라, 내가 방해해 버렸군요. 그럼 이만."

길쭉한 장신이 문 맞은편으로 사라지고 다시 문이 잠기는 소리가 났다. 이치 아스나가 남기고 간 어두운 기척이 토니 덕분에 중화된 것을 느꼈다. 히피이자 한량이자 변태 화가의 신자여도, 다케나카 도마는 좋은 사람이다. 그렇게 생각했다.

그리고 이렇게 토니와 가까워진 상황이 의외의 형태로 도움이 되는 때가 그 주 안에 찾아왔다.

"감시당하고 있다고요?"

"네."

토니는 매우 진지하게 고개를 끄덕인다.

"맞아요. 정확하게는 스기무라 탐정 사무소가 감시당하고 있다고 해야 할지도 모르겠지만."

"누구한테?"

"여러 젊은이한테."

토니는 더욱 표정을 다잡았다.

"이 '젊은이'는 NHK 아나운서가 '월드컵 축구 일본전이 있는 날 밤에 시부야에서 젊은이들이 소동을 일으킬 가능성이 있어 경시청이 경비 준비를 하고 있습니다'라고 할 때의 '젊은이'예요."

그가 결코 장난을 치고 있지 않다는 것은 나도 알았다.

"뭐, 나 같은 놈도 NHK나 경시청이 보기에는 '젊은이'일지도 모르니까 구체적으로 말하자면, 교복은 입지 않았지만 고등학생이겠죠."

남녀 이인조라고 한다. 둘 다 갈색 머리이고 '건방진 느낌.' 특히 여자애는 '카바레 클럽 계열.'

현재 이 사무소에 접근해 올 십대라면 이치 아스나나, 그녀에게 스기무라 탐정 사무소에 대해 가르쳐 준 아이자와 미키오나, 그 양쪽의 '동료'일 가능성이 높다. 다만 이 이인조에 대한 토니의 인상이 옳다면, 아스나에게 도둑질을 강요한 '나쁜 친구들'의 냄새가 짙어진다.

"언제부터?"

"제일 처음 눈치챈 때는 그저께 저녁. 어제도 5시 넘어서였나? 남자애가 전봇대 그늘에서 이쪽 분위기를 살폈어요."

여자애는 앞쪽 길을 걸어 다니거나, 일단 모습을 감추었다가 남자애 옆으로 돌아오는 등, 요컨대 근처를 어슬렁거렸다고 한다.

"우리 집 주위를 한 바퀴 빙 돌면서 입을 딱 벌렸어요. 이 집의 구조가 기괴해서 깜짝 놀란 거겠지만요."

"도마 군도 그녀를 관찰하고 있었나요?"

"우리 집은 창문이 많아서 이럴 때는 편리하답니다."

5월 27일 금요일, 오후 3시가 넘은 시각에 우리는 사무소에서 마주하고 있었다. 나는 또 '오피스 가키가라'에서 받은 일이 있어서 이른 아침부터 나갔다가 이제 막 돌아온 참이었다.

"오늘도 오려나?"

"오면 영격할까요?"

토니는 의외로 전투적이다.

"상냥하게 잠복하고 있다가 온화하게 얘기하죠."

"다시 말해서 붙잡는 거군요."

그렇게 힘이 넘치지 않아도 된다.

"상냥하게요. 젠틀하게. 어려울까요?"

"그 둘이 나타나서 감시를 시작하면 내가 전화로 알릴게요. 스기무라 씨는 현관에서 밖으로 얼굴을 내밀어 보세요. 그럼 남자애는 아마 도망칠 거예요."

"어째서죠?"

"어제 내가 창문으로 고개를 내밀었더니 도망쳤거든요."

이미 실험해 본 것이다.

"남자애는 오른쪽 옆길을 통해서 큰길 쪽으로 도망칠 테니까 나는 앞질러 가 있을게요. 스기무라 씨가 쫓아와서 협공하죠."

"여자애는 어떻게 하죠?"

"버리고 사라지거나, 쫓아오거나, 둘의 관계성에 따라 다르겠죠."

"알겠어요. 모쪼록 젠틀하게 부탁해요."

그렇게 해서 우리의 협공 작전은 그날 오후 5시 25분에 결행되었고 쉽게 성공을 거두었다. 남자애와 여자애가 흩어지기 전에,

몰래 전봇대 그늘에 숨어서 딱히 이 근처에 볼일이 있는 건 아니다, 라는 연극을 막 시작했을 때 함께 포획—이 아니라 접촉. 참고로 둘을 발견했을 때의 토니의 신호는 '독수리는 날아 내려왔다'였다. 웃어서는 안 된다.

"스기무라 탐정 사무소에 뭔가 볼일이 있나요? 내가 스기무라인데."

내가 온화하게 말을 걸자,

"뭐야."

남자애는 그렇게 위협해 보였다. 얼굴 생김새는 단정한데 분위기가 흐트러져 있다. 요즘 젊은이들의 4할 정도는 이런 느낌일 것이다.

"잠깐, 난폭하게 굴지 말아요!"

여자애가 내게 바싹 다가왔다.

가까이에서 보니 분명 틴에이저였지만 중학생 같은 어린 느낌은 없었다. 둘 다 고등학생일 것이다. 하지만 그 나이에도 이 여자애는 '남자는 어린 여자애한테 너그럽고 약하다'는 한심한 진실을 완전히 파악한 듯한 분위기를 몸에 둘렀다. 그녀 입장에서 보자면 아저씨인 나 같은 남자에게도, 아슬아슬하게 젊은이의 범위 안에 들기는 하지만 지저분한 한량인 토니에게도, '여자'라는 무기가 유효하다는 것을 잘 알고 있다. 아니, 확신한다. 그녀의 몸짓에서 그 확신에 체험이 뒷받침되어 있는 듯한 냄새를 문득 느꼈다.

"딱히 너희에게 위해를 가하려는 건 아니야."

나는 항복하듯이 양손을 가볍게 들어 보였다.

"다만 지난 며칠 동안 우리 사무소를 엿본 것 같아서 나한테 뭔가 볼일이 있는 게 아닐까 싶었거든."

남자애와 여자애는 얼굴을 마주 보았다. 그 시선이 부딪치는 모습을 보고 주도권이 여자애에게 있음을 짐작했기에 나는 그녀에게 물었다.

"너희는 아이자와 미키오 군의 친구지?"

내추럴 메이크업으로 보이도록 꼼꼼히 한 화장에서 붙인 속눈썹만이 불균형하게 두드러졌다. 여자애는 그 눈을 크게 뜨고 나를 바라보았다. "어떻게 알아요?"

"탐정이니까."

대답한 사람은 내가 아니다. 토니다.

여자애는 성가시다는 듯이 토니를 힐끗 보고 남자애에게 바싹 기대어 손을 잡았다.

"그럼 우리를 정중하게 대하세요. 손님이니까."

이 여자애의 '손님'이라는 말에 곧 카바레 클럽의 정경이 떠올랐다. 나는 토니의 표현에 지나치게 감화되었다.

"손님이라니, 무슨 뜻이지?"

두 틴에이저는 이 나이의 젊은이만이 지닌 '당신들 아저씨들의 속셈 따위는 다 알아'라는 깔보는 시선을 보냈다.

그리고 남자애가 말했다.

"우리는 의뢰인이에요."

5

나는 얼마 이상의 승산은 있었지만 말하자면 '넘겨짚어서' 아이자와 미키오의 이름을 꺼냈다. 그것이 맞은 덕분에 이 틴에이저 커플은 긴장이 풀렸는지 말이 많아졌다.

"탐정님, 미키오한테서 우리 얘기를 들었군요."

"그렇다면 사무소를 이사했다는 것도 좀 알려 두지 그랬어요."

이번에 그들에게 새 사무소의 주소를 가르쳐 준 사람은 오지마 목공의 여성 사무원이었다고 한다.

"지도까지 그려 준 친절한 아줌마. 돼지였지만."

둘은 서로를 허물없이 '나오토', '카리나'라고 부르면서도 내가 이름과 신원을 확인하려고 하자 경계했다.

"부모님이나 학교에 연락하려고요?"

"그게 걱정돼서 사무소 옆에서 꾸물꾸물 상황을 엿보았던 거니?"

"이쪽은 처음부터 눈치챘지만 말이야."

의기양양하게 말하는 토니를 카리나는 노골적으로 흘겨보았다.

"이 사람은 탐정 아니죠?"

"나는 조수야. 유능한 조수."

토니도 신이 났다.

"나는 미성년자의 의뢰를 받지 않아. 다만 뭔가 곤란한 일이 있다면 상담해 주마."

"그건 받아들이겠다는 뜻 아니에요?"

둘은 유들유들 잘도 말했다.

나오토와 카리나는 같은 고등학교의 2학년 학생으로, 그 고등학교에는 아이자와 미키오도 있다. 나오토는 아이자와 미키오와 친하고, 카리나는 나오토의 여자친구다.

"나랑 미키오는 풋살 동호회에 있고, 카리나는 매니저예요."

그 동호회를 중심으로 친구의 친구, 또 그 친구와 알게 되는 식으로 관계가 넓어져 다른 학교의 학생도 섞인 그룹이 생겼다.

"우리는 대개 그 친구들하고 노는데—."

작금의 십대들은 휴대전화라는 편리한 도구 덕분에 보호자의 눈과 귀를 신경 쓰지 않고 자유자재로 서로 연락을 취할 수 있다. 편의점이나 패밀리레스토랑이나 패스트푸드점 등, 모일 곳도 부족하지 않다.

"두 달쯤 전이었나? 친구들 사이에서 스토커 얘기가 나와서요."

한 소녀가 대학생인 전 남자친구한테서 스토킹을 당해 집요한 메일과 전화에 시달리고 있다고 상담했다고 한다.

"그거, 진짜 스토커잖아요? 경찰에 신고하는 게 좋겠다고 말했는데."

하지만 소녀는 '경찰은 믿을 수 없다'며 싫어했다. 오히려 상대를 자극해 버릴지도 모른다고 불안해했다.

"그런 유감스러운 사례가 눈에 띄긴 하니까."

"그렇죠? 그랬더니 미키오가, 그럼 사립탐정을 고용하면 된다,

신용할 수 있는 사람을 안다면서 가르쳐 줬어요."

"그 스토커 건은 해결되었니?"

"응. 왠지 부활한 것 같아요."

"그 여자애가 전 남친이랑 다시 사귀게 되었다는 뜻?"

"네."

이런, 이런, 이라는 감상이 들지만, 어쨌든 아이자와 미키오는 그런 경위로 내 이름을 말한 것이다. 아마 이치 아스나도 그 동료들의 일원이고 이때 내 사무소에 대해서 알았을 테다.

나오토와 카리나는 내가 아스나와 면식이 있는 줄은 꿈에도 모른다. 그러나 내 코는 풀풀 나는 냄새를 맡았다. 역시 이 둘이 'AKIMI'에서 아스나에게 도둑질을 강요한 '나쁜 친구들'이 틀림없다고.

―괴롭힘이랄까 강요랄까.

어머니 이치 지즈코 씨는 아마 그렇게 표현했다.

작년 8월 초에 일어난 'AKIMI'의 도둑질 미수 소동 후 아스나는 어머니에게 그런 친구와 절교하겠다고 약속했다지만 그렇게 되지 않은 모양이다. 적어도 두 달쯤 전의 스토커 상담을 알 수 있었던 것을 보면 아스나는 이 라인 친구들과의 교제를 끊지 않은―끊지 못한 것이다.

나오토와 카리나 앞에서 아스나 이야기는 입 밖에도 꺼내선 안 된다. 나는 우호적인 '탐정님' 얼굴을 유지했다.

"그렇구나. 그래서 너희도 아이자와 군이 추천한 스기무라 탐정 사무소에 의지해 보자고 생각한 거로구나."

"맞아요. 그래서 다시 한 번 미키오한테 주소를 확인했는데."

"가 보니까 기울어진 낡은 집이라서 깜짝 놀랐어요. 정말 이 탐정한테 맡겨도 괜찮을지 걱정되더라고요."

"먼저 전화를 해 보면 좋지 않았을까?"

토니가 끼어들었고 나오토와 카리나는 또 그를 노려보았다.

"뭐, 탐정의 얼굴을 한번 보고 싶었겠지. 중요한 용건은 전화로는 잘 전할 수 없는 법이고."

나는 싱긋 웃으며 말했다.

"그래서 너희의 상담은 어떤 건데?"

나오토가 카리나의 안색을 살폈고 카리나는 입을 꾹 오므렸다.

"―지난주 토요일에."

"아니야, 일요일."

22일이라고, 나오토가 말한다. "아스나의 근무표가 바뀌어서 우리 한 시간이나 기다렸잖아."

그들이 아스나의 이름을 꺼내 주었다.

카리나는 몇 번 토니를 노려보았을 때보다도 더 무서운 눈빛을 띠었다. "쓸데없는 소리 하지 마."

토니가 싱글벙글 웃고 있다.

"우리는 친구한테 놀러갔어요. 그랬다가 돌아오는 길에 이상한 남자가 말을 걸더라고요."

"장소는 어디?"

"신주쿠. 역 근처."

남쪽 출구에 있는 패스트푸드점 근처일 것이다. 이치 아스나가 아르바이트를 하는 곳이다.

"말을 건 남자는 전혀 모르는 남자?"

"맞아요."

고개를 끄덕이며 대답하기 전에 잠깐의 간격이 있었다.

"그런데 그 남자가 왜?"

"우리한테—나오토도 같이 있었는데, 굳이 말하자면 나한테 아르바이트를 하지 않겠냐고."

"어떤 아르바이트?"

"명품 액세서리를 팔고 싶다고요. 그런 걸 사들이는 가게가 있어요. 알아요?"

"TV 광고라면 본 적이 있어."

전당포는 아니다. 넓은 의미에서는 리사이클 숍에 해당하겠지만 명품 고가 상품을 전문적으로 사고파는 가게를 말한다. 체인점을 운영하는 대형 가게도 있다.

"자기 혼자 팔러 가면 여러모로 의심받을 듯하니까 나한테 같이 가 달라고요. 그런 곳에선 젊은 여자는 금방 통과된다면서요."

"카리나가 제대로 화장하고 가면 여대생으로 보이고."

나오토가 쓸데없는 말을 덧붙였다가 또 그녀의 노려보는 시선을 받았다.

나는 몇 초 동안 생각했다.

"그 남자는 학생이니, 직장인이니?"

"학생은 아닐 거예요. 제대로 된 직장인도 아니에요. 지저분한 청바지를 입었어요."

"나이는 몇 살 정도?"

"탐정님보다는 훨씬 젊어요."

"그래? 그래서 넌 어떻게 했니?"

카리나는 곁눈질로 힐끗 나오토를 보았다. 나오토는 부루퉁한 얼굴을 한 채 아래를 보고 있고 그녀의 시선에 응하지 않는다.

카리나는 작게 숨을 내쉬고 말했다. "거절했어요. 이상한 얘기인걸요."

"현명한 판단이었네."

나는 일부러 야단스럽게 말했다.

"그런 수상한 얘기에는 넘어가지 않는 게 제일이야. 거절해서 다행이다."

토니는 실실거리던 웃음을 거두고 두 틴에이저와 내 얼굴을 번갈아 바라보고 있다. 화가 지망생 눈에는 어느 표정이 보다 흥미로운 관찰 대상일까.

"그걸로 끝났다면 너도 나오토 군도, 곤란할 건 하나도 없잖니?"

카리나의 붙인 속눈썹이 팔랑거린다. 마스카라를 진하게 꼼꼼히 발랐다.

"그러니까 그걸로 끝난 게 아니구나."

카리나는 움직이지 않았지만 나오토가 반응했다. 스니커즈 끝이 움찔거린다. 숨길 수 없는 동요가 나타났다.

"사실은 그 이상한 남자한테서 그냥 부탁받은 게 아니라 협박받은 거 아니니?"

그렇지 않다면 이런 캐릭터인 둘이 사립탐정을 찾아올 생각을 할 리가 없다.

나오토가 얼굴을 들었다. 그도 눈썹을 깔끔하게 다듬었다. 약간 지나치게 다듬어서 여성적인 라인을 그리고 있다.

"어떻게 알아요?"

"탐정이니까."

이번에는 내 스스로 말했다.

"사실은 그 남자도 생판 남이 아니라 아는 사람이지?"

머리카락에 붙은 벌레라도 뿌리치는 듯한 기세로 나오토는 고개를 저었다. "아니, 아니에요. 정말 모르는 놈이에요. 얼굴을 본 적이 있을 뿐이고 아는 사이라고 할 정도는 아니에요. 이름도 모르니까."

"친구의 지인이에요" 하고 카리나가 말한다. 그녀가 단단하게 두른 둑인지 벽인지, 또는 갑옷일지도 모르지만, 그런 방어의 한 모퉁이에 금이 가는 소리가 났다.

"우리 친구가 그 녀석 가게에서 도둑질을 한 적이 있어요. 그 자리에서 사과하고 끝났지만, 그걸 폭로하겠다는 거예요. 학교에 알리겠다고."

그러면 친구가 불쌍하니까—하며 카리나는 목소리를 높였다.

"정학, 어쩌면 퇴학당할지도 모르잖아요. 그러니까 감싸 줘야죠."

나도 숨기고 있던 카드를 한 장 보여 주기로 했다. "그 '친구'는 아까 나오토 군이 아스나라고 불렀던 애니?"

틴에이저 커플은 얼굴을 마주 보고 눈과 눈으로 서로의 의향을 확인하고 나서,

"맞아요."

"친구 중 한 명."

나란히 인정했다.

"친구의 친구의 친구인 식이라 사이가 좋은 건 아니지만, 그래도 불쌍하니까."

천천히, 이 셋집에 설치된 낡은 전열기가 따뜻해지는 속도로 불유쾌해지기 시작했다.

그것은 거짓말이다. 사실을 바꾼 것이다. 도둑질은 이치 아스나가 자신의 의지로 한 것이 아니다. 너희가 그녀에게 강요한 거다. 너는 이야기를 바꿔서 착한 아이가 되고 있다.

"그 이상한 남자는 도둑질의 범인인 아스나를 위협하지 않고 왜 친구들을 위협하는 걸까."

나오토도 카리나도 굳어 버려서 대답을 하지 않는다. 둘 다 어른에게 거짓말을 하는 데는 익숙해도 그 거짓말이 수상하게 여겨졌을 때 능숙하게 빠져나갈 만큼 영리하지는 않은 모양이다.

"어쨌든 너희는 그 이상한 남자를 쫓아내 달라고 사립탐정을 고용하려는 거지?"

카리나가 고개를 끄덕였다.

"이 일에 대해 아이자와 미키오는 자세히 알고 있니?"

"미키오는 상관없어요."

나오토가 재빨리 부정했다. "탐정 사무소에 대해서 확인했을 때 미키오가 무슨 일 있냐고 물었지만 사회 견학이라고 얼버무렸거든요. 미키오는 이런 거 싫어하니까."

"분명히 내가 아는 아이자와는 수수하고 촌스러운 여자애를 괴롭히는 건 싫어할 것 같구나."

카리나가 눈썹을 치켜세웠다.

"아스나는 건방져요! 못생긴 주제에 항상 깔보는 시선이고."

괴롭히지 않았어요, 라는 항변이 아니다. 괴롭히는 이유가 있다는 변명이다.

토니가 당황한 듯이 눈을 깜박거리며 중얼거렸다.

"너야말로 화내면 엄청 못생겼어."

카리나는 얼굴을 일그러뜨렸다. 확실히 이 여자애는 조금도 예쁘지 않다.

"그 남자를 쫓아내기만 할 거면 부모님께 상담하면 될 텐데."

나오토는 내가 제정신인지 의심하는 듯한 얼굴을 했다.

"부모님한테 야단맞기는 싫니?"

"당연하잖아요."

"그것뿐이야? 뭔가 더 있을 것 같은데." 토니가 상반신을 내밀었다. "난 탐정님보다 너희와 나이가 가까우니까 딱 알겠단 말이지."

"당신 변태야."

카리나는 욕을 퍼부었지만 나오토는 거북한 듯이 쭈뼛거린다.

"그 외에도 이유가 있는 거지?"

"—그 녀석, 우리한테도 몫을 나눠 주겠다고 했어요."

나오토의 말에 카리나의 뺨에 핏기가 오른다.

"너, 그거 얘기할 거야?"

"하, 하지만."

나중에 이 커플이 헤어지게 되어도 나는 책임을 지지 않을 거고, 헤어지는 편이 쌍방을 위해서 좋을 것이다.

"액세서리를 팔아서 돈이 들어오면 우리한테도 나눠 주겠다고."

"그래서 탐정을 고용해서 상대방의 정체를 조사해 달라고 할 생각이었구나."

"우리도 그 녀석의 꼬리를 잡아 두면 안심이 되잖아요."

치사스럽지만 이치에는 맞는다.

"그 남자는 몫을 나눠 주는 대신 다른 요구를 하지 않았니?"

"더 이상 아스나를 괴롭히거나 돈을 뜯어내지 말라고."

나는 저도 모르게 무릎을 칠 뻔했다.

이 커플을 위협한 인물은 작년 여름방학에 일어난 'AKIMI'의 도둑질 미수 소동을 알고, 이치 아스나를 알고, 그녀의 '나쁜 친구들'

인 나오토와 카리나의 얼굴도, 아마 아스나의 주변을 조사함으로써 알아냈다. 그리고 아스나를 지켜 주려 하고 있다.

그 사람은 누구일까. 가능성이 있는 인물은 한정적이지만 주의에 주의를 기울여야 한다.

“도마 군.”

내 부름에 토니는 눈앞에서 누가 손뼉을 친 것처럼 움찔했다.

“네에.”

“초상화를 그릴 수 있나요?”

이 경우에는, 정확하게 말하자면 ‘목격자의 증언에 의한 인상착의’다.

“처음 그려 보지만 아마 할 수 있을 걸요.”

실제로 약 한 시간도 걸리지 않아 그려 주었다. 카리나와 나오토에게서 그 인물의 용모 특징을 들은 뒤 조금씩 그려서 확인을 받고, 수정하며 완성해 나간다.

그 얼굴은 낯이 익었다. 초상화의 그 인물과 눈을 마주치고 있자니 무서운 생각이 떠올랐다.

나는 물었다. “이 남자가 팔고 싶어 하는 명품 액세서리라는 거, 실물을 봤니?”

카리나는 고개를 끄덕인다. “정말로 그렇게 비싼 걸 갖고 있어 보이지 않았기 때문에, 믿을 수 없다고 말했더니 보여 줬어요.”

“점퍼 주머니에서 상자째 꺼내서 자, 여기, 하는 느낌으로” 하고 나오토가 말했다.

갖고 다니는 것일까. 그러지 않으면 안심이 되지 않는지도 모른다.

그것은 어떤 '증거품'이니까.

"그 액세서리가 뭐였는지 말하지 말아 줘. 맞혀 볼 테니까."

반지지—하고 나는 말했다.

"다이아몬드 반지 아니니?"

"오오오!"

틴에이저 커플뿐만 아니라 토니도 감탄해 주었다.

"맞아요, 커다란 다이아몬드가 달린, 피아즐리의 디자인 링" 하고 카리나는 대답했다.

피아즐리는 이탈리아의 고급 보석점 브랜드로, 불가리나 티파니와 비슷하게 여성에게 인기가 있다. 카리나가 말한 대로 다이아몬드 디자인 링이라면 수백만 엔은 가뿐히 할 것이다.

"상자는 피아즐리 거였지만 정말로 진짜인지 아닌지는 알 수 없어요."

"아니, 100퍼센트 진짜야."

"그것도 아세요? 스기무라 씨, 천리안을 갖고 계시네요."

당치도 않다. 천리안은커녕, 나는 엄청난 멍청이였다.

아키미 사장이 말했다.

—유타카는 이치 씨와 결혼할 생각이었습니다.

4월 불사 때 아키미 가의 친척들이 모이니까 거기에서 이치 지즈코 씨를 정식으로 소개하려고 생각했다.

그렇게 마음을 굳힌 남자는 일반적으로 그 전 단계 때 무엇을 할까.

상대방의 마음을 확인한다. 프러포즈를 해서 대답을 받는다.

그때, 필수는 아니지만 있으면 드라마틱한 물품이 있다. 남자가 상대 여성이 구혼을 받아 줄 거라고 믿는 경우에 매우 높은 확률로 준비해 두는 물품이 있다. 그것이 반지다.

아키미 유타카 씨는 올해 정월 본가에서 결혼을 선언한 후, 이치 지즈코 씨를 위해 반지를 샀다. 피아즐리의 다이아몬드 반지를. 그는 유복한 남자였으니 경제적으로 대수롭지 않은 일이었을 것이다. 그리고 프러포즈할 때까지 가까이에 은밀히 보관했던 것이다.

하지만 들뜬 마음을 억누를 수 없어서 매일 가까이에 있는 인물에게는 보여 주었다. 아니면 보이고 말았기 때문에 사정을 털어놓았다. 깜짝 이벤트니까 지즈코 씨한테도 아스나한테도 비밀로 해 달라고 말했다. 이는 상상에 지나지 않지만 완전한 공상은 아니다. 그렇게 생각하지 않는 한, 피아즐리 반지가 지금 이 인물의 수중에 있는 것이 설명되지 않기 때문이다.

토니가 그려 준 초상화의 인물.

아르바이트생 마쓰나가 군이다.

앞으로 이래저래 연락을 드릴 일이 있으니 인사해 두고 싶습니다—라고 말하자 이치 지즈코 씨는 마쓰나가 군의 명함을 주었다.

"전에 'AKIMI'에 갔을 때 받은 거예요."

마쓰나가 군이 직접 만든 것으로, 유타카 씨는 "뭐야, 요란스럽네" 하며 웃었다고 한다.

'AKIMI'의 로고가 들어간 컬러 인쇄 명함에는 고맙게도 그 개인의 스마트폰 번호도 덧붙어 있었다. 늦게나마 마쓰나가 군의 풀네임도 판명되었다. 이제는 기다짱에게 부탁하기만 하면 된다.

"이 사람의 신원을 알아내면 되는 거죠?"

"통화 기록도 있으면 좋겠어요. 가능하면 3월 초부터 최근까지."

"GPS 추적은?"

"먼 곳으로 이동할 기미가 있으면 가르쳐 주면 고맙겠네요."

"이 사람은 어떤 사람인데요? 스파이 소프트를 보내려면 이 사람이 확실하게 걸려들 메일을 보내야 해요."

마쓰나가 군은 사비를 들여 명함을 만들었다. 'AKIMI'에서 응대한 손님들에게 나누어 주었을 것이다.

"캐주얼 앤티크 가게에서 일하던 젊은이예요. 손님한테서 온 메일이라고 생각하면 분명히 열어 볼 거예요. 이 가게의 블로그는 아직 볼 수 있으니까 참고가 될 겁니다."

"알겠어요." 기다짱은 눈치를 살피듯이 나를 보았다. "비용이 비싸질 건데 알아요?"

"각오하고 있어요."

그래도 해명하지 않으면 안 된다. 고가의 반지는 '결과'일까, '동기'일까.

아키미 유타카 씨가 도호쿠로 여행을 갔다가 지진으로 행방불명되었기 때문에 마쓰나가 군은 반지를 훔친 것일까.

아니면 반지를 훔치기 위해—또는 반지를 훔친 일을 들켜서 트러블이 일어나 유타카 씨를 살해하고 말았기 때문에 지진으로 행방불명된 듯이 위장한 것일까.

새삼스럽게 떠올렸다. '오피스 가키가라'에서 미나미 씨가 해 준 조언을.

—그 안건의 경우 지진에 얽힌, 그, 뭐라고 할까요, 감정적으로 흔들리는 부분은 제쳐 두고, 단순한 행방불명 안건임을 잊지 않는 게 좋아요.

좀 더 일찍 이 말의 의미를 곱씹어 봐야 했다.

'지진'을 빼고 아키미 유타카라는 유복한 가게 운영자가 갑자기 모습을 감춘 케이스로 생각하면, 보통 제일 먼저 그를 마지막으로 만난 인물을 의심할 것이다. 그 인물이 "아키미 씨는 이삼일 여행하고 온다고 했어요"라고 증언했지만 그 증언의 뒷받침이 존재하지 않으니 더더욱 그렇다.

미증유의 대지진이 눈을 가리고 있었다.

물론 마쓰나가 군에게 유리하게 작용한 다른 요소도 있다. 유타카 씨는 가까이에 거액의 현금을 두는 습관이 없었다고 한다. 마쓰나가 군에게서 금고 열쇠와 통장을 건네받은 아키미 사장은 마쓰나가 군의 '똑 부러지는' 행동거지에 감탄했지만 상품과 비품,

저금이 분실되었는지 줄어들었는지는 전혀 문제 삼지 않았다.

아무것도 없어지지 않았다. 도둑맞지 않았다. 유타카 씨와 마쓰나가 군 간의 감정적인 트러블도 눈에 띄지 않았다. 적어도 이치지즈코 씨와 아스나 같은 주위 사람들이 눈치챌 만한 알력은 없었다. 유타카 씨의 몸에 무슨 일이 일어나 'AKIMI'가 폐점해 버리면 마쓰나가 군은 직장을 잃게 될 뿐, 한 푼의 이득도 없다.

그래서 아무도 그를 의심하지 않았다.

나는 의심해 보아야 했다. 탐정이니까. 정말이지 한심한 이야기다. 더욱 한심하게도, 여전히 바라지 않을 수 없다. 부디 이 반지가 '결과'이지 '동기'가 아니기를, 하고.

카리나와 나오토에게 다음 주 토요일까지 얘기를 끌어 달라고 부탁했다. 마쓰나가 군의 이야기에 넘어가되, 평일에는 시간이 안 된다, 6월 4일 토요일 오후에 신주쿠의 명품을 사들여 주는 가게에 같이 가자, 만날 장소는 직전에 직접 지정하겠다고 하라고.

이런 말을 하기는 그렇지만 카리나가 남자를 다루는 데 뛰어난 (이랄까 자신감을 갖고 있는) 것이 이런 상황에서는 다행이었다. 마쓰나가 군은 그녀의 제안을 흔쾌히 받아들였다.

위협하고 있던 여고생에게 주도권을 잡혀 버린다. 어째서 그렇게 마음이 약한 것일까. 그가 고독하고, 사람을 사귀어 본 경험치가 적기 때문이다. 기다짱이 조사해 준 마쓰나가 군의 스마트폰 통화 기록은 텅텅 비었다. 지진 이전의 통화 상대는, 가끔 아스나가 드문드문 섞인 정도고 거의 유타카 씨밖에 없었다. 지진 이후에는 형인 아키미 사장(회사의 비서실)이 더해졌고 'AKIMI'의 손님인 듯한 인물들도 드문드문 섞였는데, 블로그를 보고 유타카 씨의 안부를 걱정한 고객이 마쓰나가 군의 명함에 있는 번호로 전화를 걸어온 것이리라.

그 외에 하나, 신경 쓰이는 건이 있었다.

3월 14일 밤 7시가 지났을 때 마쓰나가 군은 'AKIMI' 근처의 렌터카 숍에 전화를 걸었다.

아키미 사장에게 확인해 보았지만 유타카 씨는 자가용을 갖고 있지 않았다. 도내에 사니 필요 없다고 말했다고 한다. 사들인 물건을 옮길 때 가까운 곳이면 택시를 이용하고 먼 곳일 경우에는 택배, 특별히 운반에 주의를 요하는 물품은 미술품 등을 옮겨 주는 전문업자에게 부탁했다고 한다.

"'AKIMI'를 닫고 포장한 상품을 옮길 때도 그 업자를 불렀습니다."

3월 14일 밤, 마쓰나가 군은 어떤 볼일이 있어서 렌터카를 빌린 것일까.

그 이틀 후인 16일에는 아키미 사장이 지진 후 처음으로 상경해 'AKIMI'를 찾아갔다. 부인이 여진이나 유발 지진을 두려워했기 때문에 타이밍이 늦어졌지만 더 빨리 왔어도 이상하지 않았다.

누군가가 외부에서 'AKIMI'에, 유타카 씨의 생활 공간에 발을 들여놓기 전에, 마쓰나가 군은 무언가를 실어내고 싶어 했던 것이 아닐까.

나는 느긋하게 기다릴 수가 없었기 때문에 나고야에 가서 아키미 사장을 만났다. 지금까지의 경위를 이야기하자 그의 안색이 창백해졌다. 가엾은 마음이 들어서 가책을 느꼈다.

"제 일은 그에게 반지 절도를 인정하게 하는 겁니다."

그다음부터는 경찰의 일이고, 내가 섣불리 손대면 지금부터 발견될 증거품의 신뢰도가 줄어들 위험이 있다.

"유타카 씨가 반지를 산 피아즐리 숍을 특정하고 싶은데, 짐작 가시는 데가 있습니까?"

피아즐리 점포는 그리 많지 않기에 이 잡듯이 샅샅이 뒤지게 되어도 어떻게든 찾을 수 있다. 그래도 혹시나 하고 물어봤는데.

"있는 것 같습니다."

몇 년 전, 아키미 사장은 부인의 생일에 보석을 선물하려고 때마침 본가에 와 있던 유타카 씨에게 상담했다. 그러자 그는 피아즐리의 것이 좋다고 권했다.

"제가 비서한테 부탁해서 사 오라고 해야겠다고 말했더니 그러면 형수님한테 실례라면서."

유타카 씨가 물건을 골라 주었다. 시내의 큰 백화점 안에 있는 피아즐리 직영점이라고 한다.

"나중에 물어보니까 아내도 자주 이용하는 가게였습니다."

사장은 자택에서 부인을 불러냈고 셋이서 그 숍으로 달려갔다. 부인 덕분에 금방 이야기를 들을 수 있었다. 올해 1월 5일에 아키미 유타카 씨가 0.7캐럿의 러시아 다이아몬드를 사용한 디자인 링을 구입했고, 사이즈 조정을 부탁한 뒤 월말인 30일에 다시 가게에 찾아와 받아갔다는 사실을 알았다. 대금은 350만 엔. 그 자리에서 카드로 결제했다.

구입한 시기는 본가에서 정월을 보낸 뒤 돌아갈 때였을 것이다. 찾으러 온 날은,

"1월 말에 유타카 씨가 집에 들렀어요."

아키미 사장 부인이 기억하고 있었다.

"무슨 전시회에 온 김에 들렀다고 한 뒤 당일치기로 돌아갔지만."

피아즐리 같은 고급 매장의 350만 엔이나 하는 다이아몬드 디자인 링쯤 되면 애프터케어를 위해 매장 측이 기록을 남겨 두는 법이다. 이 러시아 다이아몬드에는 감정서가 붙어 있어서 그 넘버도 알 수 있었다.

"저도 같이 가겠습니다. 그 편이 얘기가 빠를 거예요."

나는 아키미 사장과 함께 신칸센에 뛰어올랐고, 사장이 유타카 씨의 수색원을 낸 'AKIMI'의 관할 경찰서에 가서 반지 도난을 신고했다. 고가의 반지가 도난당했다는 사실이 더해지자 유타카 씨의 실종은 어떤 '색깔'을 띠었다. 그것만으로도 충분했을지 모르지만 사장은 담당 경찰관을 향해 이렇게 덧붙였다.

"이렇게 된 이상 동생이 정말로 지진에 휘말려서 소식이 끊어진 건지 알 수 없게 됐습니다."

지금은 그 정도로 그쳐 달라는 내 제안을 받아들여서 한 발언이었다.

"고맙습니다."

"아뇨, 저도 그가 수상스러우니까 선불리 성급하게 굴었다가 도망치게 만들고 싶지 않아요."

사장의 표정은 분노보다도 비통한 빛이 짙었다.

"열심히 일하는, 신용할 수 있는 젊은이라고 생각했는데요. 유타카도 그에게 원한을 살 만한 일은 하지 않았을 거예요."

동생은 마음씨 착한 녀석이었습니다, 라고 말했다.

"취미밖에 모르는 녀석이라 경영이 얼마나 힘든지 몰랐어요. 그래서 안이한 데도 있었지만, 그만큼 사람들한테 다정했죠."

마쓰나가 군에게서도, 유타카 씨가 참 잘해 주셨다는 감사의 말밖에 듣지 못했다고 한다.

그런 마쓰나가에 대해 기다짱이 여러 가지로 조사해 줄수록 나는 마음이 울적해졌다. 도쿄의 서민 동네에서 태어나 다섯 살 때 부친과 사별했다. 그 후 모친은 두 번 재혼했고, 두 번 이혼했고, 현재는 소재지 불명이다. 확인할 수 있는 최신 주소지는 사이타마 시내의 맨션이지만 가 보니 다른 사람이 살았다. 그 직전의 주소지는 도쿄 시내의 아파트로, 인근에 탐문을 해 보니 마쓰나가 군도 여기서 산 적이 있음을 알 수 있었다. 어머니와, 그녀의 아마도 첫 번째 재혼 상대와, 마쓰나가 군으로 이루어진 3인 가족. 그가 중학생이었을 때다.

"아버지나 어머니와 늘 큰 소리로 싸우곤 했어요. 걸핏하면 아버지가 '이 돼먹지 못한 놈이, 나가!' 하고 고함치곤 했죠."

그런 가족이니 기억에 남아 있을 것이다. 근처에 사는 집주인은 마쓰나가 군이 고등학교에 합격했지만 금방 중퇴해 버린 사실도 기억했다.

"그걸로 또 크게 싸웠지요. 그러다가 아들의 모습을 볼 수 없게 됐어요. 정말로 나가 버린 거겠죠."

그 후 어떤 생활을 하다가 'AKIMI'에 오게 되었을까. 확실하게 알 수 있는 점은 그가 현재 26살이고, 대학생도, 대학 중퇴생도 아니라는 것이다. 이치 아스나는 그를 대학생으로 생각했고, 그 자신도 그렇게 보이고 싶어 한 모양이지만.

6월 3일 오후, 그 보험대리점의 서류 정리 작업이 인정을 받았는지 또 '오피스 가키가라'에서 비슷한 일이 들어왔다. 창구 역할인 고지카 씨의 이야기로는 이번에는 헤어 살롱이라고 한다. 월급 점장이 샴푸 등의 소모품 납품업자로부터 뒤로 몰래 마진을 받아 온 사실이 탄로나 해고당했는데, 이 점장에게 사무 능력이 전혀 없어서 장부가 엉망진창이라 어쩌고저쩌고.

"좋습니다. 맡을게요."

그렇게 말하고 전화를 끊은 후 얼굴을 들자 이치 아스나와 눈이 마주쳤다.

"노크해도 대답이 없어서."

눈에 익은 구깃구깃한 시커먼 패션이고, 닳아빠진 배낭을 어깨에 걸쳤다.

“탐정이라도 문을 잠그지 않다니 조심성이 없는 거 아니에요?”

나는 그녀를 안으로 들이고 커피를 끓였다.

“검은 옷을 좋아하니?”

“귀찮을 일이 없으니까” 하고 아스나는 대답했다.

“더러워져도 상해도 눈에 안 띄고.”

왠지 모르게 차분하지 못해 보인다.

“저어……, 아키미 씨에 대해 뭔가 알아냈나요?”

“지금은 아무것도”라고 대답했다.

카리나와 나오토에게 마쓰나가 군과의 일은 누구에게도 말하지 말라고, 아스나라는 친구한테도 비밀로 하라고 말해 두었다. 이야기해 봐야 둘에게도 이점이 없다. 하지만 그다지 만사를 깊이 생각하는 습관이 없는 듯한 커플이었으니 뭔가 흘리고 말았을까.

“왜 그러니?”

유도해 보니 아스나는 더욱 안절부절못하며 무릎 위의 배낭을 껴안았다.

“마쓰나가 씨가—아, 그 왜 ‘AKIMI’의 아르바이트생이요.”

아스나를 만나고 싶다고 연락해 왔다고 한다.

“언제?”

“메일이 온 건 오늘 아침, 학교에 도착했을 때쯤. 혹시 아키미 씨가 발견되었나 싶어서요.”

쉬는 시간에 다시 전화를 걸어 보았다.

"일요일에 데이트하자는 거예요. 영화를 보러 가자는 둥, 디즈니랜드도 좋다는 둥."

—어디든 좋아. USJ유니버설 스튜디오 재팬. 〈조스〉, 〈쥐라기 공원〉 등 할리우드 영화의 세계를 체험할 수 있는 테마파크로 2001년 3월 오사카에 오픈했다에도 갈 수 있어. 내가 낼게.

"이런 때에 대체 이 사람 뭐지 싶어서요."

"지금까지 이런 적이 있었니?"

"없었어요."

차가운 부정이다.

"마쓰나가 씨는 내가 도둑질을 하려다가 아키미 씨한테 붙잡힌 걸 아는걸요. 그런 사람하고 사귀고 싶지 않아요."

"그는 그 자리에 있었던 건 아니지?"

"아키미 씨한테서 들었겠죠. 그게 엄마와의 만남이었으니까."

"어째서 갑자기 너한테 데이트를 하자고 한 걸까."

"몰라요."

아스나는 대답하고 나서 잠시 생각했다.

"가게가 없어져서 이제 만날 기회가 없으니까. 정면에서 데이트를 신청한 건지도."

"그렇다는 건, 마쓰나가 군이 너한테 마음이 있다는 걸 알았던 거니?"

"그렇죠, 뭐."

"그래서 메일 주소도 가르쳐 준 거고."

"거절하기 귀찮았거든요. 나 같은 애한테 마음이 있는 남자는 형편없는 놈이라는 건 알아요."

"나는 그렇게 생각 안 해."

나는 어깨를 으쓱해 보였다.

"네가 입이 험한 이유는 스스로에게 잔혹하기 때문이잖아. 항상 스스로에게 화를 내니까 누구에게나 말이 날카로워지는 거야."

그렇게 강한 일격을 펼친 것 같지 않은데 아스나는 스윽 물러나 버렸다.

"미안해. 하지만 너는 네 생각보다 훨씬 착한 애야. 외모도 괜찮고. 내가 아는 사람이 널 보고 미대생일 거라고 했어. 검은 구제 옷 패션이 나름대로 어울리기 때문이 아닐까?"

아스나는 맥없이 웃었다. "미대생이라는 점만으로 그 패션을 미화하는 거잖아요."

나도 웃었다. 아스나가 배낭을 추스르자 얇고 검은 천을 통해 또다시 그 붉은 램프의 점등 불빛이 보였다.

그런가—하고 깨달았다.

나는 멍청한 탐정이지만 편집자로서는 경험을 쌓았다. 이전 직장에서 사내보를 만들던 시절에는 많은 사람을 인터뷰했다. 좌담회를 기록한 뒤 나중에 다시 풀어 쓴 적도 수없이 많다.

어디선가 본 적이 있는 저 붉은 램프는, 그럴 때 필수품이었던 것의 램프와 똑같다.

IC 레코더. 배낭 주머니에도 쉽게 들어가는 사이즈의 녹음기.

"내가 'AKIMI'에 간 이유는 그 가게의 물건을 보는 게 좋았기 때문이에요. 아키미 씨도 뭐—싫은 사람은 아니었고.”

그리워하듯이, 아스나는 중얼거린다. 싫은 사람은 아니었다. 어머니의 교제 상대에 대한 복잡한 감정을 정리한 표현이라면 상당히 호의적인 평가일 것이다.

“하지만 마쓰나가 씨한테는 아무 생각 없었어요. 그 사람은 뭘 좀 착각했는지, 가끔 아르바이트하는 곳에도 와서 곤란했죠.”

“햄버거를 먹으러?”

“네. 한번은 내가 계산대 뒤에 있으면 몇 번이나 다시 줄을 서면서 말을 걸었어요. 그때는 이러지 말라고 분명하게 말했어요.”

마쓰나가 군은 그렇게 아르바이트하는 곳을 찾아갔을 때 아스나에게서 돈을 뜯어내는 카리나와 나오토를 똑똑히 확인한 것이 아닐까. 아아, 이 녀석들이 아스나에게 도둑질을 시키려고 한 나쁜 친구들이군, 하고.

마쓰나가 군은 아스나를 그 나쁜 친구들에게서 지키려 하고 있다. 결행일은 내일이다. 피아즐리의 반지를 팔아서 큰돈을 얻으면 카리나와 나오토의 귀싸대기를 지폐 다발로 후려쳐서 쫓아낸다. 자신이 그들의 약점을 쥐고 있으니 아스나는 이제 괴롭힘을 당하지 않을 것이다. 돈을 뜯기지도 않을 것이다.

그녀와 데이트를 하자. 즐겁고 호화로운 데이트를 하자. 디즈니랜드든, USJ든 좋다.

—내가 낼게.

아직 돈을 손에 넣지도 않았는데.

"스기무라 씨, 왜 그러세요?"

아스나가 의아한 듯이 나를 보고 있다. 그 갸름하고 하얀 얼굴. 아무렇게나 자른 검은 머리카락. 미인은 아니지만, 이 나이의 여자애에게 미인인지 아닌지 하는 잣대는 실은 별 의미가 없다. 중요한 것은 취향과 개성이기 때문이다.

"이치, 가르쳐 줄래?"

나는 애써 가볍게 물었다.

"언제부터 그런 일을 한 거야? 다른 사람과의 대화를 몰래 녹음하다니."

자신이 없기 때문이라고, 아스나는 고백해 주었다.

"내가 정말 그렇게 입이 거친가 싶어서. 말하는 게 심하다, 심하다고 다들 싫어하는데 정말로 심한 말을 했는지 확인하고 싶어서요."

일상의 실없는 대화는 하자마자 잊어버리는 것이 보통이다. 하지만 아스나는 그것이 무서웠다. 언제나 자신이 무슨 말을 하고, 상대가 어떻게 반응하고, 그에 대해서 또 자신이 어떤 말을 던졌는지, 일일이 신경이 쓰여서 견딜 수 없는 것이다.

"제일 처음으로 말이 심하다는 소리를 들은 건 언제인데?"

"중학생 때는 그런 말을 들은 적이 없어요. 엄청 지적을 받게 된 건 고등학교에 들어온 뒤예요."

"사이좋은 친구한테?"

"네, 같은 반의 마리카라는 애. 아니, 그 애의 친구한테서 들은 게 처음인가? 우리하고는 학교가 다르지만 같이 노는 친구가 있는데."

아마 그 친구가 카리나일 것이다.

"모두 모였을 때 내가 입을 열 때마다, 심하다거나 방금 그 말은 깔보는 것 같아서 열받네~ 라든가."

아스나도 다소는 자각이 있다고 한다.

"스스로도 기가 세다고 생각해요. 금방 '바보 아니야?'라든가 '그런 거 이상해'라고 말해 버리면 좋지 않다고, 엄마한테도 주의를 받은 적이 있고."

그래서 조심하려고 한다. 의식할수록 더 딱딱해져서, 쓸데없는 말을 하지 않고 짧게 표현하려고 생각하면 괴로워진다. 악순환이다.

"그렇게 예전부터 녹음해서 확인해 보자고 생각한 건 아니에요. 바보 같지만—아, 또 말해 버렸다."

작년 12월 초, 어머니가 직장 송년회의 빙고 게임에서 2등상을 받았다. 그것이 센서 작동식 IC 레코더였다.

"간사가 영어 회화를 배우고 있어서 자기가 갖고 싶은 걸 상품으로 삼은 거래요."

"그건 바보 같잖아. 정말 바보네."

간사로서 근본적으로 틀려먹었다.

"IC 레코더 같은 걸 받아 봤자 우리 엄마에겐 쓸데가 없는걸요.

누구한테 주거나 싸게 팔면 될 텐데, 모처럼 당첨됐으니까, 하면서 가져왔더라고요. 서랍에만 처박아 두면서."

그래서 아스나가 그 유효한 사용법을 찾아낸 것이다.

"녹음해 보니까 속이 후련하니?"

내 물음에 아스나는 지금까지 보여 준 얼굴 중에서 가장 부끄러워하는 듯한, 꺼질 듯한 얼굴을 했다.

"재생해 본 건 한 번뿐이에요."

그때를 끝으로 들어 볼 용기를 잃어버렸다고 했다.

"말이 심한 것 이전에 내 목소리가 심하더라고요."

"녹음을 하면 본인의 본래 목소리보다 높아져서 다른 사람처럼 들리는 법이야."

센서 작동식이기 때문에 음성을 감지하면 멋대로 녹음한다. IC 레코더는 저장 용량이 커서 수백 시간어치의 데이터를 저장할 수 있다. 아스나는 집에 있을 때와 교실에서는 전원을 꺼 둔다고 한다. 아르바이트하는 곳에서는 배낭째 로커 안에. 레코더가 작동하는 시간은 하루 중에서도 정해져 있는 자유 시간뿐이다. 친구와 스스럼없는 수다를 주고받을 때가 문제이니 이렇게 해도 충분한 것이다.

그렇다면 꽤 옛날 데이터가 남아 있을 가능성이 있다.

"이치, 만일 내가 아키미 유타카 씨를 찾고 있는 탐정으로서 부탁한다면 그 레코더의 내용을 들려줄 수 있니?"

"이런 게 도움이 되나요?"

"그럴지도 몰라."

의도한 것 이상으로 내 표정이 진지했나 보다. 아스나는 배낭의 주머니를 열고 날씬한 금속제 IC 레코더를 꺼내더니 "자요" 하며 내 앞으로 내밀었다.

"고마워. 금방 파일을 복사하고 줄게."

"괜찮아요. 그냥 빌려 드릴게요."

그러고는 입가에 미소를 띠었다.

"그런 건 이제 필요 없어요. 갖고 있어 봐야 의미 없다는 걸 알았지만 그만둘 수 없었던 거니까."

아스나가 레코더의 무게만큼 가벼워진 배낭을 짊어지고 돌아간 후, 나는 레코더에 이어폰을 연결해 들어 보았다.

작동해서 녹음할 때마다 파일 하나가 생기는 시스템으로, 그 파일은 날짜순으로 정렬되어 있다. 잡음뿐이고 거의 알아들을 수 없는 파일도 많다. 여자애들이 꺄아 꺄아 소란을 피우고 있거나, 음악이 엄청나게 시끄럽거나, 웃음소리 사이에 두런두런 대화가 끼어 있거나, 그런가 하면 뉴스를 읽는 아나운서의 목소리가 묘하게 선명히 녹음되어 있기도 하다.

3월 11일 이후의 녹음들에는 긴급 지진 속보 수신을 알리는 스마트폰이나 휴대전화의 신음 같은 울림도 섞였다. 이때 아스나와 함께 있던 그 휴대전화의 주인들이 무서워하거나 싫어하거나 "또 오보일 게 뻔해" 하면서 센 척하는 목소리도 들렸다.

무엇을 찾아내면 수확이 되는지 스스로도 몰랐다. 하지만 발견하자 그것이 수확임을 알 수 있었다.

3월 14일, 오후 3시 45분에 녹음이 시작된 파일이다. 나는 가까이 있던 메모를 넘겨 확인해 보았다.

이 전날, 13일에 이치 지즈코 씨가 'AKIMI'를 찾아갔다가 귀가해서 울고 있었다. 걱정이 된 아스나는 이튿날, 다시 말해 이 14일 방과 후에 'AKIMI'에 갔다.

그러자 마쓰나가 군이 TV에 달라붙어 원전 사고 보도를 보고 있었다. 그 음성은 들어 있지 않으니 아스나가 왔기 때문에 끄거나 음소거 모드로 바꾸었을 것이다.

가게는 아직 영업중이었다. 그와 아스나의 '서일본으로 피난을 가는 게 좋을 거야', '그보다 아키미 씨가 걱정이야'라는 대화 후 누군가 다른 손님이 온 기색이 있다.

여자 손님이다. 목소리 느낌은 젊지 않지만 노인은 아닌 것 같다.

—점장님에 대해서 뭐 좀 알았어요?

—아뇨, 아직 아무것도.

—걱정이네.

마쓰나가 군의 말투는 정중하지만 허물이 없다. 단골손님일 것이다.

—가게는 어떻게 할 거예요?

—모르겠어요. 조만간 나고야의 형님이 상경하실 건데, 아직 언제가 될지 정해지지 않아서요.

—이쪽은 위험하니까요. 일부러 안전한 곳에서 오진 않겠지.

—다카이(또는 나카이일까) 씨는 피난하실 건가요?

—남편 직장이 있으니까요. 나랑 애들만이라도 어딘가에 가는 게 좋으려나.

이런 대화가 오가는 동안 아스나는 배낭을 든 상태로 어딘가 가까운 곳에 있었을 것이다. 가끔 잡음이 들어갔지만 녹음 상태는 양호했다.

—마쓰나가 군도 힘들겠네. 여기에서 잠도 자요? 점장님은 안쪽에서 살았잖아요.

—저는 집으로 돌아가지만요.

—어머나, 그럼 쓰레기 내놓는 걸 잊어버린 거 아니에요? 냄새가 나요.

그 여자 손님은 명료하게 그렇게 발언했다. 불쾌한 냄새를 맡았을 때 사람들이 자주 하듯이 얼굴을 찌푸리고 콧등에 주름을 짓는 모습이 눈앞에 떠오른다.

—뭔가 썩는 냄새요. 음식물 쓰레기 아니에요? 아니면 어디에서 쥐라도 죽어 있거나.

이때 지직 하는 큰 잡음이 겹쳐 마쓰나가 군이 뭐라고 대답했는지 들을 수가 없다. 그 여자 손님이,

—저기, 이상한 냄새 나죠?

하고 말을 걸어서 아스나가 돌아봤는지도 모른다.

어쨌거나 처음 이야기를 들었을 때 아스나의 입에서 이때 일은

나오지 않았다. 사소한 일이다. 잊어버렸을 것이다.

후각은 개체차가 크다. 민감한 사람도 있고, 그렇지 않은 사람도 있다. 예를 들어 우리 누나는 코가 몹시 좋지만 나는 완전히 둔하다. 코는 금세 익숙해지기 때문에 어지간한 냄새는 밖에서 들어온 사람이 지적하지 않으면 알아채지 못할 때도 있다.

3월 14일 오후 4시 전후에 'AKIMI'에서 이런 대화가 있었다.

같은 날 오후 7시가 지난 시각, 마쓰나가 군은 렌터카를 빌렸다.

밤 사이에 무엇을 옮긴 것일까.

올해 3월은 추웠다. 하지만 쥐든, 그것보다 더 큰 생물이든, 죽으면 부패가 시작된다. 기온이 낮을수록 진행은 느려지지만 늦든 빠르든 썩는 냄새가 난다.

나는 이어폰을 귀에서 뽑아내고 한 손으로 눈을 덮었다.

마쓰나가 군과 만나기 위해 신중하게 밥상을 차렸다. 그를 놓쳐 버리는 것도 걱정이지만 만에 하나라도 위험한 전개로 흘러가서는 안 된다.

가키가라 소장에게 상담했더니 이런 류의 주의를 요하는 회견에 딱 알맞은 카페를 소개받을 수 있었다. 오피스에서도 몇 번인가 이용한 적이 있다고 하고, 점장과 소장은 친한 사이이다. 장소도 신주쿠 역 서쪽 출구에서 가깝고, 빌딩 지하 일층에 있는 작은 가게라 출입구를 지키기 쉬웠다.

카리나를 시켜 만나는 시간은 오후 2시 정각이라고 알렸다. 만약을 위해 1시부터 3시까지 두 시간 동안 가게를 대절했고 오피스의 조사원 두 명이 손님인 척 출입구 옆에 앉았다. 한 사람은 미나미 씨고, 또 한 사람은 소장으로, 당일이 되었을 때 직접 행차해 주시게 되었다.

"흥미가 있어서요."

약속 시간 삼십 분 전 마쓰나가 군에게 확인 전화를 걸어 달라고 카리나에게 부탁했다.

"저기, 그 반지 틀림없이 갖고 오고 있어요? 우리를 속이려는 거 아니죠?"

카리나는 달콤한 목소리로, 새침을 떨면서 그를 뒤흔들려는 듯이 말했다.

"먼저 가게에 들어가서 사진을 찍은 뒤 메일로 보내 줘요. 그걸 보고 나서가 아니면 안 갈 거니까."

카리나는 착한 아이는 아니지만 상당한 배우다. 사진 메일은 곧 발송되었다. 가까운 주차장에 세운 '오피스 가키가라'의 회사 차 안에서 나는 두 십대와 함께 확인했다.

"요전에 본 반지가 틀림없니?"

"네."

"그럼 너희는 돌아가."

일단 길가로 나가서 택시를 잡아 둘을 태우고 기사에게 요쓰야역까지 가 달라고 부탁한 다음 표를 건넸다.

“우리가 없어도 돼요?”

“없는 편이 너희를 위해서 좋아. 아니면 같이 들어갈래? 그럴 경우에는 함께 경찰서까지 가서 도둑질도, 너희가 친구한테서 돈을 뜯어 온 일도 전부 자백하게 될 텐데.”

카리나는 또다시 얼굴을 일그러뜨렸지만 나오토는 솔직했다. 그치고는 의연한 태도로 카리나의 팔을 잡으며 말했다.

“가자. 이걸로 끝나서 우린 운이 좋은 거야.”

“좋은 발언이야. 그 김에 앞으로는 행동을 좀 고치겠다고 마음먹어 주렴.”

카리나는 부루퉁해져서 나를 무시했지만 나오토는 “네” 하고 대답했다. “응”이 아니라 “네” 하고.

내 휴대전화에는 2시 15분 전에 미나미 씨로부터 메일이 왔다.

“대상 인물이 착석했습니다.”

약속시간보다 이르지만 나도 카페 안으로 들어갔다. 미나미 씨는 입구의 유리문 바로 옆 테이블석에 있고, 문과 가까운 카운터석에는 발치에 지팡이를 세워 둔 가키가라 소장이 걸터앉아 있다. 콧등에 은테 안경을 걸치고 노트북을 쳐다보고 있다.

마쓰나가 군은 안쪽 박스석에 있었다. 카키색 점퍼와 청바지. 내가 ‘AKIMI’에서 만났을 때는 매끈했던 턱에 수염을 드문드문 길렀다. 아무렇게나 기른 것이 아니라 패션일 것이다.

그는 내 얼굴을 기억 못 한 모양이다. 가까이 가서 맞은편 의자에 앉자 의아한 듯이 눈을 가늘게 떴다.

나는 말없이 내 명함을 테이블에 놓았다.

"전에 'AKIMI'에서 만났죠."

마주 앉으니 마쓰나가 군의 얇은 점퍼 안주머니가 부풀었음을 알 수 있었다. 반지 상자의 모서리가 튀어나왔다.

"실은 저는 이런 사람입니다. 아키미 사장님의 의뢰를 받아 유타카 씨를 찾고 있습니다."

마쓰나가 군의 얼굴에서 표정이 사라졌다.

"당신이 지금 안주머니에 넣어 둔, 피아즐리의 다이아몬드 반지를 좀 보여 주시겠습니까?"

그는 움직이지 않는다. 입가만이 떨리고 있다.

갑자기 시선을 들고 내 등 뒤를 올려다보더니 그 눈이 커졌다. 카운터석 안쪽에서 아키미 사장이 나타난 것이다. 상황이 확실해질 때까지 숨으라고 얘기해 두었지만 도저히 참을 수가 없었을 것이다.

아키미 사장은 내 옆에 서서 마쓰나가 군을 내려다보았다.

"유타카가 어디에 있는지 가르쳐 주십시오."

정중한 말투다. 부탁하기보다는 타이르는 듯한 울림을 띠었다.

마쓰나가 군의 입가에서 잔물결처럼 떨림이 퍼져 간다. 턱이 덜덜 떨리고 어깨가 흔들린다.

"—우발적으로 한 일이었습니다."

죄송합니다, 하며 머리를 숙였다.

"돌려 드릴게요."

점퍼 주머니에 걸려, 반지 상자는 좀처럼 나오지 않았다. 마쓰나가 군의 손가락이 떨리고 있어서일지도 모른다.

"같이 경찰서에 가시죠" 하고 나는 말했다. "반지만 돌려주면 되는 문제가 아니에요. 그건 당신도 알고 있겠죠."

마쓰나가 군은 겨우 상자를 끄집어내어 테이블에 놓았다. 어두운 파란색에 은박이 찍힌, 자그마하지만 호화로운 상자다.

"정말 우발적인 짓이었습니다. 죄송합니다."

"유타카 씨는 어디에 있죠?"

"모릅니다."

이제 온몸을 떨면서 마쓰나가 군은 속삭였다. "저는 아무것도 모릅니다. 아키미 씨는 도호쿠에 물건을 사러 가서—."

"3월 14일 밤에 왜 렌터카를 빌렸나요?"

사람이 창백해지는 순간은, 그다지 목격하고 싶은 것이 아니다.

"이날 저녁, 단골손님한테 가게 안에서 이상한 냄새가 난다는 말을 들었기 때문인가요?"

사람이 붕괴하는 순간은 더더욱 목격하고 싶은 것이 아니다.

순간 그가 모래로 만들어진 조각상이 된 것 같았다. 끝에서부터 부슬부슬 무너져, 사람으로서의 윤곽을 잃어 간다.

"스스로 이야기하는 편이 죄가 가벼워집니다. 그게 어떤 죄든."

"출두하세요" 하고 아키미 사장이 말했다. 감정을 억누르고 훌륭하게 자신을 제어하고 있지만, 지치고 낙담했다.

마쓰나가 군은 마치 어젯밤의 내가 그랬던 것처럼 한 손을 들어 눈을 덮었다. 호흡이 흐트러진다. 울음을 터뜨린 것이다.

"죄송합니다."

사죄의 말은, 어떤 죄를 사과하기 위한 것이든 상투적이다.

"—죽일 생각은 없었어요."

오열이 새어 나왔다. 아키미 사장이 뒤로 물러나 휴대전화를 꺼냈다.

경찰차가 오기까지 십 분도 안 되는 시간 동안, 우리는 말없이 기다렸다. 마쓰나가 군은 계속 울었고 가게 안의 BGM이 그 단조로운 울음소리에 겹쳤다. 소위 힐링 계열의, 흔히 들을 수 있는 피아노곡이다.

그 후로 나는 이 곡이 싫어졌다.

경찰이란 수사중인 사건의 정보를 내놓고 싶어 하지 않는다. 상대가 피해자의 유족일지라도 이런 경향이 강하고, 하물며 사립탐정은 전혀 상대해 주지 않는다. 나의 큰 정보원은 신문과 TV 뉴스였다.

마쓰나가 군이 아키미 유타카 씨를 살해한 것은 3월 10일 오후의 일이었다. 이날은 'AKIMI'의 정기 휴일이었지만 유타카 씨가 재고품을 정리할 거라고 해서 마쓰나가 군은 도우러 갔다. 그때 말다툼이 일어나, 가까이 있던 빈 와인병으로 유타카 씨의 머리를 때리고 말았던 것이다.

말다툼의 원인은 'AKIMI'에 있었다. 이때 처음으로 유타카 씨는 늦어도 6월 중에 이치 지즈코 씨와 결혼해 가게를 닫고 나고야의 본가 근처로 돌아갈 생각이라고 마쓰나가 군에게 확실히 말했다. 아스나를 위해 여름방학 때 이사해서 2학기에는 그쪽 고등학교에 편입하게 해 주고 싶으니까, 라며.

마쓰나가 군은, 그럼 'AKIMI'를 자신에게 맡겨 달라고 부탁했다. 열심히 일해 왔다고 생각하고 친한 손님도 있다. 유타카 씨가 나고야에서 또 캐주얼 앤티크 가게를 연다면 이쪽은 분점이라는 형태로 남겨 주지 않겠느냐고.

유타카 씨는 웃으며 거절했다. 그의 입장에서 보자면 생각할 필요도 없는 제안이었던 것이다. 마쓰나가 군은 그저 아르바이트생에 지나지 않는다.

자신의 부탁이 일축된 것. 게다가 웃음을 산 것. 그것이 동기라고 마쓰나가 군은 진술했다고 한다. 순간적으로 화가 치밀어서 앞뒤를 분간할 수 없었다. 그래서 시체를 어떻게 할 생각조차 하지 못한 채 'AKIMI' 안쪽의 유타카 씨가 살던 공간에 옮겨 숨기려다가, 그가 상의 안주머니에 피아즐리 상자를 숨겨 둔 것을 알아차렸다. 유타카 씨는 적절한 타이밍이 오면 언제든 이치 지즈코 씨에게 건넬 수 있도록 소중한 반지를 몸에서 떼지 않고 갖고 다녔던 것이다.

다음 날 가게를 열었다. 손님이 오자 아키미 씨는 물건을 사러 갔다고만 설명했다. 그 시점에서는 행선지까지는 분명하게 말하지 않았다. 유타카 씨가 물건을 사들이러 변덕스럽게 떠나는 사실은 단골손님들에게 잘 알려져 있기 때문에 이 설명으로 며칠을 벌 수 있는 것이다.

오후 2시 46분, 동일본 대지진이 발생하여 상황은 달라졌다.

이때 마쓰나가 군의 심경을 멋대로 상상한다면 유타카 씨에게 실례일 것이다. 하지만 마쓰나가 군이 그의 부재에 대해 그저 '물건을 사러 가셨습니다'가 아니라 '마침 도호쿠에 가 계셔요. 무사하시면 좋을 텐데'라고 말할 수 있게 된 것은 틀림없다.

2만 명이나 되는 사망자와 행방불명자가 나온 그 비극이 마쓰나가 군에게는 투명 도롱이가 되어 주었다.

나는 아스나에 대한 그의 마음을 상상한다. 그 정도는 탐정으로서 해도 된다고 생각하니까.

이치 지즈코 씨가 유타카 씨와 결혼하면 아스나의 인생은 달라진다. 적어도 경제적인 고생에서 벗어날 수 있다. 이는 고독하고 가난한 마쓰나가 군의 삶과는 전혀 다른 위상의 삶으로 옮겨가 버린다는 뜻이다.

그는 괴로웠다. 그래서 자신에게도 조금은 변화가 있었으면 좋겠다고 생각했다. 'AKIMI'의 경영을 맡겨 달라는 것은, 그에게는 분에 넘치는 최대한의 소망이다. 하지만 전혀 부질없는 기대는 아니다. 유타카 씨와 잘 지내 왔다. 그는 부자고, 애초에 'AKIMI'는 도락 같은 가게다. 부탁하면 "좋아" 하고 승낙해 줄지도 모른다. 승낙해 줄 것이다. 승낙해 줘도 되지 않는가. 아르바이트생이지만 나는 열심히 일해 왔다.

지금껏 운이 없었던 인생이지만 이제 하나쯤 소원이 이루어져도 되지 않을까.

하지만 유타카 씨는 웃으며 거절했다.

마쓰나가 군은 시체 유기 장소에 대해서는 좀처럼 진술하지 않았다. 그것만 입 밖에 내지 않으면 아직 죄를 면할 수 있으리라 생각하는 것일까. 아니면 시체를 보는 형태로 자신의 죄와 직면하는 일을 그저 뒤로 미루고 싶어 하는 것일 뿐일까.

마쓰나가 군의 진술에 따라 경찰이 푸른 비닐 시트에 감싸여 비닐 테이프로 둘둘 감긴 시체를 파낸 것은, 체포한 뒤 일주일 후의 일이다. 유기 현장은 그가 예전에 살았던 동네 교외의, 어중간하게 조성이 진행된 산림 속이었다.

TV 속에서는 기자와 리포터가 'AKIMI' 인근 사람들이나 단골 손님들의 목소리를 보도했다. 모두 하나같이 놀랐다. 마쓰나가 용의자는 그런 짓을 할 타입으로는 보이지 않았다면서.

그중 이런 말이 있었다.

"지진 후, 삼사일 지나서였나? 근처 홈 센터에서 마쓰나가 용의자와 우연히 만났어요. 파란 시트를 사고 있었죠. 무슨 일이냐고 물어봤더니 지진으로 배관 어딘가가 느슨해졌는지 물이 새서 곤란하다고."

평상시 같으면 커다란 비닐 시트를 사들이는 데에 좀 더 그럴듯한 이유가 필요했을 것이다. 이 부분에서도 대지진이 마쓰나가 군을 감싸준 것이 된다.

그는 시시각각 보도되는 원전 사고 뉴스를 열심히 보았다고 한다. 아스나에게 서일본으로 피난을 가는 게 좋겠다고 권하기도 했다. 진심으로 걱정했기 때문일 것이다. 당시의 보도를 다시 보면 동일본 전역이 아무도 없는 땅이 될 가능성도 지적되었다.

그래도 그는 유타카 씨의 시체를 묻고, 'AKIMI'를 지키고, 거짓말을 해 가며 사실을 계속 숨겼다.

아키미 사장의 수족이 되어 일하면서 아직 희미한 희망을 붙들고 있었는지도 모른다. 아키미 사장이, 동생의 안부를 알 수 있을 때까지 이 가게를 맡기겠다고 해 주면 좋겠다, 하고.

세상에서 무슨 일이 일어나고 있든 사람은 자신의 인생을 살 수밖에 없다. 자신의 꿈을 꿀 수밖에 없다. 가능한 한 좋은 꿈을 꿔 보려고 열심히 발버둥 치면서.

—데이트하자. 내가 낼게.

그는 아직 돈을 손에 넣기도 전에 그렇게 말하며 아스나를 꼬셨다. 훔친 반지를 팔아 아스나에게서 돈을 뜯어내는 나쁜 친구들을 쫓아 버린다는 '보살핌'에 앞서 즐거운 약속을 확보해 두고 싶었던 것이라면, 참으로 소심한 일이다. 그런 소심한 젊은이가 사람을 죽이고, 시체를 버리고, 그 후에도 (옆에서 보기에는) 태연한 얼굴을 하고 피해자의 유족이나 친한 사람들과 이야기를 주고받았다.

아키미 유타카 씨가 갑작스러운 횡사 전에 자신의 도플갱어를 만났는지 어떤지, 이제 와서는 영원한 수수께끼다. 하지만 나는 도플갱어가 있었을 거라고 생각한다. 유타카 씨가 아니라 마쓰나가 군의 이중신이다. 교활하고 사악하고, 사랑이나 부나 행복이나, 그가 그때까지 얻을 수 없었던 모든 것에 굶주려 있는 또 한 명의 그다. 살아 있는 그에게서 떠나 죄를 저지른 불길한 유령이다. 유령이었기 때문에 현실의 위협을 걱정하고 두려워하는 일도 없이 그저 자신의 욕심만을 위해 행동할 수 있었다.

이는 나 혼자만의 생각은 아닌 것 같다. 유타카 씨의 유체가 발견된 후 내 사무소에서 커피를 마시던 토니가 자신이 직접 그린 마쓰나가 군의 초상화를 찬찬히 살펴보며 이렇게 중얼거렸기 때문이다.

"—살아 있는 사람을 그렸는데 시체의 그림처럼 보이는 건, 내 기분 탓일까요."

토니는 아직도 아버지로부터 원전 그림을 그리러 가도 된다는 허락을 받지 못하고 있다.

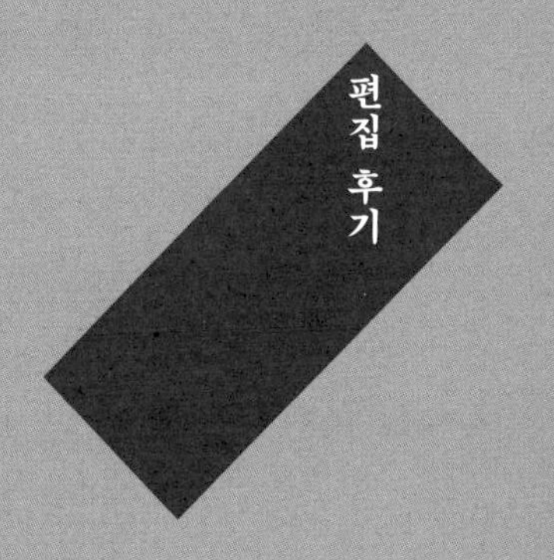
편집 후기

지극히 평범한 사람도
믿을 수 없는 악의를 품을 수 있다!

책을 읽기 전에 습관처럼 뒤쪽을 먼저 뒤적이는 형제자매님들을 위해 말씀드리자면 여기에는 스포일러가 없으니 안심하셔도 좋습니다. 아시는 분들은 아실 텐데 맨 처음 스기무라 사부로가 등장한 건 2003년, 벌써 십사 년 전이지요. 이쯤에서 슬슬 시리즈 전체를 훑어보는 것도 괜찮을 듯싶어요. 이을용 선수가 축구경기 도중 중국선수의 뒤통수를 손바닥으로 때려 퇴장당했던 그해에 작가 미야베 미유키는 짧은 머리말을 통해 "행복한 인생을 보내고 있는 탐정이란 존재는 미스터리 세계에서 매우 드문 것 같다는 생각"을 항상 해 왔다며, 『누군가』의 주인공으로 "평범하고 이렇다 할 장점도 없지만 일상생활은 안정되어 있어 안락하고 행복한 사람"을 캐스팅했다고 밝혔습니다. 그 결과 다음과 같은 캐릭터가 태어납니다. 재벌가의 딸과 결혼한 아저씨. 결혼을 하는 조건으로 들어간 장인의 회사 이마다 콘체른에서 사내보를 만드는 편집자, 스기무라 사부로. 소심하고 겁이 많은 남자입니다.

이런 그에게 오너이자 장인으로부터 특명이 떨어집니다. 어느 날 이마다 콘체른 회장의 개인 운전수가 폭주하는 자전거에 치여 죽음을 당합니다. 확실한 목격자도 뚜렷한 단서도 없습니다. 게다가 경찰 쪽은 단순 사건으로 처리할 기색. 죽은 이의 두 딸은 진실을 밝히기 위해 아버지의 일생을 책으로 만들겠다고 결심합니다. 특이한 종류의 책이니까 언론 같은 데서 이슈가 되면 범인을 찾는 데 도움이 될지도 모르겠다, 그 책의 책임 편집을 맡으라는 것이 바로 주인공에게 떨어진 특명입니다. 완전히 다른 성격의 두 딸과 함께 그 아버지의 삶을 거슬러 올라가던 스기무라는 두 딸과 아버지 사이에 얽힌 비밀을 조금씩 알게 됩니다. 그 과정에서 "지극히 평범한 사람이 믿을 수 없는 악의를 품을 수 있다는 사실"을 눈앞에서 목격합니다.

그로부터 일 년 후의 이야기를 그린 『이름 없는 독』(이 발표된 건 2006년)에서 스기무라는 자신이 몸담고 있는 편집부에 새로 들어온 아르바이트생 겐다 이즈미 때문에 골머리를 앓는 중입니다. 제대로 해내는 일은 하나도 없는데다 부원 전체와 마찰을 일으키는 트러블 메이커였던 것이죠. 급기야 편집장과 싸우고 나가 일주일째 소식이 없던 겐다에게 퇴직을 통보하자 분개한 겐다는 '자긴 잘못이 없고 오히려 부원들이 자신을 괴롭혔으며 성희롱과 함께 협박까지 당했다'는 투서를 회장실로 보냅니다. 회장의 지시로 이 일을 마무리하기 위해 겐다의 전 직장을 찾아간 스기무라는 그녀가 거기에서도 같은 행태를 보였으며 이력서에 기재된 경력, 학력, 나이가 모조리 거짓이었음을 알고 이렇게 술회합니다. "이 넓은 세상에는 우리의 상식 범위 안에서는 이해할 수 없는 사고를 가지고 그 사고에 따라 행동하는 사람들이 우리가 막연히 예상하는 것보다 훨씬 많다.”

본인이 살 집을 계약하기 위해 부동산에 드나든 덕분에 이 작품을 구상할 수 있었다고 말한 미야베 미유키는 『이름 없는 독』에서 새집증후군, 택지 오염, 자살 사이트, 노인 문제 등 사회의 온갖 ‘독’을 등장시키지만 결국 핵심은 사람이 가진 ‘악’이었을 거라고 생각합니다. 겐다 이즈미는 그 ‘악’이 형상화된 인물로, 딱히 범죄자라고 분류되지 않은 우리 곁의 누구라도 분노에 휩싸일 수 있고, 분노는 독이 되어 타인과 자기 자신까지 침식한다는 걸 보여줍니다. 지금 세상에서는 정체를 특정할 수 없는, 정말 있는지 없는지조차 모를 ‘누군가’로부터 ‘독’이 뿜어져 나올 수 있다……. 『누군가』로부터 이어져 나온 선은 그러한 형태로 『이름 없는 독』에 연결되는 것이지요.

『이름 없는 독』과 『십자가와 반지의 초상』 사이의 간극은 약 칠 년입니다. 그동안 미야베 미유키가 생각하는 ‘악’은 좀 더 기괴하게 비틀려지고 거대해졌습니다. 어느 날, 버스가 통째로 납치되는 사건이 벌어지죠. 범인은 권총을 든 노인으로 버스 안에는 인터뷰를 마치고 회사로 돌아가던 스기무라도 타고 있었습니다. 노인의 요구 조건은 ‘자신이 지목한 세 사람을 찾아내서 데려오라’는 것. 한편으로 그는 인질들에게 미안하다고 말하며 사과의 의미로 위자료를 주겠다고 약속합니다. 인질들은 노인의 빼어난 말솜씨에 점점 감화되어 가지만, 곧 특공대가 버스에 진입하자 노인은 자살해 버립니다. 인질 전원이 무사한 채로 사건은 종결되는 듯 보이지만 진짜 수수께끼는 이제부터입니다. 인질이었던 승객들 앞으로 죽은 범인이 보낸 거액의 위자료가 도착한 것입니다. 죽은 노인은 어떻게 이토록 큰 금액을 인질들에게 보낼 수 있었을까. 대관절 왜 보냈을까. '당국에 신고해야 한다'는 주장과 '정당한 대가이니 그냥 가져도 된다'는 주장으로 나뉘어 동요하는 승객들 사이에서 스기무라는 사건의 배후에 '닛쇼 프런티어 협회'라는 악질 다단계 회사가 존재한다는 사실을 알아냅니다.

『십자가와 반지의 초상』 출간 당시 저는 세 명의 독자와 함께 미야베 미유키를 직접 만나서 인터뷰했습니다. 작가는 약간 상기된 얼굴로 왜 소설을 썼는지 들려주었는데 이런 내용이었어요. "일본의 전후 사회는 다단계나 투자사기가 줄곧 문제였습니다. 새로운 법률로 그것을 금지하면 이번에는 그 법망을 피해 가는 새로운 수법이 나오지요. 지금도 골치 아픈 문제예요. 내가 태어난 1960년대에 나왔던 수법이 옛날에 잊힌 줄로만, 법률로 근절된 줄로만 알았는데 오늘날 인터넷을 통해 다시 확산되고 있더군요. 인터넷에서 폭넓게, 더구나 옛날을 전혀 모르는 젊은 네티즌을 대상으로 확산되고 있어요. 수십 년 전의 수법인데도 아직 그로 인한 피해가 발생하고 있습니다. 특히 화장품, 건강 보조식품, 다이어트 식품을 취급하는 다단계 사기가 많습니다. '깨끗한 피부를 갖고 싶다', '건강해지고 싶다' 같은 우리 일상생활의 사소한 소망을 노리는 인간들이 싫었어요. 생활에 밀착된 그 악랄하고 치사한 수법이 정말 싫었기 때문에 이번 작품에서 써 보자고 생각했습니다."

악질 다단계 회사라는 최상급의 악과 맞닥뜨린 이후로 스기무라는 공교롭게도 신변에 큰 변화를 맞으며 독립합니다. '공교롭게도'라고 썼지만 작가는 『누군가』를 시작할 때부터 이를 염두에 두고 복선 비슷한 걸 깔아 두었어요. "믿을 수 없을 정도의 행복 속에서 그것을 빼앗기지 않을까 불안해하지 않고 살기 위해서는 얼마만큼의 배짱이 필요한 걸까. 그게 양동이 하나의 분량이라고 한다면 내가 가지고 있는 건 한 컵 정도밖에 되지 않는다. 이 컵이 양동이로 자라리라는 전망도 없다. 결혼한 지 칠 년. 나는 언제나 내 컵을 소중히 들고 다녔다. 작지만 전혀 없는 것보다는 낫다"라는 식으로 말이죠. 이러한 전환점을 통해 사립탐정이 된 스기무라가 맞닥뜨리는 사건은 다시 소소한 형태로 회귀하지만 '사회를 바라보는 시선'이랄까 태도에서는 변화가 느껴집니다. 미야베 미유키 정도의 필력이라면 얼마든지 해피하고 산뜻하게 『희망장』의 이야기들을 마무리 지을 수 있었을 텐데 일부러 그렇게 하지 않았어요. 마치 『십자가와 반지의 초상』에서 (독자들의 원망을 들을 줄 알았으면서도) 스기무라와 아내 나호코의 관계를 '일부러 그렇게 만든 것'처럼 말이죠. 이유가 뭘까. 이 점에 주목해서 『희망장』을 읽어 주었으면 합니다.

마포 김 사장 드림

초판 2쇄 발행 2017년 7월 21일

지은이 미야베 미유키
옮긴이 김소연

발행편집인 김홍민 · 최내현
책임편집 유온누리
편집 안현아
마케팅 홍용준
표지디자인 이혜경디자인
용지 한승지류유통
출력 블루엔
인쇄 청아문화사
제본 대신문화사

펴낸곳 도서출판 북스피어
출판등록 2005년 6월 18일 제105-90-91700호
주소 (03961) 서울특별시 마포구 방울내로 11길 43, 101-902
전화 02) 518-0427
팩스 02) 701-0428
홈페이지 www.booksfear.com
전자우편 editor@booksfear.com

ISBN 978-89-98791-67-4 (04830)
ISBN 978-89-91931-11-4 (SET)

책값은 뒤표지에 있습니다.
파본은 구입하신 곳에서 교환해 드립니다.